U0901861

春夜喜你

CHUNYE
XINI

剪风声◎著

青岛出版社
QINGDAO PUBLISHING HOUSE

图书在版编目（CIP）数据

春夜喜你 / 剪风声著. —青岛：青岛出版社，2020.6

ISBN 978-7-5552-6648-8

Ⅰ. ①春… Ⅱ. ①剪… Ⅲ. ①长篇小说－中国－当代 Ⅳ. ①I247.5

中国版本图书馆CIP数据核字(2018)第025170号

书　　名 春夜喜你
著　　者 剪风声
出版发行 青岛出版社
社　　址 青岛市海尔路182号（266061）
本社网址 http://www.qdpub.com
邮购电话 18613853563　13335059110
0532-85814750（传真）　0532-68068026
责任编辑 李文峰
特约编辑 孙小淋　张玙璠
校　　对 李玮文
装帧设计 梁　霞
照　　排 梁　霞
印　　刷 三河市良远印务有限公司
出版日期 2020年6月第1版　　2020年6月第1次印刷
开　　本 32开（880mm×1230mm）
印　　张 10
字　　数 220千
书　　号 ISBN 978-7-5552-6648-8
定　　价 39.80元

编校印装质量、盗版监督服务电话　4006532017　　0532-68068638

建议陈列类别：畅销·青春文学

目录

目
录

第一章　少女怀春总是诗

下午两节课后，陶禧作为被点名的班干部留了下来。

披肩小鬈发的班主任差她分发年级排名表，班主任说话轻声轻气的，弯弯的眼睛中充满笑意，皮肤上的每一道褶皱都写满了对她的喜爱。教室外面一群女生晃过窗口，个个笑得招摇，唯恐不够乱似的冲她夸张地挥手告别——到底算因家长会凭空赚得的小假期，尽早脱身的当然多占些便宜。

“不要急，你慢慢发，我们先走啦！”

“喂！你们——”

被手里一摞纸张绊住脚步，陶禧眼睁睁看着约好一起去图书馆的同伴消失，气愤地鼓了鼓腮帮子。

已过处暑，校园被淹没在蝉噪中，溽热使得皮肤与衣衫粘在一起。

月考成绩昨天一公布，学校立即敲定今天召开班级高考家长动员会。再有一周正式进入高三，时间珍贵得恨不能掰碎了计算。

陶禧同样惜时，表单顷刻覆遍所有课桌。及膝的海蓝色裙摆迎风张合。

陶禧走时小心绕到班主任身后，避开她的视线，听到她洪钟般高亢的声音：“这次年级前十我们班有五个，第一名在发排名表，还没走。”

陶禧脚底抹油，下一秒沿墙根溜走。

陶禧手指贴着墙壁，一口气提起还未卸去，身后一个声音叫住她：“陶禧。”

她在心里大喊救命，一张白玉小脸倒是镇定，回头见是班上的体育委员，语气缓了缓：“贺戟，有什么事吗？”

男生高她两个头，退去平日狮虎一样的威风，温顺得似弯下脖子的长颈鹿，声音也细小了不少：“嗯，有事。”

天空泼了墨般阴沉，陶禧站在教学楼背面的小道，仰头，看大风涌进窗口，那些绒布窗帘鼓出藏青色的帆，起伏不定地晃着。

贺戟拦在她身前，声音挤在嗓子眼，语焉不详地说了半天才勉强道出“课间操我永远在拿眼睛找你”“哪天听到你的名字，哪天就是我的节日”和“从高一进校时我就对你感觉不一样”等话。

陶禧恍悟，这是在告白？

难怪他特意来这条只容一人通过的窄道上。

窄道一侧是高二教学楼，一侧排成屏风的水杉静默矗立，他人高马大地堵在前方，叫她进退维谷。

“可是……”

“喂！”贺戟大喝一声，眼里流露出焦急，“不要说‘可是’，你、你考虑一下，能不能别这么快……”

拒绝我。

樱唇被咬出深色的红，陶禧苦恼那个“对不起”该如何委婉地说出才能不伤他的自尊。

贺戟见她沉默，以为还有机会，趁势提起自己这学期的进步，不忘在功劳簿里记上与她有关的至关重要的一笔——成绩飞升全仰赖她的辅导。马屁拍两下及时刹车，他话锋灵巧地绕个圈，说回自己埋首功课的辛劳，同时，尝遍暗恋里难以下咽的苦。

话说完了，贺戟眉毛跟着语气一起降下：“唉，你不会懂的！”

“懂啊！”陶禧的杏瞳撑大几分，嘴角翘起狡黠的弧度，“我怎么不懂，我也有喜欢的人哦。”

天空越积越厚的铅灰色云团滚过隐约的雷声，快下雨了。

贺戟僵立原地，没有半分退让的意思，随后叫嚷着试图挽回局面：“可是……可……”

“刚才还不准她说‘可是’，有本事你也别说。”拐角闪出一道高挑的身影，年轻男人长指钩住伞柄，伞尖指着贺戟，“她拒绝你了，听不出来吗？”

贺戟吓了一跳，目瞪口呆。

来人有张英俊的脸，狭长而深邃的眼睛叫人过目难忘，可惜眼中凝结的霜气刀刃般锋利。不顾贺戟被讽到颜面尽失而涨红脸，他嫌恶地收回视线，冷淡出声：“下回再想强人所难，别挑这种公共场合。长点脑子。”

“江小夜，你刚才说话真刻薄，明明你年龄比他大那么多！”

“谁规定年龄大就不能欺负年龄小的？”江浸夜望向伞外滂沱的雨幕，嘴角微微一挑，“怎么，你心疼了？”

“哪、哪儿有！”陶禧脸红了，两手扯紧书包肩带，喃喃地解释，“我跟他一个班，不想大家以后见面尴尬。”

“你尴尬什么？他敢把这话说出口，就得有被你拒绝的心理准备，难不成还吃定你了？这是他莽撞的代价，你以后该怎么样就怎么样，甭受影响。”

“嗯。”

“不喜欢，就别拖泥带水。”

“哦。”

鞋头吃水，鞋像艘破浪的船。陶禧眼睛盯着地面，片刻后想起什么，急切地去看江浸夜。他既然听到贺戟那句“不要说可是”，就该听到她说已经有喜欢的人了。

那他为什么到现在还不提？

他在顾及她的面子，还是他压根就不感兴趣？

一时没忍住，陶禧脱口而出：“江小夜，你刚才偷听我们说话，听、听到哪儿了？”

江浸夜单手插入裤兜，嘴角挑起的弧度扩大：“你希望我听到哪儿了？”

“我……”陶禧被一下噎住，小扇子似的睫毛不甘地颤了颤，又泄气地垂下，“不说算了。”

“嘿，我怎么能是偷听呢？你舅舅来开家长会，我和他同路，想起你今天出门没带伞，去校外买了把。是他看到你，告诉我你在哪儿，我才找到的，这不挺正大光明吗？”

他低沉的音色中带了些调侃，连强词夺理都显得漫不经心，是一贯和那些年轻女孩调笑的语气。

想到他平时恐怕也用这副口吻同她们周旋，陶禧心中因他出手相救而涌起的激动一下打了折扣，整个人像此时伞外枝头上的一片被雨打蔫的叶。

这骤暗的面色落在江浸夜眼里，他有些莫名其妙：“你还真跟我计较上了？”

陶禧把头一偏：“没有。”

“我今天才发现，你们这些小女生可不能小瞧，就你刚才那句瞎话对他非常致命啊。”

“哪句瞎话？”陶禧怔了怔，错愕地迎上江浸夜带一点捉弄意味的视线。

是“我也有喜欢的人”这句吗？

“不是瞎话？”江浸夜眼中闪过一抹讶色，随即他换上意味深长的笑容，“瞧我这眼神，都看不出桃桃是大姑娘了。”

难得听他感慨岁月蹉跎，陶禧却不悦。

与他相隔的九年犹如天堑，跨不过去，她只求他不要一次次地反复提及。年纪小，从来不是能够被轻视的理由，可惜眼前的男人向来没个正行，话没出口，谁也不知道他下一句藏着什么坏。

“哪个大姑娘不怀春？你那什么青涩的小秘密就别掖着了，要不说出来我给你参谋参谋？”江浸夜顿了顿，眉梢一抬，“唉，原来优等生也不能免俗。”

“闭嘴啊江小夜！你怎么这么讨厌！”陶禧恼怒地挥起拳头。

江浸夜立马扮无辜：“我怎么就讨厌了？”

是啊，除了嘴欠，他有什么错？

他只是不知道自己恰好是她喜欢的人而已。

拳头被悻悻地收回，恼意消散无踪，陶禧怅然地撤走视线，眼底还剩下一点儿无从说起的不甘。

风趁雨势，没多久人连缓慢步行都嫌吃力。

江浸夜用伞罩住陶禧，领她蹿上科学馆的台阶避雨。四下无人，雨声响亮，自屋檐降下一道晶莹的水帘，将他们与外界分隔。

“你别过来！”

陶禧撂下话，迅速跑向檐下一角，背过身去拿餐巾纸，慌张地擦拭滴水的发梢。刚才那短短一截路，雨水淋了她半身，书包和衣裙都遭了殃。鞋就更惨了，灌进去的水足够养鱼。等气喘匀了，她用手指潦草地理顺额发、捋平贴住皮肤的裙褶，大门玻璃映出的脸才没那么狼狈。

可脚还泡在水里，很不舒服。

她总不能在这儿脱鞋吧？那多不好看。

陶禧局促地蜷起脚趾，后悔今天为什么不穿凉鞋，随后她想起了江浸夜，想叫他别过来就当真没再找碴，实在稀罕。

她转头才发现他不知什么时候走回雨中。

这雨下出了泼天的气势。撑开的黑伞顶着风摇晃，江浸夜倒是气定神闲，一手持伞一手夹烟，不时把烟送往嘴边。

烟头明灭，随他抬起的手臂凌空舞动，动作与交响乐指挥有几分相似，却过于慵懒恣意，倒像是在……

画画。

陶禧看着那双昂贵的棕色牛津鞋就这么泡在水中，深色水渍从裤脚爬到膝盖，猜他并不比她好多少。可江浸夜全无半点焦急，举手投足间的那股浑不在意，透着吴带当风的出世感。

稍后江浸夜折返，陶禧问：“你刚才是在画画吗？”

伞沿被缓缓抬起，他的声音传出：“这都被你看出来了？”

“我认得你拿笔的手势。”

“你们学校的后山让云遮去一半，我看着手痒，想摹出它的轮廓。”

顺着江浸夜的视线，陶禧举目望向远处迷蒙、被烟雨笼罩的山头，半隐如墨线勾勒，虚实相济，一派恬淡幽远的意境。

她点头："气韵生动。"

江浸夜笑着说道："你还知道气韵？"

"画事以笔取气，以墨取韵。"陶禧冲他弯起眼角，"这话不是我说的，是潘天寿说的。"

江浸夜收了伞，脚步一顿："我怎么不知道你对画画有兴趣？"

"我对画画当然没兴趣，但你告诉过我一次，我就记住了。"

"行啊学霸，名不虚传。"

和学霸有什么关系？

她能听一次就记住全因为是他说的。

陶禧如鲠在喉，无措地呆立原地。江浸夜只当她脸皮薄，对别人的夸赞无所适从，便转过头："雨小了，我送你回去吧。"

天光暗淡，她的心情是欲挣脱的线团。

陶禧和母亲丁馥丽约好五点在南湖区的某留学中介见，花一小时跟指导老师讨论本科留学申请资料的事。结束后两人对付着吃一顿，算上晚高峰的延误，最迟七点半她必须坐在家里的书桌前刷题。

"你等会儿，我怎么记得从那儿到你家少说也要三十公里，还想七点半回去？"江浸夜瞄她一眼，牵起一边唇角，"师娘这么有野心，怎么不把时间提前？"

"她忙呀，天天跑画展，今天都没空来开家长会。"陶禧声音小下去，"你别这么说她。"

他颔首，沉默地把视线转回手机上。

江浸夜悠然地靠上车后座，架起长腿。出租车后排空间逼仄，散开的若有若无的烟味，和着他衣间淡淡的乌木沉香味，填满了陶禧的呼吸。

今年二十四岁的江浸夜拜陶禧的父亲陶惟宁做老师，已有五个年头。他个性顽劣、嚣张跋扈，从上门第一天就被丁馥丽拿来做反面教材，为陶禧树立不思进取的最佳范本——

"也就是家世好，整天游手好闲的，看他将来成个什么东西！"

然而丁馥丽不齿归不齿，却从不敢当面给他脸色，她忌惮的正是他身后的家世。

江家是钟鸣鼎食之家，远在千里之外的北里。四九城里怎么数都算得上一号，他们把小儿子送到屿安来，也是走投无路。

毕竟谁能想到当年大院里人人敬仰的江老爷子驾鹤西去后，他最疼爱的孙子摇身变作混世魔王，把学校搅得天翻地覆？

人前人后向来威严的江氏集团大当家江震寰一度气得暴跳如雷，抄起鸡毛掸子追着江浸夜跑了一整条街，誓要打断逆子的狗腿。他那失态的模样，在之后很长一段时间成为只许出没于人们眉眼间的“不可说”。

无奈之下，江家准备送江浸夜出国。久居屿安养病的江奶奶却提出让江浸夜跟她学画，说性情不养好，去哪儿都是个祸害。

谁知江浸夜来了没多久，江奶奶身体每况愈下，她便拜托相熟的陶惟宁收他为徒，学习中国古画修复。

陶惟宁答应了。

这在丁馥丽眼中无异于人在家中坐，灾星天上来。可惜她不能表露丝毫反对，行使过的唯一一点女主人的权力，也只是若非必要，不许江浸夜留宿陶家。更多的时候，她能做的就是一遍遍对女儿灌输“姓江的这小子不是好人，离他越远越好”等思想。

头两年还挺管用，陶禧一见江浸夜就躲，唯恐避之不及。

不记得什么时候起的变化，陶禧发觉他和妈妈形容的大奸大恶相去甚远。江浸夜确实揣着一肚子坏水，说话刻薄，热爱放纵、享乐——不过只要待在陶家，他就会一展桀骜的眉毛，流露少有的平和。

说不定他是个温柔的人。

好比连亲舅舅都不上心，唯独他能留意她需要一把伞；好比喧嚣雨声中，他不动声色倾来的伞面；好比看似轻浮，同行时他始终与她绅士地保持距离。

他那么喜欢笑，可她总觉得他并不开心。

所以她才用“说不定”一语——明明已经是成熟的大人，周身却游走落拓的少年气，这么矛盾和复杂，让陶禧困惑。

江浸夜谜团一样吸引她。

偏偏他还生了一张极好的脸，五官立体英俊，叫人百看不腻。

陶禧出神地盯着，临近傍晚的昏昧光线下，江浸夜垂眸的样子带有几分端庄艳丽，漾着亦正亦邪的风情。

“咱们好歹经常一块儿吃饭，对我有点抵抗力成吗？”他冷不防地感慨，吓了陶禧一跳。

她瞠目结舌。

他一直玩手机，怎么发现的？

“谁、谁没抵抗力了？”陶禧当然不会承认，气急败坏地捋舌头，“我才没有……没有……”

“那你老看我干吗？”

“就……好奇你这个年纪的人在微信上跟别人说什么。”

这一回，陶禧的瞎话张口就来。

江浸夜收起手机，一条手臂枕在后颈，似笑非笑地看她：“当然得聊一些有益于我这个年纪的男青年身心健康发展，而对你们未成年人有害的话题。放心，你今天被男生堵小巷，我保证不告诉老师和师娘。”语毕，他闭上眼睛假寐。

原来江浸夜以为她鬼鬼祟祟地偷看，是害怕他告密。

陶禧胸口一阵发闷，赌气似的别过脸不再看他，细白的脖颈上一根鱼骨辫漂亮精致。

先前那场豪雨把世界浇得透彻，车外夕照辉煌，无数迅疾掠过的高大建筑拖出斜长的影，静寂矗立。

没想到下车后，在购物中心外的小广场陶禧一眼瞄到林舒薇。

白色的牛仔热裤招摇，一对垂肩大耳环更加醒目，这也使得林舒薇牢牢地抓住了所有扫过她的视线。

陶禧急匆匆跑过去，压低了声音：“林舒薇，你今天又没去学校？”

否则你也没法穿成这样吧？

转过来的脸庞是在这个夏天晒出的均匀健康的小麦色。林舒薇冲她不以为然地笑道：“不去他们也不能拿我怎么样，你怕什么？”

没等陶禧反应过来，林舒薇一把拉过她：“哎，这就是我的英语家教，陈烟岚，我常跟你说起她的。你看真人是不是超级漂亮？”

这暴露了她平日爱嚼别人八卦的事。林舒薇只顾惊叹，求证般摇晃陶禧的手臂。

陶禧不比她粗线条，略微局促地捋了捋耳侧碎发，小心地抬眸。

陈烟岚确实是位标致的美人。眉如远山，凤眼半弯，盛满似火的霞光。她抱着手臂，脑袋微微歪向一侧，富有光泽的长鬈发滑落在肩膀。

陈烟岚却没看她，眼睛一瞬不瞬地盯住陶禧身后的人，突然出声："你笑什么？"

缓步走来的江浸夜双手揣入裤兜，无声地笑弯了腰："笑你堂哥躺在医院里，你还有心思陪客户，要不要这么敬业。"

陈烟岚伸手钩过林舒薇的肩："我跟客户关系好，不行吗？"

"行啊。"江浸夜走近了，朝陈烟岚一通打量，"可你这一身太没劲了，不好。"

陈烟岚不屑："我还需要你过问我穿什么？"

"我过问了吗？"江浸夜痞气地提起一边嘴角，狭长的乌眸半合，"那天我只是随手指了橱窗里的模特说好看，陈小姐就豪掷千金买了这身。这么顺着我，没劲啊！"

"我可没心思迎合你，凑巧自己喜欢罢了。"陈烟岚不以为意，拨弄垂于胸前的长发，漫不经心地问，"难道不好看吗？"

当然好看。

轻盈飘逸的蓝色绉纱烟云般拂动，那些精致繁复的领口与裙边更显得陈烟岚仙气飘飘。

但江浸夜懒得再看，伸手把陈烟岚的肩膀揽往一边，背对两位旁观的少女，沉下声音："那就记住了，千万不要迎合我，我不喜欢太听话的女人……还不如买个充气娃娃。"

言至那句"还不如"他是贴近陈烟岚耳畔说的，背面看去他与她极尽暧昧，不知情的还以为两人迫不及待要当街亲昵。

陶禧盯着他们，睫毛颤动几下，脸上倒是无波无澜。

"他就是在你家学修画的那个叔叔？"林舒薇惦记着其他事，若有所思地笑，然后用肘弯撞了陶禧一下，"原来是这根硬钉子，嘿嘿。"

林舒薇很早就决定大学去美国念书，高一开始上托福小班，在那儿结识了陶禧。借着同校的便利，她们常常相约中午去学校食堂，得空说些八卦。总是林舒薇讲得眉飞色舞，陶禧在旁细嚼慢咽地听。

陈烟岚本该去年赴美去读艺术管理专业的研究生，谁知家中突遭变故，耽搁了。她和林舒薇的哥哥是旧友，受后者所托，辅导林舒薇的英语学习。

虽然大多数时候她们只聊天。

林舒薇心里藏不住事，聊些什么隔天就传给陶禧，那些话听来颇为惊悚。

比如，“她爸被人骗了两千多万，连房子都抵押出去，幸好有贵人相助，才保住最后一口气。”

比如，“她说自己试过七种不同的死法，都没成功。”

又比如，“她想隆重报答贵人，结果碰的是硬钉子，连个正眼都吝于施舍。”

陶禧当时还挺好奇：“怎么算隆重？”

“以身相许啊！”林舒薇抬手戳她，表情有些恨铁不成钢，“她看上了那个男的，谁知道让人家耍得团团转，对方是老手了。”

如今一见，陶禧全部对上号了。

“老手”，陶禧想着这个词，默默地垂了眼。

她早听舅舅丁珀说过，江浸夜十几岁的时候，身上的疏离与乖戾远比如今多。

他像一株漂亮却有毒的植物，在学校里，所经之处无不伴随尖叫声，随便往哪儿一站，女生们就如飞蛾扑火般蜂拥而上。

他选个最出挑的，玩两天就分手。

据说分手原因是他无法忍受独属于一个人，他要万千拥趸，享受众人的热爱。他自私又绝情，前女友们提起他，无不恨得咬牙切齿。

他直到来了陶家才收敛些，至少陶禧从没见过他的女朋友。

然而眼前的陈烟岚抱着手臂，眼中有志在必得的坚定，也有浅淡春山的温柔。她素净的妆容，却遮不住天生艳丽的五官，踩上那双八厘米的高跟鞋，比一米八的江浸夜只矮半头，两人外形颇为登对。

至少他们常玩在一起，是旧相识了。

他们几分钟前还扯嘴皮子做刀枪剑戟的较量，转眼便降了火气，一团和气地说起稍后去医院探望的病人。

“中心医院离这儿不远，所以我顺道过来送送我们家小丫头。”江浸夜神情越发严肃，俊逸的眉毛一点点拧紧，“陈放算是遭大难了，肋骨断了两根，还折了胳膊。那伙人下手真够狠的。”

“你知道是谁干的？”陈烟岚紧张起来。

“大概知道。”江浸夜从裤兜里摸出烟盒，抽出一根放在鼻下嗅了嗅，声音沉冷，“人家送了份‘大礼’，你说我该怎么回报？”

他话里有话，陈烟岚避而不答，在包里翻找打火机：“我现在就过去，一起吗？”

他抬起下巴，懒洋洋地应了声，走前不忘乱揉一把陶禧的头顶：“明早给你带小馄饨，等着我。”

骤然低了两个八度的嗓音包裹着无限宠爱，惹得前方的陈烟岚频频回头，眼风不冷不热地扫来。

这是她第一次正眼看陶禧，没什么情绪地轻轻一瞥。

像陈烟岚这般心高气傲的人，是不会把还没长成的小姑娘放在眼里的。但陶禧并无恼意，毕竟从头到尾，她专门瞧准江浸夜没察觉的机会，把眼睛落在他身上，而这要是被对他别有用心的人注意到了，心里确实不舒服。

林舒薇对此浑然不觉，嘴里啧啧作响，仿佛看了一场好戏，感叹：“冤家才能对上眼。你看他们，模样般配，也玩得来，到底什么时候在一起啊！”

“我哪儿晓得。”陶禧从未透露心意，表情和语气都天衣无缝，“你的家庭老师，你自己问呀。”

“我一问到要紧的，她就跟我打太极，精得很。”

“那就是不想让你知道了。”

“算了，她堂哥这回出意外，一家人都提心吊胆，我还是别在这个时候打扰了。”

陶禧微诧：“那个陈烟岚是陈（放）叔叔的堂妹？”

“我没跟你说吗？”林舒薇一头雾水，“当初就是陈放托江小夜拉陈烟岚家一把，她家才缓过气。”

“啊？江小夜哪儿有那么厉害。”

林舒薇又想拿手指戳她，看到她眼里的茫然，对她的两耳不闻窗外事的行为连连摇头："你以为他们江家远在北里，手就伸不过来了？唉，桃桃，我一个外人知道的都比你多。你若感兴趣，回家问问你爸妈。"

和留学指导老师讨论，丁馥丽拿出一贯咄咄逼人的架势，听得陶禧大气也不敢出，胸口一阵阵发闷。直至坐上回家的车，她也找不到半点询问江浸夜家事的契机。她留在丁馥丽的车上，从车窗看着母亲走出路边的便利店，小跑着穿过车流。

暮色四合，丁馥丽一袭牙色真丝连衣裙迎风招摇，连衣裙随步伐节奏勾勒出她保养得当的优美身形。交错灯光下，微烫的黑色短发自然雅致，颈间的珠链泛起莹润光泽。

可惜她始终板着脸。

大力带上车门，丁馥丽一言不发地把饭团放在中控台上，点火发动，七人座的SUV很快汇入望不到头的车龙里。

"南湖路修了那么多次，怎么还这么堵！"车子一刻钟挪动两米，丁馥丽不住地抱怨。

她等不及，驶离车龙，冲上绕远的快速路。

"今天就算把我的分扣光了，也得保证你七点半坐到书桌前！规矩哪儿能说乱就乱！

"我早看出Miss Wang没安好心，那么死命夸你图什么？不就为了要我掏钱，再买他们的定制课！这个歪脑筋动得咧……都是些陈年八股文的话，以为我会上当？

"你怎么还不吃？饭团都要放凉了！虾仁蛋黄酱口味，妈妈随便拿的，回去再给你加餐。"

坐在副驾驶位的陶禧听出她心情差，识相地抓起饭团，几下剥好，囫囵往嘴里塞。

丁馥丽是名职业策展人，兼任屿安大学艺术系的客座教授。眼看陶禧就要升入高三，她推了不少工作，腾出大半精力操持女儿的生活，对她严加管束。

待到前方畅通无阻，丁馥丽的脸色慢慢恢复。

陶禧双脚在水里泡了半个下午，低头脱了鞋，从手套箱里拿出毛巾捂住，听到母亲突然发问："我记得你舅舅出门没带伞，你淋雨了吗？"

"我……和同学躲雨了。"

"去哪儿躲的？"

"图书馆。"

"和男同学还是女同学？"

"女的。"

丁馥丽不语，车子减速时接连瞟去几眼，见陶禧平静的面色窥不出丝毫端倪，她才稍微放下心："桃桃，你现在是关键时期，妈妈必须把好关，一点差错都不能有的。"

可在你没怎么管我的时候，我也从没出过差错呀。念头甫一冒出就消散，陶禧不敢顶撞她。

"过去你舅舅读书就因为我没过问，混成那副鬼样子，高中没毕业，女朋友谈了好几个，悔得我真想抽自己！再说，现在的小孩普遍早熟，你别怪妈妈多嘴。"

"舅舅是舅舅，我是我。"陶禧不咸不淡地宽丁馥丽的心，靠上座椅，脑袋歪向一边。

她瘦弱的身体几乎陷入靠背，任窗外晃过的路灯在脸上拓出深深浅浅的影。

那是一张还没长开的巴掌小脸，线条柔和，已能从点漆的杏眸和微微上挑的眼尾预见若干年后其明艳不可方物，虽然眼下还裹着饱满的稚气。

驶出快速路后，车子再次慢下来，停在亮红灯的斑马线前。

"你舅舅我是指望不上了，本来求他安分守己，但他自从和那个姓江的混在一起，越来越不着家！前两天陈放出了车祸，我真怕他冲动报复。你说眼看就要奔三的人，还整天搞这些江湖义气，讲出去好笑不好笑？要我说，他们那个小圈子一天不解散，没一个有好下场！"

提起自己不争气的弟弟，丁馥丽气不打一处来。

"妈妈，陈叔叔到底怎么了？"陶禧扭头看她。

"就是那个汤越呀，这汤陈两家的梁子算正式结下了，以后有好戏看喽！"

汤家是屿安本地大户，家中次子汤越曾与陈放十分要好，后来见不惯他巴结江浸夜低声下气的模样，与他日渐疏远。去年陈烟岚父亲遭人陷害，差点赔光家底，据说就是汤父所为。这次他们一帮人去盘山公路玩车，唯独陈放的刹车被动过手脚，叫人没法不起疑汤家。

陶禧跟着提心吊胆："有没有查到证据？"

"这我哪儿晓得。我还替他操心？"车子重启，丁馥丽尖细的嗓音在窗外响成一片的鸣笛声中有些刺耳，"其实吃吃苦头蛮好的，这样才能长记性。我呀，就盯紧你舅舅，让他别惹祸。"

"舅舅有分寸的，自从去博物馆上班，他脾气都变好了。"

"是该懂事了。"丁馥丽苦笑，"但你爸爸的手艺他一点没学到，全传给姓江那小子了，想想我就不甘心。老陶真是个缺心眼的，别人家的儿子迟早要回去，这么尽心尽力做什么？随便教教就好了呀！"

丁馥丽不喜欢江浸夜，这么多年过去对他依旧看不顺眼。

陶禧不敢触她的逆鳞，只乖顺地抱紧书包。

"七点半到十一点半，中途只许休息十分钟。

"英语作文差两篇，补好给妈妈检查。

"别忘了数学模拟卷，你还要高考。"

陶禧靠着床头喝水，抬手扇风。丁馥丽一边交代着，一边风风火火地四处翻找，片刻后抽出一堆课本试卷，齐齐码上书桌。

这房里，事无巨细，都由她操持，大至家具摆放，小到文具归纳，全按她的意思。她力求不让课业外的事情分走女儿一点心。

"这回买的笔芯够你用一个月。"丁馥丽催促陶禧坐好，扫一眼挂钟才七点二十五，不禁笑逐颜开，"晚上还想吃什么？赤豆圆子或者桂花糖粥？"

"糖粥。"

"妈妈九点半送来。"她爱怜地轻拍陶禧的肩膀，声音放柔了不少。

随即一声闷响，房门合上，飘来走廊上淡淡佛手瓜的清香，宽绰的卧室彻底静下来。视线朝试卷随意扫了扫，陶禧立时端正坐姿，抓过稿纸。笔尖与纸页摩擦的窸窣声挠得人耳朵痒，和着窗外初秋的虫鸣，宛若天籁。

优等生的特点是能迅速投入某件事，并保持足够的专注。她饥肠辘辘地抬头，惊觉居然十点了。

丁馥丽前所未有地失约，走前没留下一点口信，只把手机落在沙发上。

饭团早就被消化殆尽，饥饿感让陶禧无暇他顾，她匆匆跑进厨房，不想对着冰箱满当当的架子傻了眼。

丁馥丽不让她分心的事情自然包括下厨。

她抱着肚子蹲下，那些含糊不清的咕咕声怎么听都是悲鸣。

好饿，肠胃开始绞痛，她连关好冰箱门的力气都没有，一线白光映亮她眼底蓄起的水洼。

真没用，读这么多书却要活活饿死，讲出去都叫人笑掉大牙。

泪水糊住了视线，陶禧忽然听到窗外的动静——是从修复工作室传来的。那里前后两道铁门的门轴都锈了，陶惟宁去香港出差未归，迟迟没人修理，江浸夜每天开门就是这个声音。

陶禧猛然起身，气呼呼地跑出去。

才刚推开槛窗，江浸夜眉心跳了跳，停下手里的动作，把头探出窗外张望。长廊昏暗的灯光下少女纤细的身影轻烟一般从远处飘来。他缓步走过去开门。

“江……江小夜！你怎么来了？”

抬眼望见那张瘦削冷峻的脸，陶禧脑子短路一秒，忘了是来兴师问罪的。

“今天的活儿还剩点，不想拖到明天。”难得摆出正经架子，江浸夜给她搬来一把太师椅，“倒是你，不写作业，找我干什么？”

目光触及他鸦青色短衫领口的观音吊坠，陶禧怔了怔。她早听丁馥丽说过这是罕有的龙石种翡翠，就算把陶家小院卖了也不抵。

再往上是他的剑眉星目，不笑时透着隐隐的邪气。现在，整张脸罩在难以接近的阴郁里，他正困惑地盯着她。

陶禧没来由地心虚，嗫嚅半晌：“饿……我、我饿了。”

江浸夜表情有几分松动，长指轻叩茶几玻璃，一碗小馄饨正冒着腾腾热气。

不过眨眼工夫，餐盒里只剩下紫菜和虾皮，汤面漂浮点点青葱。陶禧意犹未尽，捧碗喝饱汤才抽出纸巾擦嘴：“好吃，量也足。”

“一碗才五块钱。”

“不可能吧？”

“餐馆就在我楼下，我还没吃过，想着要是好吃明早给你带。”江浸夜莞尔，单手托着下巴，“看来不用了。”

陶禧愣住：“你还没吃饭？”

江浸夜抿唇笑了下，起身收拾餐盒。

“唉，要不是小夜叔叔，我今晚肯定饿死了。冰箱装那么多东西，我什么都做不出，一点办法也没有，因为连灶都不会开……”陶禧停下手里的动作，毫不留情地自我批评，眼圈也泛红，“成绩好有什么用，扔了书就是废物。”

江浸夜若有所思地问：“等你去了国外读书，还带你妈妈一块儿？”

“嗯。”

“将来你成年了她还跟着吗？”

“不……不知道。”

“你就没点意见？”

陶禧不解，抬头的瞬间滑落一滴泪。

“我的意思是，她是她，你是你。”江浸夜伸手，用指腹揩去她脸上的泪痕，“你就没有自己的想法？”

“可是……”面颊触到他手指的一瞬，陶禧脑中有火花噼啪炸过，说话也不利索，“妈妈说我听她的就行了。”

江浸夜收回手，眉间闪过一丝嫌恶，扯动嘴角嘁了声。

陶禧顿时想起他今天说不喜欢太听话的女人。

“那你不会用炉灶也没所谓了。”他悠悠地靠上窗台，意有所指地笑。

这是什么意思？

陶禧闷闷不乐地瘪嘴，宁愿他不正经地乱开玩笑，也好过这样话里藏话。她根本听不懂，只隐约感到是她做错了。

真阴险！

“工作室的门轴锈了这么久，也没见你动手抹点油，厉害极了。”陶禧说着转身要走。

谁知鱼骨辫被他一把扯住，她趔趄着，差点摔倒。

“吃了我的还骂我？咱们到底谁厉害，啊？”

“疼疼疼疼……”

“不把话说清楚甭想走。”

“你、你欺负人！”陶禧气急败坏地叫嚷，“妈妈只许我休息十分钟。”

“你就当她放屁好了。”

“你才放屁！”

夜风微凉，捎来茉莉的淡香。

秋天刚露个脸，气温还未降下，茉莉细长的枝条爬满院中的半壁围墙。浅紫色花朵郁郁葱葱地赖在枝头，被那扇窗户里的动静吸引着，争相眺望。

陶禧一双清澈的杏眼瞪得溜圆，不敢相信受他引导说了一串脏话。她刚才极力挣脱他，还甩掉了皮筋，散开的一头黑亮长直发，绸缎般晃了人的眼。

江浸夜则手撑书橱笑弯了腰：“好久没这么开心了，真是人生三乐事——吃饭、睡觉、逗桃桃。”他一边感叹着，一边去浴室拿了把梳子。

陶禧接过梳子，朝他恨恨啐了口：“呸！”

对着镜子梳好头，陶禧打量起这间浴室。

四壁皆是灰白色的清水混凝土，墙角置着一个甜白釉梅瓶，颇有能立时入画的美感。套房是从工作室单独划出的，挑高足有四米，灯光自斜顶倾洒而下，热烘烘的叫人神思恍惚。

隔断后的衣帽间连接卧室，陶禧还想一探究竟，旋开门，撞了一鼻子江浸夜身上那股乌木沉香。

陶禧打了个喷嚏，红着脸飞快跑走。

江浸夜在案台上铺开宣纸，用镇纸压住，倒出早晨磨好的墨汁，放大电脑屏幕上《匡庐图》的局部，正襟危坐地提笔。

陶禧踮着脚走近，屏息看了片刻，纸上现出一座险峰。

“这幅画虽然以庐山做参照，但荆浩画的是北方的山水。”江浸夜端详屏幕上的扫描图，不徐不疾地说。

陶禧微讶：“你特地过来只为了摹画？”

“我每天都摹，今天的还没补上。”他低头，面目若老僧入定，信手蘸取不同墨色，渲染山顶的密林。

“江小夜，你想家了？”

江浸夜笔尖一顿，但笑不语。

陶禧着急：“你不会马上要走了吧？”

“你想我走吗？”

“不想，当然不想啊！”一不小心，陶禧道出真话。

江浸夜一愣，哈哈大笑，说道：“还是桃桃知道疼人。叔叔平时没白对你好，以后天天给你带小馄饨。”

陶禧：“……”

陶禧起初怎么也不愿叫他叔叔——生生隔着辈分。可拗不过丁珀“我是你舅舅，他是我兄弟，你要是叫他哥哥，那不都乱套了”这通软磨硬泡，不情不愿地改了口。

余光瞥见她咬紧下唇的模样，江浸夜搁了笔，问：“知道谁是荆浩吗？”

“知道，五代后梁画家，发明了皴擦画法。”

“什么叫皴擦法？”

“‘皴’是皱纹的意思，皴擦法是传统山水画特有的笔法，能画出山石树木的纹理褶皱。你说过，用干毛笔蘸浓墨擦出的阴影使山石看上去更厚重，有立体感。”

“我说过？我什么时候说过……”江浸夜饶有兴致地摸下巴，不等陶禧回答，狐狸一样眯起眼睛，“看来你对我还真挺上心啊！”

陶禧慌乱地别过脸，紧张得太阳穴突突直跳。

原来他记得下午她那句“你告诉过我一次，我就记住了”。

现在他居然试探她！

“那你就记住，”江浸夜起身走向一排紧闭的槛窗，“每一个辗转反侧的夜晚和寝食难安的白天都是有意义的，别人取代不了，也无法替你做主。所有的滋味要你亲自品尝，否则痛苦可能没那么痛苦，但快乐一定不那么快乐。”

昏暗的光线下，他的背影清瘦孤傲，像是担心她不懂，补充道：“简单说，如果你听从的不是自己的主意，等将来后悔了能怨谁呢？”

这话并不仅仅说给陶禧听。

“比如我来屿安这件事，他们都说我傻，可我从来不后悔。”

陶禧犹豫着，错过了接话的时机，默默把两只手藏在身后，攥紧了拳头。

丁馥丽将近零点才回家，陶禧在楼上坐着还没睡，听到丁珀求饶的叫唤声。

想要下楼看看，她扫了一眼窗外，窗口正好对着工作室那间套房的卧室，不过半小时前还亮灯的房间此时一片漆黑——江浸夜离开了。

楼下的丁珀喊声不绝：“桃桃，救命啊，你妈妈要杀人啦！”

陶禧匆忙应声：“来了来了！”

合上百叶帘，她飞奔出门。

停在扶手楼梯最后一级，陶禧瞠目结舌。

丁珀惊恐地冲出餐厅，旋风一样刮过她，于沙发一侧急刹转身，盯着停在几米外捶胸顿足的丁馥丽，提防她随时扑来。

“早说过这种浑水不要蹚，别人都等着看你笑话！”

“哪儿有别人！明明是汤越那王八蛋捣的鬼！都叫你少管闲事！”

“闲事？万一你真有个好歹，我怎么办？连陈放都没那个意思，你起什么哄？凑什么热闹？还帮兄弟出头，也不看看自己到底多少斤两，称过没有？”丁馥丽红着眼睛，连珠炮似的问完一串，深深吸了口气，“再有两年你就三十了，三十而立，你拿什么立？准备依靠我到什么时候？”

丁珀蹿上火气，脱口而出：“是啊，你不就嫌我是个累赘？”

“丁珀！你说话可要摸着良心，我要嫌你是累赘，何必拖到现在！”伤人话语像柄锋利的长剑，丁馥丽眼中浮出穿心般的疼痛。

姐弟俩年纪差得多，父母离世早。

丁馥丽亲手把弟弟拉扯大，与他感情深厚。丁珀读书时好斗，成天骑摩托车游荡街头，和小混混没什么两样，丁馥丽始终忧心忡忡。结婚后，丈夫陶惟宁提议她把弟弟接来跟他学习中国古画修复，从此结为一家四口。

陶禧从没见她哭过，心里一阵郁闷，哑声叫着“妈妈”跑过去，抱紧丁馥丽。

丁珀理智归位，自知失言，懊丧地看向掩面哭泣的姐姐，垂头挨着她坐下：“姐，是我错了。”

“我就是不想你走错路。”一手搂住女儿，丁馥丽拿纸巾抹泪，“我只有你一个弟弟。”

今晚快九点丁馥丽接到一通电话，称丁珀要为陈放报仇，带了几个人去堵汤家别墅大门，誓要火烧汤家。她顿时吓得六神无主，挂电话前问清地址，心急火燎地开车赶去，却被拦在了最后一公里外。原来她不知道位于市郊的汤家别墅安保严密，下了车趁黑跋涉，无意间启动了警报器，被保安扣留。

两小时后，丁珀气急败坏地乘出租车抵达，丁馥丽恍悟让人摆了一道。

返程途中，丁珀埋怨她偏听偏信，做事情不带脑子。丁馥丽满腹委屈，和他吵了一路。

两人各执一词，僵持不下。后来丁珀无意中透露确实想过为陈放报仇，叫丁馥丽逮住了话柄。

局势瞬间扭转。她训斥半晌，见他油盐不进，便顺道把这些年的账一并算了起来，直至回到家。

这才有了陶禧下楼后见到的那一幕。

“姐，我发誓，以后做事绝不冲动，不让你担心！”丁珀竖起并拢的四指，神情凝重。

这些年他不是没有变化，左耳的五个洞眼闭合了，长发理成清爽的平头，眼神也变得温和。自从陶惟宁介绍他去博物馆上班，丁珀过起朝九晚五的规矩日子，脾气收敛了不少。

丁馥丽凄楚地看着他，心里压着沉甸甸的铅块。

眼见快凌晨一点，想想明天还要早起，她疲惫地支起眼皮，点点头，垮着肩膀回房。

陶禧却坐着不动。

丁珀轻声催促："桃桃，很晚了，快去睡觉。"

"可是舅舅，妈妈晚上没带手机，你也还没说是谁通知你过去接她。"清澈眼瞳在灯下反着狡黠的光，她抓住他们叙述里的漏洞，"我不信妈妈能背下你的号码。"

丁珀微微一愣，笑道："你个小机灵鬼。"

摸出手机，他调出微信上收到的一段语音，那是汤越的声音："看得出你姐是真疼你，行，我今天不为难你们。我知道陈放的事只是个误会，我要针对的人从来没变过，你晓得的。"

陶禧双手搁在膝上，紧张得眼珠子转也不转，嘴唇直打哆嗦："他、他、他……针对的不会是……小夜叔叔吧？"

丁珀脸色黯了黯："陈放那辆车本来是江浸夜开。"

陶禧夜里梦到江浸夜坐在工作室的案台前，枕在肘弯上睡着了。

桌上笔墨纸砚一应俱全，宣纸留有未干的墨迹，狼毫横在案头，正对的墙上挂了幅《快雪时晴帖》的摹本。

他周身散发着浓郁的酒味，想必是临帖途中不抵睡意才睡着的。

陶禧不在梦中，却分明听到自己迟疑地叫了声"江小夜"。他摇晃着抬起头，窗外一弯新月划破层叠的云帐，探出光明，可他眼神还是涣散的，蒙着一层醉意。

离座洗了把脸，江浸夜挺直背脊，抓起了毛笔。

江浸夜手背白净，皮下青色的血管随笔势顿挫隐现。他真好看，让人呼吸都收紧了，低眸运笔的身影孤傲，落在陶禧眼里，像一阕哀戚的词。

陶禧想要上前看他写的字，视野便如摄影机里的取景框，无声地前移放大。

谁知平整的纸面只有六个字——"我从来不后悔"。

江浸夜阴郁的眸光上扫，恰好对上她的视线，唇角邪气地提起一边，嗓音沉冷："陶禧，不要喜欢我，你会后悔的。"

"啊——"陶禧两脚一蹬，尖叫着醒来。

她抓紧被子大口喘气，惊恐地盯着黑暗中的天花板，仿佛那里潜伏着异兽。

缓了几秒，她意识到做了个噩梦。

四周格外空旷安静，一些情绪在陶禧心口发酵。她辗转反侧，回忆昨天发生的事，千头万绪涌来。

想起舅舅那句“陈放那辆车本来是江浸夜开”，她忽然明白了什么。

江浸夜说过，他只在摹画修画的时候最为放松，因为脑中澄澈清明。他昨天去医院探望陈放，了解了多半事情的经过，看到好友替他遭罪，心里不好受，才特意来工作室求个心静。

难怪他会说些莫名其妙的话。

江浸夜平日除了在老师陶惟宁面前规矩些，其余时候总没个正行。他过去喜欢捉弄陶禧，得意地看她气急败坏地跳脚，英俊的眼睛狐狸似的眯起。可没多久嫌跟小姑娘过招没意思，他便转头去找别的乐子。再见陶禧，他又摆出一副长辈的严肃面孔。

陶禧每每想起，对他的装模作样嗤之以鼻。

可他真的就如看起来的这样没心没肺吗？

陶禧不知道。

有太多穷尽她有限的人生经验也解不出的难题，那些难题藏在笑容背后的角落，江浸夜一定不会向她敞开，毕竟在他眼中自己还是个生气了买糖就能哄好的小姑娘。

唉，这样愁烦的夜晚，连月光都是恼人的。

后半夜陶禧彻底失眠了。

暑假补课终于走到尽头，课间，一整栋楼的准高三生如滚水般闹腾，楼道充斥着喧天的声浪。结伴去小卖部的一众女生把陶禧团团包围，惊叹着：

“陶禧，你的黑眼圈好恐怖！”

“昨晚偷偷用功了吧？”

“不是打算去国外读大学吗，还这么拼？”

陶禧苦笑，有口难言。

好在她们没有追问。陶禧的目光接连扫过敞口冒冷气的冰爽碳酸饮料、男生掌上旋转未停的篮球。身畔同学如枝头鸟雀般聒噪，话题发散迅速，下至一楼她们已聊起了hobo（日本手账品牌）手账的定制书衣。

陶禧心不在焉地问："你们昨天抛弃我去借了什么书？"

"那哪儿是抛弃你，要下大雨啦，我们谁也没带伞。"

"就是，还借啥书，回家都来不及。"

曾在高一结为英文原著阅读小组的几个人，断断续续读过几本书后，组内活动就搁置了，上学期她们才决定重拾。大家一起制订阅读计划，相互监督，每周交换读书笔记。组里陶禧的成绩最好，其他人也不差，放在年级里都属于拔尖的那一拨。

既然说到了，一群人七嘴八舌地讨论本周到底看什么书。

有人提议："我们这周别看狄更斯，换个轻松点的。"

"换什么？你选好了吗？"

"*Flipped*（《怦然心动》），反正都看过电影了。"

"这个好！"

"哎，那不是林舒薇吗？"

顺着一只手指去的方向，陶禧看见林舒薇站在路旁的树荫下，仰头喝宝矿力。昨天林舒薇的那条牛仔热裤太招摇，在学校穿有些不合时宜，众人纷纷议论她"博眼球"。不知谁讥笑了一句"真骚"，女生们会意地附和，相互传递意有所指的眼色。

唯独陶禧缄口不言。

风过树梢，掀动出浪涛般的喧哗。

不顾身后的惊呼，她走向林舒薇："你怎么一个人？"

林舒薇扫过那群交头接耳的女生，笑着说道："一个人才自在呀，可惜碰上八婆！不过我以为你会假装没看到我。"

陶禧成绩优异、性格温顺，在整个年级有着高口碑。

她充满耐心，不当面反驳别人，不主动提出异议，不参与任何纷争，悄然潜在静水流深处。连长相也是邻里喜爱的乖巧款，一双杏眼闪着恬淡的光，不特别出挑，但很温和。

"假装没看到"确实是陶禧一贯的选择。

只是昨晚江浸夜那声不屑的"嘁"和嫌恶的表情在此时激起她内心的不适。

不准看不起我，陶禧想对林舒薇说。

但何必费劲解释，陶禧干脆地挽过林舒薇，扬起月牙似的淡眉："八婆小组推荐的本周书目是*Flipped*，林同学可以向我预约笔记。"

实验班的阅读小组声名在外，连国际班的老师都推荐过好几次。

林舒薇喜笑颜开，完全放下了刚才那点不快："桃桃，你太好了！这本我家就有，是陈烟岚推荐的，说比较简单。今晚你别上自习了，来我家里呀！"

"陈烟岚啊……"

"放心，她今晚不在！"

林舒薇的哥哥林知吾毕业于妹妹就读的高中，曾经是学校的传奇人物，高三毕业拿下九所欧美顶级名校的全额奖学金，如今在斯坦福读计算机系。

林家家里每个房间的书柜、床头和博古架，甚至洗手间，都摆满了林知吾的相框。

陶禧初次登门，没被大气的全景玻璃窗惊艳，没让玄关的哥斯拉挂画吓退，倒是对这些相框惊叹不绝。

林舒薇亦步亦趋地跟在后头，不住地叹气："现在知道我在家里的地位了？真的是不如狗！"

陶禧被她逗笑，说道："所以你要争气呀！"

于是未多做耽搁，林舒薇豪气地清空书桌，与陶禧迅速投入自习。

本想着有优等生坐镇身侧，注意力会更加集中，谁知陶禧一小时不到就做完两张试卷，双手捧着脸看向林舒薇，眼巴巴地等她找出那本*Flipped*。

"跟你坐在一起真是自找打击。"林舒薇没好气地把书递过去。

陶禧弯起眼睛："舒薇加油！"

林舒薇见她盯着封面，忍不住抻长脖子问："你们都怎么做笔记？"

"也就是整理生词、短语，总结一些生动形象的句子，摘抄喜欢的段落。如果是现代作品，再摘录些俚语。"陶禧随手翻了几页，"总的说来，是从实用角度出发，不做文学鉴……"声音卡顿，剩下的"赏"字迟一拍出口。

她的手指正好压住那段名句——

"Some of us get dipped in flat,some in satin,some in gloss. But every once in a while you find someone who's iridescent and when you do,nothing will ever compare."

她在心中默念译文：有人住高楼，有人在深沟；有人光万丈，有人一身锈。世人万千种，浮云莫去求；斯人若彩虹，遇上方知有。

后来书房重归宁静，她瞥一眼与立体几何杀红眼的林舒薇，用铅笔在那行英文旁的空白处浅浅写下一句"致江小夜"。

陶禧将整本书拢于胸前，闭上了眼睛。

她对他的感情像一簇微弱的火焰，囚在她心底，寂静地燃烧，什么时候燃完了，她大概就死心了。

能不能赐她一块僻静的角落，让她暂时宣泄她深埋的秘密？

休息时林舒薇洗了一盘车厘子，两个人有滋有味地嚼着，不可避免地聊起八卦。

陶禧慢吞吞地问："上回你说让陈烟岚碰壁的老手是江小夜吧？"

"嗯。"

"他……怎么个老手法？"

"我听说他前两年交过好多女朋友，个个背景不凡。可惜呀，全让他甩了。他要不是姓江，够死八百回。至于老手嘛……"林舒薇想到什么，压低声音说，"给你分享个具体的——他吻技超厉害！"

欸？

陶禧一下僵住，白皙的小脸腾地变红。

林舒薇莫名其妙："我说的是他，你脸红什么？你试过？"

"不不，只是想起一些事。"

去年暑假的某天下午，江浸夜奉命陪陶禧出门买水果。陶禧兴冲冲地换上背带裤和海魂衫，照镜子拨弄几下刘海，一阵风似的跑出门。

外头刺眼的日光映白了道路，院里苦楝树的叶子迎风簌簌作响。

江浸夜靠在车库门外，手指转着车钥匙。他长腿笔直，衣领被风吹歪，落拓不羁地站在那儿，叫人生出怅然的落寞感。

这样的人不属于她，她想想就惆怅。

"不坐你的车，坐我爸的。"陶禧走近。

江浸夜眉毛扬了扬："陶老师什么时候买车了？"

"摩托车。"

她双手环抱他腰际那一刻，连三十六摄氏度的高温她都觉得凉爽，心情好得可以立马下车跑个十公里。

江浸夜紧实的腰哪怕弯着也摸不到一丝赘肉。陶禧用手指戳了戳，没戳动。

"便宜占得挺开心啊？"

"嘿嘿。"

去不了远处的大卖场，他们就光顾近一些的小型水果超市。江浸夜在家里从没操心过这种琐事，生出无限好奇，往手里大号的无纺布编织袋中扔了一堆东西。

谁知东西被陶禧果断拿出，她低头认真分拣，把几样水果纳入不同的小袋，嘀咕道："这个杧果发干了，不好。桃子要挑桃头有小尖的。表皮有光泽的苹果更好吃。"

江浸夜自觉地靠边站，盯着她白皙的耳朵，悠然地说："哎，这屋里屋外都有陶老师。"

"嫌我妨碍你了？"陶禧拎起袋子，瞥他一眼。

"哪儿敢啊？"他嘴角噙着坏笑，黑白分明的眼中藏着她读不懂的信息。她心脏怦怦直跳。

结了账，江浸夜拿她打趣："你们当学霸的是不是都喜欢刨根问底？"

陶禧不解。

他便说："刚才那些水果有什么可挑的？随便买回去，不好的扔了呗。"

陶禧鼓了鼓腮帮子："既然有喜欢随便乱抓的人，就会有喜欢仔细挑选的人。"

"行，以后我不乱抓，我就等着吃……"他拿起两颗洗净的樱桃，径直扔进嘴里。

稍顷他摊平手掌，吐出吃剩的核与梗。

翠绿的樱桃梗打成结，工具是他的舌头和牙齿。

哪怕时隔一年，陶禧每每记起，他站在店外撑起的阳伞下，掩在发梢后的星眸无比幽深，都仓皇得好似亲历一场八级地震。

林舒薇伸手在她眼前晃了晃："真想让你照照镜子，一脸少女怀春相。"

没等陶禧抗议，门外传来陈烟岚的声音："哪个少女怀春了？"

"陈烟岚！你今晚不是不来吗？"林舒薇跳下座位，紧张地瞄向陶禧，有种谎言当场被人戳穿的尴尬。

上次的见面让她多少感觉到陶禧和陈烟岚不怎么对盘。

"我要的就是出其不……这不是江江家的小丫头吗？"陈烟岚倚着门框，手里转着打火机。

她嘴角噙笑，语气却傲然，听不出半分笑意。

与昨日的素净不同，陈烟岚今天化了艳丽的桃花妆，妩媚风情足以收拢整条街的目光。可眉眼又是高冷的，拒人千里之外，一句再平常不过的话听着总叫人浑身不自在，或者说只是让陶禧不自在。

于是陶禧低下头，重新翻看小说，不冷不热地纠正："我是我家的。"

"你怎么开门没声音的？刚才吓死我了！"林舒薇试图缓和骤然冷却的气氛，"我哥给你钥匙的事我爸妈还不知道呢。"

陈烟岚为林舒薇当家教是林知吾牵的线，他还顺带给了家里的钥匙，方便她上门。

"我看你爸妈在群里传达会议精神，晓得他们不在家。"陈烟岚笑吟吟地收起打火机，"再说了，不做亏心事，就不怕鬼敲门。我是正好路过，上来监督你有没有认真自习。原来家里已经有小老师了。"

林舒薇回头看一眼陶禧，脸上露出几分得意："人家陶禧是学霸，你就放心好了。"

"是呀！出去玩的时候江江也说陶家的小姑娘是学霸，不像他，为了跟自家爸妈怄气，生生把自己耽误了，如今想想真是蠢得很。"

林舒薇讶异："他跟你说这些？"

陈烟岚故作神秘："何止，我还和他妈妈通过电话。"

两人就这么你一言我一语热络地聊开了，陶禧飞快地收拾书包，等走到她们跟前了才被她们察觉。

林舒薇拦住不让走："才九点！"

"我家远，回去晚了妈妈不放心。"见她闷闷不乐地松手，陶禧哄劝，"还有下回嘛。"

陶禧等在斑马线的红灯前，四周充斥着鼎沸的人声，无数流光溢彩的灯光点燃了城市夜晚最热烈的时刻，在她眼中忽明忽暗地变幻。

她自以为探到了他秘而不宣的隐伤，眼下才知他的心并非森严壁垒。

她无意间窥见的一角原来别人早就看过了。

陶禧周六起了个大早。光从纱帘透进来，照亮半室。她把书包翻遍，惶然发现那本*Flipped*不见了。

那晚她只想赶快离开，不记得有没有收进书包，可从"遍寻不到"的结果来看，是没有。

因为算过做笔记的时间大约是阅读的三倍，所以书她总是等到周末才看。赤脚踩在冰凉的地板上，陶禧冷汗直冒，后悔没在第一时间检查，要是让人翻到那行字……

她不敢往下想。

给林舒薇拨去电话，半天不接。陶禧猜她被周公拖住，只好留言，请她醒来马上回电。

左思右想仍觉得不妥，陶禧自责——都过了发泄的瘾，为什么不及时擦除。于是把心一横，她匆匆扎好辫子，换上出门的行头，决定亲自登门，守着林舒薇起床。

她下楼时，穿堂风缠上小腿，这是丁馥丽起床后开窗涌入的新鲜空气。可家里到处静悄悄的，空无一人。

陶禧最后在池塘边才找到舅舅丁珀，他抛出网兜，似乎在捞鱼。

陶家小院是一处水景庭院，从陶禧爷爷那儿传下来，位于屿安市东郊。院子是传统中式风格，白墙黛瓦，飞檐斗拱。

"舅舅……"她撑上太湖石，瞧见网兜里躺着一条鱼。

"像这样把鱼饿几天叫瘦养，一般六斤的要掉个两三斤，可以去鱼腥，还能提鲜，高级饭店都这么处理。真正的行家不需要东星斑或是老鼠斑，普通的草鱼就能烹出绝妙滋味。"丁珀眉飞色舞地说着，把鱼倒入脚边的塑料桶，网兜重新沉入睡莲下。

陶禧着急地说道：“哎呀，我想问的是妈妈去哪儿了？”

“姐去市场买菜了。姐夫中午到家，要做顿好吃的。江浸夜也来。”丁珀说着眯起眼睛，面露讥讽，“其实做顿好的是姐夫特意交代的，捞鱼也是他的意思，说要好好招待小夜。但我搞不懂，哪儿有老师捧学生的？”

陶禧不满，嘟囔：“只是小夜叔叔喜欢吃鱼，我们家正好有。”

“你小孩子懂什么？”丁珀不屑，“明明是你爸忌惮他们姓江的。”

“我就懂！是舅舅胡说！”陶禧恨恨地朝他吐舌头，一溜烟跑走。

丁馥丽买菜回来时陶禧在楼上看书。

房门敞着，传来细细碎碎的人声，是丁珀被叫去厨房择菜了。

陶禧不想错过有江浸夜的午饭，便耐心地等手机的回复。及至日上三竿，林舒薇告诉她在书架上找到了那本书，没人动过。陶禧约好下午去拿。

半小时后，灶上两条清蒸的草鱼还未出锅，鲜香盈满一室。

陶禧被馋虫挠得心痒，坐立难安，想舅舅修画手艺不行，但做菜颇得父亲真传，于是搁了笔跑出去。

楼梯下了半截，陶禧听到丁珀刺耳的谈笑声：“姐，还记得我们那个张副馆长吗？他女儿前两个月天天下了班等在院子外面，为见江浸夜一面，跟中了邪一样。听说被甩之后，得了抑郁症，班都没法上。”

陶禧顿住脚步，撇了下嘴角，不齿背后说人小话的舅舅。她听陶惟宁说过，那女孩早有抑郁症，和江浸夜也没谈恋爱。

丁馥丽也抓住漏洞：“她不是老毛病了？”

丁珀振振有词：“听说前两天她在街上碰见他跟别的女人，被刺激了。”

“这说明什么？说明他就是个祸害。”丁馥丽替别人不忿，“那些年轻女孩子一个比一个爱做梦，他姓江的不就是有张好皮相，还有什么呀？尤其是你，拜托，平时长长心！”

陶禧躲在楼梯上，看到丁珀身形晃了下，估计被丁馥丽拿手指狠狠戳了。

年初他去市博物馆的文物修复研究室上班，看上同期一个刚从美院毕业的女生。两人来往一段时间后，那女生似乎对他挺有好感，丁珀便常邀请她来家里吃饭。谁知来过几次，她转而向江浸夜表白。

江浸夜自然拒绝了，可她也因此和丁珀疏远。

丁馥丽一直希望弟弟安定下来，盼他早日成家几乎盼成了心病，这事是横在她心里的刺。

丁珀虽然逢人必称与江浸夜是铁打的兄弟，性格也粗枝大叶，可对于陶惟宁把古画修复技艺全无保留地传授给江浸夜，还是有些意难平。

陶禧知道舅舅多少怀有一些嫉妒，而且大部分来自丁馥丽的煽风点火。

"不过你对他还是客气些。去年谁都说陈家要垮，结果局面硬生生被扳了回来，姓江的不得了哦。"丁馥丽说到这儿突然笑了，"再说，听老陶的意思，江家早想让江浸夜回去。我多做做老陶的工作，他的话那小子多少能听进去。"

静了片刻，丁珀冷冷地说："走了好呀，没他早就天下太平了！"

就算知道他是为陈放那起原本该落到江浸夜头上的车祸鸣不平，陶禧依然听得心惊肉跳。

院子里，正午的阳光从树叶间洒下，碎银一般叫人目眩。

陶禧拧干一块毛巾，小动物撒欢似的冲出门去，清甜的嗓音像盛夏的第一口柠檬汽水："爸爸！天这么热，给你擦汗！"

陶惟宁停下脚步，接过毛巾，笑得合不拢嘴："知道爸爸回来啦？"

"等了好久！"

"真乖。"

然后陶禧才把目光投向旁边那人。他一手提着行李袋，一手推着拉杆箱，长身鹤立，被浓荫筛过的烈阳在他英俊的脸上落下稀疏的光斑。

陶禧怯怯地叫他："小夜叔叔好。"

昨晚问到陶惟宁的航班后，江浸夜一早开车去机场接老师，和他一起回来。

"桃桃好。"江浸夜点头。

亲昵地挽过父亲，陶禧欢快地说起升入高三后的见闻，偶尔讲个俏皮话，逗得陶惟宁开怀大笑。

江浸夜垂目不语，像在看砖缝里点点的绿苔，但陶禧知道他听得很认真。

早在他来陶家没多久她就发现了。

每每家里四人开始乱哄哄地讲话，江浸夜脸上总罩着一种奇妙的安宁，那安宁好像人坐在冬日的炭炉旁，看着锅下火星噼啪作响，锅里滚着诱人的肉汤，暖心熨帖。

他还把脸转向他们，微微倾斜身体，仿佛窗外是没有指望的雪窖冰天，只剩此处的温度可暖人心。

陶禧愿意把这样的温度分他一些："小夜叔叔，你过两天有空吗？"

江浸夜微怔，困惑地看来。

"我们班这学期来了个转学生，说自己喜好国画，画艺'上擒宾虹，下坐抱石'，我就把你以前摹的《万壑松风图》带到教室。他呀，眼睛都看直了，问我是谁画的，我说是你，结果他一整节课都拽着我不撒手，非要拜你为师。我说让他过两天来。"

陶惟宁乐不可支，笑得皱纹完全舒展。

江浸夜挑了下眉，脸上跟着生动起来，抿唇不出声地笑。

进屋后，陶禧发现丁馥丽换了身衣服。一条印花连衣裙，收腰的设计，面料富有垂坠感。胸前的祖母绿宝石项链尤其惹眼，不用打灯都泛着璀璨光辉。

这是江浸夜当年送她的见面礼，价钱抵过一辆好车，已成为丁馥丽的心爱之物。此时她戴出来，当然为了给他看。

陶禧瘪嘴，不喜欢妈妈耍这样的心机。

丁馥丽浑然不觉，只顾热情地招呼："饭菜都做好了。你们把东西放下，进来坐！"

南北向的门窗大敞，院里的蝉鸣、鸟啼不绝于耳。

实木餐桌上陆续摆上白灼小管、八宝酱丁、炒青菜和南风肉烧冬瓜汤。丁珀疾步端来盛有清蒸鱼的青花瓷盘，再舀一小碟香糟毛豆和泡椒酸笋，实在引人垂涎。

陶惟宁此次去香港是为了参加在那里举办的国际文物修护学会会议，于是席间说了不少两地文保修复界的逸闻。丁珀规矩地上了半年班，对行内消息颇有了解，接嘴也不限于插科打诨，偶尔提几句专业意见，陶惟宁频频点头。丁馥丽看在眼里，喜不自禁。

“本来周三就能回来，谁知碰到了师姐，一高兴，约着其他人又聚了两天。”

一桌人噤了声。

大家都听说过这位师姐，在大英博物馆从事中国古画修复，蜚声海内外，早就是业界传奇。

陶惟宁放下筷子，转向江浸夜：“小夜，明年大英博物馆要举办中国特展，师姐让我推荐几个后辈，你有没有兴趣？”

江浸夜迟疑地道：“去英国？”

“对你是个锻炼的好机会，就看……”陶惟宁顿了顿，“看你还想不想去。”

起初收江浸夜做学生，陶惟宁没指望他能传承衣钵。谁知这些年他一直沉心静气，过手的画作件件让人无可挑剔，看得出是块好料子，才让陶惟宁起了惜才之心。

江浸夜沉默地挑着筷尖，拨弄碗里的鱼刺。

“我还接到你妈妈的电话。”江浸夜碗里的鱼刺骤然被折断。陶惟宁看着下颌骤然绷紧的学生，起身给他倒了杯水：“她让你考虑什么时候回家看看，帮你爸爸和你哥哥的忙。他们需要你。”

江浸夜谢过老师的水，杯沿停在嘴边久久不动，眼中倏忽腾起暴戾，他冷笑着道：“这需不需要还真是一念之间啊！”

“小夜，话不能这么说。”丁馥丽突兀地出声，“你也该为自己打算，回家是转行，去英国是进修，怎样都比在家里混日子强。”

混日子？

江浸夜自嘲地一笑，道：“原来在师娘眼中，我每天朝八晚五地报到是混日子。”

丁馥丽早打好了算盘，想着江浸夜不管回家或是去英国，都逃不过一个“走”字，眼下还能做做顺水人情，遂态度十足十地诚恳，没想到无意间吐露心声，慌张地救场：“不，我是说你待在老陶那个小工作室，不如去别的地方开开眼界。”

“不劳师娘费心，这是我的事。”江浸夜嘴角含笑，眼神却沉静幽暗。

丁馥丽碰了壁，缩了缩脖子没再说话。

一顿饭吃得人人都有些食不知味。

陶禧不敢看他，只顾埋头扒饭，心想自从江浸夜奶奶仙逝，这个家是他在屿安仅有的港湾，可惜小得连一张饭桌都容不下，平静之中暗藏风浪。她听得出妈妈和舅舅口蜜腹剑，都巴不得他赶紧走。他又怎么会听不出？把空碗放入厨房水池的时候，陶禧起了落泪的冲动。

幸好爸爸真心待他。

还有她。

收拾厨余垃圾的时候丁馥丽叫弟弟出门买个西瓜，丁珀则拉上江浸夜，两人肩碰肩的神情有些鬼祟。

陶禧盯着他们远去的背影，心里不免惴惴。

午后暑意不减，秋蝉伏在树上迭声鸣叫，只有枝叶染了秋色。

陶禧算好返回的时间，躲在院门旁的竹丛后，望眼欲穿地盼他们出现。清风送来淡雅的清香，压弯腰的竹枝在头顶覆盖满眼的绿，墙外的嘈杂由远及近。

“过过瘾再进去。”这是丁珀的声音。

须臾，外面传来打火机的动静。辛辣的烟味越墙直冲陶禧的鼻子，害她差点打喷嚏。

“听说师娘被汤越捉弄了？”江浸夜没什么好声气，语调拉成一条直线。

丁珀闷闷地应了一声“嗯”。

“没了？”

“还能怎么办？”

“不想给他点教训？”

“想。”

江浸夜低沉的嗓音透着股陌生的凶狠：“我可听说他最近到处找人去海拉尔。还记得他年初新买的那辆帕加尼吗？春天的时候向我们炫耀，在冰湖上漂移和玩赛道拉力。现在秋天到了，跟发情的野猫一样挨家挨户地扰民。

还帕加尼？我玩帕加尼的时候他爸只是个小包工头。”

丁珀咽了口唾沫：“是……是是，你江大爷惹不起，有什么招赶快说！”

“以其人之道还治其人之身。”

“你是说……”

“何止，我要他对车留下终身阴影。”

完了完了，敢情不是舅舅怂恿江小夜，是他反过来撺掇舅舅！

听着两人迅速讨论起操作细节，陶禧手脚发凉。想到丁馥丽以往总骂丁珀头脑简单缺心眼，如今看来，是真实写照。

她精神一松懈，钻进鼻子里的烟味刺激得她打了个喷嚏。

墙外那两人疾步跑进来。

丁珀手里还捧着西瓜，看见揉着鼻子眼冒泪花的陶禧吃了一惊：“桃桃？你怎么在这儿？”

“我……”陶禧语塞，视线触到江浸夜冷森森的眸光——像月下的冰原，她吓得哆嗦了一下，说：“我来检查你们买的瓜。”

陶禧简直想为自己的机灵鼓掌，她擅长挑选水果，众人皆知。

江浸夜将信将疑，眼里退去之前的阴沉，换上一抹玩味的笑容，说道：“差点忘了这茬，过来看看。”说着他拍了拍丁珀手里的西瓜。

陶禧的心脏狂跳不息，透白的小脸倒是面不改色。

她镇定地用两只手拍一阵，敲一阵，转瓜观察了一阵，最终成竹在胸地点头：“将就吧。”

“将就？”江浸夜皱眉，想，这可是超市老板推荐的好瓜，比其他的贵上几倍。

“挑西瓜要看瓜蒂，小尾巴一样卷起来的才好。敲的时候呢，留意回声，有回声的瓜皮薄肉甜。你这个瓜就闷得很呢！”说着，她抬眸觑他，“也算物肖主人形。”

最后那句是条从没收到过的评价，他不可思议地噎住，半天找不到一句话回敬。甚至疑心自己听错了，江浸夜转向丁珀：“我闷？她……她说我闷？她见过我大哥吗？真想带她见识见识什么才叫闷！”

丁珀不置一词，手托西瓜冷眼旁观。

因最终没能出手劝说他们，一连几天，陶禧捧着脸，抱着他们不会付诸实践的侥幸忧心忡忡。

她脑海中一遍遍回响他提议的那番话，深感名为“江浸夜”的谜题着实难解，后来无意中听丁珀聊起八卦，似乎窥到他的另一面。

知道江浸夜劣迹斑斑，可陶禧不知道他小时候跟人打架手特黑，曾经咬掉别人一只耳朵，同一个大院的小孩都不敢招惹。但真正让江家决定把他送走，是因为他十九岁那年在学校聚众械斗，刚正不阿的老校长非要开除他。最后两方妥协，既然没闹出什么大乱子，让江震寰把儿子领走，学校只给他记大过。

说到这儿，丁珀悚然一笑，说道：“没出大乱子？他现在还珍藏着别人身上血窟窿的照片。”

陶禧惊恐万分：“他捅的？”

“那倒不是，是他手下干的。”

往事似蜘蛛，勤恳地吐丝结网，却是绝然无法想象的形状。

“愤怒。”丁珀总结，“他给我的感觉像一座活火山。这样的人很危险，你得离他远一点。”

同样的话丁馥丽也说过。出于从不显山露水的青春期叛逆心理，陶禧左耳进右耳出，过耳就忘。

如今她在心里打起小鼓，祈祷江浸夜千万不要重蹈覆辙。左思右想，陶禧决定找他谈谈，争取说服他别这么偏激，有问题和平解决。哪怕招他厌烦，这桩闲事她也管定了。

遗憾的是她还是慢了一步。

那天陶禧晚上放学回家，陶惟宁和丁馥丽正坐在客厅看电视。她一进屋就听到妈妈连声大叫：“就是这里！错不了！他们就把我扣在车库！这火真是烧得痛快！”

插播的本地新闻里，某座别墅的车库火势猛烈，几辆消防车停在旁边，消防员们正在加紧灭火，冷淡的画外音传出——

“九月八日晚七时二十三分，屿安市南郊一处别墅车库起火，公安、消防、街道人员及时赶到现场抢救。晚九时十五分许，火已被扑灭，无人伤亡。起火原因正在调查中。”

“什么呀，扑灭了？真没意思。”丁馥丽情绪骤然低落，从丈夫手里抢过遥控器换台。

书包背带滑至肘弯，陶禧双眼圆睁彻底呆住，被人点了穴一般动弹不得。

第二章　桃汁气泡水

早上出门前雨歇了。

丁馥丽穿一身家居服和棉拖鞋，追在陶禧身后提不起速度，嗓门穿云裂石："桃桃！伞——"

"不要、不要、不要！"陶禧抗议着，一鼓作气坐上陶惟宁的车，急得直拍椅背："爸爸，快！快开车！"

"你妈妈……"

"家里都是长柄伞，书包装不下！我不想拎在手上！"

瞄一眼后视镜里的妻子，陶惟宁笑着摇头："桃桃坐稳。"

陶家小院距地铁站有好几公里，陶惟宁每天早晨开代步车送女儿。他从未听过一向温声细语的她把每个字都说出带上叹号的效果，心想孩子青春期的叛逆心真是哪个家长都躲不过，本以为自家的闺女……

"哪儿不舒服吗？"

车内后视镜里的陶禧虚弱地斜靠在后座上，拿书包抵着肚子，唇色发白。陶惟宁紧张起来。

陶禧气若游丝地说："困。"

"那爸爸直接开到学校了。"

她没反对。生理期的隐痛断断续续，腹部好似钻进了舞扇的孙猴子，不够把人击倒，却足以叫她折腰。

车子停在人行道等绿灯时，陶禧想起前天理综测试离奇地错了一道大题，物理老师失望的目光；想起丁馥丽永远唠叨不完的碎嘴；想起自那晚的新闻之后一周没来工作室的江浸夜。

她烦躁不堪。

陶禧降下一截车窗，清晨未散的宿雾拂上她的脸，还带着雨水的湿润。空气沁凉，路旁一丛不知名的灌木结出一球白花，细长的枝丫上每片叶都吸饱水汽，十分写意。

然而心绪没有丝毫舒缓，陶禧想起吃早餐时偶然瞥见桌上的皇历，本日所忌：“日破大凶，诸事不宜。”

提心吊胆地熬到下午，一天尚算平静，陶禧把*Flipped*和笔记都给了林舒薇，擦去了书里那行小字，再无痕迹。

她连小腹也不疼了，如果不是临近放学又下起雨，今天可谓完美。

难怪都说迷信的东西少碰，看了只会给人带来心理阴影。

雨线连绵不辍，铁灰色的天没有过渡地径直入夜。

林舒薇下午没来学校，陶禧从国际班的楼层怅然折返，听到教室外嘈杂的人声，疑惑距离放学也十几分钟了，大家都不回家吗。等她走下最后一级台阶，愕然停住。

消失一周的江浸夜倚着墙壁，专注地低头玩手机。亮灯的走廊还是很暗，他背脊微弯，侧面看去像一张薄薄的纸片。

经过的人无不好奇地打量他，那些大胆的女生站在一旁叽叽喳喳：

“谁敢上去要电话？”

“他等谁啊？我们认识吗？”

“真的好像演那个古装剧的小鲜肉，叫什么来着……”

她们声音不大，却恰好让他听到，可他充耳不闻。

陶禧困扰。不想事后被八卦缠住，然而书包还在教室。她只好在走过他身畔时轻咳两声，目光迅疾掠过他上扫的眼睫，以及高扬的英气眉毛。

她本来想和他保持一段距离，两人一前一后毫不起眼地走出校门，全程安静低调。遗憾的是江浸夜悟不到这层意思，举着伞一路开启扩音模式：

“那个，陶禧同学，我是来给你送伞的。师娘之命难违，请你务必体谅。

“如果你不想引人注目就不要一个人闷头往前冲，弄得我这么跟在你屁股后面更醒目了。

“你再不乖乖停下，我唱歌喽。”

陶禧一个急刹，气急败坏地顿足：“江小夜！你、你真是太……”

“讨厌嘛。”趁她愣神的工夫，江浸夜不以为意地上前，抓鸡崽似的单手提起她的后脖领子，“天天说我，不嫌累？反正我从前就这么讨厌，现在也这么讨厌，将来还会更加讨厌，你倒不如省点力气。”

时值放学高峰，人群交织着复杂的视线，议论声不绝于耳，不过那些张望的眼睛大多盯着江浸夜。毕竟不提他让人过目难忘的长腿，单单那双阴郁深邃的眼睛，“全程安静低调”只能是个假命题。

他瘦长的手放在陶禧后颈上。那手常做手工活，不留指甲，指腹结了薄茧，却无一丝粗砺感。

她逃不了了。

陶禧沉默着，内心涌起一阵阵的挫败感。

她还是有太多的顾虑。担心学校人多眼杂，害怕流言蜚语。缺乏孤注一掷的勇气，才把路边捡到的每一块糖都当作天赐。

这场从头到尾一个人的自燃，在火焰止熄后，只会留下黑色的灰烬。

连余烬也是她的糖，是她的宝藏。

陶禧越发情绪低落，头慢慢地低下去。

“喂，看着路。”江浸夜提醒着，不想在她后脑勺摸了一手的水，“看看，淋雨了吧！你就说你难受不难受。”

陶禧陪他胡搅蛮缠：“早说你要唱歌，我不是也能早点躲你伞下！”

江浸夜乐了：“那你到底想听还是不想听？”

这一回，没等陶禧开口，身后教学楼一楼檐角的扩音器突然传来广播声：“高三（3）班的陶禧同学，在这即将毕业的日子我献唱一首《开不了口》送给特别的你，希望你能明白我的心意。”

头顶随即飘来荒腔走板的男低音，引爆了方圆数里的笑声。

陶禧的脸红极了，呼吸也有些凝滞，不顾江浸夜的叫喊，她朝着广播站拔足狂奔。

“看来桃桃很受欢迎，不止我一个想给你唱歌。”

“闭嘴。”

“那首歌还不错的……”

“给我闭嘴！”

奔跑扯到小腹，疼痛打着滚作乱，陶禧咬牙忍住。

刚跑到广播站，陶禧看见一个男生闭着眼睛，正唱到情深意切处。她厉声喝断。陶禧板着脸，把两个从死党那儿偷来钥匙，溜进来搞恶作剧的男生训得抬不起头。两人连声道歉，就差写保证书按手印了，哀求她不要上报。

想起还等在雨中的那人，陶禧顾不上计较，当场放过他们。

秋来依然繁茂的樟树屏风似的矗立，叶片蓄饱雨水，在灯下泛着油亮的光泽。

“生气了？”见她久久不说话，江浸夜识趣地端出正经脸，“今天晚上吃了饭，我们要去玩山道。走的时候你妈听说我开车，说我要是顺路就给你送伞，她今晚和你爸爸约了人去度假村。”

片刻，陶禧哑着嗓子问：“那你顺路吗？”

“一点也不顺，吃饭的地方在北湾区。”

陶禧诧异，不料被他捏住脸：“但想到桃桃要淋雨，我于心不忍。”

灯光下江浸夜五官深刻，带着极富侵略性的帅气。对上他的视线，陶禧脸颊微微发烫。

她的心脏像被看不见的手攥紧了，心跳快得厉害。

慌乱地收回视线，陶禧小声说：“那你也别堵在教室门口啊，我不喜欢别人背后嚼舌头。我们就不能隔得远一点，先相安无事地走到学校外面吗？”

“相安无事？”

“就是叫你低调，别太张扬。”

“我张扬吗？等在你教室外面的时候我可一个字都没说。”他缓了缓，眉梢带着得意，“要我不起眼本身就很困难。这事得怨你妈所托非人。”

“自恋无耻、恶劣至极。”

“一针见血。能不能再给点人生建议？”

既然嘴皮子讨不到半分便宜，陶禧把心一横，决定压榨他的钱包，带着他流连于校外一整条街的小店。因为挑选仔细，她不时陷入困境，淡眉认真地拧起，纠结奶茶该加珍珠还是布丁，烦恼芋圆要选花豆还是仙草冻，困扰中性笔是买0.5还是0.7。

她偶尔冒出些细碎的声音，比如“哎呀”“好烦”“哪个呢”。

一旁的江浸夜忍笑忍得辛苦，生怕打消小姑娘的购物欲，亦步亦趋地跟着，后来见她面对一墙高的笔记本实在下不了手，果断地支着：“想买什么样的？”

“道林纸。”

“哪些是？”

“这些。”

指节轻叩柜台玻璃，江浸夜冲文具店老板打了个响指：“道林纸的，每种来一本。”

及至三摞笔记本齐齐码在后排座椅上，陶禧惊叹：“好像在做梦！”

“真好对付。”系安全带的动作一顿，江浸夜叹气，“等将来你遇到一个更自恋、更无耻、更恶劣的男人，岂不是仨瓜俩枣就被拿下了？”

“那怎么办？”

“小夜叔叔帮你揍他。”

静了半晌，陶禧缓缓地说：“江小夜，你是不是很喜欢揍人？”

她音量不高，语气也平静，却叫江浸夜一下笑脸全无。他听出陶禧话里质问的意思，很快想起那日和丁珀商量时将听墙根的她抓了现行，想眼下这番兴师问罪，多半是小姑娘把话和汤家别墅的火灾联系起来了。

他失笑，问道：“你怀疑是我做的？”

车内静得可怕，唯有雨刷辛勤地摆动发出的声音。

路面畅通，行车寥寥，汽车在不断的提速中灵活穿行，劈开黑色的夜幕和斜飞的雨帘。

陶禧没来由地一阵紧张，斜眼瞟他：“有什么事不能好好解决，非要动用暴力？我看不起你这么做。”

那双眼睛没在暗处，嘴角依旧上翘，看着在笑，声音却下雪一样冷：

“噢，你也看不起我。”

他一贯淡然的陈述口吻不着痕迹地加上了“也”字，令陶禧的心瞬间揪紧：“不、不是看不起，只不过那天我明明听到你和舅舅说话……”

“听到了就表示做过了，真有你的。”

窗外不时晃过的街灯映亮他眼中浮起的薄愠，他长臂一拧，车子猝不及防地转过路口。陶禧歪向一侧，胸口被安全带勒得生疼。

“桃桃，你觉得我会杀人放火？”

陶禧抚着胸口没说话。

“好，既然你听到了，我就直说。起初我们是想动他的刹车，后来发现他的油箱有问题，打算先看看动静。那天晚上他在车库外面抽烟，扔的烟头引爆车体，事后自己承认了，但对着警察非说和我们有关，让配合调查。”

“你消失一周……是因为这个？”自知错怪了人，陶禧声音小得像在自言自语。

江浸夜用余光瞄她一眼，脸色有所缓和：“跟这没关系。我给陈放联系了一家香港医院，请几天假带他做个小手术，今晚组局就为祝他早日痊愈。至于去山道玩车，那是一个月前就计划好的，两件事不挨着。”

陶禧点头：“我怕你动不动就挥拳头。”

江浸夜哼笑一声，没再辩驳，似乎讲完了该讲的，别人爱怎么想，他不关心。

陶禧不愿冷场，追问：“怎么感觉你们总跟汤越过不去？”

“你得问他为什么总和我们过不去。”

“可这样冤冤相报，什么时候是个头？”

“是啊。”

“那个，快八点了，你吃饭来得及吗？”

“我做东，结账就行。”

陶禧没话找话似的问了一路，江浸夜虽然有问必答，细听大多是敷衍。于是她渐渐没了声，无趣地坐着，心里却有风浪翻滚，搅乱一池沉潭。

眼看离家只剩下一个路口，她鼓起勇气：“我是听舅舅说你以前喜欢跟别人打架，后来又听到你们说的那些话才会这么想。”

我才会以为是你放的火。

陶禧捏紧拳头，盯着脚下的黑暗处，好似等待他的审判。

片刻后车子靠边停下，她还没抬头，听到他说："我从来不在乎别人怎么想，可是刚才知道你和那些人想的一样，我居然有点不好受。"

陶禧惊愕地看去，迎上他的目光。

那张曾在梦中描摹千百遍的脸近在咫尺，经由光线和暗影勾勒出迫人心动的轮廓。陶禧有些承受不住，屏住了呼吸。

"到目前为止的人生经验告诉我，想要活得开心自在，得学会自私。"江浸夜盯着她轻颤的睫毛，放低了声音，"所以如果你只想说些漂亮话，大可不必了。不过如果你想站在我这边，就别再理会其他人怎么说。"

陶禧嘴唇哆嗦着："你……你这边……"

"因为我的人生经验还告诉我，单打独斗的难度太高，还得拉拢人心不是？"

陶禧被他逗笑，心情放松不少："拉拢我对你有什么好处？"

"哎呀，好处太多了，比如每天晚上都会给我送牛奶，比如做坏事被你妈妈发现的时候帮我挨刀，还比如我心情不好的时候想方设法逗我开心。"

笃定的语气像搅动咖啡的小匙，使陶禧平静外表下的喜悦缓缓泛起来，心里全是灭顶的温柔。

他全都记得。

她偏过头去，窗外是缭绕的夜色，车窗映出她窃笑的脸。

院子里的桂花开了，满院扑鼻的浓香。

陶禧不要江浸夜送进院子，便在院门外和他说晚安道别。他走后不久，雨势又起，淅淅沥沥的，像要下到天明。

照例复习到入睡时间，怎料破天荒地失眠，陶禧脑中一遍遍放映轻揉头顶的那只手，和他低两个八度、无比温柔的声音。至少在那个时候她愿意被当成小孩子对待。

辗转至凌晨一点，陶禧守着空荡荡的房子，没来由地害怕。于是抱着被子躺到工作室套间的大床上，她数着心跳，怎么听都是背地里做坏事的节拍。

潮湿的空气混入江浸夜平日用来散烟味、熏衣服的乌木沉香气味，清晰得如他本人亲临。

套间起初专供陶惟宁使用，江浸夜来了后，渐渐变成他的休息室，衣帽间和浴室全换上他的衣物用品。

不过陶惟宁偶尔会来小憩。

“那我也是小憩。”陶禧眨着晶亮的眸子，望向黑暗深处，心安理得的语气中藏有微微的愉悦。

迷迷糊糊滑入眠池，不知过了多久，她被呛醒。

眼睛睁开一线，陶禧依稀看到窗外冲天的烈火。有那么几秒，她以为还在梦里，思维迟滞。等到彻底清醒，发现这是一场真正的火灾，她耳畔响起玻璃爆炸的声音。

意识消失的最后一刻，陶禧想起本日所忌：“日破大凶，诸事不宜。”

陶禧的植皮手术很成功，两周后顺利拆线。

出院前几天丁馥丽带来美发包，要给女儿修剪头发，陶禧没反对——大火把她后脑勺的头发燎焦一片，一直没空打理。

丁馥丽往陶禧领口垫了一圈干燥的白毛巾，拿一把平剪，按住她的头。

“坐好了别乱动，妈妈给你简单修一修。”

“嗯。”

怕戳到陶禧白嫩的颈项，丁馥丽每一剪慎之又慎，病房响起间断的咔嚓声。

“下周开庭。张律师去看你舅舅了，我托他带了封信。”丁馥丽满腹怨气，顾及病床上的女儿才强压住心口的痛，“其实我知道他早晚会出事，但真到这种时候我还是……他怎么就不长长记性！妈妈现在什么都不求，唯一指望看在他主动认罪的分儿上，能早点出来。”

暮色灰蒙，天边残留着紫色的云霞，凉风溜进窗缝送来新一轮秋雨的气息。

陶禧看着窗外一群不知飞到哪里的鸽子，那些话好像听见了，又好像没有。

距离那场大火过去一个月，陶禧脸上时常罩着做梦一样的恍惚，是借着江浸夜的叙述，才慢慢拼凑出那个烈火焚天的夜晚她缺失的记忆。

那晚江浸夜把人都召到盘山公路飙车，原本打算玩通宵，谁知中途他被一通乌龙电话叫了回去。

如今他想来，恐怕是天意。

要不是那通电话，他不会开车经过陶家小院，也不会看到停靠在路边的消防车和救护车。

将近零点，院门外稀稀拉拉围了一排看热闹的人，他的视野被跳跃的火光映亮。担心存于陶惟宁工作室的画作被毁，江浸夜全速冲过马路，不想撞见被消防员救出的陶禧。

她昏迷过去躺在担架上，形同遭受活剐，惨不忍睹，被很快转移到救护车里。

江浸夜跌跌撞撞地跑回车里，大脑短暂空白。跟着救护车时，他打方向盘的手不停地哆嗦。

他独自在ICU病房外枯坐一整晚，后半夜到处打电话询问汤越的下落。若非天灾，江浸夜想不出还有谁会这么干。

丁馥丽清晨从度假村赶回来，一见江浸夜，劈头盖脸地骂他是灾星。要不是被丈夫和弟弟拉着，她恨不得当场撕了他。江浸夜垂着头，一声不吭地任她哭闹。他精神委顿，双眼可怕地凹陷，等她骂到气竭，寻了马路边上一块僻静的地方一根接一根地抽烟。

丁珀稍后找来，兔子一样红着眼睛，要了根烟蹲在江浸夜脚边。

“那小杂种干的？”

“不知道。”正午的阳光亮得发白，江浸夜有些目眩地闭了闭眼，嗓音干哑，“他昨晚的行踪没人知道。”

丁珀闷闷地发了一阵呆，倏地站起身，脚尖狠狠地踩灭烟头，啐了口：“把你的车钥匙给我。”

“你要找人？”

“不找。”

“你别冲动。”

“不给算了。”丁珀目露凶光，“老子干不死他！”

那是江浸夜最后一次见到丁珀，后来听说他在汤家别墅守了两天两夜，成功地伏击了准备跑路的汤越——捅了汤越几刀。

自首前，丁珀给江浸夜发了一段与汤越缠斗时的录音。

原来汤越听说江浸夜招呼人去玩山道赛车，想着自己赔了一辆，而他依然逍遥快活，越发窝火。晚上喝得酩酊，还醉醺醺地闯进陶家小院，他见里面空无一人，临时起了歹念。录音里他大哭着求饶，说真不知道陶禧在，没想过害人。

江浸夜说到这儿，弯下腰，把头深深地埋向膝盖。

他双手合拢，是个祈祷的姿势，希望陶禧明天的植皮手术顺利。

空气中弥漫着淡淡的消毒水气味，冷色调的病房给皮肤覆上一层瘆人的凉意。陶禧躺在病床上，似乎睡了过去，上身缠满白色绷带，还插着几根连接仪器的导管。

"江小夜。"她伸出痉挛的手指，触到他的衣摆，"我现在是不是很丑？"

江浸夜使劲摇头，握住她的手。他眼周乌青，眼睛因为近来熬夜而充血，整张脸消瘦得厉害，嘴唇颤抖着，模样憔悴无助。

见惯他不可一世的样子，陶禧有些无措，一双清澈的杏眼凄惶地转动。

"是我的错……我的错……"他把陶禧的手放在胸口，闭上眼睛，几个字翻来覆去地说，"都是我的错……是我。"

剪刀的动静和丁馥丽的诉苦声仍环绕耳畔，陶禧却陷入自己的心事中。

一开始是疼痛，从睁眼的第一秒，她除了喊痛，说不出别的话。

她无法接受全身多处烧伤的事实，每晚从被火焰舔筋舐骨的噩梦中惊醒，只觉得肌骨有如热油浇灌，痛不可当。

自从丁珀投案，江浸夜每天往返医院，鞍前马后。

丁馥丽最初一见他就怒不可遏，等到缓和下来，虽认清家里需要劳动力的残酷现实，但对他依旧没什么好声气。她看见他就扭头冲女儿不齿地道："心虚得不要太明显哦！"

听多了，陶禧一脸麻木。

眼下她正絮絮叨叨把这老调重弹第一百零八遍："你舅舅以前是没出息，但不至于像现在这么荒唐！知道为什么吗？就是被那小子祸害的呀！"

陶禧不语。

丁馥丽痛斥："人的胆子是慢慢变大的，你给他尝过刺激，以前的还能满足吗？当然是要找更厉害的了，这和吸毒是一个道理。当然，我没有把所有责任都推到江浸夜头上，丁珀再怎么说也快三十了，管不住自己能怪谁？

"老长时间没有睡过安稳觉了，天天晚上都在想，想来想去，还是妈妈命不好。"

话到心酸处，丁馥丽几乎潸然泪下，失手剪深一块，陶禧后脑勺立时出现一个突兀的豁口。

呆了几秒，她马上试图补救，可慌张中反而扩大了口子，连同本来完好的侧面和刘海都犬牙交错。

"那个，桃桃呀，你爸爸腰不好，这两天在家休息，妈妈回家给他做饭了。"丁馥丽不敢声张，讪讪地收起剪刀，取下毛巾，拿粉扑擦去那些掉落的细小碎发，"我等下叫江浸夜给你带小馄饨，不要乱跑哦。"

"嗯。"陶禧轻声应着。

可惜事情很快就露了馅。

陶禧盯着洗手间的镜子，端详那张熟悉的脸，只感到比以往任何时候都更陌生——那些经剪刀打薄露出的头皮，被周围稍长的头发盖住，但晃晃脑袋又露出来。

她像个怪物。

当江浸夜敲门进来叫陶禧吃小馄饨的时候，一道纤瘦的影子从他眼前闪过——陶禧往头上盖了块干毛巾，冲出洗手间。她本想回到床上拿毛毯和被子连头带脚裹满全身，假装睡着，结果没留神发了这么久的呆。

她双手扯紧毛巾，没有半点停下来的意思。

江浸夜一把抓住她的小臂，陶禧如遭雷击："啊啊啊啊！你放手！"

她挣扎得更加厉害，两脚蹭着地板拼命地想跑。眼看就要挣脱，江浸夜赶紧放下小馄饨，双手从背后抱住她："你能不能先安静会儿？师娘和我说了，她不是故意剪坏的。"

毛巾掉在地上。

她下意识地要用手遮一遮，但两条上臂都让他箍住，动弹不得。委屈堵住喉头，声音发不出，眼泪流了下来。

陶禧入院后就不怎么说话了，本来是张青春无敌的白玉小脸，如今蒙着一层雾气，怎么看都是万念俱灰。现在能哭出来，江浸夜多少松了一口气。

陶禧的泪水成串地落在江浸夜的手臂上，洇湿了他的衣袖。然而不是如他所想的那样酣畅淋漓，陶禧的哭声始终隐忍，无法顺畅地冲破喉咙，使得她的伤心愈加伤心。好像整个人被打散了，溅到四面八方，每块碎片只有一点气力。

及至剩下一些含混的呜咽和时不时的抽泣，江浸夜才轻声说："我去给你倒水。"

"不渴。"

"吃点东西？"

"不饿。"

"你转过来看看我。"

"不看。"

"就看一眼。"

陶禧躲开他的手，踉跄地往旁边挪步："有什么好看的……"

"那我把灯关了，你悄悄看。"

外面的天彻底黑了，四下里影影绰绰的。月光跳进来打亮窗畔，夜风掀起窗帘一角，如鸟翅般扑扇。

陶禧瑟缩地躲在病房角落，朝站在窗前的江浸夜张望，片刻后讶然出声。辨出轮廓的头像里，某个部分的边缘缺失。她走过去伸手探了探。

"哎呀！"

陶禧打开灯，明亮的灯光洒满整间单人病房。

陶禧的呼吸有两秒骤停。

江浸夜那双一贯凛然的眼睛此时敛着温和的光，嘴角含着一点不羁的笑意。她很快注意到他惨不忍睹的新发型：脑门和头侧有两个极为显眼的缺口，两边头发长短不一，只露出一侧耳垂。

陶禧震惊："你、你怎么也……"

"这两天又热了，正好换个新发型凉快凉快。"江浸夜摸摸头，眼睛转向她的时候面露惊讶，"哎哟，这位小同学，咱俩的发型可是同款啊！"

"干吗要加'小'字？"陶禧嘟囔着，憋不住笑了一下，可惜笑容持续不过三秒，转而陷入更深的低落，“医生说我后背的创面就算恢复了，也会留下瘢痕。”

江浸夜倒是不以为意：“都是暂时的，会复原。”

“不会的，不可能复原了。”她拼命摇头，想起丁馥丽的话，激动地嚷叫，“我的命真不好啊！”

不是头发或者伤疤，是为她前所未有的挫败与无力感，她现在才知道命运并非一场只要认真复习就能拿下高分的测试。它遍地的不确定，像纷乱的线头团出噩梦纠缠的结，唯恐不足以摇撼一个人般，声势浩大地滚滚而下。

哪怕她什么也没有做错。

才刚哄好的泪人眼看又传出断断续续的低泣，江浸夜着急了：“桃桃你听我说，你见过那道疤吗？形状很像翅膀。”

“像也是假的！”陶禧捂住耳朵，情绪有些失控，“少拿这种骗三岁小孩的话哄我！我又不能飞！”

“不是所有有翅膀的鸟都能飞。”

“你想说企鹅吗？”

“我是说孔雀。”

陶禧一愣，找碴似的较真：“谁说孔雀不能飞？”

“不能飞高飞远，但是非常美。”江浸夜循循善诱，音色温润似窗外的微风，“不管变成什么样，孔雀就是孔雀。你也是。”

不管变成什么样，你都很美。

太过动听的声音给人深情的幻觉，摧毁所有试图离去的决心。

陶禧紧紧闭上眼。

转天一早，陈放来病房探望陶禧。

他穿着浅色休闲长裤，同色系的polo衫，还戴了顶棒球帽。身宽体胖，唇角上扬，天生一张笑脸。当年汤越恼怒陈放巴结江浸夜，他两手一摊，说这有什么办法，这副长相和谁说话都像巴结。

陈放进门的时候陶禧坐在窗边看书，不时咬一口面包，慢吞吞地咽下。

“陈叔叔？”她有些意外，视线触到他行动自如的手臂和腿，犹犹豫豫地问，“你的伤都好了吗？”

陈放朝她挥了挥胳膊，笑吟吟地说："都好了，小夜联系的医生很厉害。"

楼下花园里的长椅坐满了人，陶禧把窗户全敞开，喧哗混着暖融融的阳光涌进窗口，使房间顿时充满生气。

入院至今，陶禧抗拒见人，把所有前来探视的都挡在门外，并嘱咐家里人严防死守。

想必陈放是通过江浸夜得知消息的，而后者应该是考虑到同为病友，见面聊聊对身心恢复都有好处，不比一般人的好奇和同情。

陶禧在心里自顾自地帮江浸夜开脱，翻箱倒箧地找一次性纸杯，错把饮水机的冷水按成热水，端了一杯滚烫的水走来。她局促不安地递给陈放："陈叔叔，这里没什么人来，我都不熟，也没准备茶叶。"

"不急不急，让它凉着。"陈放怜爱地看着陶禧，见她比上次见到时瘦了一圈，眉眼布着一层柔弱疲倦，让人心疼，于是他晃了晃手里的袋子，"给你带了白色恋人巧克力饼干、乳酪挞、北海道年轮蛋糕和牛奶芝士布丁。"

"哇！"陶禧蹦跳着，嘴唇和眼睛都挂出久违的半弯月牙，"谢谢陈叔叔！你怎么知道……"

"我当然不知道啦！你小夜叔叔告诉我的，"陈放感叹着，"说什么是家里小丫头钦定的口味，她的嘴特别刁，品牌不一样就不吃，还跟人闹别扭。"

"哪儿有！他乱讲！"

虽然确实有几次因他买错了他们不欢而散，但那是陶禧觉得去趟日本不容易，何况她还专门列了清单。

一想到江浸夜在外面肆意败坏她的形象，她窘迫地红了脸，恨得牙根痒痒。

陈放一阵朗笑，反客为主地招呼她坐下，叫她不要在意，问："你妈妈呢？"

"平时就这个时候来，今天她要交费，晚一点。"

"江浸夜呢？"

"他有时候上午来，有时候中午来，不固定。"

陈放脱了帽子坐在床沿，渐渐敛起笑容：“你舅舅这次冲动了，不要怪他。”

陶禧坐在单人沙发上，低头掰手指：“都怪我。”

这句是心里话，她一开始万分委屈——这真是一场飞来横祸！可仔细想想，一切真的毫无预兆、不可避免吗？那天晚上她要是能提高警惕，或者早点醒来，事态就不会那么严重，舅舅也不至于愤怒到捅别人刀子。

她总归可以做点什么，而不是沦为彻头彻尾的受害者。

陈放却听出她钻了牛角尖，安慰：“不要怪自己。”

“那要怪谁？总该有人为此负责吧？”陶禧抠着沙发坐垫，不自主地提高音量，“要我说，就怪那个汤越，火可是他放的。但我妈妈总和小夜叔叔过不去！他多好啊，天天照顾我，陪我解闷，一点都不嫌烦。”

“他是很好，不过你妈妈也没错。”陈放叹一口气，走到窗边，望向园里的花影藤蔓，放轻了声音，“一把普通的刀，拿来砍瓜切菜一般不会伤手。要是它锋芒毕现、削铁如泥，还常常不受控制舞得嗞嗞破风，自然谁离它越近谁就越容易被划伤。”

陶禧杏眼睁大几分：“陈叔叔，你是说……”

忽然传来拧转房门把手的声音，陈放赶紧否认：“我什么都没说！”

江浸夜拎着保温壶走进来，眼睛冷冷地掠过陈放，触到陶禧时迅速回温，声音温柔：“桃桃，给你带了蛋羹。”

“我妈妈做的吗？”

“是我向师娘学的。”他说着吩咐陶禧洗手，打开保温壶。

陈放意味深长地笑，问道：“什么时候我们江少爷学会洗手做羹汤了？”

江浸夜阴沉的眼睛瞟向他：“刚才不还什么都没说吗，这会儿哪儿那么多废话？”

把碗筷都搁好了，他径自拎起花洒给窗台上一盆长势喜人的非洲茉莉浇水，阳光下它的叶子绿得闪闪发亮。放下花洒后，他顺手把陶禧扔在床铺和沙发上的毛巾叠好——嫌头发不好看，她总用干毛巾盖住头。

江浸夜周身散发着生人勿近的居家好男人气息，毫不理会陈放啧啧称奇的眼神。

而洗手间里陶禧洗净手迟迟不出来，躲在门侧，猫腰盯着那双褐色乐福鞋。洗手间丁馥丽挂了一道门帘，遮住了视野，陶禧只看到露出的脚背和脚踝，修身九分裤衬的那双长腿需要她蹲下才看到腰带边缘，黑色衬衫收进里面。

头再低一点，她数着解开三颗的衬衫衣扣，看他青衫落拓、载酒江湖的模样。

笑还来不及收拢，她猝不及防对上一双阴戾的眼睛。

“你在看什么？”

“掉、掉了……我东西掉了。”陶禧仓皇地双手在地上摸索，宛如高度近视患者在寻找眼镜。

江浸夜直起身，英气的眉头紧锁。

一旁的陈放把爪子搭在他的肩上，叹息着道：“说你是祸害，真是一点不冤呢。”

陶禧出院那天江浸夜没来，陶惟宁说屿安博物馆明年与国内另外两家博物馆合作，举办对等交流展，找他帮忙。

“那他在家吗？”陶禧放下手里折叠的衣物，急切地问。

陶惟宁泡好了茶，端着走来：“我们出门的时候他还没回来，一早就去博物馆了。”

她还想再多问些，丁馥丽进来了，妆容精致的脸阴沉着，眉峰带着薄怒，四下扫视的眼里写满挑剔。

父女俩面面相觑，一齐噤声。

中午江浸夜拎了一袋盐水毛豆回来，袋子还系着陶禧就闻到味，欢天喜地地跑过去，把他堵在门廊上。

外面虹销雨霁，他一侧肩膀沐浴在发白的阳光里，黑色衬衫吸热，靠近时能感到微微的暖意。

“是给我的吗？谢谢小夜叔叔！”她唇畔绽开浅窝。

“我带回来……准备让大家一块儿尝尝。”

不知道为什么他比以往冷淡，还特意加重了“大家”以对应否认她的“给我”，陶禧惶惶地仰起脸。他眼中清明，俊美的侧脸被阳光勾着边，却透露出拒人千里的疏离。

不过他对丁馥丽倒是无限宽容，被刺了句“时间踩得挺准啊，到点就回来吃饭”他也不以为意，还热心地帮陶惟宁端饺子。

陶禧沉默地坐下。

丁馥丽以为她不愿吃饺子，劝说：“你将就一下，妈妈今天实在没什么心情做饭。”

丁珀的案子快开庭了，她三天两头要见律师；陶禧要养伤，留学计划不得已终止，正在交涉退款。虽然保险的事转给陶惟宁处理，丁馥丽依旧整天忙得急火攻心，夜里睡不好，长了一嘴泡。

拿起筷子，陶禧朝她轻松地笑，说道：“妈妈煮什么我都爱吃。”

家里遭遇的一连串变故，她深受其扰，可牵连父母劳心奔波，陶禧始终愧疚，摆不出受害者的架子。住院的时候她就想好了，等回了家凡事自己动手，让丁馥丽把心都放在舅舅那儿。

只不过速冻饺子叫人实在提不起食欲，餐桌前四个人各怀心事地闷头吃着，几盘饺子竟然很快见底。

大家像是相互较着劲，谁也没有说话。

直到江浸夜开口：“陶老师，机票我买好了。”

陶惟宁抬眸，缓慢地点头：“好。”

陶禧莫名其妙，抻长脖子问：“小夜叔叔，你买了什么机票？”

“就上次师姐想挑两个后辈帮她准备明年的中国特展，在大英博物馆。我推荐了小夜。”陶惟宁替他作答，“那边要得急，下个月到岗。”

丁馥丽眉毛一抬，语气颇为振奋：“总算定下来了，能去那么远的地方锻炼是好事啊！”

江浸夜抿唇笑了笑。

话匣子打开，陶惟宁聊起了博物馆的事，丁馥丽则见缝插针地确认江浸夜是不是真的要走，到底走多久，将来回北里还是回陶家。刚才还一片沉寂的餐厅一时间热闹起来。

谁也没有注意陶禧，她绷紧脸，瞪着碗里的水饺，却总是失手把筷子戳向碗。

最后她认输地搁了碗发呆——反正没人发现。

陶禧偷偷去瞄江浸夜，胸口一阵阵心慌，挽留的话全都无从启齿，比如“求求你不要走”“能不能为我留下来”，或是“你因为我才离开吗”。

偶像剧一样拙劣的台词想想就尴尬，关键在于她还没那么重要。

尽管被时间和挫折推搡着她慢慢有了成长的感悟，懂得体谅父母的苦，学会隐藏真实情绪，不再任性冲动……但与他心智的悬殊对比，让陶禧常常困在孩子气的自我厌恶里。

她一刹沮丧“本来好好的，怎么突然就走了”，一刹又烦躁“走就走，眼不见心不烦”。

然而她听到了越发明晰的答案——

“是真的要走。去四年。等到那时再看看情况。”

她彻底泄了气。

一顿饭吃到快散场，陶禧突然问：“小夜叔叔，特展明年举办，那算下来不就两年吗？”

“展出三年。”江浸夜把头一低，视线描摹碗沿处的花纹，与她错开眼，“我还有很多需要向老师请教的东西，想待久一点。”

“四年后你确定回来吗？”

“大概。”

“什么叫‘大概’？回就回，不回就不回，这种事情不是去之前就决定好的吗？”

一桌子人纷纷噤声，转过眼睛看陶禧，不明白她对江浸夜的归期为什么这样超乎寻常地执着。丁馥丽从旁小声提醒：“桃桃，别问了，这是人家的私事。”

江浸夜不打算辩驳，充耳不闻地说句“慢用”，起身离席。

“其实你自己也不知道吧？”陶禧甩开丁馥丽的手，激动地拦在他身前，“小夜叔叔不知道四年后究竟继续从事古画修复，还是回家接手生意，担心我爸听到会失望，才先给一个模棱两可的‘大概’敷衍他，再用四年缓冲他毕生心血错付的难过。你肯定知道像他那样的老好人，是拉不下脸找你算账的，小夜叔叔真是……”

“够了！给我回房间去！”眉间涌上暴怒，丁馥丽一巴掌猛拍桌子。

头一回见到这样胡搅蛮缠的陶禧，不免让丁馥丽心里七上八下，既震惊于女儿突然的爆发，更担心她向来乖巧的外表下藏有许多不为自己所知的心思。

陶惟宁则阴着脸不发一语，像是被陶禧那番话触动。

江浸夜垂眸，看向眼前毫不退让的少女，多少有些动容。然而他停顿片刻，从齿间迸出的话语依旧冷酷："你让开。"

让开？

陶禧不懂。

他深邃的眼中含着的那些晦暗，她看不懂。

她只能一遍遍无措地重复："我不是站在你这边的吗？可我是站在你这边的呀！不是说好了，我是站在……小夜叔叔，我们说好了……你能不能说话算话……"

她问到最后，不自禁地拖出哭腔。

陶禧眼里本来就含着泪，头一低，泪泄洪一样往下淌。

她怪他真是个残忍的大人，怎么都不肯把话说清楚，说走就走。也怪自己明明有心挽留，却偏要拿爸爸做借口，为难他。

躲过丁馥丽伸来安抚的手，陶禧用手背堵着嘴，低头跑上楼。

但她没有回房，而是哽咽着弯下腰，坐在楼梯上，任由泪水勾出蓄满心肠的委屈。说到底"站在他那边"不是一句空话，陶禧相信他一定有非此不可的理由，不想错过她走后剩下三人的摊牌场景。

可惜她静静等待许久，楼下没有传出一点声音。

入睡前心跳得厉害，视野一角的手机倏而亮起，陶禧急忙抓过来。

屏幕上是江浸夜发来的道歉信息，他解释这件事之前就和陶惟宁商定好了，出于工作的考虑，确实是个难得的机会，并非因为陈放说的几句话。

陶禧不信："你就是怕自己拖累我们家吧？"

稍顷那边回复："肯定没办法一点都不愧疚。"

陶禧立马坐起来："不然我复读一年，大学去英国找你？"

这一次江浸夜隔了二十分钟才回复："你别乱来。"

陶禧不解："我有那个本事考上，正正经经地求学，怎么叫乱来？"

江浸夜问："为什么非要找我？"

陶禧瞪着手机，一下噎住。

这是要她告白吗?

然而他很快又发来：“桃桃，你不要胡思乱想。‘站在我这边’的只能是兄弟，或者战友。”

唯独不是恋人。

他话里婉拒的意思不言自明。

陶禧忽然意识到她一天比一天更加明目张胆地迷恋他，凭他那样敏锐的心思，怎么会一无所知。

说不定江浸夜就是被她逼走的。

陶禧混乱的大脑瞬间静了下来，她缓了缓，转而问他是哪天的飞机。

江浸夜回复“下周”。

陶禧稍微舒了一口气，踏实地睡到转天日上三竿。

可令她怎么也没有想到的是，当她揉着惺忪的睡眼醒来，江浸夜飞往伦敦希思罗机场的航班已经起飞了。

晚上接到吉芯公司人事部的入职电话时，陶禧正在吃饭。一旁的丁馥丽正好说起同事的孩子留学归国，考上了公务员的事。

丁馥丽剥着虾壳，灯在餐桌上方罩着，她脸上落了些暗影，眼睛熠熠闪亮，语气上扬：“还是税务局，工作老好了，我们这一圈呀个个羡慕。现在就等着桃桃的消息，毕竟是女孩子，不需要像他们闹哄哄地闯世界，能安安定定地过生活我们就心满意足了。”

陶惟宁赞同地点头，筷尖一顿：“上回桃桃说的那家国企有消息吗？”

丁馥丽扬眉：“暂时没有，但我听说那边对桃桃很满意，这两天应该就知道了。”

夫妻俩你一言我一语，眉飞色舞地为女儿毕业后的生活打算起来，眼里攒着两簇光，像要一路照到二十年后。陶禧则背过身，歪向墙壁接电话，极小声地回答。

丁馥丽偏过一只耳朵听，都是些很普通的“是吗”“我知道了”“我会准时到”和“谢谢”，理不出丁点头绪。

于是陶禧刚挂电话，丁馥丽便急不可耐地问：“桃桃，是不是移动公司的？”

“是来找我跳舞的。”

“跳舞？跳什么舞？”

“学校下月底有个毕业舞会，他们问我参不参加。”陶禧平静地拿起筷子，一脸淡然，“我答应了。”

丁馥丽仔细端详一阵，从女儿脸上窥不出丝毫破绽，若有所思地坐正，片刻后又问：“是那种交谊舞吧？舞伴是随机分配，还是自己找人？”

“自己找的，找不到可以现场临时凑对。”

“凑啥凑，把你师兄叫上呀！”

迎向母亲殷切投来的目光，陶禧不假思索地答应：“嗯。”

丁馥丽高兴地笑开了，表情舒展，整张脸都生动起来。陶惟宁倒是面露忧色，捧着碗，不时看向女儿。

陶禧面目安宁，工笔画一样清丽脱俗的五官铺排出一种凝冻的静，哪怕天塌下来眼皮都不会跳一跳的静，叫他心里莫名地没底。

自四年前陶禧出院，性情就变成这样——安静寡言。

那时丁馥丽为丁珀的事到处奔波，等缓过劲来，对女儿严加看管，大到高考志愿，小到放学回家时间，事无巨细全要报备。陶惟宁还一度担心这样会不会太严厉了，然而陶禧一一照做，没有一句怨言，反让他怀念起她曾经的活泼。

同时他也忧虑，她这样完全没有一点点自己的主意，工作了容易被人欺负。

丁馥丽则彻底被陶禧邀请师兄参加舞会这事吸引，追问：“那你和师兄联系了吗？”

“等下会和他通电话。”

“通电话……妈妈能不能问下你们多久通一次电话？”

陶禧撩起眼皮瞟去挂钟，正要估算，一旁听不下去的陶惟宁抢白：“问这么细干什么？你让他们自己发展，做家长的不要插手太多。”

“哦哟，我关心关心女儿都不可以了？”

对父母的争执兴味索然的陶禧离座，把碗放入厨房的水池，说着“我回房了”走上楼。

陶惟宁目送她的背影消失在楼梯转角，想起一些事："小夜回国了？"

丁馥丽听在耳里惊在心里，僵住了一动不动，神情有些瑟缩。

"就上个月，不过先回了趟家。"陶惟宁把剩菜端到厨房，不紧不慢地说，"他过两天来家里，我们好好招待。"

"跟他爸妈和好了？"

"好像是的，去年就接手了家里拍卖公司的生意。"

"那真是太好了！"

见妻子劫后余生般地庆幸，陶惟宁莫名失落："不知道他现在还有没有心思修画。"

犹自抚胸的丁馥丽把眼一横，食指戳向丈夫的脑门："傻不傻！我们小户人家过过本分日子，少跟那种人牵扯。"

陶禧对楼下爸妈这番动静一无所知，回到房间就给林知吾打去电话，电话那边的男声轻柔温和："不过我明晚才有空，来得及吧？"

陶禧淡笑着答道："来得及，谢谢师兄抽空陪我买裙子。"

"到时候别嫌弃师兄眼光差。"

"不劳师兄挑选，记得开车就好。"

"哦，原来你是为了找司机？"

"哪儿有，师兄也需要一套正装。"

"好。"

陶禧与林知吾在林家家宴上相识。那场火灾转年后的元宵节，林舒薇为庆祝自己拿到不列颠哥伦比亚大学的录取通知邀请她来家里做客。

那年元宵节的前一天屿安下了场大雪。

本地冬天少雪，即便下也是雨夹雪，落在地面就消失无踪。可这场雪下到傍晚，随入夜后降低的气温大有愈演愈烈的趋势。

陶禧好奇地走进院子，眼前雪花飞舞。

纷扬的雪花拂过她的脸庞，空气中爆开细小的咔嚓声，脚边一截折断的枯枝静卧雪上，她脑海中升起"故事已了"的片尾字幕。

心有卸下的轻盈。

等转天她出门，惊讶昨天的雪居然一夜之间化尽了，连一丝雪痕也无。

如同她的感情，从躁动到平息都无人问津。

陶禧的心再度被消沉攫住。

到了林家，林舒薇还没回来，陶禧受到林老两口的热情招待。不过独自坐在客厅略显局促，她便手捧热水闷闷地走去露台。一个身量颀长的青年先她一步站在萧瑟的花圃边，戴薄框眼镜，姜黄色的灯芯绒裤和深褐色的套头毛衣，风格简约，衬得气质儒雅持重。他双手插入裤兜望向远处的楼群，对陶禧的闯入似乎全无察觉。

而她一眼认出他就是林舒薇的哥哥林知吾，是壮观陈列于玻璃书架上照片上的人。

林知吾仿佛感知有人闯入，突然说："你觉不觉得昨天那场雪其实是春梦了无痕？"

这是问我？陶禧迟疑着。

转过身来的他眼里蕴含着温和的光，说道："那种感觉就像别人不记得没关系，自己知道曾在心里与人共过白头，就够了。"

一场春雪就是一场暗恋，降临默默不语，融化无声无息。

真奇怪，这人为什么会懂?

一句话就触动她，想必他也尝过相同的滋味。

陶禧粲然一笑，冲他作揖："给林师兄拜个晚年。"

"你认得我？"

"早看过你的照片，久仰大名。"

林知吾低眸，摸了摸鼻子："我也在薇薇那儿看过你的照片。"

林舒薇半小时后才到，一进屋就激动地抱住陶禧喊叫，说陶禧被关小半年，总算见到了，真是怀念过去一起考SAT（学术能力评估测试）和托福的时光。

"哪儿来的'被关'……"

"你妈每天接送你上下学，监督盘查你的一举一动，推掉你所有不以学业为名的外出，在我看来就是变相禁锢。"

陶禧沉默，不为丁馥丽辩驳。

林舒薇亲昵地挽着她，得知她打算报考屿安大学的计算机系，吃惊地说道："那些老师可都指望你考清、北！"

“好像我一定能考上似的。”陶禧弯起眼角甜笑，“而且我妈不会让我离开屿安，她不放心。”

这一晚的家宴是林家父母亲自下厨，他们对小家碧玉又伶俐的陶禧很是喜爱，特意问了她的口味。席间听说丁馥丽是艺术系的客座教授，同为屿安大学教授的林父、林母当即留了电话号码。后来陶禧高考结束，两家长辈私下碰了面，欢欢喜喜聊了许久，彼此都有些心照不宣。再后来林知吾从斯坦福大学毕业去了硅谷，隔年才回屿安一次，却总不忘来陶家拜访。

丁馥丽早当他是未来女婿，对他明里夸赞，暗里试探，盼他跟陶禧的关系更进一步。然而林知吾对陶禧从来有礼有节，关心点到即止，每次见面只聊国外见闻和行业发展，鼓励她多出去走走。

他们始终站在那道“师兄妹”的线内。

陶禧感激他的体谅。

挂电话前，她叫住林知吾：“师兄，那个在你心里和你共过白头的人跟你还有可能吗？”

相识四年，他们从没揭破初见时春雪的谜语。她问得贸然，林知吾恍惚一瞬：“不可能了，她明确拒绝了我。”

关了灯的房间眼睛适应一会儿才恢复视力，陶禧躺在床上，凝神辨认灯罩的轮廓，脑中浮现返校那天的情景。

时逢小满，夏静风和。

陶禧请了假，回学校递交优秀学士学位论文的申报材料。

电院群楼外一条宽阔的马路植满高大的梧桐树，如盖的浓荫合抱在头顶，烈阳穿透枝叶缝隙洒下一地光斑，随风势明灭摇晃。她童心忽起，抬脚踩上亮处，任由阳光覆盖白色凉鞋鞋面。

身后传来嘹亮的女声：“陶禧——”

脚下急停，陶禧回身望去，十米开外有两道人影匆匆奔来。

“可算逮到你了。”

“干吗走这么快？”

隔壁寝室的宝璐和小麦一人一句，将陶禧纳入阳伞下。

香水气味扑鼻，类似某种口感酸甜的浆果，她茫然地问：“有事吗？”

宝璐伸手搭上她的肩，笑脸再添一分亲昵：“下月底有个毕业舞会，我上周给你发了邮件，可你没回我。难得碰见你这个大忙人，我当然要亲自问问啦！”

邮件？

“等一下。”陶禧打开手机，翻找邮箱。

那封邀请邮件被系统错判为广告，静静躺在垃圾箱里，将在今晚零点自动删除。

她亡羊补牢地道歉，低头查看，随口说着：“可是我们学院这么多男生。”

“放心好了，舞伴自己带。而且这次是电院和艺院共同举办，两边男女生互补，就算现场凑对，也能一人一个不落空。再说无论如何，这种事也轮不到你担心啊。”

宝璐收回手，眼里闪过复杂的情绪，视线描摹陶禧的淡眉杏瞳、玲珑的鼻尖和圆润小巧的下巴。陶禧有着软萌的少女感，黑色长发齐胸，发尾带卷，挂在伶仃的肩头迎风拂动。

“可我不会跳舞。”陶禧将长发别到耳后，想要委婉地拒绝。

宝璐和小麦交换眼神，不气馁地继续怂恿：“没几个人会跳舞。艺院出指导老师和场地，免费培训。”

“包教包会。”

“就是，身为我们电院公认的美人，你得站出去让他们艺院的人看看。”

陶禧从两人一唱一和的热络中听出咄咄逼人的意味，转而以沉默回拒。

“放心，裙子我借你。我表姐和你差不多高，她在摩根大通上班，那件礼服就参加公司大会穿过一回。”见她不语，宝璐会错意，以为她担心着装。

而小麦面露惊诧：“你表姐在JPM（摩根大通）？我拒了他们的实习生岗位。”

宝璐惊叫：“不是吧？那你去了哪儿？”

小麦眉梢一挑：“当然是G公司。”

“好厉害啊！他们收本科生？”

“收的呀。其实你也不错，H公司待遇那么好。反正我们学校毕业的，去处都不差。”

你来我往好一阵她们才想起身边的陶禧，同一届的毕业生里，唯独她去了一家创立不久、默默无闻的小规模半导体公司实习。

两人的目光不由得带上嘲讽。

当初她们听说她厉害，入校成绩排前五，比赛拿奖拿到手软，被大家称为“学习机器”。可四年下来，她并没有比其他人亮眼多少，无非清高孤僻，拒绝了好些优质的男生。

她有点装模作样。

如今她在找工作上矮人一头，果然是个花架子。

“这些人确定到场吗？”陶禧把手机递过去，正腹诽的宝璐愣了愣。

陶禧调大图片，指着邮件里的“邀请嘉宾”，重复：“就是这些人，确定吗？”

小麦抢过话茬：“确定确定，那些人是艺院请来的。”

陶禧平静的神色不露分毫端倪，点头说：“我去。”

她指腹按住的名字是江浸夜。

这几年陶禧对江浸夜一无所知，他只和陶惟宁保持联系，而父亲从未当着她的面提起来自英国的任何消息。

丁馥丽当初见识过江浸夜如何受小姑娘追捧，能嗅出陶禧对他的好感，千盼万盼他远走高飞，不愿女儿心里还留着他的位置。于是她常对陶惟宁吹枕边风，叮嘱他平日不要泄露半点风声。

好在陶禧没兴趣打听，她接受了林知吾春雪的比喻——融化无声无息。何况江浸夜去英国后停用一切社交账号，电话、邮箱全部换新。

一切干净得好似风过水面。

陶禧伤心过，也灰心过，慢慢从那场头脑发热的暗恋中挣脱。

可如今他的名字再次出现，依旧能掀起她内心的波澜。陶禧想这或许是她的劫数，因为有陶惟宁那层关系，他们迟早会重逢。但她不愿继续沉溺，不想在原地等待，不会让人牵着鼻子走了。

凭过往对江浸夜的了解，他多半已经交了女朋友甚至结婚，那样更好，陶禧盼他大方地给个痛快。

上午办好了吉芯公司的入职手续，下午六点陶禧婉言谢绝了同事帮她举办庆祝会的提议，到便利店买了三明治匆匆解决晚餐。

狼吞虎咽时，她接到辅导员的电话，说是系里推荐她参加那场舞会。

“啊？我不会跳舞……”

来不及说明已经参加，陶禧灌下一口水，先清空嘴里的食物。

辅导员毫不在意地道：“不会可以学嘛，他们艺术学院免费培训哦。”

“嗯，我等下就去上培训课。”

“嗯，陶禧你报名了？”

“找同学填过报名表了。”

“哦，报名了？行行，那先这样。”

“李老师等一下，为什么系里会推荐我？”

辅导员笑了笑，说：“推荐表现突出的同学参加活动不需要太多说明吧？别想这么多。”

表现突出？

明明她既不会跳舞，在这藏龙卧虎的学校也微不足道。

晚上的两堂培训课中间安排一刻钟休息，女生们三三两两聚在墙边交头接耳，音量小规模地发散：

“江浸夜不是屿安人，听他口音像北方的。”

“他来我们学院开的讲座场场爆满，对文物修复一窍不通也没事，只要看他的脸就够了。”

“我、我……我奔着文物修复过去的，可是根本没心思听内容好吗？真的好帅啊！”

宝璐听一群艺院女生聊得热闹，跟着笑。陶禧挨着她站，边拿手机收发信息，边回忆刚才老师教的动作。

课上临时凑成的舞伴走到她身前，迟疑地开口：“陶禧，刚才双人舞步你跳得有点问题，那个左转……”

高她一头的男生不敢直视她，又察觉到四周好奇的视线，越发局促。

可是刚才她并没有跳错。

陶禧收起手机：“不然你再带我一次？”

练舞房里还有另外几对一同练习。

男生面孔僵硬，屏气凝神。陶禧跟着他的步伐，被握住的右手感觉到湿冷——他的掌心在流汗。

“等下……一起去吃夜宵吧？”

陶禧停步，错愕地看着他：“可是我不住学校。”

“那我送你回家。”第一句邀请出口，他坦然许多，不动声色地往短衫衣摆上揩手，生怕她拒绝，又说，“反正我也要出校门。”

课后宝璐和小麦与他们同行，大概认得他，不住地拿他打趣：“哎哎，你说你一个美术系的，身边遍地好资源，还非要往我们陶美女面前凑，不怕电院男生组队揍你？”

月色下他眼眸明亮，不住地打量陶禧：“你们不知道吗？越危险的地方花开得越美。”

讨好意味太直白，那对八卦姐妹脸上浮现看好戏的表情。

陶禧当然听出了他的意思，思忖如何作答的时候，视线掠过路旁的林知吾。他一身休闲衬衫和牛仔裤，气宇轩昂地站在树荫下，见陶禧的脸转来，朝她招手。

“不好意思，不能跟你们一路了。”声音透着得救的欣喜，不顾其他三人的眼光，她快步跑向林知吾，用眼神示意赶紧离开。

夜晚有流动的软风，掀起陶禧彤色的裙摆，开开合合，状似道旁矮枝上绽放正盛的石榴花。

直至出了校门，陶禧还有些惊魂未定：“多亏师兄及时赶到。”

“有男生喜欢，说明你有魅力，是好事。”

“就是因为喜欢，才要考虑对方的感受呀！他都快成骚扰了。”

看她一本正经地苦恼，林知吾笑着摇头。

两人随后坐上泊在路边的黑色轿车。陶禧低头系安全带，听林知吾不紧不慢地说：“小桃坐稳了。”

车子才刚开走，匿在路旁阴影里负手站立的年轻男人拨通号码：“江先生，陶小姐被人先接走了。”

而后他恭敬地将今晚看到的逐一复述。

手机里的爵士乐飘飘袅袅，男人嗓音低缓：“我知道了。”

商场还剩二十分钟关门。

各品牌柜台即将打烊，间或有寥落的人影匆匆走下扶手电梯。

陶禧跟在林知吾身后环视四周，怯怯地说："师兄，这地方看起来好高档，我可能钱没带够……"

林知吾安慰她："不要紧，就挑你喜欢的。"

啊？

难不成是他送？

一时间，与鼻子调情的那些让人心情舒缓的香氛的功用骤然失效，陶禧咽了咽口水，探头探脑地看向每间用装潢彰显"品位"和"奢华"的专柜，裹足不前。

她再耽误，商场可就关门了。

林知吾无奈："本来想送你毕业礼物，你既然担心分量太重，可以分期还我。我给你打个折扣，算你买给自己的好不好？"

陶禧被他看穿心思，面颊浮起红云，逃也似的跑进一家店。

目光流连于琳琅的衣衫间，她正要翻开一条长裙的吊牌，身后响起尖细的女声："你这么急着走，就是来这种地方？"

朱砂红的短袖绸缎旗袍旋即闯入视野里，大腿在一侧的长开衩里若隐若现，鞋跟不情不愿地敲击地面，她在衣架前停了几秒，连伸手的兴致都无。

"看看这都什么货色，丢份儿！哎，我说江少，今儿我好不容易摸把十三幺，你就不肯带我去个好点的地儿？"

"我叫了你吗？自己非要跟过来。"

"不就想见识我们江少的心让什么要紧的扰了，一圈麻将没打完非走不可嘛。"在场的除了陶禧还有一众店员，而"朱砂红"想必也是见过世面的，拖着慵懒的调子调笑，"再说了，也怕你在外面偷腥呀。你怎么净欺负人。"

陶禧愣住。

江少。

哪怕她做了万千准备，这样的意外重逢依旧叫她在听到他声音的一刹，紧张得心脏快要跳出喉咙。

她能听出他们关系亲密，毕竟都用上“偷腥”了。

可恨她势单力薄，偏偏林知吾这时不在，手机还落在他的车上没法和他联系。她只好迅速取下一条裙子走去更衣室，默默祈祷还没被江浸夜发现。

谁知身后传来一声娇笑，接着道：“这还真有冤大头要买？得了，咱们走吧。”

随后是几声急促的脚步声。

陶禧下意识地回头看他们是不是真的走了，不想对上那双再熟悉不过的、好看却阴戾的眼睛。

江浸夜正看着陶禧，不偏不倚地与她的视线交会，没有丝毫动摇。

当然他眼睛里也没有笑，像是深不见底的黑色水域，潜藏着什么，让人害怕。

陶禧仓皇地跑进更衣室。

她发呆的时候，门外的喧嚷不绝于耳。

四年了，他讲话还是那么讨人嫌，幸好对方听着也是个狠角色，果然恶人自有恶人磨。

脚下的深色地板光可鉴人，倒映着陶禧气鼓鼓的素白小脸——他一个有女朋友的人凭什么用那种不善的眼神看她？好像她犯了天大的错。当初一声不吭就消失的人有资格吗？

还有就是……师兄到底去哪儿了？

“陶禧，你在试衣服吗？”

林知吾的声音由远及近，瞬间抚慰了陶禧的心情，她扬声说：“我在的，师兄稍等。”

与此同时，外面静了下来。

陶禧换好衣服走出来，看着林知吾手里的纸袋，诧异地道：“师兄你怎么……”

动作这么快？

“我以前参加过舞会，知道自己适合哪种，所以看到合适的直接买了。”林知吾说着仔细打量陶禧。

飘逸贴身的白色长裙只在腰带处镶一道宝蓝色纹饰，肩部立体剪裁，将人衬得端庄娴雅。

陶禧被这身名媛风逗乐，忍不住提起裙子转个圈。

“跟我买的这套还挺搭。”林知吾目露赞许。

陶禧轻启朱唇，笑着问：“是吗？师兄评价评价。”

“俗气！俗不可耐！”没等他开口，不远处的江浸夜先传来一声暴喝。

他大大咧咧地坐在店内银灰色地毯上的单人皮沙发上，一瞬不瞬地盯着陶禧，脸却冲着“朱砂红”。“朱砂红”显然吓了一跳，面子有些挂不住，脸色煞白地跑进更衣室。

林知吾一脸困惑。

“师兄，你等我换另一件。”陶禧似乎没受影响，很快换好另一条灰蓝色的褶裥小礼服裙，层层叠叠的绉纱堆积出灵动的仙气。

“哇！我喜欢这条，好仙！”陶禧蹦跳着，笑得开怀，露出一口贝齿，“师兄觉得呢？”

林知吾从未见她如此高兴，深受感染地跟着笑起来。

他点头正要说话，不想又让江浸夜抢先：“没身材，真像小学生。”

“你有完没完？”“朱砂红”以为他在损自己，瞬间垮下脸，怒目圆睁，“要不是两家老人撺掇，我犯得着在你这儿受屈？”

江浸夜无动于衷，白白挨她一阵骂，不还嘴，也不看她，从头到尾目光就没从陶禧身上挪开。

陶禧不知道他为什么这么做，也没心思细究，只觉得是非之地不宜久留。谁知林知吾递来一件闪钻礼服裙：“小桃，试试这条。”

“我？”陶禧吃惊，这么浮夸的款式与她格格不入，倒更像那个谁穿的。

陈烟岚。

从脑海湿淋淋地打捞出一个名字，唤醒一连串久远的记忆。陶禧从容地接过裙子。

等她换好了出来，周围所有人的脸全变了。

高饱和度的玫红色，愈显她露出的皮肤雪白。她的脸、脖颈、手臂、小腿和脚，如剥了壳的荔枝一般细腻水嫩。

垂坠质感的面料轻柔地包裹着她的身体，勾勒出那隐隐起伏的曲线。胸前深V和侧边开衩的设计为她添上从未有过的性感和妩媚。眨着一双清澈晶莹的鹿眼，她茫然地看向林知吾，未经世事的稚嫩与妖冶红裙反差强烈，像无辜诱人的洛丽塔。

林知吾看得尤其出神，愣住了，一动不动。

“师……”

陶禧的声音被他伸手的动作截断，他伸得极其缓慢，好似全身各处关节都卡住了。

等察觉林知吾想要触摸她肩膀的意图，陶禧吓了一跳。

她却在闪避前更快地从镜中窥见林知吾看的并不是她——那双好像在叹息、在遗憾、在试图挽留的眼睛看到的分明是另一个人。

“不好意思，借过。”林知吾的手最终没有落下，被不知何时走来的江浸夜一把架开。

他从陶禧和林知吾间径直走过，没事人一样抓起一件短衫，悠然地说：“那什么……芙蓉，别试裙子了，试试上衣。”

回过神的林知吾自知失态，连声道歉：“抱歉陶禧，我刚才……真的不好意思，临时想起一些别的事。我去结账了，你要哪一件？”

“灰蓝色的。”

师兄刚才错把她当成他的心上人了。

走出更衣室，陶禧一边想着一边把礼服裙还给店员，注意到身侧对峙的两人。

“我不是芙蓉，是悦蓉。”“朱砂红”冷笑，眼中流露的伤感难掩，“和你凑了一个月饭搭子，散了吧。江少这样的，谁来也伺候不起。”

直到急促的高跟鞋声彻底消失，江浸夜都没有看一眼，他闲适地坐回单人沙发接电话。明明已到商场关门时间，店内依旧秩序井然，人人一副任他待到天光大亮都乐意奉陪的样子。

他真是恶劣。

陶禧撇撇嘴，快步跟上林知吾。

梦里回到火灾那晚，陶禧躺在工作室套间的床上，闭着眼，嗅到空气中有丰沛的水汽，扔几条鱼都能游起来的样子。窗外风雨呼啸，房里弥漫的乌木沉香味渐渐变了味，散发出吸饱梅雨的陈腐木头的气息。

她预感到要发生什么，睡不踏实，索性抱着被子靠坐在床头，望向窗户上狂扫的树影。

恍惚听到门锁旋转的声音，她吓出一个激灵，小半张脸用被子遮住，惴惴不安地看去。

门开时，恰逢窗外滚过一道白亮的闪电，陶禧认出进来的人是江浸夜。

他怎么回来了？

他不是去山道玩车吗？

因为下雨吗？

陶禧掀开被子跳下床，赤脚跑到他面前，着急地问："小夜叔叔，你淋雨了？"

江浸夜从头到脚都在淌水，头发一绺绺地贴在脸上，那张好看到极致的脸泛着惨兮兮的白，一言不发地盯着陶禧的眼睛，视线莫名地阴鸷。

陶禧打了个寒战，说着"我去给你拿毛巾"就要跑，不想被他一把拽住："陶禧，你要放弃了吗？"

放弃？

她困惑地扭头，撞进他的眼睛，他语气有些委屈："你不喜欢我了吗？"

她睁眼醒来，幽微的天光漏进落地窗，被薄帘筛过，有旧电影的质感。

陶禧记起梦中江浸夜的脸，心跳仍剧烈。

都说梦境投映人的潜意识，梦到那样的情景，其实是她在自问：真的要放弃了吗？

随即感到身后一阵溽热，隐约发痒，陶禧慌张地掀开凉被，跑到衣帽间的穿衣镜前。

镜中人长发披散，一条白色睡裙刚盖住大腿根。她转身，两手提起裙边一点点上移，神情凝重得仿佛进行某种宗教仪式，直至露出完整的后背。扫见镜子里那块深色的瘢痕，陶禧下意识地别过脸。

即使过去好几年，她还是心有余悸。以脊椎做中轴线，从骨盆延至肩胛的大片皮肤上对称的暗红色瘢痕触目惊心。但她强迫自己回头看，颤抖地咬住下唇。

两道丑陋的烧伤形如翅膀。她受大火淬炼，却没有成为凤凰。

陶禧揉着惺忪的睡眼下楼。丁馥丽正在厨房忙碌，她往茶壶中灌入沸水，提出去的时候，抬眼瞧见神情恍惚的女儿。

“妈妈，早。”陶禧打了个哈欠，双眼皮叠出三层。

她的睡裙薄如蝉翼，领口堪堪遮住胸，黑色长发柔软地缠住手臂。裙身晃动，勾勒出不盈一握的腰部线条。

丁馥丽看愣，连忙低声催促：“桃桃，快回房换身衣裳再下来。姓江的那小子过来了，你这么穿像什么样。”

“江……”陶禧呆了呆，反应过来，“小夜叔叔要来？”

这一下问住了丁馥丽，“严防死守所有江浸夜的消息”的习惯养成后，连他来家里这件事她都下意识地瞒住陶禧。

两人愣神间，陶惟宁和江浸夜一前一后走来，要穿过厅堂侧门去廊檐。

陶惟宁笑呵呵地和女儿打招呼：“早啊，桃桃。”

“爸爸。”

“你小夜叔叔来了。”

和梦中那张有些吓人的脸不一样，眼前的江浸夜身形高挑，面容沉敛，黑色衬衫的领口任性地敞着，颈上有一根细链子，系着一块翡翠观音吊坠。他双手揣入裤袋，露出一截象牙色的手腕，整个人倜傥得不像话。

“小夜叔叔，早。”陶禧神情自若。

那双漂亮得有些邪气的眼睛清冷无波，在她身上随意转了转就移开，他单调地回应她一声“早”。

他们对昨晚的相遇默契地缄口不言。

换好一身休闲衣裤再下楼，陶禧看见丁馥丽在交代上门打扫的保洁员做事。而丁馥丽看到她，朝她连连招手：“桃桃，妈妈走不开，帮忙给你爸爸送水。”

此时的陶惟宁正和江浸夜坐在廊檐下喝茶。

陶惟宁嗜茶，江浸夜投其所好带了明前的君山银针，茶汤生津回甘，香韵满口，陶惟宁不住地连连称好。

“真是沾你的光才喝到这么好的茶，不知道将来你还有没有机会再陪我喝。”陶惟宁感慨着，放下天青瓷茶盏。

江浸夜俯身添水，等到汤面浮起袅袅雾气，开口道：“老师说哪里的话，是您赏光，愿和我一起喝茶。您想我什么时候过来都行，乐意之至。”

这话叫陶惟宁颇为受用，笑着眯起了眼，说：“我知道你父母不愿你做这个事，就算商业修复，拿来谋稻粱还是寒酸一些。将来你想专心做商人，我非常理解。”

江浸夜呷一口茶，不紧不慢地说：“我并没有想好将来要做什么。”

陶惟宁微诧：“可你把拍卖行的生意打点得不错，这两年看你没少国内国外两边跑。你们那个崇……崇喜公司，是这个名字吧？你看，连我这样不过问艺术品行业的老头子都知道，规模很大。”

江浸夜谦逊地笑着说：“公司的根基都是父亲和大哥的功劳，我不过是个捡现成的。”

陶惟宁敏锐地捕捉到他脸上一闪而过的不适。他还记得江浸夜过去全身棱角，眼中锋芒毕显的模样，几年过去，年纪大一点，学会收敛了，身上那股阴戾却仍未消散。

陶惟宁深知他心中的不平源于家庭，自己是个外人，不好多问，于是面目和蔼地说：“那你就慢慢想，总会想好的。”

江浸夜笑笑，捧起茶盏，望向前方的中庭水景，偶有鸟雀飞上清香木的枝头停歇。

陶家小院火灾后翻修过，瓦片换成了深灰色的花岗石，远望仍是白墙黑瓦，丹楹刻桷，流水照朱栏。

“爸爸。”陶禧拎着茶壶，眉眼低垂地走来。

陶惟宁问：“你妈妈呢？”

“她吩咐保洁做卫生，忙着和李师傅核定菜谱。”

李师傅是屿安大酒楼的厨师长，国宴级厨师，丁馥丽请他上门做家宴，给足了江浸夜面子。受礼遇的贵宾闻声转头，看向陶禧。

她比过去长开了不少，粉妆玉琢，天生的好骨相，侧面看去饱满的额头和脸颊都叫人难忘。可惜她放下茶壶就要走，一刻也不愿多留。

“陶老师。”陶禧走后，江浸夜又说，“我这次来还要帮奶奶办一场画展，想邀请您作为嘉宾出席。”

江浸夜的奶奶名叫贺敏芝，几年前仙逝，是一位国宝级画家，过去与陶惟宁多有来往。遵照她的遗嘱，画展结束后，部分作品及生前个人收藏将无偿捐给国家。部分进行拍卖，所得汇入名下的慈善基金会由专人打理。

陶惟宁欣然接受邀请："行啊，到时你通知我。"

"这儿还有个不情之请。"江浸夜短促地笑了一声，"我这段时间得经常去奶奶的院子整理画作。现在那些屋子都堆满了，没地儿落脚，所以您看……"

陶惟宁不言语，等着他说完。

"您这儿能腾间房让我暂时住几天吗？"

"他想暂时住几天？"窗帘拉上，光线暗下来的房间里，丁馥丽听到陶惟宁的话顿时变了脸色。

陶惟宁没察觉，只顾点头："哎，对对……"

"对你个头。我问你，他想住几天啊？"

"这他倒没说。"

"他放着皇宫不住，非要来挤我们家的破庙，图什么？"

丁馥丽口中的"皇宫"，是江浸夜奶奶贺敏芝的三进大院。贺敏芝是屿安人，十几年前思乡南下，江家仿照北里的传统格局为她建了一座大四合院。

陶惟宁是找夫人讨个商量，解释说："小夜为贺先生整理画作，家中堆放凌乱，我们就算帮帮忙。你把他以前那间房收拾出来，随便他想住多久住多久。"

丁馥丽心里不快活，闷闷地哼道："行行行，我能说什么，又惹不起姓江的。"

过去她好歹是师娘，敢对他颐指气使，不许过夜就是不许。如今人家摇身变成生意人，要继承家业了。那可是江家！将来丁珀出狱指不定还有求他的时候，丁馥丽多少是识时务的，不愿把事做绝。

于是她让保洁员顺便打扫了那闲置多年的工作室套间——自火灾后就没人再住过。她又赶紧备齐一套新床品，抱在手上摇摇晃晃地下楼时碰到陶禧。

“妈妈，我帮你。”

两人一前一后走进套间卧室，丁馥丽利索地抖开床单：“过来帮我按住那角。”

她声音冷硬，绷着一张脸，与一贯游刃有余的和悦相去甚远。

陶禧抹平床单的褶皱，困惑地问：“妈妈，你不高兴？”

“高兴？家里要住进个魔头，我能高兴？”丁馥丽声音轻得只剩耳语的量，面色焦虑，“江浸夜他就是个妖怪，专门迷惑你们这种眼界浅的小姑娘，你可不能着了他的道。”

“哎呀，你说什么呢！”陶禧急得直嚷。

“你大呼小叫干什么？”丁馥丽狐疑地扫视，“妈妈不过就是提醒你一声，不要搞得自己很心虚。”

心虚?

鬼才心虚!

陶禧平白无故挨了一通数落，郁闷地冲上楼，脚下每一步都踩得用力。

“昨晚那条裙子不适合你。”

气势汹汹的身影被一声低沉的男声定住，陶禧扭头，见江浸夜站在楼梯前直直地看来。

“我穿什么不关你的事。”撂下这一句，她作势要跑。

“你等等。”

陶禧身形一顿，还真就没骨气地停下了。

江浸夜背起的手变戏法般亮出一个瘦长的樟木盒，他低眸缓缓出声：“给。”

陶禧迟疑着走下来，慢吞吞地接过盒子，里面装了一双湘妃竹筷。她看见筷头雕成的蝴蝶，双眼一下点亮，欣然地拿起左瞧右瞧。

“我答应你的。”江浸夜嘴角浮起一抹笑，“好看吧？”

“好看！”那张沉闷的小脸瞬间恢复生气，连音调都透着雀跃，可旋即她陷入新的失落，“我以为你不记得了……”

当年陶禧因大火烧伤入院，在病房被丁馥丽剪坏头发，江浸夜除了说好听的话哄她，还许诺每年送她一双筷子。

陶禧那时还挺不屑：“不过是筷子。”

“你这就不知道了，我除了会修画、画画，还会雕筷子。”

“雕筷子？”

“确切地说是筷头。”江浸夜用修长的手指比画，磁性的嗓音宛若催眠曲，“禽鸟或者飞虫，我给你雕最好看的翅膀。”

然而随着他远走英国，这事一时没了下文。

渐渐地，连陶禧自己都忘了。

“下次给你换黄花梨的。”

“有黄花梨的筷子？”

“家里有，还嵌着牛角和贝母。”江浸夜不徐不疾地说着，另一只手递来纸袋，“说好每年一双，四年都凑齐了，这里还有白鹤、伯劳和蜻蜓。”

不知为什么突然泄气，陶禧接过袋子已没了拆开的兴致。

她盯着袋里从外表看去一模一样的木盒，机械地重复：“白鹤、伯劳和蜻蜓。”

“不喜欢？”

“不是……”

“我知道，你想要孔雀。”

这么清晰的声音，每一个音节都震颤着，如羽毛轻挠，擦过耳朵，像来自极近的距离，比如他俯身贴在她脸侧。

陶禧这么想着，心跳骤停一瞬。可等她抬头，他还是原来那副双手插入裤兜的模样，身姿挺拔，长腿笔直，连个俯身的弧度都没有。

连眼睛也罩着一层淡漠，他平静地说：“只有孔雀，我不能给你。”

第三章　我有一个小秘密

为什么孔雀不行?

陶禧躺在床上，双手高举江浸夜送的那双筷子，仔细观察。

蝴蝶形状的筷头是雕好后再拼上的，像给筷子戴了顶帽子，不似传统竹雕的古朴雅致，更像一时兴起雕了个卡通版的。大圆与小圆组成两对翅膀，窄头扁腹，锤状的触角，其细若缕，纤毫毕现。

他有这么精妙巧丽的手艺，雕不出孔雀吗?

她困惑地翻看，瞧不出什么雕刻的门道，只觉得异常珍贵。想想刚才竟误以为他是靠过来说的话，陶禧脸颊烧红一片。

这么暧昧的动作，过去她只见他对陈烟岚做过。

陶禧放下筷子，满怀对陈烟岚的羡慕，想着自己始终被当作小孩子。

“桃桃，下来吃饭了！”丁馥丽的声音隔着门板传来。

陶禧翻个身，怏怏地下楼。

餐桌上满满当当的，摆有上汤响螺、鳕鱼狮子头、奶香虾球和栗子菜心，冷拼为四样混搭，菜色丰盛。从食材到餐具，方方面面俱讲究，让人食指大动。

陶禧扶着深色的胡桃木椅背，愕然感叹：“今天是过年吗？”

“家里过年也没这规格，你能吃上还不全看小夜的面子。”丁馥丽顿了顿，神神秘秘地压低声音，“人家带了好多东西，我们当然要尽心尽力地招待。”说着她下巴朝外面点了点。

顺着母亲的目光，陶禧看到客厅堆了一沙发的礼盒。先前江浸夜送她的袋子跟这一比，简直是小巫见大巫。再看丁馥丽喜不自禁的神色，陶禧撇了下嘴角，腹诽妈妈平时净在人背后说小话，眼下收了好处脸色立马不一样了，真是毫无立场。

“桃桃，这是给你的。”

束有红色绸带蝴蝶结的袋子被递到陶禧眼前，提着袋绳的那只手，瘦长，象牙白肤色，手指骨节分明。

她没有去接，心不在焉地瞟了一眼：“小夜叔叔不是送过了吗？”

“哎，小夜来了？快坐快坐！”丁馥丽盛好了饭，端着碗从厨房风风火火地走来，眼风扫过江浸夜手里的袋子，脚步慢下来，“有心了，还想着给桃桃单独备一份。”

陶禧仰起脸，斜睨他。

江浸夜干笑一声，清冷的眼睛看向陶禧，话却是说给丁馥丽听的：“昨晚陪温悦蓉买裙子，她乱发小姐脾气，钱都交了一件也不要。全是新的，我扔了可惜，拿来做个顺水人情，不知道师娘介不介意？”

丁馥丽细细咀嚼他的话：“温悦蓉……”

江浸夜收回视线，没什么情绪地说：“我的联姻对象。”

“是上周的新闻里收购了天航的那个温家？”

“是。”

“好像南湖区那个新开的万镜城也是他们家的？”

“对。”

“那位温小姐肯定很漂亮吧？”丁馥丽问得起兴，一边感叹着，一边不停地用筷子戳向陶惟宁，“听听，你听听！”

陶禧没滋没味地吃着，终于忍无可忍地抗议：“妈妈，别这么八卦好吗？”

“这种第一手资料多稀奇呀！”丁馥丽不以为意，想到什么又笑了起来，“小夜，将来你结婚别忘了我和你陶老师的喜糖。”

“当然不会。”江浸夜若有所思地放下筷子，“师娘，那裙子桃桃能收下吗？”

丁馥丽连连点头：“收呀，崭新崭新的。谢谢小夜了。”

“妈妈，我们有这么穷吗？人家不要的凭什么我要？”陶禧把碗一搁，少有地发了火。

江浸夜眉目淡然：“因为比你买的好看，你那身穿着像姨太太。”

陶禧梗着脖子：“你说像就像了？”

“不像吗？别人都色眯眯地盯老半天了，自己一点不长心。”

“别人色眯眯？小夜叔叔不也两眼发直一副要吃人的样子吗？”

“你——”

“别以为我没看到！”

印象中还从没在他这里占过上风，见他噎得哑口无言，陶禧一脸扬眉吐气的畅快。她冲江浸夜吐舌头做了个鬼脸，重新捧起碗，觉得连饭菜似乎都更香了，不住地夸赞：“妈妈请的大师傅真棒！”

丁馥丽和陶惟宁面面相觑，猜不透眼前两人唱的是哪出。

但她抓住了重点：“你们昨晚见过？”

“昨晚师兄陪我去买舞会要穿的裙子，偶然遇见了。”想起昨晚的情形，陶禧握着筷子直摇头，“小夜叔叔根本不把他未婚妻放在眼里，态度可差劲了。我看他的喜糖呀，你和爸爸还要等很久。”

“不是未婚妻。”江浸夜纠正。

“既然是联姻，那是你家里的安排了？”丁馥丽很是好奇，“和未婚妻也差不多嘛。”

江浸夜扯动嘴角，冷笑道：“成为未婚夫妻需要订婚，就这样只吃过几顿饭的，她乐意，我还不干呢！你们也别听风就是雨，真有消息了我会说。”

丁馥丽朝丈夫挤挤眼，没再接着问，转而注意到陶禧手上那双筷头别致的筷子。

“桃桃，你筷子上是个什么东西？”

“蝴蝶。”

“拿来给妈妈看看。”丁馥丽正反面端详一阵，递给陶惟宁，“手艺蛮好的，师兄送的吗？”

陶禧不动声色地瞥向江浸夜，他正从容地夹虾球，便说：“是我一个同事送的，欢迎我入职。”

“我以为你们同事只会敲电脑，没想到还能做精细活。”丁馥丽挑了挑眉毛，“男的女的？”

“男的。”

“多大了？哪里人？爸爸妈妈做什么的？样子还行吧？”

“比我大几岁，北方人，家里做生意的，长得将就。”

江浸夜停下手里的动作。

丁馥丽趁热打铁：“条件不错呀！有照片吗？”

“妈妈别误会，只是一件普通的礼物。”

“话不能这么说，这年头大家都爱吃快餐，送手工礼物很稀罕了。而且你看，简直就是工艺品，我猜他多半对你有点意思。这种东西不用心是做不出来的。”

正在喝水的江浸夜呛了一口，咳嗽起来。

陶惟宁给他递去餐巾纸，也加入谈话：“慢慢来，我们桃桃才二十岁，路还很长，不用着急。”

“这种事情讲缘分的，要是人合适，可以先处处，我又不是老古板。”丁馥丽不同意他的话，一板一眼地讲道理，“再说了，我们只是帮着把把关，不会干涉桃桃呀！她和林知吾总也定不下来，我心里当然着急。小夜，你说对吧？”

江浸夜叠好纸巾，狐狸一样眯起狭长的眼眸：“是啊，师娘要把好关，挑个好人家。”

陶禧怔了怔，不由自主地集中注意力，想听他还会再说什么。可惜江浸夜转而向丁馥丽报备平日作息，找她要了一套备用钥匙。

虽然同住一个屋檐下，一周过去，陶禧连江浸夜的正脸都没见到。

她只知道他为筹办画展早出晚归，白天悉心整理奶奶的画作，深夜返回陶家小院的工作室休息，那间卧室的窗口总在她睡下后才亮起灯。

陶禧守了几天，摸出规律，今天把房里所有的灯打开后等在窗前。

她上回逞口舌之快的得意早就烟消云散，毕竟他根本不在意，颇具风范的样子倒显得是她胡闹。耍了个把筷子说成别人送的小手段，他也没接招，还漫不经心地祝她找个好人家。更不要说解释当年的不辞而别，恐怕他早忘了。

唉。

陶禧双手支起下巴，眼皮耷拉着，越发沮丧。

窗外冷月高悬，静夜寂寥。

太静了，她盛满灯光的房间像一艘沉在海底的船，寂静无声。

他会看到吗？

整座院子黑黢黢的，她这里孤岛似的光明，他不可能看不到吧？

陶禧不止一次地幻想江浸夜走到窗下，什么也不说，静静地抬头看来。只要有这么一眼，她就会不顾一切地冲下去，抱紧他再也不撒手。

可惜他一次也没有看过来。

那窗口很快传出动静，细柔的灯光随着江浸夜推开的槛窗透出。

陶禧起身跑到窗边殷殷张望，两手撑住窗框，祈祷上天垂怜，让他投来不经意的一瞥。

然而不过几分钟他就关了灯。

发生了什么？

陶禧错愕地把头伸出窗外，那檐下蔓延的除了无尽的黑暗，什么也看不见。

焦急地等了许久，她终于确信今晚和过去的每个夜晚一样，什么也不会发生。

“桃桃，你怎么了？”转天一早，陶禧夸张的黑眼圈让丁馥丽吓了一跳。

陶禧支吾着说没睡好，慌张地往厨房躲。

丁馥丽眼明手快地拉住她的一条细胳膊，不由分说地往楼上轰：“快，再去洗把脸，拍个粉底补个遮瑕，好好打扮打扮。”

“哎，我大周末的打扮什么！”

“你林师兄中午来家里吃饭，忘啦？”

陶禧一口噎住，恍惚地记起周六的舞蹈课从晚上挪到了下午，林知吾说过陪她一起去学校。

回屋急匆匆收拾，她再打开门时楼下笑声依稀，一句“桃桃别说谈恋爱，和男生说话都会脸红，希望你能主动一点”猝不及防地传来。

声色嘹亮的快语速一听就是丁馥丽的，其中偶尔夹杂几声陶惟宁“喝茶”的附和。

俨然，他们在合着伙卖她。

陶禧急得不行，噔噔噔一溜小跑，脚底生风，却还是落在丁馥丽紧接着的“阿姨知道知吾是个懂事识大体的孩子，才这样同你交底，别见笑啊”之后。

“妈妈，你乱说什么呀！”

浅色沙发上几个人齐齐转头。陶禧白皙的小脸泛出羞恼的绯红，加深了丁馥丽的误解，她掩嘴笑着说：“阿姨没骗你吧？都多大的人了，脸说红就红。”

林知吾闲适地坐着，薄镜片下的面庞斯文儒雅，神情自若地朝她打招呼：“小桃，过来坐。”

此后的一小时等同在受酷刑。

陶禧垂头挨着林知吾，听丁馥丽不停地强调她如何“家教有方”：“外出每隔三小时必须向家里报备一次。别说外省，连郊区都不让她去。晚上十点前必须回家，除非有林师兄陪着，就像买裙子那次。”

絮絮念叨着，她语气中加入一丝沉重：“知吾应该晓得，桃桃曾经出过意外，我们做家长的真是怕了。”

“我知道。”林知吾声音沉稳，嘴角衔着笑，许诺，“阿姨放心好了，我会好好照顾她。”

陶禧猛地抬头，有些傻眼。

照顾?

什么意思?

丁馥丽则喜出望外，激动得有些语无伦次：“哎哟，我们桃桃命真好呀！看看，听说公司也是师兄帮着张罗，托了熟人，不然那种大型国企哪儿有这么好进。”

陶禧瞳孔放大，心跳骤停一秒。

她要、要死了，去吉芯的事还没来得及和师兄串供。

她紧张地闭上眼，却听到林知吾不假思索地说：“言重了，恰好有我认识的人。”

好不容易逃离了馥丽裹脚布一样的唠叨，陶禧坐在林知吾的车上，后怕得直拍胸口：“师兄，多亏你反应快，真是帮大忙了！”

林知吾双手握紧方向盘，淡然笑着：“小桃预备瞒多久？”

“能瞒多久是多久。”

“不打算和他们解释吗？”

“解释不通的！师兄，你没听到吗，我在家里和坐牢有什么两样？妈妈就等着我嫁去好人家。”

“那你看我算不算好人家的？”

陶禧僵住。

她像只淋湿的鸟，露出瑟缩的表情，茫然地张张嘴，一个字都说不出。

骄阳拖出的光焰穿过车窗玻璃，印上人的面目，点点金色跃动在她挺翘的鼻尖上。她死死盯着林知吾，像在确定这不是一句玩笑。

林知吾指尖撑了撑镜架：“不想继续被你妈妈看着，就满足她的愿望。”

陶禧不可思议地尖叫：“可是我有喜欢的人了！”

“不是没希望了吗？”

“他没有正式拒绝过我，再说了，这对师兄公平吗？”

“你还挺为我着想的。”车子停在亮红灯的斑马线前，林知吾抖着肩膀笑，抬眼瞧见陶禧气鼓鼓的脸，促狭心起，问道，“所以你想求一个正式拒绝？”

“唉。”陶禧愁闷地扭肩，掐着手指头嘟囔，“就不能盼着我好吗？”

林知吾低眸打量她。

初相识时，这个腼腆的小姑娘跟人说话都不太敢直视对方。她很漂亮，有种不露声色的美，你一旦留意了便难以转开目光。

面孔洁净如瓷，五官精巧妙丽。

她非常安静，像一件薄而易碎的瓷器。

唯独提起那个人，她眼中才会燃起壮丽的晚霞，那是他从未见过的。

林知吾过去从妹妹林舒薇那儿听说过陶禧如何在中学三年跳两级，升入大学后却沦为彻底的平庸，让人背地里耻笑伤仲永。他后来才知道，这一切全是丁馥丽的意思。丁馥丽想让女儿早些进入社会，占有年龄优势，又害怕她锋芒毕露易遭嫉恨，干脆折断她的羽翼，让她按部就班求稳定。

陶禧只能听从。

这些年林知吾不断鼓励她多尝试、多思考，试着自己做选择。他当然明白丁馥丽有意撮合他和陶禧，索性将计就计，正好有更多的机会从旁给些建议。

林知吾收回思绪，缓缓启动车子："当然盼着你好。我会帮你的。"

"咦？师兄要怎么……"

陶禧还想追问，手机屏幕突然跳出宝璐的信息，便顺手点开："借到我表姐的裙子啦，特别衬你的气质，快来，给你看照片！"

陶禧低头回复一个"好"，面色凝重地说："师兄，我恐怕真的要你帮忙了。"

"太傲了，就这一个'好'字，连声'谢谢'或者'辛苦了'都没有。"

"不都说她性格一贯清冷吗？"

"性格清冷？情商低就情商低，哪里还有那么多奇怪的名字？"

艺术楼大厅的地板上阳光将宝璐和小麦的影子拖得又细又长。浓烈的气味随影子弥漫着，类似某种东南亚香料。

小麦挽住宝璐的胳膊："那你干吗非得请她来舞会？"

宝璐嗤笑，答道："因为我知道她的秘密。"

"什么秘密？"

宝璐压低了声音："我前段时间和她室友在饭局上碰见，她室友告诉我陶禧后背有大片的瘢痕，惨不忍睹。"

小麦一惊一乍地叫起来："天哪！怎么回事？"

"这就不清楚了，好像是被火烧的。"宝璐眼梢带着得意，"我表姐那条是露背裙，让陶禧穿上走一圈，看她还怎么装模作样！”

“那她……不一定穿啊。”

宝璐哼笑道：“所以我让她先答应下来，等舞会那天我才带裙子去，到时她想换都来不及。”

“难道她不会问你是不是露背款吗？”

“我当然说不是啦。反正不是我的裙子，不了解也正常。”

“璐璐你好坏哦。”

“嘻。”

言谈间，两人走到电梯前，按下上行键等待。

电梯厅空无一人，铺满雪白的灯光。

宝璐无聊地到处看，余光扫过一道人影，吓了一跳。一个男人站在安全通道的门后，手中的打火机一抛一接，似在游戏。

不知道他站了多久，刚才那些话听到多少。

打火机又一次抛起后，被那人的掌心收住，随后没了动静。他开门走来，厚重的门板砰地关闭，响声震耳。宝璐忐忑得不行，害怕是认识的人，却在认出对方的一刻整个人僵住。

男人长身玉立，英俊得好似出自画中。那双深邃狭长的眼睛黑白分明，却如暴雨前的海面，凝着慑人的寒意。他衬衣敞开两粒贝壳扣，衣袖随意地上挽，堆在肘弯，鸦青色长裤露出骨感的脚踝。

小麦目瞪口呆，小心地扯好友的衣摆：“江、江、江……”

宝璐喝止：“嘘！”

两人齐齐收声。

他双手揣在裤兜里，长腿迈开大步，步履交错像时装周上表情欠奉的模特。他途经宝璐和小麦身畔，脸上无一丝波澜。

直至他的背影消失，宝璐仍没有转开眼睛。

小麦恋恋不舍地道：“他上学期开的讲座我一次都没挤进去，人太多了，全是女生。”

宝璐撇撇嘴：“怎么感觉他心情不太好？”

小麦感叹：“不懂了吧，就是要帅得不快乐且不自知才是高级的帅法，男神嘛。”

那晚眼睁睁目送陶禧坐上林知吾车子的男生没再出现，听说他伤心欲绝，转天就退出了舞会。于是今天陶禧换了新的舞伴，是个学工业设计的大二女生，过来帮舞协的忙。

对方扎一束马尾，额头饱满，朝陶禧甜甜地笑，说道："学姐，你学得挺快的。"

陶禧也冲她弯起眼睛，露出平日藏起的虎牙："我有在家多练习。"

陶禧穿一件黑色短T恤，胸前点缀着几朵同色的立体小玫瑰，随舞步变化，偶尔露出柳条一般柔软的腰肢。她那细瘦如圆规脚的两条腿在磨白牛仔裤中伸展，脚下的小白鞋轻盈地跃步。

过来帮忙的女生和她投缘，课间两人从舞曲节奏聊到晚会礼服。小麦不知从哪里钻出，突兀地插了一嘴："陶禧，你男朋友怎么等在楼下不上来呢？"

陶禧下意识地否认："那不是我男朋友。"

"上回他特意来接你，不是男朋友，难不成是司机？"

"不，也不是司机。"陶禧不愿多做解释，言简意赅地说，"他是我师兄。"

"师兄啊……"小麦念得充满玩味，冲凑过来的宝璐挤眼，"真是受欢迎哦。"

宝璐附和地笑着，用手机调出图片："陶禧，就这条裙子，好看吗？"

图片里的衣架上挂着一条珊瑚色吊带长裙，裙摆垂坠，皱褶的纹路反着亮片的星光，文艺气息浓郁。

陶禧接过手机细瞧，轻叹："好美啊！"

"她身高和你差不多，你们都是衣架子，肯定合适的。"宝璐满脸热情，笑得露足八颗牙齿。

陶禧问舞伴："你觉得呢？"

女生歪着脑袋："是挺好看的。"

"那就谢谢你了。"陶禧并未多问，直接还她手机，"你帮我省事了，等下请你喝东西。"

"算啦，改天吧，不打扰你们二人世界。"宝璐俏皮地眨眨眼。

坐在一楼大厅的林知吾无端地打起喷嚏，从笔记本屏幕上的电子邮件里抬头时，脖子的酸痛同时抵达。他回忆起公司行政助理极力推广的颈椎保健操，似乎要用头写一个“米”字，于是把脑袋慢慢后仰。

然后他看到泊在艺术楼门外的那辆Q7，像蹲踞一方的猛兽，浸在橘红色的夕照中，浑身带着敛不住的霸气。

这辆车好像从他来时就在了，可外面不是不能停车吗?

林知吾还在困惑，听到陶禧远远地喊：“师兄！”

舞蹈课刚结束，陶禧飞快地跑下楼梯，小鹿一样轻盈矫捷，还没停稳就迫不及待地说：“快走，我们快走！”

林知吾收好笔记本，看一眼人群里两个交头接耳的女生，问：“怎么了？”

“说你在追我，非要过来给你支着，烦死了。”陶禧一手挎着双肩包，一手扯住林知吾的衣袖，催促着他往外走，却在经过那辆Q7时停下。

她盯着车牌看了几秒，狐疑地拧眉：“这不是陈叔叔的车吗？”

驾驶位的车窗敞着，里面的人却不知所终。中控台上放着一个水晶烟缸，里面七零八落的烟头像是才扔进去不久，其中两支还未燃尽，冒着丝丝缕缕的轻烟。

“好臭。”陶禧嫌恶地用手扇了扇。

后来坐上林知吾的车，陶禧给陈放发了条微信：“陈叔叔，我在学校艺术楼外面看到你的车了。”

半小时后陈放回复：“哦，是吗，我借给朋友开的。”

“这样说总行吧？语气不生硬吧？够和蔼可亲吧？不会引起她的怀疑吧？”坐在副驾位置的陈放收起手机，没好气地抱着胳膊，却因为胖了一圈抱不紧，烦躁地松开。

想想刚才被江浸夜挑剔着，一条回复改了八遍，陈放语气不善：“我知道你因为火灾的事心里不好受，但你这么躲躲藏藏的至于吗？是不是他们家给你压力了？你不会还忌惮丁珀吧？”

“别瞎猜。”

车内幽暗的光线勾勒出江浸夜的面部轮廓，摹出雕刻般的美感。他把烟叼在嘴里，因迎风，呛了两口。陈放眼明手快地把他的烟按熄在烟缸："你一天要抽多少？瘾这么大！我看着都慌。"

江浸夜笑他："怕死？"

"你不怕？"

"试试。"说着，在眼前这个高速驾驶的路段，他的手松开了方向盘。

陈放头皮爆炸，扯着嗓子喊了声："江大爷，别玩了好吗？我是天底下最怕死的行不行？"

"没种。"江浸夜踩了脚刹车，不徐不疾地换挡转弯，"待会儿去哪儿吃啊？你有安排吗？"

陈放一身淋漓的冷汗，四肢瘫软地靠上座椅，有气无力地摆手："老子差点就吐了，你自己安排吧。"

"好。"

贵宾包房里，着一袭对襟旗袍的女歌手坐在舞池的高脚椅上，婉转莺啼一曲《何日君再来》，歌声、仪态，都叫人动容。

江浸夜阴沉沉地盯着她，像欲捕食的豹子，伸手捞起香槟塔上随意一杯，一饮而尽。

一旁的陈放凑过去，贱兮兮地笑道："我发现你很喜欢旗袍款的。"

"你错了，"他目不转睛地看着女歌手，对方也投桃报李地冲他飞吻，江浸夜嘴角一翘，"我喜欢什么都不穿那款的。"

"哈哈哈哈！"陈放似乎明白了什么，开怀大笑，"我说你怎么这么好兴致找我吃饭，看来真是'饿'坏了。"

他给"饿"字特意加了重音。

陈放扭头朝女歌手打了个响指，恭敬地站在门边的一众侍应生见状，鱼贯离开。女歌手扭着细腰走来，笑声如蜜，心领神会地坐上江浸夜的大腿，纤臂揽过他的脖颈，却在触到他寒刃般的目光时哆嗦了一下。

"我叫你这么坐了吗？"

女歌手惊惶地起身，无措地指着陈放："可、可是……他、他……"

"他使唤你，你该坐他腿上。哎，我说，就你这没点眼力见儿的，出来混是家里盖房缺砖吗？"

"我……"

“赶紧走，别在我这儿现眼。”

女歌手不堪受辱，双手捂脸，哽咽着夺门而出。

陈放实在猜不准江浸夜到底唱哪出，脸上神情变幻莫测。见他闷不吭声地只顾喝酒，陈放终于忍无可忍地叫唤：“送到嘴边的你也不要，总不会要我伺候你吧？”

“我还没那么重口。”

“那你……”

空腹扫光半壁香槟塔，江浸夜有些醉眼迷离，笑着看向陈放：“说实在的，我，江浸夜，才是天底下最没种的那个！刚才拿劳动人民找乐了，让你见笑，不好意思。”

一小时后，吃过意大利面的陈放百无聊赖，又叫了份薯条。他脱了鞋盘腿坐上沙发，瞄一眼旁边的江浸夜，估算他对着手上那杯酒起码愣了十分钟。

喝了酒的人千姿百态，有一沾就想睡的，有跟疯子一样上头来劲的，而江浸夜这样越喝越沉闷，到最后一言不发还以为在喝哑药的，陈放真没见过多少。想想以前一起出去玩，他绝不会这样沉默，陈放猜这小子心里肯定有事。见他好似沉浸在另一个世界，陈放让侍应生把剩下的香槟偷偷兑水，以免他喝出事了大半夜的还得拖去医院洗胃。

这么想着，他开始为如何请走这尊菩萨发愁。

“菩萨”忽然开口：“你说你一斯坦福毕业的，不老老实实待在国外，跑这儿瞎晃悠什么？”

陈放好奇：“谁呀？”

江浸夜头歪过来，恶狠狠地瞪着他：“一男的，形迹可疑。”

见陈放被逗得直笑，江浸夜不服气地拉住他：“你想啊，她的书皮是你包的，名字是你写的，平时上下学是你接送。她心里有什么不痛快，你也帮着参谋。然后有一天，来了另一个人替你做这事，还根本没经过你同意。”

陈放眯了眯眼：“你说的这个她，不会是陶禧吧？”

江浸夜横他一眼，没吭声。

“那什么，你的心情我理解，但我怎么听你说得这么酸啊？”

“我没跟你开玩笑，这是个非常严肃的问题！”

“好好好，非常严肃，特别严肃。”陈放忍笑，“那你要怎么办？”

“谁知道？”

江浸夜靠上沙发摸烟，可惜烟盒空空如也。他不耐烦地扔掉，找陈放要来点燃雪茄的长柄火柴，抽出一根划亮了，眼里映着一簇跳动的火光。

“你说人该为自己活，还是多考虑别人？”

“人不为己，天诛地灭。”陈放不以为意地用餐巾擦嘴，“只要别作恶就行了。”

江浸夜两眼放空：“是啊，做个自私的人比较快乐。”

两人天南地北地说了半天，江浸夜纳闷这酒怎么喝得越发清醒，便站直了身体，吆喝着回家。走前他环视这间中式风格的包房：静谧的灰蓝色营造出空间的低调感，奢华以细节融入，从墙上挂的古画到圆几上的花瓶，件件都是古董。

据说这屋子是老板自用，江浸夜受邀来过一次，虽说有些刻意营造的雅意，但比其他不入流的地方好太多。

陈放则嫌太寡淡，早就坐不住了，于是眉开眼笑地候在门边。不想那位爷停住了，望向某处久久不肯回身，陈放苦着脸问：“江大爷，走不走？”

“你过来。”

陈放走过去一看，长沙发背面的地上不知谁放了个笼子，约莫两米高，材料十分考究，用的是质地细腻的金竹。笼身盘着浮雕苍龙，笼内有一盏玳瑁鸟食杯，块头不小，胜在做工精妙，泛着古朴的枣红色光泽，也不知是哪朝的。

“这么大的笼子，养一只鸟太浪费。”陈放摸着下巴，“难道是养仙鹤的？”

江浸夜笑了：“还是小。”

“这还叫小？你想养什么？”

“孔雀。”

回程是陈放开车，他愁苦地扫一眼醉到不省人事的江浸夜，哀叹自己就是个卖苦力的，费了半天劲还讨不到一点好。车子驶入江浸夜奶奶的三进大院，陈放气喘吁吁地把醉鬼往里拖。

绕院一圈，每间房都乱糟糟的，案桌条几上摆满各式古玩，陈放索性挑了间敞亮的把他安置好。

“我上辈子肯定欠你很多钱！”陈放嘟囔着带上门，踏上抄手游廊。

夜已深，清冽风起，千叶鸣歌。

对江浸夜的臭德行不齿归不齿，他的审美情趣陈放还是很佩服。自从奶奶离世，他把院子打理得比过去更雅致了，处处移步易景、别有洞天，一看就花了不少心思。上个月刚拿了一块地，陈放准备扩大温泉度假村的规模，他琢磨着让江浸夜给里面的中式庭院提点意见。

沿途摸索，陈放不小心推开一扇门，几捆随意堆放在太师椅上的卷轴应声掉落。

他赶紧拾起，不想只虚罩一层布套的卷轴散开，隐约窥见是幅人像。陈放开灯，将布套小心地揭下，展开后整个人彻底傻眼。

横轴工笔画上有大片盛开的锦绣花团，枝蔓缠绕牵连，一个裸体女人躺在花下。双手拢于胸前，两腿交叠遮住私处，她静静地看向某处。

随画附上一枚标签，记着创作时间、作者和画作名字。

陈放陆续打开其他卷轴，原来这是江浸夜三年前创作的一套组画，画中同一个女人或坐或卧，姿态不一，但全都裸着。

“还真是喜欢什么都不穿那款……”陈放持画端详，声音戛然而止。

他认出江浸夜画的正是陶禧。

另一间房中，江浸夜还在与噩梦缠斗。

梦里他回到大火发生那晚，窗外火光跳动，小院中庭盘着几条消防水管，全副武装的消防员进入临战状态，自己身处的这间房却冷如冰窖。

房里没灯，他眼前的窈窕女人片缕不着，一步步朝他走来。借着外面的火光他看清她玲珑的身段，长发遮于胸前，却低着头，模样难辨。

江浸夜捏住她的下巴，慢慢抬起她的脸。

“小夜叔叔。”

她有陶禧的样貌和声音，眼睛笑成弯月，江浸夜触电般松开手。他本能地后退，却被她揽住脖子，动弹不得，像被蛇盘住的可怜家畜。

楼面震动，窗外传来高压水枪的巨响，天空划过绚烂的流星雨。

“你躲什么？”

她追着他的眼睛，挺胸，长发滑向身侧，像被拨开的层层叶片，露出被围拢的夜合花。白色花瓣丰腴柔软，饱满的碗形花朵诱人采撷。

“真以为自己坐怀不乱？”见江浸夜闭上眼睛，对方没有放过他，“你忘了这些年是如何妄想她的？”

“闭嘴！”他忍无可忍地回斥，知道眼前人并不是真正的陶禧，是他内心阴暗面的化身。

“你那位还在监狱服刑的死党知道你怎么垂涎他的小侄女吗？”

“给我闭嘴！”

“又不是第一次了，你今天想来哪一种？”

“老子说了闭……”

他比想象中的自己更快地让步，同时，痛苦无法妥协地沉溺在她给的欢愉中。

“啊——”

江浸夜低号着睁开眼，全身大汗淋漓，伸手摸到发胀的某处。

房内漆黑一片，他竭力辨认黑暗中家具的轮廓，试图分辨身在何处，却随着手上动作的加快，大脑越来越多地被陶禧的笑颜侵占。

理智逐渐瓦解，梦境中的女人与现实中的陶禧重叠。

他被无法宣之于口的欲望缠住了。

及至喘息平复，江浸夜翻身坐起，脱去汗湿的衬衫，指尖触到一块冰凉——是他胸前的翡翠观音吊坠。都说菩萨代佛垂慈，常念恭敬，能使人从欲望中解脱。

他握住片刻，随后一把扯掉，走去浴室冲淋。

不悔罪者，堕阿鼻地狱，没有神明会保佑他。

凉水自淋浴花洒瓢泼般浇下，头发一绺绺贴住头皮，一度躁动的身体慢慢冷却。江浸夜关小水流，用手抹一把脸，调亮灯光。

他仰头看向天花板，雪亮的光线刺激得大脑一片空白，随后悔恨裹挟着求而不得的渴望充斥着意识。他痛苦地闭上眼。

十分钟后江浸夜走出浴室，颈间绕着毛巾。他定了定神，先前喝酒的记忆逐渐复原，想着陈放应该早走了，便披着单衣，出去给院门上锁。

穿过抄手游廊，江浸夜猛然发现东边一间房还亮着灯，似乎门也敞着。

他快步走去，望见陈放就坐在门边的太师椅上发呆。

“你怎么还没……”话没说完，江浸夜的视线触到他怀里的卷轴，脸色瞬间僵住。

“你画这些画的时候她还没成年吧？”陈放被这个骇人听闻的秘密冲击着，迟迟没从巨大的震惊中恢复，“确实是个非常严肃的问题啊。”

江浸夜拉来一把椅子，坐下后展开其中一幅画。

一样挺秀的鼻峰、小巧的瓜子脸、不谙世事的清纯，但和陶禧不同的是，画中的女人樱唇微张，杏眼半合。她长发缠落腰际，拢于胸前的双手似抗拒，也似邀请。天真与性感并存，与那晚陶禧试穿闪钻礼服裙的模样如出一辙，洋溢着勾人魂魄的风情。

回想最初，江浸夜只会梦见陶禧后背那块形似翅膀的瘢痕。梦里他虔诚地躬身亲吻。他那时当作愧疚心作祟，并未在意。没有想过欲望会就此破壳，他从此与噩梦夜夜纠缠——之所以称为噩梦，是因为连他自己也不能接受。

身体和精神备受折磨，严重影响工作，使他迫切需要换个环境。

谁知去了伦敦，他依然每晚惊醒。

心理医生建议江浸夜把梦到的场景画下来，直视内心的恐惧。他过去跟着奶奶学习国画，便接受医生的建议，强忍着头疼，在纸上泼墨挥舞。画完一组，睡眠确实好了不少。

后来他把画收好，从此束之高阁，回国的时候一并带回。

这段时间他忙着整理奶奶的画作，这组画遗落在此，竟然让陈放发现了。

“你对她动心思了？”

“不是……”

“证据确凿，我能信你？”陈放眉毛舒展，脸上有了挖到惊天秘密的雀跃之态，他背着手站起来，“虽说你确实不是个东西，但人家现在长大了，你喜欢可以追啊，何必把自己搞得像个变态？”

“要是只做普通女朋友，我早下手了。”江浸夜嘴角轻扯，“算了，不跟你说，你不懂。”

“怎么，你还想玩花的？”陈放顿时警觉起来，“我可警告你，人家舅舅再有三年就出来了，保不准也给你几刀。疯得适可而止好吧？”

“我这不什么都没做吗？你激动什么？”

“我激动？”陈放不屑地笑，“如果真打算什么都不做，你就不会回来，彻彻底底离开他们家才是正途。但你没有，你不仅回来了，还做了这么多事，说明什么？”陈放走到他的身后，粗短的五指搭上他的肩，低声笑着说道，“说明没种只是一时的，你不过是还没想清楚。”

周一早晨，陶禧去吉芯公司参加例会，落座后才发现别人都大大咧咧地空着手，只有她带了本子和笔，恭谨得像个小学生，局促得视线不知落向哪里。正好行政经理在介绍新来的会计，陶禧对上她炯炯有神的目光。

容澜？

陶禧与容澜同样今年从屿大毕业，在选修课上相识，容澜曾热情地帮她占座，不过结课后两人就失去了联系。眼下她那头干练的短发，款式稍微过时的天蓝色通勤装，举手投足间流露出职场熟手的从容和落落大方的发言，重新唤起陶禧的记忆。

容澜唇边绽开一枚浅浅的梨窝，语调轻快地做结语：“希望能与大家友好相处，今天请喝下午茶哦。”

沉闷的会议室爆发欢呼。

午餐时陶禧照例独自乘电梯下楼，轿厢门合拢前一秒，突然伸来一只手：“等一下！”

走进电梯，容澜站到陶禧身侧，跟她热络地打招呼：“嘿，没想到你来这家公司。”

陶禧笑得有些拘谨：“是呀。”

“你们两院的毕业舞会我也报名了。”

“欸，真的？”

“真的，我还去参加了培训课。”

陶禧对她毫无印象，轻声说："不好意思，我都不记得见过你。"

"没事啦，我会跳舞，只去过一次，你不记得很正常。"容澜一边宽慰，一边拿出手机，翻开备忘录，"快，说下你喜欢什么口味的，奶茶果茶？甜度冰度？"

"你真的要请？"

"说那种客套话干吗？"

回想自己初到公司，连做自我介绍都浑身不自在，陶禧深感与她的差距，一脸的挫败，哀声说："我只喝水果的，那就去冰满杯水果绿好了。"

容澜脸上闪过一瞬愣怔，随即往手机里输入"去冰满杯水果绿"，柔声笑道："果然女生都爱水果，记住啦！"

两人一同去大厦三楼的食堂，那里承包给了某家餐饮公司，中午人头攒动，大家胸前晃动着不同颜色的工作牌。容澜勇猛地在前面开路，陶禧不喜欢摩肩接踵的环境，却也较劲似的没有落下半拍，紧随其后。

及至打好了菜坐下，彼此脸上已是经历了一番兵荒马乱的疲惫。

"对了，我有同学以前在一中，她说你那时超厉害的，还遗憾你后来没去比屿大更好的学校。"容澜扯开一个沉重的话题，毫不遮掩地跟着失落。

陶禧知道她想听原因，便放下筷子，怅然地说："那你应该也知道我是因为出了事……"

容澜不同意："可是出了事也能东山再起呀！"

陶禧僵了僵。

原来她想听的是自己为什么在大学如此平庸。

"我背上有严重的烧伤，哪怕接受了植皮，依然没办法恢复到最初的状态。"陶禧凝视某处，好似陷入回忆，神色却自如，俨然不再困扰，"就好像我被打碎了，以前坚持的习惯都没有意义。而且那个时候我妈妈也让我别太拼命，我就顺了她的意，反正都无所谓。"

"你妈妈怎么……有的人就是能送火箭上天，推动科技创新，掀开历史新一页。在一生精力最充沛、最值得奋斗的时候她居然嫌弃说这是'太拼命'？"

陶禧捂嘴笑起来："容澜你这样好像居委会大妈哦。"

"我、我以前是学生会的。"容澜察觉到自己的失态，绷紧的脸放松下来，“唉，我其实不擅长学习，高中拼了老命还靠加分才考上屿大，所以很崇拜你们这些擅长的人，总觉得能做出什么惊天动地的大事业。”

“我并不知道自己能做什么。”陶禧拨开垂落胸前的长发，声音藏有认命的叹息，“但我一定不是那样的人。”

他们奉科学为终身信仰，视真理为东山明月，周身光芒朗照四方；他们与最枯燥的数据纠结作战，目中有钢铁意志，单凭实验室的冰冷机器书写宇宙洪荒。

那样的人万里挑一，陶禧自知不如，唯一相同的是她也有她的月亮。

餐后她们前往科技园附近的购物中心。陶禧暗叹容澜真是出手不凡，请全公司喝下午茶还专挑把奶茶卖出咖啡价的网红店。队伍拖出门外一大截，像要排到世界尽头。

两人闲聊片刻，陶禧好奇：“容澜，等下我们怎么把这么多杯子运走？”

“啊？”容澜有些莫名其妙，“干吗自己搬？我已经跟老板说好了，两点半送到公司。”

“也是，现在这里人好多。”

“那个啊，我订的是公司楼下的每日鲜果茶饮店。”迎向陶禧诧异的目光，容澜略带羞赧地摸摸鼻尖，“我哪儿请得起全公司喝这个，不过请你还是OK的！”

陶禧将近晚上八点到家，老远瞧见丁馥丽等在院子外的路灯下。丁馥丽一脸火烧眉毛的焦急之色，看到女儿，她快步走来，语气有些埋怨：“不是说好了七点半吗？怎么拖到现在？我可一直在这儿等你。”

“下班高峰期，地铁等了好几趟。”陶禧委屈地辩解，随后拽过身后容澜的胳膊，“这是我同事，容澜。”

容澜亮出招牌笑容：“阿姨好。”

丁馥丽绷着脸，没有丝毫动容，用审视的目光将她上下打量一番，点了下头：“我们桃桃十一点必须睡觉的，你记着时间，不要太晚哦。”

容澜笑里闪过一丝尴尬：“好。”

“桃桃，妈妈去吴阿姨家打麻将，晚一点回来。牛奶记得热，浴缸记得提前放水，门一定要锁好。唉，你真是的，知道高峰期就早点走嘛，等你老长时间了。”不等陶禧表态，丁馥丽急不可耐地离开，没走两步又回头，“对了，妈妈给你买了满杯水果绿，放在冰箱里，你们两个分着喝。”

连珠炮似的说完一串，丁馥丽跑向停在路边的蓝色轿车，轰着油门加速开走。

身侧的院墙爬上一丛开放正盛的忍冬，被风推来阵阵清幽的冷香，两个人愣着还有些没回过神。傍晚的公司迎新聚会上陶禧没等结束就急匆匆地叫上容澜离开，说带陌生人回家一定要先让丁馥丽过眼，容澜那时还打趣“你妈妈这么可怕呀”。

眼下她相信了，何止可怕，简直匪夷所思。

陶禧也愣着没动，她想的是，妈妈怎么会突然买满杯水果绿？我从没告诉她喜欢喝这个。

两人各怀心事地走进院子，只顾低头去看地上的树影。今晚没有月亮，寂寥夜色中只有满耳的风声，枝摇叶动，院中高高矮矮的树木颇有几分鬼魅的样子。

走过工作室，陶禧停下，有微弱的灯光透出窗棂，在窗台上凝了一层细细的白霜。

是爸爸？

她放轻脚步，影子跟着爬上台阶，随步伐越拖越长。

她推开门，入眼便是伏在案台边的江浸夜。他全神贯注地盯着手里的活，肘边那盏工作灯是整间房唯一的光源，兢兢业业地亮着。

“陶禧？”

同样蹑手蹑脚的容澜靠近了耳语，陶禧扭头，食指竖在唇边示意噤声。

她们一点点挪动脚步，看见江浸夜在雕刻，手上的筷头初现昆虫的轮廓，刀刃寻着角度，琢出翅翼的纹理。指甲盖大小的地方，刃口走势轻盈灵巧。

“进来不会敲门？”他忽然出声，定住少女们的身影。

随后他转头看来，声音和表情都很淡漠，仿佛连血也是冰冷的。他沉着一张脸，极富侵略性的英俊容貌从灯下看去显出一种坏坏的迷人感。

陶禧心中咯噔一声，听出他不高兴了，因为被打扰了吗？

于是她小心翼翼地拿捏措辞："小夜叔叔，我带同事来家里玩，特意跟你打个招呼。这是容澜。"接着她对容澜介绍，"他是江小夜。"

容澜正盯着江浸夜脚边的垃圾桶发呆，被陶禧扯了两次衣袖才哦哦地抬头，调整笑容："你好。"

可惜江浸夜的眼睛已重新回到手上，语气让人听不出情绪地说："出去吧。"

"抱歉啊，小夜叔叔今天心情不太好，他肯定不是针对你。"

从冰箱拿满杯水果绿的时候，陶禧不停地替江浸夜解释。透明杯身握在她的手里，几样应季水果红红绿绿地上下浮动，鲜亮可人。

容澜没说话，安静地站在一旁，看陶禧把果饮分别倒入另外的玻璃杯，若有所思，仿佛揣有其他心事。

陶禧递去一杯，招呼她上楼。

中午的时候得知自己会错意后，陶禧为不经考虑就点了昂贵的网红饮料深感不安。是啊，她怎么忘了容澜也是应届毕业生，那身旧式通勤装多少说明了容澜的经济能力，自己为什么这么粗心？而更让她愧疚的是容澜并未当面拒绝，甚至没有指出陶禧的误解。因此当陶禧听说她在为舞会的服装苦恼，立马邀请她晚上来家里挑选江浸夜送的两条裙子。

途中提及宝璐不同往常的热心之举，陶禧很忧虑，怀疑她别有用心。

容澜听说了事情大概，深以为然："确实好可疑。"

"我已经确定她要对我下手。"陶禧调出手机相册，"你看，这是她发我的裙子图片，只有正面。而这一张是我在网上找到的模特图片，有正面，也有背面。"

容澜接过手机，点开大图。

第二张图里高鼻深目的金发模特转过身去，那袭珊瑚色吊带长裙露出了一整块后背。

"真是歹毒！"容澜咋舌，"你怎么不跟她们翻脸？"

"等着看她们玩什么呀。"陶禧嗤之以鼻，"还当我好欺负。"

"我猜她们想让你当众出丑。"

"可惜了，我才不会让她们得逞。"

陶禧不屑地撇了下嘴角，眼中蓄起罕见的斗志与誓不相让的决心。容澜倍感意外，细细眯起的眼睛绽开藏不住的狡黠。

她亲昵地挽着陶禧："得让她们长长记性呀！"

壁龛里那根丁馥丽临走前点上的线香燃到尽头，温软的雪松木香夹杂一点淡淡的草药味，有种入心的熨帖。容澜踏上走廊后挽住陶禧的手没有松开，步子却犹犹豫豫地慢下来。

"陶禧，那个江小夜真是你叔叔吗？"

"当然不是，他跟我舅舅是好朋友，和我可没关系。"

"那就奇怪了。"

"怎么了？"

"刚才在那间工作室我看到他脚边的垃圾桶里有满杯水果绿的纸袋。"容澜不解地皱眉，"你知道那种打包袋很独特的。"

哎呀。

陶禧眉心一跳，后知后觉地记起，上回江浸夜和陈放一起来家里吃饭的时候，她顺口提过想喝哪家店新推出的满杯水果绿。

可如果真是他买的，他为什么要让丁馥丽撒谎？

周六晚上的舞会改到多功能厅举办，开场前一个小时，宝璐手提纸袋焦急地站在门外等陶禧。红毯一路铺出大门，欢声笑语随之流泻一地，搅动沉闷的空气。

陶禧从远处走来，宝璐尖着嗓子朝她喊："怎么这么慢？我还以为你不来了！"

"你是怕我不来……"陶禧淡淡地扫她一眼，径直取过纸袋，"还是怕我不穿你的裙子？"

"我……"

"谢了。"

宝璐骤然失声，像被人掐住喉咙，眼睁睁地看着陶禧离开。

容澜在楼上的洗手间换裙子化妆，手忙脚乱地佩戴首饰。陶禧进来时，她换好了一条灰蓝色褶裥小礼服裙，底色素净，裙面铺着层层叠叠的绉纱，透出一抹灵动的仙气。

洗手间没有其他人，陶禧环抱手臂，不言不语地看着她笑。

叠戴的长短项链上碎钻闪着璀璨的光辉，长长的流苏耳坠随转头的动作轻颤。包装后的容澜像一份精致的礼物，焕发出新鲜的神采与耀目的魅力。

她双手捧在胸前，盯着镜中的自己，一脸不可思议地说："感觉像在做梦，这恐怕是我人生的巅峰了！"

"你人生还长着呢。"陶禧揶揄着，从包里取出折叠的防尘袋，将那条闪钻裙郑重地展开，宝璐给的纸袋则孤零零地倚在洗手池边。

容澜打扮妥当，自告奋勇地抢先下楼占座，临走时被陶禧叫住："你还是把咖啡换成冰的吧。"

"可是……"不服气的调子刚起了头，回头看见陶禧眼中殷切的期待，容澜泄气地跺脚，"好好好，你心肠真软。"

只剩一个人的洗手间能让人听到高跟鞋踩出的回响，陶禧上了层底妆，涂好成熟的暗红色唇膏就迅速收工。毕竟裙子足够华丽，妆容再厚，未免显得老气。走前看一眼手机，屏幕空空如也，她不甘心地点开微信上昨天给江浸夜的留言：

"小夜叔叔，上次看到你明晚是两院毕业舞会的嘉宾，会准时来吗？"

"喂喂喂？"

"江小夜，你今晚还去不去了？"

"有人吗？"

两页几十条留言，他没有任何回复，死水般寂静。

陶禧轻咬下唇，步子变得拖沓，想不起他的不对劲从什么时候开始，一早知道他脾气不好，但对她从来有求必应。可他眼下连续多日失踪，简直创造了新纪录。

陶禧一点也不喜欢这样的纪录，于是赌气地又发一条："再不理我，我就拉黑你了！"

然后她轻提裙摆，一路小跑着冲下楼，闪钻长裙的纤巧腰线勾勒出她曼妙的身姿。

远远看到林知吾衣装笔挺地站在多功能厅外，饶有兴致地看那几块贴有嘉宾照片的海报板，陶禧喊了声"师兄"，注意力也被照片吸引，凑上前认真地寻找江浸夜。

奇怪的是，一排嘉宾海报中独独少了他。

陶禧下意识地拿出手机想问，又想起那些杳无回信的留言，郁闷得恨不得甩手扔掉，不想意外地看到江浸夜的回复："我不去了。"

"小桃？"林知吾见她瞪着手机发呆，出声提醒，"我们进去吧，要开场了。"

他们进场时多功能厅光线已经调暗，一男一女两个主持人站在前方舞台上，周身被灯光刷得雪白。

依靠容澜亮起的手机屏幕的定位，陶禧猫腰溜过去，抬头的瞬间与宝璐惊愕的目光对上。

宝璐存着看好戏的心思，特意挑了陶禧身旁的座位。

"你、你怎么……"

"是不是特别遗憾我没有像你计划的那样，穿着露背裙，当众出丑？"

"说……说什么呢……"宝璐不自在地移开视线，"我可是一片好心想帮你……"

没等她说完，陶禧忽然靠近，打开手机里某个App，用恰好足够两人听到的音量播放。

"陶禧后背有大片的瘢痕，惨不忍睹。我表姐那条是露背裙，让陶禧穿上走一圈，看她还怎么装模作样！我让她先答应下来，等舞会那天我才再带裙子去，到时她想换都来不及。"

饶是再昏暗的光线，也能看清宝璐的脸一瞬间变得惨白，陶禧一只手轻轻搭上她的肩，凑到她耳边低语："我还以为不要随便打开来路不明的链接，是人人具备的安全常识。"

当初陶禧收到裙子的图片后，在回复宝璐的邮件中附加了一条相册链接，一旦点入，手机后台自动下载病毒，破坏麦克风的隐私权限。

震惊、惶恐、愤懑和不甘心交织在宝璐眼中，她不可置信地怒视陶禧，上下嘴皮哆嗦着却什么也说不出。

一旁的小麦刚才听到些声音，猜到个大概。见此刻事态不对，她立马跳下座位，站到宝璐和陶禧之间声援好友："不知道你从哪里找来的，别想污蔑好人！谁不知道你是学集成电路的，要在手机上做文章很简单。我警告……啊——”

凄厉的女声响彻整座大厅。

后排灯光打亮，前排座位区的脑袋齐刷刷地后转，所有人都看到小麦坐在地上撒泼似的哀号着、扭动着，双腿乱蹬。褐色的咖啡顺着她的头发往下滴，迷了她的眼，花了她的妆，沾湿她雪白的礼服裙。她惨不忍睹。

四周一片骚动，到处是交头接耳的声音。

他们不知道刚刚小麦嘴上说着警告，手却不老实地伸向陶禧，想趁没人注意，往她桌上的水果杯里倒入粉笔灰，却没想到被陶禧同桌的容澜看在眼里，毫不犹豫地将整杯冰咖啡朝她兜头浇下。

宝璐飞快地拉起她，两人搀扶着，奔出多功能厅。

几分钟后，舞会恢复了原来的秩序。

容澜瞟到陶禧交握在身前的手微微抖动，安慰她：“你猜得真准，连她们的小动作都算到了。”

从未经历过这样的场面，缓了片刻，陶禧仍心有余悸：“这样的人，没有被一口气掐灭气焰，就会想方设法地反扑。”

“那为什么热咖啡不行？”

“八九十摄氏度的高温，你真泼下去，就是犯罪了。只要让她们觉得我和她们想象的不一样，没那么好欺负就行。”

另一侧的林知吾偏过头，小声夸赞：“没想到小桃还有这一手。”

陶禧腼腆地笑了笑，说：“小桃有很多手，只是没怎么露出来。”

舞台上很快拥上一群人，手搭肩背，跳兔子舞暖场。那场喧闹仿佛一把薄皮瓜子，观众们嗑完顺手就扔，没人记得。

所以，便也没人在意，事情落幕不久绕过最后一排走出会场的身影。

“小九和周鲤阳也来了，就差你！据说周鲤阳要投资两个新戏，想挑个听话的捧。你简直想象不到她们都怎么卖力，我鼻血……哈哈哈，叹为观止！”陈放激动半天，没听见手机里一点声音，不免尴尬，“喂，你来不来啊？”

“油腻。”

“油……行行，我们油腻，你最小清新、最纯情了。”

陈放静了片刻，依然没听见声音，不禁语气严肃："你动摇了？不是吧？就陶禧那瘦得跟竹竿……"

江浸夜挂断电话。

他眸光森冷地盯着手机，仿佛陈放已经被他从里面捞出来，掐死一万次了。

他腹诽，果然不是说了几句人话，禽兽就不是禽兽了。上次听到那句"没种只是一时的，你不过是还没想清楚"，他还颇有高山流水遇知音的惊艳感。

呸!

他站到走廊尽头，彻底远离了多功能厅里的喧闹，可心情未见丝毫平静。

江浸夜粗暴地摁熄还没燃尽的烟头，扔进垃圾桶，再点起一根新的。烈性尼古丁舒缓了莫名的烦躁，他长长地吐出一口气，凝视窗外。

那晚他和陈放去吃泰国菜，出来看见商场一层两家相邻的奶茶店门外打擂般排起曲折的长队。

江浸夜急着走，不想陈放驻足，便不耐烦地催促："这种营销的网红店就专骗小姑娘，得有多闲才乖乖去排队！"

"嘿嘿，人家小姑娘就是愿意被骗，你还别不服。"陈放飞去一记白眼，"你这种糙老爷们儿又不是他们的目标，瞎愤慨什么？"

小姑娘?

三个字提醒了他，他再看去时留了心，果然一色的年轻人里女生占了大多数。

江浸夜倾身问："她们真喜欢？"

"对啊，新闻都报过几轮了，你这种怪叔叔是不会理解的。"陈放笑嘻嘻地指着其中一家店，"要不要试试波霸奶茶？"

他再回头，江浸夜大步流星地走远。

陈放喘着气追上去，意有所指地说："这样就对了，要狠心走得远远的，为了她好。"

否则你任何一点好意都可能被她误以为是希望。

他和陈放告别后，两个人各开各的车驶入夜晚的车流里。

江浸夜盯着陈放那辆Q7往前直行，鬼使神差地打了转弯灯往右行驶。顺着综合购物中心绕了一圈，他停好车，又冲进商场。板着一张脸，他双手揣在裤兜里，默默地站在奶茶店队伍的末尾。

身姿挺拔如松，下颌线条凌厉，江浸夜在人群中很是醒目。

前方几个打扮入时的女生交头接耳不停看他，商量怎么才能要到手机号，最终被他写满“生人勿近”的臭脸吓退了。

他刚才看到“满杯水果绿”，陶禧曾经说过想喝。

江浸夜想让她高兴。

从头到尾，他所有的好意纯粹是为了哄她开心，没有别的企图。他想用玫瑰色晚霞围成丝绒蛋糕的裙边，以雨后山岚做底，浇淋晨曦制出的鲜奶油——她诱人的樱唇值得触碰世上最细腻清甜的滋味。

他盼她笑，盼她甜蜜入梦。

然而陈放的提醒确如一记闷棍敲下。江浸夜清楚地知道自己是一个无比贪婪的人，他需要很多东西，比普通人要的多千百倍，包括感情。

他需要很多很多的感情，多到足以溺毙，一般人给不起，所以为了她好，应该放手。

于是回到陶家小院，他把饮品交给丁馥丽，和她串词。

当天晚上，江浸夜推掉了舞会嘉宾的邀约，计划办完画展永远地离开屿安，不再回来。

他心想，没事的，她顶多哭一阵就忘了。没什么是忘不了的，从时光这条长河舀起的温柔的一瓢，足够把一切稀释掉。

江浸夜弯腰，双肘撑上窗台，卷好的袖口露出精瘦的手臂。

明净的夜色中，不远处楼层亮起的窗口连成一列列小火车，他把烟头夹在指间，忽明忽灭的红光像道口的信号灯。

今晚陈放组了局，叫上江浸夜，江浸夜临时想起那天听到两个女生合谋陷害陶禧——他常带的打火机是录音笔，正好记录了全程。

结果到头来她自己解决了。

真是寂寞啊!

他吐烟，迷蒙的烟雾缭绕，隐匿着那张俊美至极的脸。

“江小夜。”

江浸夜触电似的回头。

陶禧背着手一步步走近，从模糊到清晰地投进他眼底。她湿漉漉的杏瞳像鹿眼，明亮勾人。

这样璞玉浑金的人间尤物开口说道："我可不可以请你跳舞？"

江浸夜愣住，像是没听懂。

"已经好多人在跳了，里面没灯，不会有人看到你。"

因为江浸夜推掉了邀约，那些专门为他而来的活络心思一瞬间落空，舞会还未正式开始，走了一小半人。但陶禧不问他为什么不来，正如不在他回国后追问当初为什么要离开。

她的愿望如此简单。

"江小夜，我想请你跳舞。"陶禧粲然一笑，向他伸出手。

她抬眼看那眉骨下淡淡的阴影，他嘴角渐渐提起弧度。

他无法拒绝。

夏夜的凉风路过窗口，吹散江浸夜没来得及弹落、凝在他指间烟头上的一截早已冷却的烟灰。

"你怎么知道我来了？"

"我……我……"

陶禧说不出是闻到他的气味的话。无论是笼住呼吸的辛辣烟草味，还是那股缠绕不去的乌木沉香，都是那么独一无二，不会再有人像他。

她不答，他便没有追问。于是穿上高跟鞋仍需抬头才能与之对视的陶禧装作不经意地撩起眼皮，想要确认自己的存在，却猝不及防地撞入他墨色的眼瞳。

他的眼瞳裹着一层薄冰，似危险的刃口。

陶禧心跳如擂鼓，撤走视线。耳畔，音乐舒缓得如幽泉淌过月色。

封闭的大厅里空气略显凝滞沉闷，四周的男女轻手慢挽，随节拍踩出典雅的舞步。在她，欢声笑语听来却遥远。她严守老师所教的动作，双肩放平，头微微后仰，与江浸夜保持身距。

右手被他握住了，她温热的五指蜷在他干燥的掌心。

那手紧紧地攥住她的手，陶禧细眉轻拧，试图挣脱，猝不及防地听到江浸夜贴着她的耳朵说：“陶禧，近一点。”

声音绷着，隐忍而沙哑。

“可、可老师教……教我们……”陶禧目光慌乱，右手不但没能挣脱，腰也被他紧搂。

“毕业的第一课是忘掉老师说的话。”富有磁性的低音撩得人心痒，江浸夜用下颌轻轻蹭她的长发，“你挨着我。”

陶禧杏眼大睁，屏住了呼吸。可他蛊惑人心的声音依然没有放过她：“陶禧。”

他低低的呼唤像在一遍遍地下降头，叫陶禧动弹不得，只能听从。她闭上眼睛，把脸埋入他的衣襟，任由江浸夜身上的烟草味和乌木沉香渐次侵占她全部的嗅觉，淹没她。

舞曲一支支地换，由他牵引着倾斜或是旋转，让陶禧觉得好像永远不会停。

然而当江浸夜失控吻上她的天鹅颈时，两个人都不由得一怔。高温从被碰触的地方蔓延，迅速染红陶禧的脸，使其像熟透的杏李，叫人想用牙齿破开果皮品尝。但江浸夜察觉到失态，快速恢复了一贯的理智。

他悻悻地松开手，懊恼刚才的冲动，低下头不去看她：“桃桃，我先走了，还有事。”

陶禧怦怦的心跳仍未止息，确定了“陶禧”和“桃桃”对于他是不同的含义。她握紧了拳头，却说不出一个字，眼睁睁地看他离开。

脚步先于意识行动，她追向江浸夜，不想被容澜一把拉住：“你去哪儿？”

“我、我、我……我要先走了！”陶禧急得不行，语无伦次，“抱歉啊容澜，帮我和师兄说一声。”

江浸夜长腿迈开大步，迅疾地走出学校。

陶禧盯着他的身影，提着裙子一路飞奔，跑出校门时正好迎面驶来一辆挂着空车灯牌的的士。

她伸手拦车。

“麻烦跟着前面那辆黑色的车。对对，那辆保时捷。”一条腿还在车外，陶禧忙不迭地叮嘱司机。

十几分钟后，江浸夜把车停在一栋毫不起眼的大楼前，下了车，一扇小门里走出一个男人，接过他的钥匙把车开走。

陶禧吃了一惊，这里还有泊车小弟？

黑漆漆的老建筑没有招牌，大面积的石块砌出墙面，青苔长在石缝里，她抬头看见夜幕下的哥特式尖顶。闭合的大门拉开一线，穿制服的光头男人恭敬地候在门边，朝江浸夜鞠躬。藏在楼前草坪的投光灯发出的灯光自下而上冲刷，将两人照得面目森然。

陶禧见状跟上。那个光头男人拦住她，用审视的目光上下打量。

“我找小夜叔叔有事。”陶禧瞎话张嘴就来，毫无怯意地和他对视，“不认识吗？江浸夜，我和他说好了。”

对方犹豫片刻，躬身让路：“您请。”

她穿过一条幽暗的小道，小道洞开，一个深色的双螺旋阶梯赫然出现在眼前。

双螺旋的设计用意在于上楼和下楼的人不会相遇。

光线昏昧，陶禧手搭上柚木雕花扶手，悄声跟着江浸夜，时跑时停。他专心地打电话，对身后轻提裙摆的人一无所知。每一层连接一条拱形长廊，通往深不见底的幽暗。陶禧视线掠过墙上巨大的油画，以及折角处立着的铜色雕像，空气因为不流动而愈显滞重。

江浸夜匆匆奔向三楼的长廊，按下门铃，一扇厚重的原木门打开。

他进去后，门留了一条缝，里面嗡嗡的人声流泻一地，陶禧小步溜过去，扒着门缝往里看。

褐色的高背皮沙发上稀稀拉拉坐了一排人，他们脚下铺着玫瑰花色地毯，烟雾缥缈，昏黄的灯光映得人眉目不清。

屋内装饰华贵，她听到酒杯碰撞的声音。

一个浑厚的男嗓陡然高喝：“江先生，迟到这么久，不够意思！该罚你什么好？”

江浸夜身形一顿，手指朝声源处勾了勾，是个“过来”的手势。随即走来一个穿着一袭低胸吊带裙的女人，妆容艳丽，迈着袅娜的步子。

她抓着一包烟，侧身坐上他的大腿，长腿招摇地露出来，然后抽出一根烟让江浸夜咬着，从旁边的桌上取来火柴擦亮，双手拢住给他点燃，再用手挥散萦绕着他的烟气。

陶禧捂上嘴，生怕自己叫出声。

女人乖顺地伏在他的胸前。陶禧看得怄气，噘着嘴，恨不得冲进去揪她的耳朵，把她扔到外面。忽然视野一黑，头顶传来捏着嗓子的细柔男声："小桃桃，晚上好呀！"

循声看去，陈放的圆盘脸赫然出现在眼前，陶禧讪讪地说："陈叔叔。"

"你家小夜叔叔让我叫司机送你回去。"

"什、什么我家……"陶禧恍然记起守门的光头男人，"我是不是一进来他就知道了？"

"嘿嘿。"

"那我来都来了，能进去吗？"

"不行，这是大人的地盘。"

"我已经二十岁了！"陶禧不服气地鼓起小脸。

陈放失笑，说道："我说大小姐，别为难我了好吗？况且他说，你都站了一晚上，不累吗？"

她回家时将近十一点。

陶禧给家里打过招呼会晚归，陶惟宁和丁馥丽便放心地早早睡下。她躺在浴缸里和容澜用手机声音外放通话，求容澜解惑。

容澜说："别猜了，他百分百对你有意思，瞎子都看出来了。"

"为什么？"

"我们站旁边的全看到了，他抱着你那叫一个紧啊！你都没窒息吗？"

陶禧盯着一缕漂在水面的长发，缓缓地说："他可是老狐狸了，要耍花招很容易。"

"肯定有证据！"

"证据？"

"如果真心喜欢一个人，肯定会留下些什么，比如日记、纪念品、带有特殊含义的物件。"容澜想起什么，兴奋地说，"他不是就住在你们家吗？去找找啊！"

浴室雾气氤氲，如云端仙境。被怂恿着，陶禧从水中站起。

摸黑走进江浸夜的房间，陶禧有了做贼的自觉——哪怕四周没有一个人，她还是忍不住放轻脚步。

零点江浸夜还没回来，看他春风得意的样子，连回不回来都是个未知数。

陶禧关掉手电，打开灯。

房间格局和火灾前一致，外面是卧房，里面是衣帽间，家具统共不超过五件。他看着挺薄情，好像说走就能走。

以前来过，只有衣帽间没参观，她兴奋地走入，不忘谨慎地关掉卧房的灯。

衣帽间面积不大，但足够一个成年男人伸展四肢，乌木沉香味充盈整室。带折角的组合衣橱泛着冷酷的金属光泽，衣架上挂着两件黑色衬衣。陶禧拉动推拉门，入眼便是江浸夜的领带盒。抽屉里是卷好的袜子和内裤，他强迫症似的按颜色分类，整理得一丝不苟。

仿佛闯入全新的未知领地，她精神奕奕地四下察看，甚至愉快地哼起歌。

陶禧取下一件衬衫，欣喜地抖开，手臂伸入袖子。

什么喜欢一个人的证据，她早抛到九霄云外，像掉入兔子洞的爱丽丝，来到纯粹的“江浸夜的世界”，目不暇接。她甚至来不及系上扣子，目光又在其他挂起的衬衫间流连。

害怕江浸夜突然折返，陶禧不舍地反身走到穿衣镜前整理领子。

她调整文胸的肩带，动作突然停顿。

她记起他落下的吻，轻柔得好似一片雪花。陶禧抚颈，确定他落吻的位置，猜测他那时该是怎样的心情，能给她期待的回应吗？如果他也喜欢她，又如何容忍别的女人坐上腿？

唉！

她摸着锁骨下方的皮肤叹气，两手抓起披在后背吹到半干的长发，再放下。

姿势换了几次，她都不满意。

后来她凑近镜子，镜中人晃动着盈盈的眼波，小脸白中透粉，洋溢娇憨的少女感。陶禧觉得自己和那些穿吊带裙的姹紫嫣红是截然不同的。想到这儿，她心里踏实了，冲镜子笑着，系上衬衫的纽扣。

而躲在穿衣镜后的江浸夜眼中，有了风浪骤起时天空才出现的暗色。

看来陶禧不知道面前是一块雾化玻璃，通电时透明，断电时才处于不透光的磨砂状态。因而她才敢无拘束地展示她的烟姿玉骨、凝雪肌肤。她柳条一样纤细的腰肢仿佛稍微使力就会折断。

他沉默地看陶禧穿上自己的衬衫，单薄的身体被他的气味包裹。想到这件事，江浸夜就被欲念的火焰燎得骨软。

这样的欲念继续放任，恐怕将来看到她和别的男人接触，他都难保自己不会像丁珀那样冲动，做出无法挽回之事。

今晚他犯错了，明明了解蛰伏于内心的野兽，却没有克制住。

做人要讲良心啊，江浸夜。

这么想着，他起身离开工作室。

第四章　你是我的片刻欢愉

翌日清晨，陶禧揉着眼睛起床，外头雨声沙沙作响。

六月是屿安的雨季。

客厅的拉门大敞，湿凉的风一股股卷进屋内，地板被看不见的浪花拍打。她翕动鼻翼，嗅到空气中的刚蒸熟的蛋羹味。

自从丁馥丽听信“白煮蛋比蛋羹更有营养”，已经很多年没有蒸过，陶禧上一次吃到还是烧伤住院的时候。

她真是好久没吃过他做的蛋羹了。

陶禧掩不住一脸笑意，欢快地下楼：“小夜叔叔，你今天心情……”

见是陶惟宁端着瓷碗走出厨房，她一下哑了，片刻后怯怯地叫了声“爸爸”。

“怎么，看到爸爸这么失望？”陶惟宁拿她打趣，愉快地笑着。

他体形微胖，不笑时也弯着眼，颇有几分大肚罗汉的神采。

陶禧吐了吐舌头，一脸被戳穿心思的羞赧：“哪儿有，是没想到爸爸会下厨。”

“你妈妈去菜市场了，让我负责你的早餐。”陶惟宁拉开椅子坐下，看女儿怡然地舀着蛋羹，迟疑地开口，“小夜最近一段时间搬回他奶奶那儿住。”

陶禧心里错愕，却没在脸上露出半分："是因为画展要开幕了吧？"

"嗯。"陶惟宁反倒心事重重，不住地抬眼看她，有些欲言又止，"桃桃，你想过搬出去住吗？"

陶禧一愣。

她当然想过。吉芯公司在高新区，每天上班要一个半小时，如果不搬走，只能考虑买车了。可丁馥丽担心出意外，不准她考驾照，依旧让陶惟宁开代步车送她去地铁站。

"爸爸，你腰又不好了吗？"长年站立损伤腰肌，陶惟宁的腰椎患疾多年。

"这只是一方面的原因。我也觉得你妈妈把你看得太紧，早晚会把你逼走。堵不如疏，桃桃已经长大了，想看看外面的世界，我们留不住的。"他语重心长，看向女儿的一瞬眼尾舒展，眼中裹缠怜爱，也溢满不舍，"爸爸对你没什么要求，你过得开心就行。"

"爸爸……"陶禧听得动容，搬起椅子挨着他坐，脑袋蹭着陶惟宁的手臂。

陶禧长大以后就没再这样撒过娇了，父女俩挽着手，怀念起她的小时候。怀过一轮旧，陶惟宁说到江浸夜筹备的画展，有些着急地起身："坏了，我做了一份贺敏芝先生的画作年鉴，小夜走的时候忘了给他，得叫他赶紧回来。"

"爸爸，"陶禧也站起来，两手撑着桌面，跃跃欲试地提议，"今天是星期天，真要这么急，就让我去送吧。"

明明是周日，可到了下班高峰期的时候，马路依然拥挤得如泄洪时的泄闸口。江浸夜堵在其中，顾不上抱怨，电话一个个接起。

再有两天，奶奶贺敏芝为期一个月的画展就开幕了。

画作已悉数运往美术馆，江浸夜为犒劳手下，答应晚上和他们一起吃饭。

到的时候美术馆外还没人，他边抽烟边等其他人，分明的五官被霞光印染得更加深刻，他笔直地站立，在地上拖出长长的影子。天边堆积着层层鱼鳞状的火烧云，路边高大的梧桐树枝丫繁茂，叶片随风甩出统一的弧度。

这次画展的主题——“月映千江”，取自一句佛家偈语“千江有水千江月，万里无云万里天”。

贺敏芝曾告诉他，天视为佛性，而云是欲望与烦恼，挥尽便显佛心本性。

画展结束后，江浸夜就将返回北里，服从一段爹妈安排的婚姻，和大哥一起壮大家业。挥一挥衣袖，不带走一片云彩。

像他这样出身的人，再怎么荒唐浪迹，最终还是得学做孝子贤孙。

没意思。

抽完一根烟，江浸夜接到助理惊慌失措的电话：“江先生，今晚的聚餐恐怕要推迟了。”

助理说大家准备收工了，突然被人拦住，说一不二地要求返活。

返活？

他这管事的没点头，谁敢要求返活？

江浸夜沉着脸走进美术馆，还没到展厅，老远就听到有人厉声呵斥：“这是怎么搞的？说好了不仅画作要按单元归类，展厅的布置也要依此安排，现在全乱了！那个架子不能那样搭！今天晚上不做好，谁都别想走！”

极具气势的嗓音穿透门外的长廊，江浸夜莫名其妙地问助理：“这人是谁啊？”

“陈小姐。”

“哪个陈小姐？”

“陈烟岚小姐。”

陈烟岚？

江浸夜掐了烟扔进垃圾桶，大步走入展厅。

褐色长鬈发的女人抱着手臂，脑袋微微歪向一侧，似在凝视某处。她穿一条干练帅气的黑色阔腿裤，灰色的深V背心，绉纱质感，轻盈。

“不对不对，要和灯光统一，你试试……算了，让我来。”

她头发一甩，几步踩上折叠梯，亲自动手。

立时有模样似刚大学毕业的男生跑来，凑到江浸夜耳边问：“那位是老板娘？”

江浸夜神情一凛，眉间拧出杀气。

小青年瞬间慌了神，声音哆嗦着忙不迭地道歉：“啊啊啊，老板我错了、我错了！我嘴不该这么贱！”

说罢他挥手自抽。

江浸夜不与他计较，大步走到展厅中央拍几下巴掌，喊道：“大伙儿收工了，今天就到这儿，有什么明天再说。”

洪亮的声音瞬间传到每个角落。

“不行！今日事今日毕，规矩不立好，久了容易养成惰性。”陈烟岚站在梯子上反对。

“我说收工就收工！这儿我说了算！”江浸夜黑着脸，冷厉地甩下这句。

展厅内顿时鸦雀无声。

陈烟岚并不买账，掐着腰看他。

好，那就以理服人。江浸夜神色略为缓和，不紧不慢地说：“按单元展出是临时做的更改。大家已经辛苦一天了，继续干活无法保证状态，不用急于一时。大家跟着我好好吃一顿，回家睡个好觉，明天精神饱满地高效完成。”末了他音调一扬，“谁还有意见？”

这一回，全场齐齐欢呼：“没意见！”

人群鱼贯而出，陈烟岚利落地走下梯子。江浸夜走上前，问：“你有意见吗？”

“你说了算。”压根没看他，陈烟岚坐在椅子上，从包里拿出高跟鞋换上。

江浸夜双手插入裤兜，撩起眼皮看她，痞痞地一笑，问道：“这么专业？”

陈烟岚飞去一个娇媚的眼风，走上前去：“你第一天认识我？”

“你哥知道你回来了吗？”

“他不用知道，你知道就行了。”

“我？我很特别吗？”

“你是我的救命恩人呀。”陈烟岚眼波盈盈，笑意招摇，“谢谢你当初帮我，我现在艺术管理专业学成归来，受渠阿姨所托助你一臂之力。从今往后你就是我老板，我们一起飞黄腾达。”

她一本正经的样子让江浸夜忍俊不禁。

陈烟岚不解：“你笑什么？”

江浸夜唇角一提：“笑你想得美。”

远处西装笔挺的助理健步如飞，走来凑到他耳边，小声说：“江先生，外面有人找。”

展厅外有块挂上墙壁的展板，详述画家的生平。陶禧站到展板下抻长脖子，换了不同角度还是被反光刺痛眼，泄气地噘嘴两秒。后来她只得高高地踮起脚，两手撑着墙壁，头往后仰，小声诵读：“贺敏芝，画坛传奇人物，笔墨神韵，千古家风，擅山水、花鸟……”

“在看什么？”

“怎么没有江浸夜呀？”

“还真是，为什么没有江浸夜？”

“我不知道啊。”陶禧纳闷，不想撞见身侧的江浸夜。他正背着手，学她的样子上身后仰，弯出夸张的弧线。他太夸张了，双臂一伸马上就要下腰似的。她根本不是这样好吗！

他就不能正经点。

陶禧鼓着脸，不满地扯了扯背包带，头扭向一边佯装生气不看他。

随后陶禧感觉肩膀被他握住了，一只手一边。热量隔着单薄的衣料传递过来，把她小巧的肩头烧成烙铁一样烫，她连耳根都微微发红。

陶禧咽了咽口水，随他的步伐后退，可惜没几步就停了。

江浸夜弯腰，眼睛与她等高，指着那块展板问：“这样是不是好多了？”

陶禧这才张望过去，惊喜地道：“真的哎！”

“我们挂这么高，就是方便大家站在远处看。”江浸夜揶揄，“偏偏有些人专爱挑战不可能，真是给人添堵。”

陶禧委屈地看他：“我一心找你的名字，就忘了嘛。”

“我不是画家本人，怎么会在那上面？”江浸夜避开她的视线，两手揣入裤兜，笔直地站立，挂上标准的迎客脸，“说吧，找我什么事？”

陶禧从双肩包中取出一本厚重的册子，包身瞬间瘪了下去。

“这是我爸爸做的，他说对你有帮助。”

江浸夜接过来翻看，脸上欣喜渐起，不住地感叹：“这本收录得很整齐……很翔实，确实帮大忙了。我改天要好好谢谢陶老师。”

“要谢什么？”不知何时走来的陈烟岚突兀地插话，从江浸夜身后探出头，好奇地看向画册，片刻后视线移向陶禧，看到她眼里迅速聚拢的云翳，整张脸罩在一层低气压下。陈烟岚觉得好笑，漫不经心地说：“这不是你那位老师的女儿吗？”

“是。”江浸夜低头看手机，像是被她提醒，转而说起，“桃桃，你先回家吧，我这儿还有事。”

他说着转身就走，不假思索的样子实在薄情。

陶禧站着没动。

陈烟岚怜悯的目光投去，踩着高跟鞋追上江浸夜，她刻意拔高了声音：“那家餐厅的老板和我是故交，特意给我们留了一个大包间，我去叫……”

“可是江小夜，”陶禧叫住他，“你都不谢我吗？这一本这么重，多少也得感谢我吧？”

江浸夜回头。

她面孔洁净如瓷，唇色热烈似血，那双眼睛像鹿眼也似猫眼，灵动妩媚。

平静的语气听来如同甜蜜的诱哄，扰乱他的心智，明明无比朴素的衣着——白色短衫搭鹅黄短裙，也能窥见属于她的骄傲与清高，她像婷婷的水仙。

都说水仙不能食用，花的鳞茎中含有毒素。

他只在梦里尝过，那滋味叫人死也甘愿。于是他点头，仿佛陷入幻觉，听到不是自己的声音回答：“好。”

“画展结束后，全力准备年底庄灏晖的全球专拍巡展。像他这样的传奇古董商收藏过的宝贝，价格都会打着滚往上涨。你们是崇喜的人，主理公司事务，过来为画展帮忙，说实话我很感激。这次画展对你们江老板有很重要的意义，所以大家多用心投入一点，要做就做得漂亮。既然是我的团队，要是将来我成为崇喜亚洲区艺术主席，你们通通居功至伟。”陈烟岚两根手指托着酒杯晃了晃，转向江浸夜，“哎，你说，鹤繁哥哥不会怪我吧？”

崇喜拍卖公司亚洲区的艺术主席是江浸夜的哥哥江鹤繁的部下，陈烟岚故意这么说无非想展示她同江家非比寻常的亲近。毕竟她新官上任，亮出实力前，要先来个下马威。

谁知她一扭头，江浸夜正注视一旁的陶禧和自己年轻的男手下。

陶禧两手托腮，目光落在翻滚的锅里，问道：“汤可以喝了吗？”

那个手下与她年纪相当，明目张胆地献殷勤，帮陶禧叠好餐巾纸，又用开水涮碗，递给她：“还早着呢，煮久一点才入味，等下我帮你盛。”

可惜她手没碰到，瓷碗被江浸夜半途劫走，她眼巴巴地看他放到身后的桌上。他找侍应生要来新碗，自顾自地盛：“这都什么乱七八糟的，海鲜汤煮太久就咸了，现在盛正好。你放旁边凉凉，别烫着。”

江浸夜甩开叠好的纸巾，毫不遮掩眼里的嫌弃：“太糙了，她不喜欢这样的。”

然后他叫助理换了包新的。

手下的脸色青一阵白一阵，他听江浸夜慢条斯理地解释：“你别介意，她呀，从小就这么挑剔，被伺候惯了。”

环坐长条大桌的一群人无不引颈张望，没有人议论，八卦却全装在眼睛里，纷纷传递着，无声胜有声。

只有被晾在一旁的陈烟岚脸色转冷，仰头饮尽杯里的黑曼罗干红。酒杯还握在手上，她注意到陶禧不偏不倚地看来，目光澄澈，却带着分明的怜悯。

这是还击吗？可笑。陈烟岚不认输地白她一眼。

谁知陶禧出声问：“请问，鹤繁哥哥是谁？”

江浸夜虽然拜陶惟宁做老师，但江家的事陶家并不了解。

陈烟岚不去看她，端详手里的杯子：“连鹤繁哥哥都不知道，我还当你们交情有多深！”

这话让正在剥虾的江浸夜听到了，哂笑道：“我也不知道鹤繁哥哥是谁，我只认识江鹤繁。对了，你刚才问的是江鹤繁吗？那你问我干什么，直接给他打电话啊！”

虾剥好了放到陶禧碗里，他不忘嘱咐她趁热吃。

一席话既没驳了陈烟岚的面子，也满足她想展示和江家亲近的目的。同时，谁都听出来这明褒暗讽的腔调是在警告陈烟岚不要找陶禧的碴。

众人双眼雪亮，都看出今天第一次来的小姑娘非比寻常，她已经不动声色地圈走老板全副心思。

陶禧只顾低头吃虾，嘴角沾上了汤渍也浑然不觉。她把灵敏妥帖地藏住，听江浸夜为自己撑腰，也没有趁势亮出傲人的光焰，反而更往下潜，有些暗香浮动的悄然。乖巧的模样越发可人。

她不再是听到他离开就失控大叫的女孩了，深刻地明白原地等待于事无补，哭泣抱怨什么也不能改变。

大风起于青萍之末，她有的是耐心。

后来江浸夜被陈放的电话叫走。

他前脚刚出门，陶禧借口给家里打电话跟了过去。

万幸他没进洗手间，径直从安全通道转去楼上的露台。一串懒洋洋的脚步声后，门轴轻响，江浸夜的笑声骤然模糊。猫在下面一层的陶禧赶紧跑上楼，悄悄推开一线门缝。

她看到他用肩膀和耳朵夹住手机，嘴里咬着烟，两手拢住打火机点上：“妈，有事吗？”

不知对方说了什么，江浸夜夹着烟的手指停在嘴边，他像是没听清楚，好看的眉毛拧紧了问：“不是……老江头儿送医院了？这么邪门儿？”一个没忍住，他嘿嘿笑了两声，顿了顿又说，“人家上回说了，让我甭想再进那个家门。

“得，我明儿一早回去。

“什么病这么矫情，还要挑回家的时间？

“好好好，下周就下周，听您的。”

笑着挂了电话，江浸夜突然转身，吓得陶禧门也来不及关，掉头就跑。然而她等了许久身后也没有动静，一颗心扑腾急跳，壮着胆子折返，听到他在和陈放说：“刚才渠鸥还跟我说回家的事，再过半个月吧。

"说江震寰住院了，又不肯说明白，不知道玩什么猫腻呢。我信她？她为了叫我回去，说过要和老公离婚，大哥折了一条腿，还有大胖（家里的狗）死了，费尽苦心呢！她当然盼我回去，江震寰我就不知道了，他对我没兴趣，眼里只有我大哥。

"抽空去你度假村啊……我没什么审美，都是瞎糊弄。嗯，这么抬举我？那我岂不是只好勉为其难地也给你糊弄糊弄？"

他低声笑，带一点柔和的鼻音，很抓耳，像手指按住脊椎骨一节一节往下捋发出的声。

她脑海中随即浮现出他满不在乎的神情，睥睨一切，唯独看向她的时候温柔又专注。谁也不会想到这么锋利的一个人藏有这样柔软的一面，她只想心安理得地享受他给的宠爱，耍赖打滚永远都不起来。

陶禧想得入神，没有注意危险逼近。

身后是漆黑的楼道，身前的视野被遮，她没发觉。

江浸夜开口，嗓音有种深思后的哑，带着近乎残忍的果决："陶禧，别再跟着我了。"

她把"别再跟着我了"拆分解读为：不要在我身上浪费时间。

真是血淋淋的痛快。

可在脑子里循环播放久了，她居然能品出一丝苦涩，好像他才是身不由己的那个。

陶禧噘嘴，不承想对上唐老板阴沉的眼睛。

惨了！

今天有其他公司的工程师来吉芯做技术交流，唐老板亲自接待，规格还挺高。

吉芯是一家半导体创业公司，设计研发具有完全自主知识产权的SOC芯片（系统级芯片），成立快三年，还在孵化期。公司规模小，人头不过半百，算上行政和财务，女员工一只巴掌就能数完。

唐老板在海外待了大半辈子，退休回祖国投资创业，散发余热。

这一行的门槛很高，公司除了专门挖来的硅谷技术大牛，其他人无不毕业于名校，工作经验丰富。

陶禧觉得自己撞大运了才能进来，没想到走神让大老板抓了现行，一时战战兢兢。好在对方工程师代表提了几个尖锐的问题，唐老板沉吟良久，顾不上她。

趁没人注意，陶禧向那人感激地抱拳，毕竟她没想到来的竟是林知吾。

“刚才真是谢谢师兄解围。”

“那些问题都是参观了你们公司后有针对性提出的。是小桃运气不错，赶上了。”

中午唐老板设宴招待，同事们乐见老板钱包出血，浩浩荡荡地向海鲜酒楼挺进。陶禧和容澜撑着阳伞走在最后，林知吾嫌前面吵，悄悄退下来和她们同行，可惜很快又被叫回去。

容澜远眺被人团团围住时从容的林知吾，一脸欣羡：“要我说，他和你才叫般配，从外形、家境、学识到性格，简直是一比一的配方。”

陶禧自嘲：“让你失望了，我们对彼此都没意思。”

“是啊，好遗憾。”想起那日舞会上的江浸夜，容澜面露愁色，“知道为什么要门当户对吗？为了规避风险。这个世界意外太多了，能一生平安顺遂是天大的福气。至于那个小夜叔叔，为什么你……”

为什么你会喜欢他？那种男人就像一片浓稠的黑暗，你视死如归地往下跳，等待在前方的是火坑还是花海，谁也说不清。

不要和命赌。

盛夏燥热的风穿裙而过，蜜色阳光让人忍不住眯眼，科技园里熙来攘往，四面八方的噪声像蜂群。

陶禧听出她的担忧，但只是不出声地笑笑。

酒楼的包间堪堪够坐两队人马，四周环境雅致，陈设讲究。大家兴高采烈，听到行政经理询问下周末的出行意见，气氛更高涨了。

容澜身旁的一个工程师笑脸灿烂，小声感慨：“你们老唐上周去千岛湖，这周去西湖，这会儿提前考虑起下周的去处，潇洒，真是潇洒！”

附近几个吉芯的同事听到了，面色都不怎么好看。

还记得上次开会的时候，唐老板因为别家公司流片成功，而吉芯进度拖后而大发雷霆。

不少人事后大吐苦水：

“别家创业公司都是老板和员工同进退，哪儿像他这么自在。”

“每次都拿股票分红来画饼，遥遥无期的，不知道要拖我们多久。”

“就是，一开会就画饼，老唐不去搞传销真是屈才。”

即便如此，也没谁真正要走，人人打得一手好算盘：一旦熬到公司成功上市，自己就是元老；万一失败，能在业内泰山北斗手下做事，学费并不白交。

念头转过，几个人气就顺了，脸上恢复先前的欢腾，七嘴八舌地为出行支着。

“你们觉得温泉度假村怎么样？”

听见陶禧的声音，其他人吃惊地看来，印象中她寡言腼腆，从不参与集体事务的讨论。

唐老板问：“哪个度假村？”

陶禧眼珠子滴溜溜地转：“暝山森林温泉度假村，才开了不久。”

“哦，我听说过，档次蛮高的。让Amy记一下。”唐老板爽快地采纳，“想不到陶禧对度假村也有了解。”

“恰好认识人，说不定能拿个折扣价。”陶禧愉快地弯起眼睛，露出小狐狸似的笑容。

然而陶禧没想到之后迎来一连多日的加班，为了第二天的开幕式，不得不从画展正式开始的前一天快马加鞭地赶明天的进度，却依然错过了开幕式。

她到达时开幕酒会倒是才刚拉开序曲。

一侧的舞台上标有醒目的“月映千江——贺敏芝作品展”的字样，前面置着几架古琴，乐工悠然地演奏《潇湘水云》。台下宾客三五成群，相谈甚欢。

陶禧找不到陶惟宁，电话也没人接，可怜她腹中空空。四周人头攒动，她便几步冲上舞台。

白裙裹身，麻花辫束往一侧，珍珠耳坠晃荡，她踮起脚，望向远处的一圈人，正好看到圆圈中心的江浸夜。他衣衫考究，手持酒杯，身边站着高挑艳丽的女人，与他不时附耳低语，言笑晏晏的模样很是亲密。

他多半是在应酬。

陶禧替他找个理由，迅速走下舞台，走到江浸夜附近的自助餐区，盯着桌上的刺身船发呆。

“最好吃的是红海胆。”年近半百的陌生男人走近，以为她选择困难。

陶禧点头，夹起一块，迎着他的目光放入口中，嫩滑海胆的绵香充盈齿间。餐区全是新鲜的鱼生，是当天从日本空运过来的。

他在陶禧脸上看出预想的惊异，满意地勾起唇角，又说了几个顶级刺身的产地。

她觉得盛情难却，不停地举箸。那男人贴心地倒了一杯巴黎水，问：“加冰块和柠檬片吗？”

“嗯，好……谢谢。”

他是个让人舒服的聊天对象，儒雅有风度，言谈不失幽默，陶禧便任他天南海北地说。大厅亮如白昼，水晶吊灯下她亭亭玉立，如雨天探出墙来的细枝，枝头挂着新绿，开小白花，香味清婉柔和，让人不受控制地想再多些时日她该有多明艳不可方物。

男人忍不住问：“小姐很年轻啊，能冒昧问一下在哪儿高就吗？”

“不能。”横插的声音冷硬。

江浸夜不知什么时候站到她身后，不给她告别的机会，拽着她的小臂离开。

“你住手。”陶禧挣扎。

可哪儿拼得过他的手劲，她徒劳地挣扎，被拽离餐区。一直走到展厅的角落江浸夜才松开，气急败坏地说：“怎么没有一点警惕？万一趁你不注意往杯子里下药呢？都多大的人了，别人恭维两句你就昏头了吗？”

陶禧无故挨了一通训，忍不住抗议：“他说他的，我吃我的，你凭什么说我昏头？你无缘无故乱生什么气？”

生气？

他是生气了，就是见不得对她无故卖好的男人。她才二十岁，见过多少只老狐狸？

江浸夜绷着脸，见她眼里闪烁着执拗的光，唇角忽然扯出一抹笑，说道："你们这些小姑娘，对年长男人的崇拜早该祛魅了。他们无非是蒙骗，靠经验制造光环，用信息不对等装渊博，至于财富和声望到底有没有，愿不愿拿来交换，谁也不知道，反正哄得一个个争先恐后的。在他们看来，这全是献祭。"

陶禧料不到他会这样说，声音卡在喉咙，却不肯示弱地倔强抬头，与他目光对峙。

随后她问："那你是这样的人吗？江小夜，你是吗？"

江浸夜眼里覆上一种嗜血的冷酷，他低头紧盯她："我也一样。"

陶禧惊愕得说不出话，扇面般的睫毛不停地颤动，身后有声音响起："江先生，最近你那里还有没有什么好宝贝？"

居然是吉芯的唐老板。

他一身中式长褂，平日粗放豪迈的气质带上几分斯文，仿佛和他说话都不能提气了。看见陶禧，唐老板笑着捋一把短胡须，说："晚上好啊，想不到你对国画也有兴趣。"

"唐老板，晚上好。"陶禧支吾着，不知该从何说起，"我、我是……"

"她父亲是我的老师陶惟宁。陶老师是南派书画修复的代表人物，可惜这小丫头对书画一窍不通。"听着是打趣的调子，可江浸夜看过来的眼中满载温柔。

这与刚才说出那番话的他判若两人，陶禧感到前所未有的陌生。

她忍不住猜测他过往的好意到底有几分真心。

不要这样，能不能不要这样？

幸好陶惟宁的电话打来，及时救她于水火。陶禧欠身离开，扬起的裙摆像一朵云。

她越过重重人影，向等在展厅外的陶惟宁喊："爸爸！"

陶惟宁少见地穿起正装，陶禧心情转好，伸手去摸他系上的小领结："好可爱。"

"你妈妈下午煮了这个，要我带给你。"他摊开的手掌里静静躺着两个菱角。

菱角还留有余温，她欣喜地接过："谢谢爸爸。"

“什么时候来的？”

“一下班就来了，还给你打了电话。”

“这里太吵，没听到。怎么样，非让我带你过来，觉得好玩吗？”

“不好玩，虽然做了功课，但还是看不懂。”

“不好玩就早点回家。爸爸先回去了，吃来吃去，还是喜欢你妈妈做的那口。”陶惟宁笑了笑，拍拍她的肩，“今天很漂亮。”

陶禧笑着露出一排贝齿：“知道了，我每天都很漂亮的。”

“哈哈，那当然。”

展厅外的门厅同样人影交错，空气中弥漫着各式香水味。低谈笑语和隐为背景的琴声汇成缓慢流动的声浪，持续冲击着陶禧的耳膜。

陶禧陪陶惟宁下楼，与他告别后，握着菱角，独自前往楼侧的小花园。

拱形长廊下亮着昏暗的小灯，外面的花园一片黢黑。细心修剪的灌木和矮树白天看着赏心悦目，此时退为阒寂环境中更深的影子，叫人不敢靠近。

她坐在长椅上吃菱角，潮热的夜风吹拂，偶尔一两声蚊吟绕过耳际。心事沉在肚子里，嘴上吃得越发没滋味，耳朵忽然捕捉到几下诡异的声响，像谁被掐住喉咙发出的，继而喷涌地爆发。

转过头，她一眼看到长廊尽头一个抱着垃圾箱狂吐的身影。那女人蹲在昏暗的灯下，头快埋进去，嶙峋的肩头高高突起。

等她气喘顺了，从喉咙滚出一串低笑，陶禧意外地听出是陈烟岚。

陈烟岚抽出纸巾擦嘴，虚弱地坐倒在地，背靠垃圾桶翻看手机。陶禧掉过头去，飞快绕楼体一圈，改从她身后靠近。

她的视野突兀地伸进一只脚，脚踝刺有文身，是一座孤零零的灯塔。

陈烟岚继续笑，语焉不详地吐出一些醉话：“何苦……做那么多，她知道吗？”

陶禧好奇，这是说谁？

“哦，你不说，我不说，她不会知道。就好像我不说喜欢你，你也不知道。而至于你是真的不知道，还是假装不知道，那我就不知道了。”

陶禧壁虎一样贴着墙，蹑手蹑脚。

“我把自己绕昏了，哈哈哈。”

陈烟岚笑得厉害，手机滑落，后来抓牢了，低头翻看相册。陶禧屏息凝神，越过垃圾桶探出头，却在视线触到屏幕上的照片时差点叫出声。

那不是她四年前写在*Flipped*书页里的“致江小夜”吗？

陈烟岚口中的那个“她”不会是……

手心渗出凉汗，陶禧一点点拼凑过去的记忆，想起那晚在林舒薇家里留下那行字后，陈烟岚走进来，于是她匆匆逃离。而陈烟岚一定是在那时翻书发现的那行字。

若是发现了，她不可能没有动作。

那她告诉江浸夜了吗？他不声不响地远赴英国是不是因为受这件事困扰？

这些年陶禧常常反省，怪自己太草率，轻易说出追去英国留学的话。如果再加上这张图，他想一走了之地躲开不是不能理解。

说到底，她偏执地不肯相信江浸夜的离开仅仅是为了工作。

心底好似燎着一团火，陶禧恨不能立马找他说清楚，至少为了她长久以来真实的心情。这么想着，她拔足奔回展厅。

圆形大厅的自助餐区围了不少人，附近手持托盘的侍者来来去去，他们身穿修身西服，有种老派的绅士感。

位于人群中心的唐老板声如洪钟：“北里的江家赫赫有名，江震寰先生的名字如雷贯耳，下次有机会，为我引见啊！”

江浸夜手里的酒杯晃了晃，他眯着眼睛，笑着说：“好说。”

“话说贺大师的画展，怎么没见他，我本来还想趁这次机会认识。”

“我爸爸和我大哥在国外办事，过两天来。”

旁边有人插入一句：“听说崇喜的实际控制人是江鹤繁先生，但好像从没见他露过面。”

唐老板替江浸夜回答：“大佬哪儿会轻易让你见到。他名下产业遍地，看似庞杂，但全都逃不过一座五指山，真正的深藏不露！”

“那江震寰先生算是后继有人了！”

“要不怎么一起去国外办事呢？其实就连屿安的生意，根基也是江鹤繁打下的，江震寰先生对他可谓器重有加！”

江浸夜陪着干笑两声，转而想将话题牵回画展，说：“这次有几幅画是我奶奶从未公开发表……”

唐老板却打断他：“江先生，你那位哥哥嗜好什么？多介绍介绍，方便我们投其所好啊！”

“没错！可全仰仗你了！哈哈哈！”

人们附和的大笑声没遮没拦，如铁器砸向地面爆发出沉闷的巨响，无比刺耳。

江浸夜紧握酒杯的手指骨节发白，手背浮现出青色的血管，可仍面色无虞。他声调平淡地提起：“对了，唐老板，上次你让我留心的画，我帮你找了一下，英国有位收藏……”

“哎，江先生，你们公司前两天来了位新主管，邮件都发给我了，以后我找她就是。”唐老板豪迈地拍他两下，“省得麻烦啦！”

他看起来喝了不少，说话粗声粗气，拍完江浸夜的手，又转身和别人聊起江鹤繁。没想到冲这个名字过来的人还不少，大家简单几句就打开话题，热络地交换联系方式。

江浸夜被彻底晾在一旁。

他静默地垂手，转身放下酒杯，再抬眼，与陶禧四目相对。

不知这是否算他生平难堪的时刻，她只见他面色平静，未现丝毫颓丧。陶禧一颗心紧紧揪着，把说清楚的念头暂时抛诸脑后。那可是个骄傲惯了的人，她想上前安慰他，却被他的眼神无声地推拒。

“江小夜！”跟着江浸夜走出展厅，陶禧大叫，“我相信你，你一定比你哥哥做得更好。”

他脚步一顿，斜睨她：“相信我？”

“对，所以你更不该回家了，留下来，证明给他们看！”

陶禧慷慨激昂的一席话彻底逗乐了江浸夜，他揉着眉心，笑得双肩直抖，半天才有所缓和：“桃桃，不要随便鼓动别人的野心啊。”

“可是我……”

“别乱想，早点回家。”不等她表态，江浸夜给手下拨电话，“把车准备好，帮我送个人。”

陶禧回味那晚江浸夜冷漠的说辞，逐字逐句地放到心里掂量、反驳。

“对年长男人的崇拜早该祛魅了。他们无非是蒙骗。”

可我并不崇拜他。

“至于财富和声望到底有没有，愿不愿拿来交换，谁也不知道。”

我也不需要他的财富和声望，这些我能自己挣。

“在他们看来，这全是献祭。”

献祭？

陶禧卡在这个词上。

夜晚十点的公司只剩她一人，桌上台灯忠实地陪伴，撑起一小片温暖的光。电脑屏幕蹦出行政部发来的邮件的提示，她点开看到预期的结果：“公司的暝山森林温泉度假村之行定于七月十四、十五日，即本周周末。”

唇角染上笑意，陶禧迅速过一眼之后的报名事项，关掉页面，然后接到林知吾的电话：“小桃，我到你楼下了。”

“好，师兄等我两分钟。”

科技园里人影寥落，淡白色的路灯光霜一样罩在头顶，像夜晚的叹息声。林知吾的车停在路边，他看见陶禧被风掀起的裙摆，车前灯闪两下示意。

“师兄把时间花在我身上，都没空认识其他女生了。”人还在车外，活泼的声音先钻进来，他看到陶禧低头绽出笑靥。

“师兄说过帮你，那就一定会帮。”林知吾等她系好安全带，缓慢地倒车。

陶禧好奇：“要怎么帮？”

林知吾看向后视镜，若有所思地说：“有时候男人的嫉妒心比女人更厉害。”

后视镜里曾经在屿大艺术楼外见过的Q7静静地泊在不远处。

陶禧一头雾水：“什、什么呀？”

林知吾露出高深莫测的笑容，说道：“小桃只要好好配合我，就能心想事成。”

沉暗的夜色无边，汽车宛如穿行于海中的鱼。车里的两个人有一搭没一搭地聊着，直到听林知吾说周末要跟吉芯一同出行，陶禧不可思议地愣住，吃惊地问：“师兄，这都是你帮我的一部分吗？会不会太下血本了？”

林知吾唇线缓缓绷直。

车子掠过那些望不到尽头的路灯，挺拔的鼻梁上镜框流动着金色的光泽，他平静地说："我当然也是为了自己。"

"占地约三十公顷，遍布大大小小的露天温泉泡池。你看那一片，那是森林公园。早晨来个绕山跑，冲个热水澡，晚上再泡泡汤，全天候地呼吸新鲜空气，人生享受啊。"

陈放穿一件中式长衫，抬手遥遥一指，哆嗦两下。

已近正午，山里的气温仍旧不高。

一侧的坡道上游客络绎不绝，不少全家出动的，爸爸肩膀上扛着小朋友，妈妈手里再牵一个，另一手挽着老人。

江浸夜身穿烟灰色古巴领短衫、棕色的休闲亚麻长裤，双手插在裤兜里，笔挺地站着。

他视线掠过随风摇曳得如海浪般的树冠，沿山势落向远处的停车场。今天是周六，是他泡在温泉度假村的第三天，也是吉芯公司集体出游的日子。

不知道那些小似积木的车阵中哪一辆是他们的。

"你真的要回去？"

下山的时候，陈放带江浸夜抄了条森林公园的近道。四周皆是茫茫林海，曲折石阶两旁的树木疏密有致。两人沿阶而下，陈放腆着肚子跟在后面，呼呼地喘着粗气，不气馁地劝说："不然再考虑考虑？好歹把崇喜搞得有声有色，让你们家老爷子见识见识你的厉害。"

江浸夜哼笑道："我现在不厉害吗？"

"但回去就是投降啊！"

这一次他没说话，不咸不淡地扫来一眼，隐约有些认同的意思。

他很快走到环形烧烤场，四周人声鼎沸，到处是架炉抬水的繁忙景象。溽热的空气中充溢着扑鼻的炭烧味，肉串在烤架上刺刺地冒着油花，夹有孜然的辛香勾出人们肚子里的馋虫。江浸夜蹙眉，沿一旁的林荫道加快脚步，听到骤然掀起的喧哗从身侧一堵石墙后传来，清丽的女声夹在一片粗犷的男声中分外清晰。

"小陶，我上星期天看到你和林知吾一起吃饭了，挨得好近啊！"

“不是……”

“听说你们还以师兄妹互称，感情好复古哦！”

“我们……”

“我中学也在一中读的，都没听你叫过我师兄。”

“因为……”

“那是人家小两口的爱称，笨蛋！”

“哪儿有……”

江浸夜脚下急停，眉心拧起，疑心自己听错了，大步走过去。

陶禧坐在炉灶边的石凳上帮同事递蔬菜，穿着素净的白色圆领T恤和牛仔裤，身边几个男生嘻嘻哈哈地和她聊八卦开玩笑。她面露不悦，可惜只有一张嘴，争辩不过。

林知吾端来调匀的烧烤酱，同样穿着白色T恤和牛仔裤，当即引来阵阵起伏的“哦哟，情侣装”“已经这么高调了”。

他从容地放下酱料，拉过一把塑胶椅，笑着问：“你们说什么这么热闹？”

有人接腔：“正在说你和陶禧是小两口！”

陶禧赶紧用眼神向他发出求救信号，目光随即扫到墙边的江浸夜，不由得愣住。林知吾察觉她神情异样，看去时也发现了他，于是扶着镜框笑道：“快了吧，毕竟我们两边的父母早就见过了。”

“哇！”

“哦哟！”

“真的假的？”

像往沸油里添水，林知吾一句话引来众人的惊叹。大家齐刷刷地转过来，声浪滔天，本就不大的空间越发显得逼仄。陶禧呆住了，哪怕早先通过气，知道他有所动作，也万万没想到他打算制造一场“地震”。

一恍惚，她没注意到手上那串烤肉表面的油滴滑落。

林知吾看见了，但他来不及提醒，便一把握住陶禧的手。与此同时，烤架上嘭地蹿起一簇火焰，迸出几粒火星，焰舌燎了一把林知吾的指节。

“嘶。”他抽回手指，按住吸气。

陶禧慌了神，头凑过去：“师兄，你的手……要不要看医生？”

林知吾对她笑道："我去水龙头下冲一冲，再到便利店买个烫伤膏。小事而已。"

他语气温柔，眼神宠溺，看得周围人直呼"散了散了，'狗粮'吃得好饱，还吃什么烧烤"。于是围拢的观众知趣地握起烤串，四散而去，烤炉旁很快只剩他们两人。

再往墙边看，江浸夜已不知所终，陶禧急切地问："师兄，这样真的有效果吗？"

烤盘上摆放着码好的扇贝，铺有蒜末、粉丝和红椒碎，林知吾不紧不慢地撒上一把葱花，等待肥软的扇贝肉流出诱人的汤汁。他嘴角闪过笑意："小桃放心，误会的人越多，效果越好。"

"陶禧！"陪行政经理跟度假村确认两日行程的容澜姗姗来迟，在远处朝陶禧招手。山里气温不高，凉风习习，容澜依然满脸汗水。走近了看到林知吾细心地照顾架子上的肉串，把烤好的移到陶禧碗里，容澜飞快地抢走他新递来的鸡胗，咬下一口，不禁感慨："模范男友啊！"

"他们都是不了解的，你就别瞎起哄了。"半张脸掩在餐巾纸后，陶禧抗议。

林知吾递给容澜一罐新买的冰可乐，问："你来的时候碰到他了吗？"

罐身被容澜握在手中，凝结的细小水珠一滴滴滑下。反应过来"他"指江浸夜，容澜心领神会地点头："碰到啦！他的脸可真臭，多看两眼就要拿刀捅你似的。"

林知吾又问："他往哪儿走的？"

容澜说："往森林公园那边。"

"真是碰巧了。行，你们慢慢聊，我回房间给手机充电，四十分钟后在公园的入口见。"林知吾温和地同她们告别。

等他走远了，容澜才好奇地问陶禧："你们下午要去森林公园？"

"准确地说是五点。这个季节的暝山溪谷，雨后有蝴蝶群聚，非常壮观。不过溪谷在森林腹地，所以我和师兄约好一起去。"陶禧也打开一罐可乐，用指腹抹去罐身尚未滑下的水珠，触感冰凉湿润。

"你们还真像热恋的小情侣。"容澜觑她一眼，小心地拿捏措辞，"林师兄会不会对你……”

“不会的。”陶禧笃定地摇头，“他早就有心上人了，还说过帮我也是帮自己，虽然不知道这样能帮他什么。”

把喝完的罐子准确地投入前方的垃圾桶，容澜叹气：“想不通。”

熄灭烤炉的炭火，收拾妥当，她们往森林公园缓慢步行。

度假村项目繁多，不仅有温泉和森林公园，还有娱乐中心、SPA、健身中心和儿童游乐区。如引流的沟渠，来时到处是熙熙攘攘的人群，此时的坡道上只剩寥寥几人。

天空大片的云层堆积，风依旧缺席，头顶繁茂的枝叶静止。

两人走过半途闷了一身汗，容澜用手不停地扇风，忧心忡忡地望天：“这是要下暴雨的样子啊。”

绕过前方一株巨大的榕树就是森林公园入口，陶禧惊叹于无数垂落的须状气根，仿佛贵妇人披肩上的流苏。容澜拽了一下她的小臂，双眼放光，有些兴奋地说：“哎，你师兄在前面……还有你家小夜叔叔。”

开阔的视野里，一堵十米高的户外岩壁安稳地矗立，壁面分布着颜色各异、形状不一的支点。一群来自某个青少年户外运动俱乐部的中学生绑着护具，戴着头盔，两手紧扣支点上的浅槽——有人行动灵活，有人进退维谷——或快或慢地选择上攀路线。下方聚集了大片人群，齐齐仰视他们，此起彼伏的轻叹声翻涌，都有些跃跃欲试的样子。

林知吾抱臂站在其中，若有所思地看向那些攀爬的人，而江浸夜站在岩壁的另一侧。陶禧神情愣怔，下意识地朝江浸夜走去，却被容澜拉着跑向林知吾，听她坏笑着高喊：“林师兄啊，你神机妙算哦！”

顺着她手指去的方向，林知吾看到江浸夜，会意地笑了笑，说道：“都说了是碰巧。”

陶禧记起他的烧伤，问：“师兄，你的手不要紧吧？”

林知吾略一迟疑，手伸到她眼前：“我也不知道这个叫不叫要紧，你看看。”

陶禧低头细瞧，创面涂过烫伤膏，没用无菌纱布包扎，看起来无大碍。一旁的人群突然爆发出热烈的欢呼和掌声——最快的人爬到岩顶后，轻松地速降落地。江浸夜心不在焉地应着陈放，扭头的一瞬面色黯了下来——他看到陶禧抓着林知吾的手，两人有说有笑。

天气闷热，林知吾也出了一头汗，他取下沾上汗水的眼镜，撩起T恤擦拭镜片。陶禧的视线扫到他露出的腰，居然也有文身。

“也”？冒出这个字的瞬间，陶禧想起陈烟岚脚踝的灯塔。而林知吾文的图案是一方蔚蓝色水域，像用相框取景，没有船或沙滩，甚至没有天空和飞鸟，纯粹的一小片波光粼粼的海面。

林知吾戴上眼镜，纳闷地见陶禧揪住了自己T恤一角，还严肃地说：“师兄，等我一分钟。”

于是林知吾无奈地笑，不想迎上江浸夜看来的眼睛，他愣了一秒后，缓缓地说：“陶禧，你别动。”

别动？

陶禧还来不及反应，肩膀传来轻微的受力——林知吾一只手将她往前带了下，从几米外看去，陶禧像被他揽入怀中。与此同时，他不错眼地看向江浸夜，笑容半分不减，仿佛挑衅。

江浸夜的脸彻底转冷，阴沉得看不通透的眼睛像极了蛇或蜥蜴等冷血爬行动物的眼睛，一眨不眨地盯着他们。

奶奶的画展如期举办，陶惟宁寻找新的学生，按计划，江浸夜在陈放的温泉度假村舒服地泡满五天，下周将返回北里。

一切都有条不紊地进行，对于屿安他没什么好留恋了。

然而这几天江浸夜前所未有地感到不踏实，甚至开始失眠，反反复复地记起当初离开北里时，他和父亲还在怄气。

那天江震寰闲适地泡着茶，不肯见他。江浸夜头也不回地冲出家，却被母亲渠鸥死命拽住，高一声低一声地哀求江震寰好歹送儿子上车。半晌，房里只传来一句傲慢的“先让那小子滚进来认错”。

江浸夜无心再争辩，齿间挤出一声冷笑，挥手甩开满眼惊惧的渠鸥，奔上外面等待的轿车。没想到车子发动时，江震寰走到阳台大喊：“还觉得我没对你尽责吗？你生下来就欠我的！连离开都少不了我安排，有本事自己爬过去！”

要不是渠鸥吩咐司机赶紧开走，怒火滔天的江浸夜当时就要下车和老爹干场硬仗。

这些年江震寰数次来屿安，从未去过陶家，还严禁妻子拜访，于是渠鸥每每来电话都带着浓重的鼻音，似乎眼泪淌满一脸。那会儿因奶奶贺敏芝还在世，他们父子会仅在过年时见面，不咸不淡地说句吉利话，其余的消息全赖渠鸥转达。

有一次春节家宴，在渠鸥的争取下父子同桌。那晚江震寰趁着酒兴挨个与人碰杯，还和牙牙学语的婴孩钩了钩手指，却独独略过江浸夜。

他至今忘不了四周惊愕却转瞬平复的目光，忘不了当时撑起的笑容是怎样一点点垮下去的。大家言笑晏晏，话题更迭，团圆喜庆的气氛没受一点打扰，仿佛他只是个阅读时标错的逗号，忽略了也毫不影响对全文的理解。

真没意思。

人人都说江家高门大户，在四九城里呼风唤雨，可关上门，处处是不遂愿、不称心地压抑。只要大哥不在，他们父子俩就撕下和睦的面具，鸡飞狗跳地斗气，较着劲朝对方脸上甩狠话。

江浸夜知道江震寰一直在等他低头。乖乖回去，就是臣服。

他现在之所以退让，不过是不想再让夹在中间的渠鸥为难——听说她去年血压就不太稳定。

那为什么他明明已经做了决定，还特意每日到山中放空自己，却在夜里辗转反侧，来回掂量剩下多少不甘心？

他对陶禧同样如此。

一小时前，江浸夜目睹烧烤场内吉芯公司的人乱开林知吾和陶禧的玩笑，愤怒得想冲上去喝止，被陈放拉住："喂，这样不好吧？"

确实不好。

他早就自顾不暇，凭什么不甘心？林知吾那样的家世人品，显然比他更可靠。

此时江浸夜不知道为什么林知吾会露出那样的笑容，怒从心中起的同时，还没忘陈放说过的话。他在脑子里重新过了一遍，不动声色地移走视线。

陈放掏出手帕擦汗，指着那块岩壁，咧嘴怂恿："你不是也挺擅长吗？上去露两手？"

江浸夜双手插在裤兜里，仰头望去，冷淡地说："没兴趣。"

真正擅长攀岩的是哥哥江鹤繁。江浸夜曾立志全面超过他，一次性拿下攀岩教练证，还徒手攀上陡峭的山壁，不想让江震寰一句"成天就知道不务正业"打回原形。

他现在才明白博取好感这种事不讲天道酬勤。

"要下雨了，咱们回去吧。"江浸夜说着，懒洋洋地迈步。陈放飞快地瞄一眼不远处的林知吾和陶禧，嗯一声赶紧跟上。

"嘁。"林知吾松手的一瞬发出不屑的嗤笑声，眼里流露出鄙夷。陶禧听到，不免困惑："师兄？"

他低眸看去，镜片后的神色已恢复一贯的温和，笑着说："待会儿去溪谷，小桃别忘带伞，这雨看样子不小啊。"

四点一过，天色迅疾暗下。

云层堆积着凝重的墨色，分界线不明，骤然刮起的大风席卷闷热。

容澜趴在床上，手托两颊，满脸愁容地看向正在换鞋的陶禧，问："你确定不带手机？"

"师兄让我别带，山里没信号。"陶禧抬头时小指拂过耳边垂落的长发，扬了扬怀里的相机，"专门把我爸的5D Mark Ⅲ背来，不能浪费了。"

容澜摊煎饼一样躺在床上，叹气："不知道你师兄到底打什么算盘。"

陶禧穿好沙滩凉鞋，给相机套了个塑料袋，装进双肩包，又拍了拍手里的长柄伞，弯起眼睛笑道："晴雨两用，加固防风。放心吧，实在不行，我还知道躲雨呀！"

窗外传来树枝在风中猛烈摇撼的动静，飒飒声响成一片。

容澜倚在四楼的窗口，目送陶禧逆行于返回酒店的人潮中，她后背的蝴蝶结两条带子上下翻飞，再眨一眨眼，她已消失在路口的林荫道上。

暴雨比想象中来得迅猛，十几分钟后，雨水以泼天的气势浇下，声势浩大。

容澜打开灯，坐在床边无聊地玩手机游戏，屏幕突然弹出行政经理发的群通知："请全体吉芯员工穿上文化衫，前往自助餐厅。"她一跃而起，兴奋地蹬上夹脚拖鞋就往外跑——她中午不过潦草地吃了点烧烤，还不够果腹的，这会儿早饿了。

等她抵达二楼的自助餐厅，大家已经开始排队。

容澜开怀地和几个同事打过招呼，站入队列，还在考虑要不要给陶禧打包，便看到林知吾悠然走来。

“林、林知吾！”震惊得顾不上称呼，容澜目瞪口呆地叫住他，“陶禧早就出发啦！”

“哦，我刚起。”他说，“没想到下午开饭还挺早的。”

容澜强按住恼意，低声重复：“我说陶禧早就……”

“容澜，你现在的情绪很好，”林知吾打断她，脸上慢慢浮出笑容，“那帮我个忙吧。”

温泉度假村的酒店依山而建，陶禧走过短短一截林荫道，回到森林公园入口。那堵户外岩壁立在呼啸的风声中，身畔是作鸟兽散的人群。

售票亭的管理员见她原地发呆，大喊：“小姑娘，你要进山就赶快！下雨就不能进了！”

“哦哦，好。”陶禧回过神，把票买了。

“一个人去？”

“嗯……我朋友等下来。”

“那你小心，半山有休息站，去那儿等你朋友。”见她神情委顿，管理员安慰，“快一点，休息站还可以买刨冰。”

“好。”陶禧冲她甜笑。

可惜她没走几步雨就下起来，幸好参天树木撑开的枝叶繁茂，削弱不少雨势。只有面前的石阶水流奔涌，似蜿蜒的阶梯瀑布。石阶两侧挂起的一盏盏电灯笼，在湿凉的风中摇晃，晕开一团团橙色的暖光。前路阒然，一片浑茫的深灰色暮霭笼住了山影。

陶禧费劲地撑住伞，斜风裹雨扫上她的膝盖，洇湿了牛仔短裤的边缘。

她低头认路，长发从肩膀两侧滑下。水和植物的腥气汹涌地充斥鼻腔，整座森林只剩下砰砰的雨打伞面声。

及至她爬上半山，渐亮的视野预示着这场来去匆匆的暴雨即将终结。休息站里头发花白的爷爷守着一台刨冰机，陶禧买了一碗，坐在黑色漆面的长椅上，扭身望向掀开亮色的天边，嘴里一勺一勺地吃刨冰，心中却茫茫然。

昨晚听陶惟宁和丁馥丽说江浸夜要回家了，陶禧当时恨不得立马冲到他面前，把所有心思都说给他听。但林知吾说，事已至此，他们得把戏做足，看着是幼稚了些，但对于江浸夜会非常有用。

可是只剩一天半了，还来得及吗？

如果他完全不在意呢？

如果他对此嗤之以鼻呢？

如果他……

“好玩吗？”

欸？

陶禧闻声转头，猝不及防地撞进江浸夜漆黑的眼中。

他一张脸阴沉得可怕，胸口随喘息微微起伏，手里还握着伞，从衣领到裤管全身沾染深色水渍，想必是不顾风雨一路急追过来的。怎么是他来了？师兄呢？而且公园售票亭的管理员不是说下雨就不让进吗？

陶禧怔怔地看着他，一时忘了动作。

江浸夜收起伞，走近了提高音量：“这种天气进山，要是出事了，我问你好玩吗？”

“我……”陶禧看到他眼里浮起的愠色，有些莫名其妙，“我和师兄说好的。”

“你信他？他压根没把你当回事，睡到四点多才起，还晃到自助餐厅吃饭，哪儿像和你约好的样子？”江浸夜眉头紧蹙，把烟咬在嘴里，回头看见休息站贴着的硕大的禁烟标志，又气急败坏地熄灭，“先不说他，就说说你，天都要黑了，自己不想想进山安全吗？你也知道山里没信号，以为哪儿都跟家里似的随便逛吗？你一个姑娘家，万一出了岔子，我怎么向你爸爸妈妈交代？”

无故挨他劈头盖脸的一顿训，陶禧听到后面也沉不住气了，搁了碗问：“谁要你向他们交代了？你又不是我们家的人！”

江浸夜没想到她会还嘴，一下噎住：“你……我可是你……”

“你既不姓陶，也不姓丁，少拿‘叔叔’吓唬我！”

“陶禧，我看你今天……”

“是，我翅膀硬了，要飞了。”陶禧猛然起身，一步跨到他身前，站定了抬头盯紧他，“你难道看不出来我已经长大了吗？”

有那么一秒，江浸夜攥紧了握住伞柄的手指，绷起下颌线条。那双眼瞳灵动清澈，曾无数次慰藉他的梦，太干净了，他不配拥有她。

“好，你长大了，我不招惹你，随便你爱待多久待多久！”江浸夜怒斥。

擅长用狠话掩饰心虚，希望对方知难而退，他烦躁地抓了抓头发，要冲进蒙蒙的雨雾中。

“来不及了！”谁知陶禧快一步拦住他，扯住江浸夜短衫的前襟，试图扑进他的怀里，“你已经招惹，跑不掉了！”

江浸夜吃了一惊，扔掉伞，用两手握住她的肩膀，推开她。然而少女比他想象中的更为执着，幼兽般执拗地不愿认输：“你招惹过了，不能走。”

“桃桃，这肯定有误会！”

“什么误会？你明明知道的！”陶禧猛地抬头，昏暗灯光下眼角滑落晶莹的泪珠，“你明明就知道……你不是都看过了吗？

“斯人若彩虹，遇上方知有。

“致江小夜。”

细细的铅笔字写在那行英文旁的空白处，在陈烟岚给他看的时候，照片就被他悄悄传到自己的手机里，保存至今。

他希望她一直喜欢自己，不要去看别人，却对她的心思装傻充愣，始终不予回应，多卑鄙。

他早该一走了之，又鬼使神差地回来。他明明比任何人都不愿放手，却对她的坦白一次次地退缩。

“你别这样……”面对陶禧不断地发力，江浸夜勉强支撑，竟然有些招架不住，“做人要讲良心，我不能对不起你爸……”

“能不能不要良心了？你要我吧，”陶禧仰面，眼泪扑簌簌地滚落，“如果你也有一点点动心。”

江浸夜僵住。

“我不要多，一点……一点点就够了，哪怕是曾经。”少女哭得快要拧干自己，上气不接下气，“承认一下好不好？你可不可以承认……”

她的声音仿佛塞壬的歌声，封堵了他的意志。

趁他失神，陶禧扑上前，脸贴住他的胸膛。

江浸夜被撞得重心不稳，后退两步。片刻后回过神，他认命地闭上眼，双手颤抖地轻轻环住她。怀中人泪痕未干，唇角已得逞地上翘。

“那时候你是大人，我是小孩，介于憧憬和崇拜间的感情我自己也弄不清楚，所以一直没说。”

大人才是瞻前顾后的胆小鬼。

“我宁愿藏久一点，慢慢分辨，不想做那种脑子不清醒的决定。”

桃桃，你现在真的清醒吗？

“有句话叫‘山不就我，我就山’，既然你不愿过来，那就换我过去好了，否则我们永远止步不前。”

嗯。

“我知道我想得比较简单，可是做决定最困难的就在于横下心的那一刻。再怎么举棋不定，总得落子，这一两步我还输得起。”

江浸夜闭了闭眼，被她的话戳中，胸口泛起隐秘的疼痛。

“和师兄合作演戏是有点不地道，但我确实没办法了。反正都怪你把我惹急了，我可是会不择手段的！”

听到这儿，江浸夜忍不住看向赖在他怀里的不择手段的少女。

自刚才抱住他，陶禧就没再从他怀中离开。江浸夜哄了半天，她哼哼唧唧地不肯撒手，最后还是提到刨冰快化了，她才不情不愿地坐到休息站的长椅上。

陶禧盘腿背靠他，海藻般丰盈的长发缠在他的腕间。她偶尔抬头，扬眉一笑，他竟有些目眩。

江浸夜两臂搭上椅背，头后仰，神思恍惚。

他怎么也没想到事情会演变成这副模样。

陶禧将碗中剩下的刨冰囫囵塞进嘴里，冷得全身打战，蹭着他的肩膀咯咯地笑道：“江小夜，你现在还要回去吗？”

“要回去。”

“啊？”

陶禧蹭着他的腿侧不安分地扭动，让江浸夜倒抽一口气，伸手箍住她。

可她肩颈一把细柔的骨头好像稍微用力就会折断，他不敢用力，低声说：“我可以带你一起去。”

“真的？”

“如果你想。”

“想想想！我当然想了！”陶禧兴奋地抓住他的小臂，乌溜溜的杏眼弯成月牙，冲他抬起下巴，“江小夜，其实你也喜欢我，喜欢得不得了吧？”

江浸夜抿唇，不发一语地看向远处。

四周响起枝叶相拂的声音，窸窸窣窣地传遍暗林。

“你就说嘛……”陶禧不依不饶，却在抻长脖子的一瞬瞪大眼睛。她看到一只栖在枝头的凤蝶展翅，露出后缘金黄色的斑块，语气快活地大喊：“金斑喙凤蝶！我们真幸运啊！”

歇在叶片上的雨水反着夕照的光芒，葳蕤的树冠随风摇动，送来湿润的泥土气息与花朵馥郁的香气。陶禧转身跪在长椅上，还想对江浸夜说些什么，无数蝴蝶呼啦啦地飞过眼前，漫天起舞。各色蹁跹的蝶翅游荡于草木花丛中，迎着火红的霞光，蔚为壮观。

陶禧看得出神，半晌才发出惊叹，连包里的相机也忘了拿。

就连始终待在休息站里的爷爷也走出来，啧啧称奇：“这儿离溪谷很近，但也起码十年没见过这样的奇景了。”

而江浸夜仅仅侧过身，漠然地注视这幅罕见的盛景。陶禧不满地撇了下嘴角，推他一把：“你怎么一点反应都没有？”

“你想要什么反应？”

他看来的脸上罩了些廊檐的暗影——那是张漂亮的脸。

很少有异性让陶禧觉得美，或者漂亮，毕竟大家普遍认为那是对女性的形容。可他偏偏是，又硬气桀骜的、无法驯服的，使得这份漂亮又添了些魅惑。

陶禧来不及细想，手指拨开脸侧的长发，弓身吻下。直至她触到他冰凉的唇，心脏才喧嚣地炸开，草草碰了碰就撤走，嘟囔着“就、就这样的反应”，抱膝坐在一旁。

休息站的爷爷不知所终，蝴蝶还在身后狂舞，陶禧一颗心七上八下，早没了观赏的兴致。

她一动也不敢动，根本不敢看他，下巴搁在膝盖间，好像做错了事，脑海中隐隐想起林舒薇说过他吻技超厉害之类的话。

“陶禧。”

“啊？”

她抬起头，还没看清状况，甚至连眼都没眨一下，就被他衔住了唇。

陶禧害怕地闭上眼睛，感到陌生的舌头撬开她的牙齿，长驱直入，缠住她的舌尖，这一刻她才下意识地屏住了呼吸。江浸夜一手扣住她的后脑勺，一手从她的肩膀滑下，搂紧她的腰。他很快就控制不住，气息急促地在她口中攻城略地。

灼热的吻使她浑身瘫软，她仰躺在长椅上，几近窒息。直到他松口，陶禧才如濒死之人获救，吸入一大口新鲜空气，小脸生生憋成了绛红色。

而江浸夜勉强收住野火燎原的欲念，又从她嘴角一路吻至颈侧，细碎含吮，最终止于锁骨上方那弯浅浅的“海峡”。

他抬头，眼中盈满未退的情潮，哑着嗓子一遍遍低声叫她：“陶禧……陶禧……”

他像要确认这并不是梦。

陶禧喘息未歇，却止不住地笑起来——他也喜欢我，喜欢得不得了。

只不过这卓越的吻技害她全身泛软，笑了半天，只拼凑出一句：“原来林舒薇没骗人。”

下山的时候两人已然换成十指交握的情侣模式。

江浸夜看着身边的小姑娘开心地甩手，漫不经心地说：“没想到还真有蝴蝶。”

陶禧声调愉快：“雨后空气好，负氧离子浓度高。当然，也因为这里适合蝴蝶栖居。”

“林知吾那小子告诉我，我还不信呢。”

“别这样，师兄人很好的。”

“好个……”被陶禧盯着，江浸夜生生咽下脏话，“鬼，他看你的样子色眯眯的，明显没安好心，你以后离他远点。”

“要是我就不呢？”陶禧松开他，清脆的笑声随她一起轻盈地飘远，须臾转过山道的拐弯。身影匿在灯笼后，她扬声问：“你准备把我怎么样？”

江浸夜低头笑，不徐不疾地走下石阶，慵懒地哼了一声：“你等着。”

雨后的凉风掠过山林，发出轻啸。月光洒下，下雾一样。虫吟四起，此夜喧嚣。

容澜在森林公园入口焦急地踱步，不时停下朝里张望。已经过了开放时间，管理员说什么也不准她闯入。她索性把陈放请来，谁知后者差人搬了把躺椅，慢条斯理的，没有丁点担忧的样子，落座后还泡了壶茶。

“你要不要也来一把椅子？这里风景不错的。”陈放悠然地跷着脚，小口小口地对着壶嘴嘬。

容澜没好气地说：“谢谢，不用了！”

“我怎么看你都是瞎操心，陶禧跟他在一起不会有事。”

“那可不一定，男人都是大猪蹄子！”

陈放呛得咳嗽几声。

十几分钟后，容澜等不及，嚷着“我不进去，就在外面看看”，试图挣脱管理员的围堵，眼风扫过远处一对嬉闹的身影，大叫：“来了！他们回……”

她再一细看，江浸夜正在挠陶禧的痒痒肉，而陶禧招架不住地连喊投降，笑得欢快，一个劲往他怀里钻。

叫声戛然而止，容澜嘴还大张着，发愣。

少顷，陶禧终于瞧见她，慌张地跳开往旁边躲，可惜为时已晚。容澜手指在她和江浸夜之间移动，支吾着：“你们……你们……”

陶禧不知该从哪里讲起，同样语塞：“我们……我们……”

“什么‘你们’‘我们’‘他们’的……到底出不出来？”陈放掐着腰，站在外面大喊，“这么磨磨蹭蹭，影响我的公园关门！”

江浸夜长腿悠闲地迈步，目不斜视地从他身边走过，说：“人人都希望生意兴隆，就你盼着自己的公园早点关门。”

“你……啊呸！”陈放抱起茶壶，小跑着追上他，“你小子能不能别这么损！”

等他们走远了，容澜才梦醒一般感叹：“下午你师兄让我去找江浸夜，说联系不上你。要不是外面下着大雨，事态紧急，你家小夜叔叔当时就要把他按在地上揍了！”

陶禧一把攥住她的手，恳求道：“容澜，你先不要告诉别人我和他……”

容澜双眼瞪圆：“你们玩地下的？”

“不是不是！”陶禧摆手，随后想起什么怔了怔，沮丧地垂下头，“唉，我说的时候哪儿想这么多……”

她冲动地跨出自以为关键的一步，却忘了那不过是一段关系的起点。

他们身后局面复杂，是坦途，也是陷阱。

酒店房间的床铺松软，像美梦的邀请。陶禧脑袋沉甸甸的，连呼吸都透着疲惫，然而怎么也睡不着。来回翻几个身，她终于忍不住朝对面小声问：“容澜，你睡了吗？”

容澜应声干脆：“没有。”

“你说……就是那个……我想问……嗯……”

“你就不能痛快点？”

陶禧一骨碌坐起身，说：“我妈对我看得紧，我从小到大没出过远门，如果我想去趟北里……容澜，你有没有办法……”

“这种时候你不是该去找那瓶万金油吗？哪里需要就往哪里抹。”

“万金油？”

“你林师兄啊！”

转天早晨陶禧在餐厅碰见林知吾，照例先打招呼，可她的手才刚抬起，四周便炸开杀猪般的号叫：

“太高调了吧！”

“‘狗粮’塞得我嘴都放不下了！”

“能不能考虑一下我们‘单身狗’的感受？”

声浪让人如堕五里雾中，陶禧晕了半天才注意到她和林知吾不约而同地穿了件白色短T恤与深蓝色牛仔裤。不过她的T恤是林爸爸前往斯坦福访学带回的纪念款，纯色牛仔裤则撞上了同一个品牌，黑色运动鞋是大众款却偏偏挑中了一致的花纹，至于古驰太阳镜……陶禧恍然记起是上次在林家吃饭时，丁馥丽送出却被他当场拒绝的那副。

什么时候被丁馥丽偷偷塞进背包了?

太多的偶然，她无法解释，毕竟两人的“情侣装”对于公司里的爱开玩笑的一众年轻工程师，是如利刃扎心的刺激感。

林知吾朝陶禧轻轻摇头，她会意地沉默。

“请遵守用餐秩序，不要影响他人。”带领手下视察餐厅的陈放经过时板着脸，冷不丁喊一嗓子。

起哄的人群纷纷噤声。

陶禧神经瞬间绷紧，踮起脚四下张望，却不见江浸夜的人影。

林知吾叫她：“小桃，你找我有事吗?”

他们找了张角落的桌子坐下，林知吾在广式早茶的菜单上勾画，听陶禧迫不及待地说出眼下的困境，随即笑道：“就说公司派你参加某个半导体高峰论坛。我会给你妈妈打电话。”

“师兄，”陶禧越发不解，“为什么你不建议我跟家里坦白呢?”

“因为你妈妈一定不答应，她不相信江浸夜会认真对你，这需要时间来证明。最快的办法是让江家出面，这样她就不得不同意了。”

这话瞬间驱散笼罩在陶禧心头的阴云，想到此行正是跟着江浸夜回家，陶禧快活地一拍巴掌：“师兄，那就拜托你了!”

心中巨石滚落，陶禧前所未有地释然，下午约容澜一起泡温泉。

烈日当头，耳边响起蝉噪。燥热的风晃晃荡荡，抚过汗湿的背脊和脖颈，有种毛茸茸的痒意。头顶上方的树叶沙沙作响，呈现潮湿的深绿色。

去往露天温泉区时，两人对林知吾称赞了一路，到了地方，接连走过牛奶池、咖啡池和几个中草药池，都满满当当泡着人。

“别走了，今天是周末，哪里的人都多。”容澜停下，视线转一圈，回头冲陶禧挑眉，“带你去个好地方。”

两人走着，人声渐稀，开阔的视野收窄，植物越发葱茏。两侧的繁茂枝叶掩映着一个个斜面黑色屋顶，望去庭院深深。

容澜镇定自若地带路，走进其中一间，边拿钥匙开门边说：“这是度假村送我们经理的福利，她白天没空，给了我钥匙，同意我进来。你可别传出去了。”

陶禧点头。

院中草木矮小，池塘莲花静谧盛开，小桥旁有竹枝横过，墙角岩石爬上幽绿的苔痕。

冲淋完毕，陶禧换上泳衣，扎好丸子头，容澜拿发卡别住头发。陶禧看一眼她只用浴巾包裹的身体，惊异地问："这样就行了？"

"泡温泉本来就是什么都不穿比较好，尽量让皮肤和泉水接触，再说这里又没别人。"

两人正要出门，容澜的手机响了，她便让陶禧先去室外的温泉等她。

赤脚踩上大小不一的踏脚石，陶禧回头看着身后留下的一串深色脚印，咧嘴笑起来。裹着浴巾没走几步，她被眼前宽阔的温泉池震撼——十米见方的大池子边缘不规则，中心放置着造景的石组，远角一丛枝丫垂下，近岸摆放着石桌木椅。

将浴巾搁在木椅上，陶禧欢欣地坐在池边，伸腿入水。她信手捡起一旁的长柄竹水瓢，舀一瓢泉水浇上手臂。

水温低于体温，她惬意得几乎等不及容澜，自己就要先躺下去。

可当视线移向不远处石岸上一套叠好的衣服时，陶禧愣住了。

容澜不是说这里没人？

忐忑地走过去，她弯腰细看，认出了白色短T恤、深蓝色牛仔裤和黑色运动鞋。

这……难道是上一位房客留下的？

然而当陶禧直起身，看向温泉池，面色瞬间大变。

"江小夜？"

远角那丛压弯的枝丫旁，江浸夜后仰着枕在池边，两条手臂搭在石岸上，看来的眼神不辨喜怒，听到她的声音也无动于衷。

陶禧却惊喜地撒腿跑向他，往前有矮树遮挡，绕了半圈温泉池才得以靠近："你、你怎么在这儿？"

"是不是破坏你和你师兄的好事了？"

啊？

陶禧茫然地"刹车"，似乎没听懂，江浸夜又说："就这么喜欢穿着情侣装四处招摇吗？"

"什么情……哎呀，不是，师兄都知道我有喜欢的人了！"

“下来。”他仿佛入定的神情这才活泛起来，垂下沾湿的眼睫，重复道，“让你下来。”

“下……是到水里吗？”

他没说话。

池底覆盖着沙子，看不出深浅。陶禧两条腿伸入，犹豫地让水一点点没过，却没踩到底，无奈地抻长脖子观察旁边那人的水位。江浸夜好整以暇地瞧了半天，缓缓开口：“那儿有台阶。”

水深不及心脏处，她踩在池底的沙砾与矿泥上，感受到不断涌出的小股水流。走得稳，不禁加快速度，她没好气地数落：“你就是太小气了！我也很讨厌他们乱开玩笑，但你不能迁怒到我头……”

句尾的“上”字还未出口，陶禧脚下一滑，双手挥动着努力保持平衡，嘴里“啊啊啊啊”地喊个不停。

不幸她失败了，趔趄着撞向他。

而他一动不动，结结实实地被她撞个正着。

江浸夜的腰腹坚实，陶禧竟然磕得头晕，埋怨道：“这里怎么是滑的？”

“刚才忘了告诉你，到了我这儿，池底就没沙子了，全是石壁，特滑。”

他阴阳怪气的。

陶禧捂着头揉了一阵，有些明白了，或许是早上他在哪儿猫着偷偷观察，或许是陈放大嘴巴转告，总之心眼堪比针孔的江浸夜因为那些八卦同事乱开的玩笑生气了。

她不齿地道：“江小夜，你这样子真像小孩。”

“我今年刚五岁。”

陶禧不想陪他无理取闹，于是侧脸转开目光，靠向池畔：“那我就让着你，我不跟五岁小朋友计较。”

仿佛显示自己的不在意，她双手划水，换上自得的神色。陶禧今天穿了一件黑底碎花的连体泳衣，后颈系带。因为后背遗留的瘢痕，她从不下水游泳。这件泳衣是丁馥丽的，还是二十世纪的款式，倒被她穿出一种旧时的美。

可惜那双晶亮的眼眸还带着不忿。

“我明明说过好多次了，师兄还出主意说让你家里出面帮我们说情。”说着，陶禧眼中蒙上一层雾气，“他早就知道我喜欢……”顿了顿，她瞥到江浸夜忍笑的表情，以及他半边身子倾过来，等着她把“早就知道我喜欢你”说完的表情，便赌气地转过话锋：“他早就知道的嘛。”

“他知道什么呀？”

陶禧猛地抬头，瞪向江浸夜：“就不说！不让你臭美！”

江浸夜不屑地嗤笑道：“小丫头片子。”

“那小丫头片子想问问五岁小朋友，岸上的T恤、牛仔裤和运动鞋都是你的吗？”陶禧得意扬扬地祭出大招，“我记得早上没有看到你呀，你怎么知道我和师兄穿‘情侣装’了？而且你昨天也不是这身。难道说……”

难道说你吃醋了，嫉妒得不行，自己也换了一身？

不等江浸夜回答，陶禧已笑得东倒西歪。

可惜陶禧还没高兴几秒，江浸夜黑着脸从身后抱住她，恶狠狠地说：“太嚣张了，真是欠收拾，我现在就扒光你的衣服！”

“不要、不要、不要！”陶禧和他闹着，拼命扭动挣扎。

“别想跑！”江浸夜稍一使力她就动弹不得，然后他低头，用牙齿去解她后颈的系带。

陶禧感觉到了，立即慌了神，扬声高叫：“不要啊啊啊——”

尖细的嗓音响彻整座庭院。

容澜接的那通电话是行政经理打来的，交代的事项仿佛要说到地老天荒。好不容易挂了电话，她还没从外面进来，就听到叫声。

“怎么了，陶禧？你怎么了？陶禧你在……”她拔足狂奔，不想目睹光着上身的江浸夜正在咬陶禧泳衣的系带。

像打扰了一场小电影的秘密拍摄，容澜生平第一次有了戳瞎双目的冲动。尤其全身只包了一条浴巾，还握着手机，她活像个没搞清楚状况就意外闯入的路人。

“不好意思啊，江先生。”容澜迅速反应，向江浸夜道歉，随后拼命向陶禧使眼色，“错了，经理的钥匙给错了。我现在要去换，你走吗？”

“走走走！你等我！”陶禧惊魂未定地从他怀里逃脱，手脚并用地爬上水中台阶，同时系好带子。

江浸夜无趣地抱起手臂，变回初见陶禧时的姿势。

他很快想起她先前那句“师兄还出主意说让你家里出面帮我们说情”，唇线缓缓绷直，整个人沉入水下。水面顷刻恢复平静，重新映出完整的树影，叶片舒展着，纹丝不动。

第五章　斯人若彩虹

中午去公司的路上江浸夜接到陶禧的电话。

小姑娘一反常态地啰唆，一句话问到半截，打住，另起一个话头。絮絮地担忧自己带的衣物不应季，吃住不习惯。他还没来得及安慰，她又立马抛出几个连他也没听过的景点名字，话里话外是毫不掩饰地期待。

三十八摄氏度的高温，出了酒店上车，才短短几步路江浸夜闷了一身汗。可电话那边的聒噪像晨起的鸟雀啁啾，带着莫名入心的熨帖。他关好车门坐着，老僧入定地直听到耳朵发烫也没舍得挪动手机。

陶禧抗议：“怎么都是我说？你没安排吗？”

他这才解开一颗衬衫扣子，低头开空调：“我们恐怕没时间出去玩。”

“噢，也是……”雀跃惨遭打压，陶禧陷入低落，“我跟妈妈说了，只去四天。”

“你妈对你师兄还挺放心。”

“我妈对他一向放心。”

“谁知道这老实人一点都不老实。”江浸夜扯出一个讪讪笑容，把车开出酒店。

外头烈日当空，街面到处反着白炽的光，整座城市都似在熊熊燃烧。

约好下午碰面的时间，两人挂了电话，拍卖公司也差不多到了。

这几年江浸夜工作重心逐渐转移，生意做得有声有色，把公司名字改为“崇喜”后，不但保住国内拍卖市场前三的地位，海外版图也日益扩大。自从江浸夜空降为一把手，谁都看得出江震寰有意让他的小儿子接手崇喜。公司里人人练就一双慧眼，对这位少东家越发恭敬。

江浸夜不过叫份外卖，副手便跑前跑后，甚至在他的大班台上罗列不同名牌的餐巾纸。

“陈绍德，这马屁拍得马都快不好意思了，我来之前你那两年的崇喜老板看来真是没白当啊！”江浸夜拿筷头敲桌，嫌恶地看去。

被降职的前任经理躬身，讪讪地赔笑道：“不不不，您是老板，我那都是暂时帮忙，哈哈！江先生慢用，吃完我帮您把盒子扔了，不打扰了。”

说罢他转身离开。

江浸夜不屑地扔掉筷子，从抽屉拿出另一副——宁愿他有点骨气，如此还能高看几眼。随后叫秘书把那些餐巾纸全收好，等下午茶时发给大家。饭后，他和在外地出差的陈烟岚开了个三方电话会，向秘书还有几个部门主管布置未来一周的工作计划，以保证他缺席的几天一切正常运转。再抬头，快五点了。

他顺手给陶禧发了张简易路线图，问她出来没有，谁知那边半晌没个回声。

从小受尽父母关爱呵护，陶禧至今没有离开过屿安半步，尤其那场火灾后，丁馥丽连郊区都不让她去。要是找不到路，小姑娘该哭鼻子了。

他刚交代司机先去吉芯公司，手机屏幕亮起，有一条来自陶禧的消息：“我坐二号线，五点半能到，来得及吗？”

陶禧一眼就从候机厅外面的无数张脸中找到了江浸夜，他姿态挺拔，走路带风，微微昂着头，深邃而锐利的眼神有种天生的傲慢——那种傲慢不是目中无人。他眼里流露着说一不二的气势，是与鹰隼一样翱翔天际的意志。

“江小夜！”陶禧大叫，拖着行李箱从十几米外奔向他。

下了地铁她一路跑来，白皙的脸颊透着一层粉色，气息不稳地扑在他怀中，仰头冲着他笑。

“傻笑什么？”江浸夜扶稳她，她却迟迟不愿撒手。

陶禧得意地抬起下巴："我刚才一眼就认出你了。"

江浸夜眉毛一扬："怎么认出的？"

"你比其他人都好看！"

"太客观了，这不是众所周知的吗？"

"臭美！"

两个人都忍俊不禁。

"怕你不认路，我给你发了张图看见没？本来还要去接你，你倒是挺有能耐。"江浸夜眯着眼，脸上有一些赞许的神色。

"我妈也发了一张，还全程电话导航。我说你们都太夸张了，这都什么年代了，我找条路还不会吗？"陶禧不以为然地皱皱鼻子，从容地挽过他的手臂，换另一只手拉行李箱，自如得仿佛他们相恋多年。

可她的每一个细小动作都让江浸夜心跳加速，连同她水汪汪的杏眼、娇嗔的嗓音、手臂相触瞬间划过的电流，还有明亮的灯光下那张细腻滑嫩的脸蛋，白皙的皮肤上覆的一层浅浅的绒毛，对江浸夜来说都是一种诱惑。

他情不自禁地低头去吻她的唇，却被她以"这里好多人"为由躲开。落下吻的侧脸布满火红的云。

"咳咳！"

听到咳嗽声，江浸夜不自然地抬头，他为自己居然像个毛头小伙子那样冲动而震惊，一时没注意到在旁边站了不知多久的陈放。

陈放嘴角抽搐，朝他们伸出一根肥短的食指抖个没完，吊着一口气半天喘不上来："哎我去……"

笑声稍后爆发，在候机大厅里异常响亮，吸引了不少人注目。

陶禧发窘地松手，反被江浸夜攥紧了。他把两人紧缠的手指递到陈放眼底晃了晃，就盼陈放那口气别上来。

陈放半晌缓过劲，连连抚拍胸口，带着看热闹的劲头："就江大爷刚才那一脸纯情小男生的样子……什么月食日食宇宙爆炸通通比不上！哎，我们认识够久了吧？真让我开眼了！"

江浸夜冷着脸一言不发。这要不是公众场合，他陈放早死一万次了。

陈放也看出他不便发作，索性说个痛快，贱兮兮地笑道："终于想清楚啦？不是说了不对她动心思吗？"

江浸夜忍无可忍："你……"

陶禧好奇："他什么时候说的？"

陈放挤眼："你自己问他。"

江浸夜迎向陶禧的目光时，似冰封的表情才稍有融化，瞎话张口就来："我没说过。"

陈放一愣，怀疑自己听错了。如此明目张胆地撒谎，太不要脸了吧？

江浸夜随即看向陶禧，眉梢一挑："信他还是信我？"

"我信你！"

她的回答不假思索，脆甜的嗓音往他心底倾倒成吨蜜糖，他全身每个毛孔都如被甘露滋润。江浸夜再瞟向陈放，眼中的杀气少了许多，可惜陈放端起一张脸，没有笑意。

"我找你有正事，别刺激我啊。"陈放一脸严肃，还以为能将他一军，没想到局势逆转，自己被粉色泡沫反击。

陈家与江家曾合作过地产项目，陈烟岚父亲当年的债务也是江浸夜出面让渠鸥帮忙，所以两家可以说往来已久。这次陈放从江浸夜助理那儿打听到他的航班时间，专程带了上次去日本买的一套珍珠首饰，是想让江浸夜转送给渠鸥。宝蓝色纸袋上印有醒目的"MIKIMOTO（御木本）"，里面躺着四个大小不一封上蝴蝶结缎带的霜白礼盒，煞是华贵。

江浸夜笑他太客气，反被说教："生意场上往来，有往才有来，你多学着点。"

"说得好！"江浸夜长臂揽过陶禧，把袋子塞给她，眉眼温柔，"往你这儿也是'往'，收好了。"

"哎……我说……"陈放搬起石头砸自己的脚，急得抓耳挠腮，向她连连作揖，求高抬贵手。

陶禧会意一笑，说道："这款式太贵气了，我压不住的，给阿姨更好。"

"那行吧，费心了。"江浸夜这才接过拿在手上。

求得二世祖松口，陈放悄悄擦拭额角的薄汗，朝陶禧伸出大拇指，祝他们一路平安。去换登机牌的路上，江浸夜牵着陶禧脚下飞快地走，不屑地哼道："陈放是个好兄弟，可惜太八面玲珑，多看几眼我就气得牙痒痒，一点血性都没有。”

裙摆下的小腿色如葱白，陶禧小喘着跟上，同他对戗：“圆滑一点总归没错啊！”

他嗤笑道：“你懂什么！”

陶禧心情不错，对一切倍感新奇，过了安检就撒欢似的到处乱跑，转眼间不见了。江浸夜搜遍整座候机大厅，就差广播找人，抬头恰好看到她满脸开怀地钻出洗手间。他停下喘匀气，头疼地捏捏眉心，恨不得拿绳子拴牢她。

于是登机时，江浸夜握紧陶禧的手，干燥的掌心包裹着她的手背，唯恐她下一秒消失。

“啊，原来那里有充电插头！我能不能……”

“不能！”

“你看你看，好开阔的视野！刚才怎么没发现，我想去……”

“不行！不准去！想都不要想！”

短短一段路，他们走得鸡飞狗跳，他不由得庆幸订了头等舱，越过长队，匆匆地登机。

空乘笑如杨柳拂风，服务力争宾至如归，把陶禧的精力吸引去大半。听江浸夜说给她订了酒店，也没多想，下意识地点头。等下了飞机，坐上江家派来的车，见江浸夜吩咐司机先开去酒店，她才后知后觉地回过神。

先？

“我们不一起吗？”

感觉到握住的手指瑟缩一下，江浸夜捏了捏，靠着座椅偏头看她：“我没告诉他们……”

“哦。”

陶禧长睫不停地颤动，挺翘的鼻尖落有灯光，光线蜿蜒，爬过她的侧面，无声地跌入锁骨凹陷的阴影处。江浸夜目不转睛地盯着，额角蹭过冰凉的真皮靠背滑向她。可惜陶禧浑然不觉地把脸转向窗外，只留给他一个后脑勺。

已近午夜，外面仍旧灯火辉煌，偶尔驶过的汽车像颗长尾流星，晃过她空落落的心。

算了，是自己硬要跟来，原本他的计划里就没有安排。自我开解一番，陶禧回头说："那我就睡个饱觉，你别忘来找我。"

"哟，这一脸不乐意的，明儿白天带你出去玩。后天晚上有个家庭聚会，你也来，正好让他们都见见。"江浸夜一只手捏住她的下巴，嗓音低沉，"忘了谁也不能忘了你。"

车内后视镜封住了，但陶禧依旧顾忌司机，极力挣扎，反被他紧搂在怀中。

她气急，仰面瞪他："占我便宜！"

"不然呢？"江浸夜笑得不怀好意，压低声音，"我想得寸进尺，这儿也不方便啊。"

回到家，钥匙顺利地拧转门锁，江浸夜头刚探进屋，整个人呆住。

一楼客厅的高背沙发上江震寰把脸藏在报纸后，渠鸥和江鹤繁分坐在两侧，三个人整整齐齐不动如山。那养了十年的金毛大胖精神奕奕地从里间冲出，围在他身边呼哧呼哧地伸舌头，上蹿下跳。

"抱不动你了，一边玩去。"江浸夜弯腰，摸了摸它的头。

江震寰将手中的报纸一折，冷着脸起身："我回屋了。"

将手里早就凉透的茶急忙放下，渠鸥喊他："儿子刚回来，也不打个招呼！"

江震寰并未理睬，背着手绕过一扇檀木雕花屏风，径自上楼。

江浸夜眯着眼，望向那个撑住实木扶手的身影：高大的身形不如过去山一般挺拔了，脚步也放缓，两鬓染上雪色，唯独一双鹰目依旧。江震寰曾经手把手教他打弹弓，第一次带他坐直升机俯瞰山河大地时意气风发，当然更多的是揍他。

江浸夜脑海中记忆闪回，画面走马灯一样纷乱。

"别跟你爸置气，他改不了了。"

渠鸥的半长鬈发染了栗色，她用珍珠发卡束往颈侧，薄施粉黛。到底是岁月不拂美人面，她保养得当，看不出年纪，只比过去富态一些。藕色的连衣裙长及脚踝，很是优雅。她疾步走近，扬起裙面的薄纱，说："要不是听说你回来，他十点就睡了。"

江浸夜嗤笑道：“还以为爸在医院睡呢。”

渠鸥脸色一白，没来得及辩解，江鹤繁插了一嘴：“我的腿可算保住了，小夜上回捎来的壮骨粉还剩着。”

“你别捣乱，知道叫你弟弟回来多不容易吗？我再不花点心思，他都要成别人家的儿子了！”

“行行！你们早点睡。”江鹤繁说着，轻拍江浸夜的背，递去一个别有深意的眼色，“妈，你太小看他了，从来自诩天王老子，不可能给别人当儿子，怕是铆着劲想拐人家闺女。”

江鹤繁军校毕业，曾服役多年，因为身体退伍，之后进修学位，协助江震寰经营家中的生意。他留着服役时的寸头，身姿英挺，成熟干练，举手投足间铁骨铮铮的硬汉气质恣意展露。与江浸夜不同，他性格沉稳，从小就属于别人家的孩子，哪怕过了三十还没对象，二老也毫不担心。

江浸夜和哥哥并不亲厚，闪身甩开他的手，面色铁青地背过身去。等江鹤繁一走，他急不可耐地问渠鸥：“叫我回来到底什么事？”

渠鸥神神秘秘地压低声音：“当然是好事！”

转天傍晚，江浸夜踩点步入一家高档酒楼。推开包房环视一圈，他愣住了。一桌人笑脸盈盈，相谈甚欢，已进入推杯换盏的境界。

这唱的是哪出？

“哎，儿子！”渠鸥起身，快步走向江浸夜。

她把头发隆重地盘起，着一袭丝质印花衬衫裙，系锦缎纽扣，戴齐陈放那一套珍珠饰品，复古又华贵。她将江浸夜拉至一位中年男人身前，热情地介绍：“老田，看看小夜，好多年没见了。”

老田身着拉夫劳伦的紫标短衫，天仓饱满，人中蓄两撇胡子，沉静的面色透着隐隐的威严。他随意地扫向江浸夜，不紧不慢地说：“小夜，今后就在北里发展了是吧？”

江田两家不但是旧交，还是互为往来频密的生意伙伴。江浸夜附和着笑道：“是啊，还挺舍不得屿安的公司。”

“不就是个拍卖公司，又不是你们家的主营业务，交给职业经理人打点好了。回来帮帮你爸和你哥，一家人劲儿往一处使多好！”

江浸夜笑而不语。

敢情这是一顿鸿门宴？

他抬眸看去，江鹤繁并不在。除了江震寰和渠鸥，还有久未见面的大伯和二姑，以及田家三口。

渠鸥继续介绍："来来，这是你周阿姨，还有馨莲。"

江浸夜陆续和长辈打过招呼，田馨莲这才放下手里的游戏抬起头，向他挥手："嘿！"

恰好他转过身，连看一眼都懒得，只潦草而公式化地回了一个"你好"。已经从这一桌人的架势隐约猜到是怎么一回事，江浸夜坐下，没骨头似的瘫在椅子上。田家小姐的手还没放下，在空中尴尬地挥了挥，继而笑着收了回去。豪华古雅的传统中式包房里气氛骤然凝滞，江震寰浓眉微动，沉声说："你给我放规矩点。"

渠鸥见状赶紧打着哈哈，随口说起一个话题，提及江浸夜两岁的时候让田叔叔抱过，还在他手上撒了泡尿。一桌人开怀大笑，局面才没彻底冷下来。

江浸夜内心烦闷，手伸向桌上的白酒，被渠鸥敲了一筷子："你甭喝酒，待会儿我们几个长辈聚聚，你送馨莲。"

他抗议："司机呢？"

"今儿周末，我给他们都放假了。"

得，他闭嘴。

席间大家谈笑风生，江浸夜冷眼旁观，听他们说田家生意上的困境和江家预备注入的资金，说大家从此便是一心同体荣损与共，说感情可以慢慢培养生活毕竟细水长流。说到最后，两边都不再自矜身份，纷纷赞许"联姻才是最好的""为了我们的共同利益"。

主角之一的田馨莲则一脸事不关己，筷子没怎么动，眼睛就没从手机上离开。直到屏幕冒出一条低电量提示，她才抬头问江浸夜："能借你手机玩会儿吗？"

"好好好，快快，小夜借手机。"渠鸥抢在他之前应下，"馨莲小你两岁，是妹妹，可不许欺负她。"

夹了几片青菜，一碗清汤落肚，田馨莲不到八点就搁了筷子要走，江浸夜面如寒霜地跟在后面。十几分钟前渠鸥把他拉出去，细致地交代今晚务必鞍前马后，哄这位大小姐开心。

江浸夜当时就拒绝了："不会。"

"哼。"渠鸥微笑，目光锐利，"别人我不知道，我儿子还不会逢场作戏？我不信。"

可他就是连演戏的心情都欠奉，两人一前一后出了门，沉默地坐上车。后来轿车堵在半途，江浸夜握紧方向盘，眼底的怒火随身旁的动静渐渐抬升。副驾驶座上的女人跷着腿，手里的游戏画面没有停下片刻。她长发披肩，妆容精致，额前的空气刘海轻晃。

田馨莲看向他："是不是还以为我会吵你？会撒娇？会蛮横地无理取闹？"

她掩唇，笑容扩大。

确实，田馨莲这一路不言不语，举止有礼，除了沉迷游戏，几乎无可挑剔。她这样反倒让江浸夜相当烦躁，怒火直冲天灵盖，遗憾的是不能爆发。

轿车重新上路，沿途街灯飞速地闪过锃亮的车前盖，映在车窗上，须臾消失。田馨莲笑完头又低下去，她对江浸夜怎么想的毫不在意，全心投入屏幕上厮杀激烈的战队，谁知一条消息突然冒出，遮住关键路径上的敌人。

田馨莲恍了一下神，转眼被敌方占据主动。

她气郁，翻出那条微信："我好困哦，还要等你吗？"

这人是谁？不是说他没女朋友吗？田馨莲错愕一瞬，随即勾了勾唇角。他到底有没有女朋友，她并不关心，但打扰她玩游戏，绝对不能原谅，于是回复："一定要等我啊。"

"江先生，"田馨莲娇笑一声，媚眼如丝地看向江浸夜，"我不想这么早回家了，陪我逛逛。"

晚来风急，江浸夜站在商场侧门旁的巷口抽完一根烟，田馨莲还没出来，他便无聊地玩起打火机。火苗在风中摇晃，映亮他英俊眉目间浮起的疑云，他心想这女人真是奇怪，明明吃饭时还冷淡地端着架子，谁知兴致说来就来，拽着他一连逛了三家商场还没打住的意思，耗尽他手机的电，还费了他三根烟。

江浸夜双手揣入裤兜，烦闷地倚墙而站。

巷深人稀，头顶一盏昏黄的小灯勾勒出他挺拔的身姿，他颇有些二十世纪九十年代港片里主角的风华与气质，引得过往行人频频扭头。忽然一道影子飞鸟入林般跑来，两手拎满购物袋，冲他大笑道："你还在啊？那再陪我去……"

"不去了。"江浸夜倦意深重地拧眉，把烟屁股扔进垃圾箱，"你自己逛吧。"

田馨莲一愣，说："那我也不去了。"

江浸夜看她。

她笑里带上一丝狡黠："送我回家呗，别忘了是你妈让你送的。"

田馨莲让江浸夜把车停在别墅区外的停车场，说想慢慢走回去。她穿着简单的黑T恤和牛仔裙，下车后背起手，链条小包挂着手指上，随步子摇晃。

江浸夜一言不发地跟在她身后。

这一带距CBD（中心商务区）不过半小时车程，紧邻的森林公园和高尔夫球场由一排郁郁葱葱的杨树林分隔，拉出辽阔的天际线。夜风干燥，吹动奔涌的暑气，田馨莲的长发随风掀起。

她朝江浸夜笑道："要进屋坐会儿吗？"

"不了。"

"随便。"田馨莲无所谓地摊手。

灯下的路被洒了一地的婆娑树影，两人的影子匿在其间，随光照角度拉长变短。

江浸夜在沉思。看她的样子，对这种联姻显然不感冒，既然彼此同属一个阵营，能否争取一下让两家别闹了？于是他开口："田小姐，你对这顿饭什么意见？"

田馨莲抬手理顺额前的刘海，笑着说："我没意见。"

江浸夜以为她没听懂，便说得明白一些："我的意思是，如果你不愿意，我们可以一起提出来。"

"可是我愿意啊！"

这实在出乎江浸夜的意料，田馨莲竟然愿意。

她大方地说："成为江太太这样的好事，没几个女孩不愿意吧？"

江浸夜懒得和她绕圈子，顺手点起一根烟，说："那你喜欢我吗？我反正对你没兴趣。"

"你……不需要对我有兴趣，我也一样。"田馨莲姣美的面庞闪过一瞬的不自然，却也像是对此早有准备，她很快恢复，"我们的意思并不重要。你娶了我，田家从此有你一半。哦不，我是独生女，肯定不止一半，说不定将来全是你的。你爸妈可精明了，知道我们家眼下的困难只是一时，等这一劫过了对你只有好处。"

江浸夜气笑了，不屑地吐着烟圈："原来要我做个倒插门儿的。"

"干吗说得这么难听？"田馨莲走近，伸手搭在他的肩上，浅笑着说道，"虽然差不多是这样，但形式上还是我嫁过来。"她用手指滑过江浸夜的肩颈，放轻声音，"听说你以前喜欢玩，等我们结了婚，只要你别染上病，别把人家肚子搞大了，我可以睁一只眼闭一只眼。"

江浸夜夹烟的手指不停地颤抖。

他在笑，他觉得好笑。

"我很困扰，不知道该对你说'放屁'，还是'做梦'。"他咬着烟，朝她痞笑着一挥手，口中含混不清地道，"甭再见了，希望今晚是咱俩见的最后一面。"

"给我站住！"田馨莲恼怒地朝他大喊，"别太把自己当回事了！你究竟有多大的能耐？不就是一修画的，连你大哥一根头发都比不上！什么拍卖公司，不过打发你，让你少闯祸！还真以为自己被人器重？"

江浸夜停下，背对她，垂目看地上的影子。

"等你爸妈百年之后，你们家是你大哥的，我们家就是你的。这你都看不上？难怪一把年纪还混不出个名堂，我都替……"

江浸夜突然转身，一只手恶狠狠地揪起田馨莲T恤的领口，扼住她的声音。

田馨莲受到惊吓，双手猛地一抬，做出反击的姿势，却又自信他不敢拿她怎么样，于是同样不输气势地瞪回去。江浸夜眼中怒意翻腾，与她在目光交接中对峙。

片刻后他把燃烧的烟头摁熄在她的牛皮包上，沉默地使力。

屋里黑黢黢的，只有近落地窗一侧飘浮着幽微的亮光。江浸夜打开灯，坐在沙发上睡着的陶禧哼唧一声，抬手遮眼。

“你回来了？”

“怎么不躺床上睡？”

“不是你叫我……”

从指缝中窥见他不善的面色，陶禧伸手摸索着找到掉在沙发上的手机，低头打开微信，睡眼蒙眬地走来递给他。屏幕上那句“一定要等我啊”瞬间灼痛江浸夜的眼睛。难怪她莫名其妙要逛商场，难怪还盛情邀请他上门做客，那女人不只看不起他，心也不正，恐怕是借他手机玩游戏的时候看见这条消息，想要捉弄他。

可她为什么看不起他，为什么有底气捉弄他，还不是因为自己的一双好父母迫不及待要卖了他？铃声突起，渠鸥打来电话，一晚上无处发泄的怒火突然有了出口，江浸夜把手机猛地扔向墙角。

屏幕应声而碎，《欢乐颂》的调子振奋得有些滑稽。

陶禧吓得浑身一哆嗦，睡意全散了，张口结舌地说：“可、可是……那是我的……我……”她一句话拼了半天还七零八落，江浸夜没耐心地将领带撩到肩后，一手钩过她的腿弯。

还没站稳就被他打横抱起，她惊恐地闭上眼，脸埋入他的衣衫前襟。

原本江浸夜订了相邻的两间房，但眼下看起来他打算在这儿留宿。那……那……陶禧心脏狂跳，对之后要发生的事情有了些预感，害怕地搂紧了他的脖子。

感受到他稳健的步伐，陶禧慌乱得不敢睁眼，心跳声震耳欲聋。

随后她被放下，耳边传来一些窸窸窣窣的声响，似乎是脱外套和解领带的动静。她还来不及细想，柔软的床垫下陷寸许，提示她身畔不可忽视的额外重量。呼吸间乌木沉香和辛辣的烟味混合袭来，她被呛得眉头皱了皱，不想抬手触到一块坚实的胸膛。

陶禧眼皮掀开一线，还没看清状况就被他整个捞进怀中，低低的嗓音落在发顶：“你别乱动。”

四周静寂，她内心的喧嚣沸反盈天，她轻哼：“江……”

江浸夜的下颌蹭着她的头顶：“就抱一会儿。”

陶禧听命地重新闭眼：“嗯。”

她一动也不敢动，心脏被看不见的火焰炙烤着，全身被燎起高温，反倒显得相贴的那人冷得厉害。他手心干燥温暖，可陶禧挨着他感受不到丝毫热度，于是瓮声瓮气地问：“你怎么了？”

“有点累。”

确切说他是失望后的身心俱疲。

他就是不想迎合任何人，不愿称他们的心，有错吗？都过去多少年了，江震寰对他还言之必提曾经的顽劣，一脸的痛心疾首，好像他被绑上耻辱柱再不能翻身似的。他们要真这么失望，何必找他与田家联姻，仅仅因为他还姓江？其实江浸夜明白他们父子的问题乃历史遗留，没这么容易解开，就连他自己也不清楚该从哪年算起。他能记得的只有老爹的疾言厉色，对他永远只有粗暴严苛的约束。

这让他生出一身反骨。

因为他从没见过江震寰给哥哥江鹤繁脸色，一次也没有。

他没办法服软。

江浸夜全无睡意地睁眼到不知几点，怀里的陶禧像个冬日取暖的小太阳，暖乎乎地贴着他。她醒时还好，老老实实地躺着，可熟睡中肢体无意识的动作持续刺激他，让他理智的防线越绷越紧。直至她忽地一抬腿，手不知抓到哪儿，挠得他目光一沉，心中无名火起。

那火是欲望的火，他将虚虚环住陶禧的手紧了紧，俯身吻向她的颈窝。

鼻尖萦绕着一抹蜜桃香味，冲得他脑子昏沉沉的，无比燥热。

陶禧没有丁点防备，完全任人宰割。他艰难地撑起上身，看她甜睡的面孔，脑海中走马灯一样闪过无数片段。她不再是过去的毛丫头了，从模样到身段都长开许多，透着诱人的柔媚。江浸夜从不觉得自己是正人君子，但乘人之危也令他十分不齿，于是暗骂一声跳下床。

他冲过澡走出浴室，手机也充好一格电，开机后，渠鸥的短信蹦出来：“儿子，和田小姐顺利吗？”

他面无表情地回复：“如你所愿。”

他没想到那边很快发来回信："妈知道你不乐意，但我们也是为你好，一片苦心！明天的家宴别忘了来。错了，是今天。"

江浸夜吃惊："那昨天晚上算怎么回事？"

渠鸥说："先让你俩碰碰，今晚才是正式的。"

正式的？

这勾起江浸夜的兴趣，反正他和田馨莲闹崩了，那女人现在恨他入骨，他不禁好奇老两口把他送去当上门女婿的算盘要怎么往下打。

下午渠鸥专门派裁缝来酒店，守着儿子穿她刚定制的西装。戴圆框眼镜的老裁缝辞色骄矜，把随身的皮箱打开，里面琳琅满目，从袖扣、方巾到手表、腰带，一应俱全。

江浸夜看一眼就心烦，粗声斥道："拿走。"

对方也不劝阻，依言盖上皮箱。

陶禧捧着果盘半躺在沙发上，歪头打量他身上质地上乘的哈里斯花呢面料西装，裤线笔挺不打褶，越发衬得他英挺非凡、极致俊逸。但这身看着和商务风格又有些区别，她好奇地问："阿姨为什么要你穿这一套？"她再品品，琢磨出哪儿不对劲了，"好像新郎。"

江浸夜脸色阴沉，抬起她的下巴，低头说："八点来找我。"

陶禧也不问为什么不让她一起去，一口咬掉牙签上的青提，痛快地回答："好。"

乘车去酒店的路上，江浸夜接到渠鸥的电话："孙师傅发照片给我看了，肩线还得改改。"

他拒绝："甭麻烦，人模狗样的就行了。"

渠鸥一顿："哪儿有人这么说自己的？我儿子最帅了。"

"比大哥还帅吗？"

"都帅。"

"那为什么要我娶田馨莲，而不是他？"

酝酿片刻，渠鸥说："鹤繁现在是集团的主心骨，太忙了。你在外面漂了这么多年，早点成家安定下来多好。"

"我漂这么多年，不都是你和爸的安排吗？"江浸夜笑声骤冷，"昨儿我一人开车溜达，居然迷路了，我这才发现北里和我没什么关系。”

渠鸥急得直嚷：“说什么呢，这儿是你的家！”

江浸夜的眼中流露出一抹不易察觉的颓丧，他背过身去，哑声说：“我在屿安待了十年，口音都变了，还说北里是我的家……你们干吗这么骗自己？”

渠鸥愣住。十年前江浸夜走得干脆潇洒，头也不回，她还一度心寒白养他这么大，谁知他竟如此耿耿于怀。

“那会儿你们就说为我好，为我好……这话还真是一个万能胶，想贴哪儿贴哪儿。”

追溯一桩陈年旧事，总能扯出无数纷杂的线头，越捋越凌乱。江浸夜曾经咽不下的这口气，如今他想提起来，早已杳无踪迹，却不知不觉融进骨血。

“儿子……我……妈妈……”渠鸥声音颤抖，不知该怎样安抚他。

江鹤繁出生时，江家的生意刚起步，夫妻俩没打算再要孩子，江浸夜的到来是一个意外。渠鸥匀不出精力，便将他托给老人和保姆，自己全力帮助丈夫。其实他们对江鹤繁也没怎么上心，可偏偏他就是不需要人过问，靠自己办妥一切，这让江震寰很是赏识。

“行了妈，别这么伤感，咱们今后还是一家人。”江浸夜迅速地恢复一贯的落拓，“这西装我也穿了，晚上吃饭我一定到，帮着把戏做足，不给你们丢面儿。”

“戏？哎，可是……”

她还想再说些什么，他已经挂断电话。

晚餐设在酒店草坪上，江浸夜到了现场才发现爹妈竟然费劲搭了个大台子。

花门挂有捕梦网，向两侧绵延至看不见尽头的花墙上，茎蔓与花叶参差披挂。星星灯点缀其间，打造出梦幻的星空。仪式区与座位区由花海围绕，铺上大量灯串和灯带。

晚风拂面，江浸夜倒真有几分满船清梦压星河的快意，佩服起田馨莲的折腾劲。他一边想着不知道陶禧喜欢什么样的，一边扫向餐桌——华丽的绸缎铺覆的椅子，桌上摆放着拼成心形的玫瑰花簇和精致的烛台。

宾客未至，偌大的场地只见服务生忙碌。

江浸夜随手拿起一个珍珠瓷餐盘，疑惑地叫住服务生："这又是唱的哪一出？"

对方略微辨认，露出恍然大悟的表情，又转为惊讶："江先生，今晚不是您和田小姐的订婚宴吗？"

订婚宴？玩真的？

十几分钟后江浸夜被渠鸥叫到酒店门外接待。

田馨莲站在他身旁，一身白色抹胸长裙，腰部镂空，剔透似蝉翼，曳地鱼尾裙摆如堆涌的泡沫。

"阿姨，"她亲亲热热地同渠鸥打招呼，顺势挽上江浸夜的臂弯，"您去里边休息吧，这儿有我和浸夜。"

渠鸥快速瞄一眼儿子的冰块脸，笑得花枝乱颤："再叫两天阿姨就要改口啦！哈哈哈！"

老妈前脚刚走，江浸夜便不动声色地甩开田馨莲的手，说："田影后，晚上好。"

田馨莲皮笑肉不笑地应道："晚上好啊，江影帝。"

"看来上回那个包不算贵嘛。"

"你！"这句总算激起田馨莲的怒火，但她立马扑灭，"哼，你少得意，你们家彩礼都送了，不知道谁心急。"

江浸夜正为他最后一个得到消息而恼怒，听到这话，额上青筋隐现。

他同样克制住了。

棋逢对手啊。

于是江浸夜上下打量她，悠然开口："还以为你会激动到穿婚纱。"

"当你的新娘子就是一场灾难。"

"新娘？"眼下没客人，他背起手，干笑，"我之前没说要娶你，待会儿也不会承认，你想试试吗？"

田馨莲摇头："你还不明白？这不是我们两个人的事，是两家人的事。"

"是啊，听我妈说今晚没来外人，我陪你演完这一场。"江浸夜耐心耗尽，换上刻薄的神色，“之后丁是丁卯是卯，全弄清楚。”

烛火摇曳，人们优雅地举起高脚杯，浅色的香槟盈盈闪光，四下气氛欢愉。

要是略去“准新人”的敬酒，今晚只当一场简单的家庭聚会多好。

江浸夜惋惜着，走向老爹那桌。

江震寰与一位鹤发长者相谈甚欢，江浸夜好整以暇地站在他身旁等待，几句话钻进耳中：

“修复书画要耐得住寂寞，那孩子还算皮实。”

“还皮实？他那样的不给我惹祸就不错了。修什么书画，都是混日子。我啊，就指望他结婚给我生个大胖孙子。”

“震寰，话不能这么说。我可打听过，陶惟宁是南派书画修复的代表人物，小夜在那个圈子里大小算个角儿，很有前途！”

“前途？摆弄那堆破玩意儿能挣几个钱？当初是他奶奶非要他学，说什么……去戾气，现在看看，也就稳住性子这点用处，还不得靠家里给他安排正经事干。让李老见笑了。”

酒酣耳热之际，江震寰不经意地瞧见站在身后的一对“准新人”。田馨莲拿眼神示意江浸夜上前，不想撞见他冷森森的脸，一时没了主张。

僵持间，江浸夜出声：“请问江大总裁，这天底下的正经事是不是只能用钱衡量？”

他音量不高，不紧不慢，可语气中的挑衅意味还是吸引了周围人的目光。其他人纷纷收声，朝这边看来。

江震寰绷着脸，没理他，仰头饮尽一小杯白酒。

“当年把我扫垃圾一样送走，如今瞧着我不像垃圾，能派上用场了，赶紧又捡回来。不愧是叱咤商海的大人物，翻脸比翻书还快，我佩服，敬您一杯。”

不等江震寰回答，江浸夜自顾自灌下手中的红酒。

眼看喜事要变成闹剧，渠鸥连忙上前，一边赔笑一边低声劝阻：“有什么话咱回家说，你别在这儿找不痛快……”

“回家？”江浸夜极为清俊的脸庞露出一个阴冷的笑容，“从我十九岁离开，就没再把这儿当成家。”

“混账！”江震寰一掌拍上桌子，忍无可忍地站起身。

“对，我是混账，所以您看我不顺眼，让我走了。现在您想抱孙子，就让我回来。”江浸夜毫不畏惧地抬起下巴，桀骜的浓眉紧拧，指着旁边脸色发青的田馨莲，“还眼馋别人家的财产，让我去做倒插门儿，娶这个‘穿心莲’。我怎么就这么好使呢？”

话音甫落，现场鸦雀无声。仍有钢琴曲婉转低回，但听来竟无比刺耳。

渠鸥阻拦不及，顶不住四周探究的视线，无奈地双手掩面。

然而江浸夜并不打算点到即止。

“我知道您看不起陶老师，我在他们家待这么多年，您只来过一次。陶老师不像您，他没赚过大钱，就是个手艺人，一辈子只做修画这一件事，我特尊敬他。见过他们家我才知道，原来一家人可以这么和睦美满。我那个时候每天都幻想自己家也能和和气气，而不是你一人说了算，我妈永远对你唯命是……”

最后一个“从”字被江震寰的一杯酒打断，浅金色的香槟划出一个弧度，冲江浸夜兜头浇下。

“你能活这么好全因为是我的儿子。你如果不姓江，就是个彻头彻尾的废物。”江震寰眼神凌厉，一下一下剜着江浸夜的自尊。江震寰缓缓地抬手，指向酒店大门的方向，爆发出低沉地怒吼：“滚，现在就给我滚！”

陶禧提前了半小时，到的时候里面吵吵嚷嚷地闹成一团，保安呼啦啦一拥而入，她捡了个空子往里钻，没人留意，不想正好目睹江震寰暴怒大喝的一幕。江浸夜后背冲着她，明晃晃的灯光下，不知他此时是何种表情。这么想着，陶禧步子一顿，没再往里，像是不忍心看。

但江浸夜很快走来。

细格衬衫搭配斜纹领带，渠鸥为他精心挑选的一身真是倜傥，可惜那双猩红的狭眸带杀气，身边的人纷纷避让，唯恐与他对视。他长腿带风，仿佛没有看见陶禧，僵着脸从她身前疾步经过，却在错身的瞬间抓住她的手腕。

还来不及反应，陶禧就被拽出了好几米。她昏昏沉沉地回头，正好一群人跑出来，打头的渠鸥看到她，惊愕的神情中添了丝疑惑。随后她抬手指来，脸色如何陶禧看不清了。

陶禧脚下趔趄着差点狼狈地摔倒，江浸夜松了手，等她堪堪站稳，他已经走远。

“江……”

喊声刚起个头，又被她压下去。陶禧知道他现在心情一定糟透了，于是脚踝的轻微疼痛顾不上，马路走到一半就跳灯，被司机怒斥也顾不上，奋力追赶。但他一声不吭地往前走，浑然不觉。

并非彻底恍惚，停在人行道前等绿灯的时候，江浸夜茫然地看向四周的灯火。

这城市有多少寻梦人一面踌躇满志，一面流离失所。如油滴落入水里，皮相斑斓光鲜，其实随波飘零无所依。

陶禧不知道他在想什么，撞过几个肩膀，挨了几道白眼，终于跟上他。远处飘来节奏极强的广场舞音乐，结束加班的白领连香水味都恹恹的，迎面走来的一群中学生肆意地大笑，盛夏夜晚的都市街头涌动着毫无秩序的喧闹，搅浑了空气，连风也滚烫。

前面那人走得太快，陶禧跑跑停停，五厘米的鞋跟不算高，但一小时过去，她不得不难受地牵住他的衣角。江浸夜身形一顿，这才有所察觉地慢下来，走到路边招了辆的士，却依旧不开口，只用手机地图示意酒店位置。

走进房间后他没有开灯，默默地坐在沙发上，径自点了根烟。

窗户推开一线，大风掀起落地窗帘的一角，影子缥缈，在阳台的地板上跳舞。房间开着空调，气温骤然下降，陶禧打了个冷战，走过去劈手夺下他的烟，说：“我知道你心里不痛快，但不要抽了，你烟瘾太可怕了。再说抽烟能解决什么问题？”

江浸夜手指还保持着夹烟的动作，缓缓地抬头看她，眼里映着一点幽微的亮光，他哑声说：“给我。”

陶禧把烟藏到身后，坚决地说：“不行！”

江浸夜站起来，高大的身影一下罩住她，声音越发低沉：“不是烟，就换一样。”

他眼里的亮光没有了，眼睛黑沉沉的。陶禧突然紧张起来，太阳穴突突直跳，却竭力保持平静，说：“换……可是我没……”

“你总要给我点什么。”

“我……”

她还没说完，腰就被他揽住了，他低头吻下，撬开她的齿关。他动作狂热，在她口中肆意掠夺，先前浇淋未散的酒味混合了烟味填堵她的嗅觉，陶禧却不讨厌，只是觉得心里乱得厉害。

江浸夜并不流连她的唇舌，把她抵在客厅的墙上。陶禧大脑空白了两秒，回过神时，她被扔到了床上。

她闭眼，爱上一个狂浪的男人，心中早有了献祭的觉悟。

没有通知家里，江浸夜比预期提前一天返回屿安。出发去机场前，陶禧躲进洗手间和丁馥丽打电话。

此次北里之行是林知吾作保，称吉芯派她参加某个半导体高峰论坛，是难得的业内交流机会。陶禧每天和丁馥丽打一通电话，汇报日常生活，起初说得磕巴，无比紧张，眼下她坐在浴缸边缘，已然应对得游刃有余，还能分出心思考虑今早江浸夜提议的搬家。

不多时，门外传来他的喊声：“桃桃，车来了。”

声音传到丁馥丽耳中，只剩一点模糊的动静，陶禧趁机说：“妈妈，我同事叫我了，报告会马上开始。”

丁馥丽遗憾地叹气：“难得出一次远门，你们怎么没组织去景点看看？”

“以后还有机会嘛，这次以工作为主。”外面那人见她没出来，又敲门，陶禧急忙把手机捂住，“不说了，妈妈再见。”

“来了来了，我在跟……”对上江浸夜扫来的视线，陶禧一怔，匆匆别开眼睛，话也说不下去，自顾自地把收拾好的行李推出房间。

江浸夜不吭声，把剥好的口香糖扔到嘴里，带上门出去，跟在陶禧身后。直至走进电梯，两人依旧没有交流。微微的失重感加速了心跳，陶禧握紧箱子的拉杆，低头盯着脚下的地毯，侧脸冷不丁被他弹了一下。

“想什么呢？”

“没、没想……”陶禧下意识地转头看他，他的面容迅速唤起了昨夜她的记忆，连同他手指的游走、心底泛起万蚁啃噬的战栗感和交缠的肢体，全都清晰得毫发毕现。

“脸红什么？”江浸夜提起一边唇角，要笑不笑地看她，“这么害羞啊？”

“你、你住口！”

后来坐上车，她开窗透气，看司机指挥泊车小弟搬运行李，手指被身边人捏了捏。

“我昨天干吗叫你过去。”江浸夜脸上浮起一丝自嘲的笑容，拽起她的手翻看，好像怎么都看不够。

陶禧担忧地皱眉，注视那只被他细细抚摸的手，什么也没说，知道他是个骄傲惯了的人，对别人施予的同情向来鄙夷。他那么强的自尊心被踩在脚下……陶禧不忍再想，靠上他的肩。

江浸夜顺势揽住她，抱着她让她侧坐在自己腿上，视线落向她头顶一个温柔的小发旋。

“其实你已经找好房子了吧？”陶禧突然问。

江浸夜挑眉：“这都让你猜到了。”

“你不就想带我去看吗？”

“恨不得你今晚就搬过来。”

“也太着急了……”

“有些事情要早做打算。屿安这么大，你不和我住一块儿，只怕每天见个面比鹊桥相会还困难。再说了，把时间花在路上多不值当。”

“那我跟家里说一下，可能不会太容易，你知道我妈不好对付。”陶禧说着，好奇地摸他剃净的下巴，被他捉住手往怀里带。

江浸夜撩开她后背的头发，用牙齿去拉连衣裙的拉链，正好司机坐上车，陶禧尖叫着逃开。戴墨镜的司机有些岁数了，似乎见惯了这样的情景，充耳不闻地发动车子。车上没有内后视镜，陶禧羞恼地把拉链拉好，抛过去两个白眼。江浸夜接住了，幸灾乐祸地笑。

两人飞回屿安，陈放来接机，带他们直奔小区。

房子位于商业中心一处闹中取静的花园，带跃层，是简洁沉稳的中式复古风格，大量使用实木，墙面家具多为深棕色，大理石地板的光面映出三个人的身影。

江浸夜垂眸走在最后，双手揣在裤兜里若有所思。陈放见状放慢脚步等他，看到陶禧蹦蹦跳跳地上楼，扭头笑道："这可是高端盘，不对外接待直访客户，我们都不着急卖。你怎么好像不太满意啊？"

江浸夜拍他的肩，面色缓和，说："很满意，谢了。"

陈放又问："多嘴问一句，她以前当你是叔叔，你们这种身份的转变，就……你就没什么心理障碍吗？"

江浸夜递去一个"管得挺宽"的眼神，慢条斯理地走过去打开窗户。

"得，是我忘了。"陈放把手一背，连连摇头，"你小子根本没有心。"

"也不知道谁一把年纪了还整天风流账缠身，人家唐老板派个前台小姐去你公司，你下手多快啊。哎，你和上回那个小歌手扯清楚了吗？"陈放没说话，江浸夜无所谓地笑笑，瞥见楼上阳光房里装好的摆设，抬手指去，"你还真找着了？"

"你交代的事我不敢不办妥，这可是专门从意大利空运过来的。"陈放平白被他数落，没什么好声气，"我是没见过这么大的，你拿来装什么？熊？狮子？"

江浸夜看他一眼，不急着回答，在壁龛里插上一支桧木味的线香，馥郁的森林气味因风苏醒，四下飘散。

楼上的陶禧哼着歌，每经过一间房都探进半个身子张望，后来看到卧室，她愣了愣。

典雅的木质四柱床，绕床的薄纱幔帐轻盈飘逸。最令人叫绝的是置于一侧的画案。宽面长方体的檀木大案古朴敦实，案面备齐一套文房四宝。陶禧惊叹地跑过去，伸手轻触，凉意萦绕指间，物品文物般矜贵的模样叫她不敢拿起来赏玩。

然后她发现掩在帘后的一道拉门。

外头是间敞亮的阳光房，时值傍晚，地板上映出窗棂细长的影子。整间房里只有一个近两米高的笼子，黑铁制成，饰有哥特风格的尖角和卷曲的纹路，却并不让人害怕。笼门没锁，里面挂着一架秋千，陶禧钻进去边摸边瞧，忍不住坐上去晃了晃。

二十层高的视野足够覆盖小半个屿安城，近处没有高楼遮挡，陶禧出神地眺望那些小如积木的房屋街道。

江浸夜站回楼下的窗边，看她周身沐浴在暗红色的夕照中，弥漫着某种妖娆的美，这才勾起唇角，对陈放说："孔雀。"

陶禧的搬家计划不太顺利。

丁馥丽没有因为女儿的一次成功远行就放松了对她的看管，不断搜索网上关于那个半导体高峰论坛的相关报道，寻找陶禧的名字。幸亏她搜遍了也只找到几则小新闻，没有任何与会名单。陶禧庆幸的同时也佩服林知吾"真假掺和"的做法——高峰论坛是真的，时间地点都能对上，唯独她参加是假。

丁馥丽将信将疑，这事就算过去了，但不知为什么，她接连拒绝让陶禧参加吉芯周末的联谊和爬山活动，振振有词地说："你看看你，上回泡个温泉心都泡野了，总想着出去玩，外面多危险啊！"

陶禧据理力争："同事对我很照顾，不会有事。再说我都二十岁了，危不危险自己还不能分辨吗？"

当时正坐在沙发上看书的丁馥丽听了抬起头，朝她仔仔细细地打量了好一阵，笑了起来："我说不行就不行。"

容澜听说这件事时义愤填膺地道："我初中就住校了，高中考到省城，大学来屿安，哪一次不是全靠自己。家里顶多帮忙搬运行李，很少干涉我。像你这样的小家碧玉，你妈怎么还这么不放心、不讲道理？"

陶禧沮丧地说："我以前发生过意外，她大概太害怕了。"

"谁没掉过坑？或大或小而已。总要跨过去的，不能一直待在坑底不出来啊！"容澜激动地大叫。察觉到路人投来的目光，她吐吐舌头，挽紧陶禧继续走，问："你爸爸怎么说？"

"他去美国出差，只能等回来再说了。"陶禧黯然。

两人走在正午的科技园里，四周的人群如飞鸟投林，呼啦啦地拥向大楼食堂和各处饭店。容澜抽中两张美食点评网站的尝新券，邀陶禧一起去新开业的西餐厅吃牛排。

溽热的暑气蒸腾，高处的玻璃幕墙反射着白炽的阳光，晃得人眼睛疼。

过马路时，陶禧拉着容澜快步跑进一旁的树荫里，然后突然停住，被人点了穴似的脚下一动不动。

“那、那不是……”

顺着陶禧看去的方向，容澜看到前方的路边停靠着一辆卡宴，那个比她晚来吉芯两天的行政助理雅雯还穿着笔挺的工作服，一脸羞怯地站在驾驶位窗外。雅雯低头说了些什么，下来一个富态的中年男人，笑眯眯地将她抵在车门上。雅雯面红耳赤地挣脱开，跑向副驾驶座，自顾自开门坐上去。

“雅雯比你还小一岁吧？真是看不出，平时动不动就脸红，好像很清纯的样子，其实早就傍上有钱人了。”容澜抬手扇风，八卦地感叹，“看到那男人的百达翡丽没？闪瞎我的狗眼啊！”

卡宴绝尘而去，陶禧抿唇，压下了刚才没说完的话。

到底是新开的餐厅，服务周到、殷勤体贴，因为她们是幸运食客，餐厅还特地赠送了一盘烤鹅肝沙拉。容澜和陶禧饱餐一顿，绕科技园散步一周才勉强消食。回到公司，她们看到行政经理正在前台招呼两个外卖小哥，杯盘碗盏摆放开，然后一样一样往里送。容澜吓了一跳，赶紧跑过去，问：“蓉姐，怎么不把箱子整个送进去，要在这儿打开？”

“唐总不让，说那样对客人不礼貌。”

“几个客人呀？”

“一个。”

容澜眼睛一瞪，惊叫：“我以为起码有十个！”

“你有空说这些，不如抓紧时间帮我。”蓉姐手脚麻利地拎起饮料，面露不悦，“雅雯不知道跑哪儿去了，电话也打不通，都已经耽搁了。”

容澜微怔，随即开怀笑道：“现在还是午休时间，雅雯可能去远的地方吃饭了，我们也没看到呢。”

听说公司今天到访一位大人物，唐老板早上八点就来了，那人将近十二点才到。同事们对此啧啧称奇，直呼不知是哪位贵客，使连工信部评估小组的检查都会迟到的老唐对他居然如此上心。陶禧向来不关心八卦，拿着杯子去茶水间煮咖啡。没多久容澜也进来了，在冰箱里翻找零食。

陶禧问：“你刚才怎么不和蓉姐说实话？”

“实话？”容澜边关冰箱边意味深长地笑，“我是该说雅雯和人约会去了，还是说她上了辆卡宴？”

十九岁的雅雯职校毕业，长相漂亮身材好，适合放到前台撑门面。但要不是看她吃苦耐劳有上进心，蓉姐轻易不会请来一尊花瓶。吉芯是创业公司，里面每个人都分饰多角，哪怕兼任前台的行政助理，也要承受不小的压力。雅雯做事兢兢业业，还被蓉姐督促着报了英语班，但工作时间不长，如果把刚才那事拿出来说，免不了有一番八卦。

陶禧不愿捕风捉影，于是会意地点头。

容澜扯开一袋奥利奥，倚着冰箱门说：“看那男的年纪也不小了，起码是大叔吧。果然老男人就爱找小姑娘，实际上又有几个能长久？”

“只是年龄有差距，不代表没感情啊！”这话戳痛了陶禧，她忍不住反驳，“爱情随时随地都会发生。”

“你真是被你妈看得太牢，见的世面太少了。”容澜对她的爱情观嗤之以鼻，可发觉想和陶禧说清楚，势必要做一番长篇大论，便言简意赅地说，“那男人少说有三十五岁了吧，开卡宴，手上戴百达翡丽。雅雯呢，才十九岁，除了年轻漂亮，什么都没有。这样的两个人，你跟我说他们有爱情？别提什么报恩复仇的狗血可能，就是谋财谋色的简单交易。”见陶禧神色复杂将信将疑，容澜促狭地一笑，说道，“还不信？他们总不能是英语班同学，一起去麦当劳写作业吧？”

后来容澜被蓉姐叫走，陶禧靠在一侧的吧台发呆，丝毫没察觉有人走过来，直到对方用果茶冰凉的杯壁触碰她的脸，她才受惊地回神。江浸夜放下果茶，两手分别撑住陶禧两侧的吧台，饶有兴致地观察她被困于骤然收紧的空间里局促不安的模样。

“江小夜？你、你怎么在这儿？”陶禧吃惊地看他，后仰着试图与他隔开些距离。

“真是奇怪，”江浸夜嘴角一翘，露出不怀好意的笑容，“你现在怎么不叫我叔叔了？叫一声，卡宴和百达翡丽我都送给你。”

“别……”见他欺近，陶禧慌张地用手去推，面颊泛起羞恼的绯云，“这里是公司，随时会有人进来！”

“过两点了，现在是你们上班时间。”贴在腰间轻揉的手加重力道将她揉进怀中，江浸夜凑到她耳边说，“被人看到就公开我们的关系。”

“影响不好。”

“那就辞了，反正你们老板也不是什么好东西。”手从她的衬衣下摆钻入，他低哼，“我养你。”

她闻到他身上的气味，心跳如擂鼓。自从戒了烟，乌木沉香就不用了，江浸夜周身留有一抹似有似无的烟味。他的吻冲动热烈，和他说的话一样直接。

陶禧一阵阵手脚发软，思绪混乱，任他肆意试探。忽然门外传来经过的人声，她这才如梦初醒般逃开。

“我说不要就是不要！”她抗拒地躲到冰箱旁，不满地说，“你还偷听我们说话！你、你……”

江浸夜浑不在意地等着她说“不要脸”，闲适地靠上吧台，随后从衣兜里取出一根烟，放到鼻下嗅了嗅。然而半天没听到小姑娘的动静，他微抬眼看去，陶禧高挺的鼻梁在脸上落下迷人的阴影。

陶禧理顺了气，说：“你知道陈叔叔和我们前台的事吗？”

他不以为意地点头。

陶禧气急败坏地跺脚，压低声音问：“那他们……他们真是容澜说的那样吗？”

江浸夜看她生气了，有些好笑，问道：“他们怎么样和你有什么关系？”

“我也什么都没有，你对我会不会也像陈叔叔对雅雯……只是喜欢年纪小……”陶禧眼底浮出泪光，委屈地看他。

江浸夜头疼地揉揉眉心，走过去，取下脖颈上的翡翠观音吊坠，给她戴上，说：“这块玉值好几个卡宴加百达翡丽，现在是你的了。”

吊坠还留有他的体温。

他低眸，眼里流露出少见的认真，说：“我们和他们不一样，你知道的。”

陶禧一抿唇，脸上多云转晴，有一些绷不住的开心。

可没等她笑出来，又见江浸夜眯起了眼睛：“你今天晚上去我那儿。”

“我今晚要加班。”

“我来接你。”

“为什么？”

“我烟瘾很大，你非要我戒掉，好歹拿点别的什么找补啊。”

等反应过来他指什么，陶禧脸上挂不住了，用拳头砸了他一下，扔了句“臭流氓”飞快地跑走。

快下班的时候，陶禧思考找什么理由向家里请假，桌上的手机突然有电话打入。偌大的公司只剩陶禧一人，她揉着发酸的肩膀，拿起手机，听见丁馥丽说已经开车在路上，十多分钟到吉芯楼下。

陶禧错愕万分，支吾道：“我……我打个的士回家好了。”

“有人接还打什么车？”

“可是……”

“你爸航班晚点了，妈妈等下去机场。不过好久没开车，手太生，先拿你练练。”她语气轻快，听着心情不错。电话里传来模糊的车笛声，丁馥丽嚷着“绿灯亮了，不说了”匆忙挂了电话。

陶禧疲惫地靠上座椅靠背，懊恼竟然忘了陶惟宁出差回家的时间。仰头望着天花板上的方格图案，她忐忑地拨电话给江浸夜说明情况。他沉默了几秒。电话那头流淌着舒缓的钢琴曲，间或夹杂着女人细声细气的柔笑声，陶禧还来不及问，就听他潦草地应了一句“知道了”挂断电话。

他这是在应酬？

发一阵呆，陶禧收起手机，关灯离去。

夜晚微凉的风捎来秋天的气息，她刚走出大厦，泊在路旁的一辆SUV大灯闪了两下，似在召唤。脚步轻快是不可能了，陶禧勉强地抬手挥了挥，颈间的吊坠随挥手的动作晃荡，她吓得一把扯下，心虚地塞进包里。

上车后，丁馥丽催促她系好安全带，提议开到江畔吹风。

陶禧有气无力地说：“还不如直接去机场。”

“你爸的飞机快两点才落地，现在去太早了。”

“那你还是放我下去打车吧，我好困，想早点睡觉。”

“好，先送你回去。你说什么妈妈都依。”丁馥丽笑着打方向盘，把一首《夜来香》唱得婉转动情，惹得陶禧眼皮掀开一线，这才注意到她新烫了头，妆容明丽，项链耳坠一应俱全，连裙子也是新买的。陶禧忍不住腹诽接机而已，未免太兴师动众。

丁馥丽觉出她的困惑，笑道："今天跟你林叔叔一家碰了面，难得把话摊开了讲。他们很喜欢你。"

陶禧手心一凉，表情有些僵硬，没说话。

"当然，关键要知吾喜欢你。不过听你林叔叔的口气，知吾是很喜欢你的。桃桃，你要是没有意见，我们就准备定日子了。"

"定日子？"太意外了，陶禧不满母亲这样自作主张，大嚷，"你怎么就不问问我喜不喜欢他、我愿不愿意呢？"

"喊什么？我这不正在问你吗？再说你们看起来感情挺好的呀！"

"我……"

"怎么，你不喜欢林知吾？那你喜欢谁呀？"

这么问的时候丁馥丽眼睛冷冷地瞥来，陶禧无措地张张嘴，一肚子的话堵着喉管却不知从何说起。眼下绝不是交代她和江浸夜之事的好时机，她只能寄希望于林知吾推拒他们荒唐的决定。同时她陷入深深的失落中，好像凡事只要你妥协过一次，就会被吃定了，就要不断让步。

一旦把选择权移交，再想拿回来难如登天。家长做出的决定，不容置喙——"桃桃还小，不辨是非""家长是过来人，看问题比她全面""我图什么，不都是为了她好"。以至于二十年来，别人看过十里芰荷又看过孤烟大漠，只有她还忧愁该如何跳出窄小的井口。丁馥丽斥责她泡温泉把心泡野了，可曾想过她听到山风拂过树梢发出簌簌的声音时情不自禁的喜悦？

不，丁馥丽才不会关心这些。

陶禧闭上嘴，把脸转向窗外。

洗过澡正好十一点，陶禧回房推开一线窗户，爬到床上靠着抱枕，把那本从外文书店买来的*Stories of Your Life and Others*（《你一生的故事》）当作睡前读物。房里静极了，床前的落地灯洒下一小片光，虫吟钻入窗缝，挠得人耳朵痒。陶禧打着哈欠从枕头下拿出手机看时间，突然一愣，随后手忙脚乱地跳下床，连鞋也顾不上穿，飞一样跑下楼。

"你怎么来了？"

檐下高瘦的身影闻声转过来。江浸夜的脸从暗处浮现，他就着檐角的小灯，看向眼前的少女。她还带着狂奔后的气喘，黑白分明的秋水眸子像琉璃珠，此刻瞪着他满是惊讶。

他笑道：“找你啊。”

“可、可这里是我家啊！”

“上次不知谁说的‘山不就我，我就山’，让我很受用。”江浸夜把手里的烟放回烟盒，“我只有大门的钥匙，没有你家里的钥匙。打你电话没人接，害我只好闻烟过过瘾了。”

陶禧想起丁馥丽，赶紧拉他往里走，有些懊恼地说：“你就这样跑来，要是让我妈妈知道了……”

嘴边那抹浅笑大胆而肆意了起来，江浸夜说：“舍得一身剐，敢把皇帝拉下马。”

进门后，他把鞋放入随身携带的纸袋——俨然有备而来。板着脸上楼，也不知在想什么。陶禧一路絮絮叨念着白天在公司意外的见闻，说到陶惟宁大概后半夜回来，问江浸夜打算留宿吗。然而她问了几次，他一语不发。

进房间前陶禧狐疑地扭头看，撞见他无声地翻滚着什么的深不见底的眼眸。

还没回过神，她就被毫不客气地压在墙上。房门应声关闭，他眉间的忍耐尽显。陶禧的下巴被捏住，江浸夜眉梢一挑，嗓音低沉有磁性：“这么多废话。”

随即他粗暴地吻下。

他的吻总是这么不容拒绝，夹着狂热，以最快的速度唤醒陶禧身体的热潮。隔着单薄的衣料，他十指掐住她的腰，指腹带着清晰的灼烧感，片刻后就如野火燎原，漫山烈焰。

江浸夜的汗滴在她的小腹上，有那么一刻，那些郁积在心中的块垒也跟着尽数掉落，只留下无垠的快乐。

管他是不是幻觉，唯一确定的是，这纤柔的身体是他灵魂的栖所，他愿把全部热情交付，万死不辞。

后来他说必须来根烟，电影里都这么演。陶禧被逗得直笑，拿拳头捶他，当然舍不得下重手，象征性地来几下而已。江浸夜按亮落地灯，拉拢窗帘，剥开口香糖放入嘴里。陶禧裹着毯子，听他提及白天去吉芯的事。

“你们唐老板在香港拍了几幅画，请我过去看看。”

“唐老板？可他上回对你……”

陶禧还记得上次画展唐老板言语间对江浸夜的轻视，怎么如今亲近起来了？

江浸夜抬眸看她，笑了笑，说道：“人和人的关系不是一成不变的，他大概也没想到会有有求于我的一天。”

陶禧爬坐起来，好奇地问：“唐老板有求于你？”

“毕竟我还是崇喜掌事的，江鹤繁不管这块。老唐抱错了大腿，现在非常后悔。”江浸夜得意又不屑地笑着，吐了口香糖去漱口。

门外忽然传来上楼的动静，陶惟宁和丁馥丽回来了。江浸夜走出浴室的时候，陶禧用手势示意他别发出声音。他点头，径直扯开陶禧的毯子往里钻，吓得她差点叫出声。江浸夜把手伸进她虚掩的睡衣里，欣赏她皱眉的表情，低声说：“怕就对了，你早一天搬过来，何必这么辛苦。”

陶禧单手揽过他的脖子，担忧他该怎么离开、会不会被发现等一连串的问题。她眼神迷离地附和：“是……是辛苦。”

然而她早上醒来，江浸夜已经走了。

连陶禧自己也没想到，在陶惟宁的干涉下搬家出奇地顺利。她周六带父母去那房子逛了一圈，周日就搬进去，还赶上当晚公司组织去KTV唱歌的事。

在包房里容澜听说后直呼不可思议，问她丁馥丽为什么肯松口。

那晚陶禧和陶惟宁说了以后，他去找丁馥丽商量，谁知被一口回绝。陶惟宁当时就忍无可忍地摘下眼镜，厉声斥道：“你还要绑着她到什么时候？她也该有自己的生活了。”

“在家住就不能有了吗？她不是有自己的房间吗？”

“馥丽，不是我想拆穿你，我可不止一次看见桃桃上班后你去她房间翻抽屉。”

“可她抽屉里什么也没有呀！”

“但你翻抽屉这件事就不对！”

“那你一定不知道，当初桃桃受伤后写的日记全是各种心灰意冷、绝望无助的，我怕她想不开。”

“都过去这么多年了，你要相信她！有什么想知道的直接去问不就好了吗？”

陶惟宁罕有地向丁馥丽开火，后者被丈夫娇惯多年，自然不服气地大举回击，陶禧反倒被彻底晾在一旁。战况前所未有地激烈，但丁馥丽不占理，渐渐落了下风。及至两人中途休战，陶禧补上致命一刀：“所以我的抽屉和日记本妈妈一直在翻？”

容澜听到这儿，捧腹大笑道：“你妈妈这是给自己挖坑。”

陶禧小口吃着西瓜，并未流露出过多的喜悦。说到底，这不过是权宜之计，将来不可避免会与丁馥丽有一场正面冲突。她不知道那天多久会到来，只希望自己能有更多的底气，才不至于被丁馥丽完全主导。

她要在工作上有更多积累，经济上具备足够的支撑。

于是她放下西瓜问容澜：“之前开会说的核高基项目什么时候批下来？”

容澜想了想，说：“早就批下来了，听说专家组十一月到公司中期检查。”

“汇报人定了吗？”

“这是你们开发部门的事，你直接去问领导好些。”

连批复的时间都不知道，更遑论汇报人。陶禧黯然，想到她现在做的不过是些边角料，不涉及公司核心项目，顿时没了唱歌的心情。身边一群同事摇头晃脑地合唱“可怜可怜我吧，给我一点爱”，舞池上方的宇宙球灯不停旋转，陶禧看着手里剩下半片的西瓜，感到心烦意乱。

光束偶尔打来，她的脸跟着变得斑驳。

“先走了，他们唱完要是问起来帮我说一声。”没等容澜开口，陶禧拎着包大步走出包房。

猩红的地毯逶迤于脚下，从其他包房里流泻而出的歌声似近似远地飘荡，橙色灯光昏暗得让人恍惚。陶禧从洗手间出来，转两个弯就迷失在堪比迷宫的过道上，便打算从安全通道撤离。

伸出的手还未触及门把，门后有声音传出，似乎在打电话：“想什么呢，他酒量好得很。趁机？我是那种人吗？我可是要让他臣服于脚下的。

反正他一天没交女朋友，我就有机会，况且人家结了婚的都能挖墙脚呢，哈哈！”

隐约有些耳熟，陶禧迟疑着没出去。对方很快挂了电话，她迅速往回走，那人转去了相反方向。

回头一看，陶禧愣住了。穿着流苏短裙，在没人观赏的短短一截路上扭得风情万种的不正是陈烟岚吗？

陶禧想起上次见面陈烟岚还一脸的高冷矜持，眼前的她短裙及膝，后背却露出大片，浓妆妖娆。她停在一扇门前用手拨弄头发，褐色长鬈发海藻似的茂盛摇曳。送酒的侍者走进去，她跟在后面。

陶禧却在门外踌躇不定。好在刚才的侍者出来，以为她是里面的客人，点头致意后没有关门。

混浊的空气扑面而来，一片嘈杂中她听到了江浸夜的声音。

“今儿我做东，你们入乡随俗，全听我的。”陶禧凑近门缝，看到他往桌上码齐的杯阵里依次倒入不同的酒，“自从周代出现了春醪，后人就喜欢以春代酒。我给这些酒取名儿，你们自个儿记，记不住的罚一排，记住的我喝一杯。怎么样？”

四周的酒鬼们顿时来了精神，纷纷坐直身体，连声说他不要反悔，大抵想着不过就是记名字，这桩买卖委实划算。

江浸夜倒好酒，阴森地笑了下，语速极快地说：“这是石冻春、万里春、风光春、梨花春、玉露春……”他一口气说了二十多种“春”，手指轻敲外形相同仅仅酒液颜色稍有差别的杯子，一群人听得两眼发直。片刻后他提起一边唇角，指着角落的酒，说：“最后这杯就叫抛青春。”

“根本没规律，都是你自己定的，那当然你说了算。”边上有人想赖账，找江浸夜的漏洞。

谁知他早有准备，抬起下巴示意陈烟岚，笑道：“陈小姐记下来了，有凭有据，不可能我说了算。在座的各位都有头有脸，我怎么敢随意造次。”

另一人也笑道：“既然不敢，就换个规则。我们记不住罚一排，要是记住了，你跟陈小姐来个大交杯。”

语毕大家一阵起哄，立马有人唯恐不够热闹似的帮腔：“脸对脸坐腿上的那种哦。”

“还以为李总想让我钻桌子，喝交杯那是小意思啊。”江浸夜豪气地笑着，一只手顺势落在陈烟岚的肩上。

下一秒，包房门嘭的一声被推开。

所有人齐刷刷地转过头，见陶禧走进来说：“你们门没关，我听这里好热闹，想来坐一坐。”说完她挨着一个膀大腰圆的中年男人坐下，看过去的眼神多了些讨好，“等下要是你被罚，我代你喝可以吗？”

粉面桃花，笑声如风铃轻摇，佳人眉眼还挂着一抹我见犹怜的娇柔，真是叫人心动。那男人把眼睛黏在她身上，目光肆无忌惮地一寸寸攀爬，暗忖反正都是出来玩，便朝她露齿笑道：“也喝大交杯吗？”

陶禧一愣。

男人看出她的犹豫，哈哈大笑道：“小美女，不够骚啊！”

陶禧没听清：“你说什么？”

对面有人扬声喊道：“说你还不够骚！”

几个人哄堂大笑，样貌不免猥琐。男人对送上门的美味却之不恭，手脚和心思一起活络，可惜还没碰到，陶禧就被江浸夜拉了起来。江浸夜放下一张卡，说着“各位随便喝，算我头上，今晚先失陪”便关上门，全程不过几秒，闪电一般叫人措手不及。

陶禧拽紧背包带，绷着脸从KTV的安全通道一气跑下楼，一阵风似的冲向地铁站。沿街一排高档时装店灯火辉煌，从橱窗玻璃里她看到跟在身后的江浸夜。他嘴里咬着烟，看不出是不是点燃了，但那有什么关系，她早该知道这样的人本性难移，信誓旦旦地说戒掉，却随时准备故态复萌。

是啊，对于这个人她从一开始不就看清楚了吗？

他那么多的缺点，恰恰是过去处在少不更事的小女生时代里的她最喜欢的部分。她喜欢他的桀骜不驯和满嘴歪理，喜欢他的漫不经心，对所有事情都无所谓的懒散——万花镜一样折射着迷人玄妙的图案。在陶禧布满铁律的世界里，只有他时刻准备摧毁一切。

他去国外的那几年陶禧还想他会不会有些变化，如今看来是没有。

脑子里塞满了乱七八糟的念头，拖慢脚步，陶禧突然觉得无能为力。即使江浸夜身上那些迷人的魅力在真实的生活中只会让人疲惫和厌烦，她却还是喜欢他，无可救药。

她恍惚间身后那人追了上来。

陶禧心里松动，脸上却没表露半分，视线牢牢盯紧脚下的地缝。

江浸夜绝口不提刚才的事，信手指向前方地铁站口的水果摊，说：“桃桃，千万别在这儿买水果。你知道吗，他们不仅卖水果，还卖人体器官！”

陶禧任他胡诌，目不斜视地从水果摊一侧走过。

“真的，你别不信。”江浸夜讲话的兴致丝毫不受影响，“昨儿我看到一个卖车厘子的，老板特热情地问我要不要尝尝，我尝了，结果尝到第二十三颗，老板又问了：‘还要脸吗？’”

走下台阶的最后一级，陶禧停住。江浸夜正要看个究竟，胸口冷不丁挨她一掌。

“江浸夜，你真的好烦啊！”她顿足，嘴角抽动着，泄露笑意，却又不满意这么快就投降似的，抗议，“平白无故讲什么冷笑话？”

“直呼其名？厉害了。”江浸夜顺势拉住她的胳膊，往怀里一带，低语，“冷笑话怎么不好？冷了才能往炕上钻。”

陶禧推他，斥道：“不是所有人都和你一样，时刻想着那些下三烂的东西！”

江浸夜笑道：“是吗？看来叔叔教得不到位啊……话说咱们能不能循序渐进，别这么迫切？”

她辩是辩不过的，江浸夜擅长把人往坑里带，三言两语曲解对方原本的意思，拿来当作自己的论据，听着还挺头头是道。他看出陶禧并非真的抗拒，便也装模作样地配合，走到月台的一路，他们全然不顾路人感受地当众拉拉扯扯。

可陶禧心里到底堵着一口气，下了地铁又板起脸，然而直至快走回家，江浸夜对包房的事仍不做半点解释。步入只有两个人的电梯，陶禧终于忍无可忍地说：“你就看不出来陈烟岚喜欢你吗？”

低头看手机的江浸夜表情纹丝不动，应了一声：“是吗。”

听陶禧半晌没动静，他抬眸，见她面色不善，怎么看怎么像个要发火的小管家婆，笑了笑，问道：“那又怎么样？”

陶禧震惊了：“怎么样？”

不是该赶紧开除、赶快远离她吗？

“我不瞎，当然看得出。可对付人总得有个说法，实际上她没做错什么吧？”江浸夜读出她的想法，收起手机，“何况喜欢我也不是件坏事。像她这么死心塌地、任劳任怨的员工很难找了。”

电梯门打开，陶禧语塞，说不出一个字。

“所有老板都擅长画饼，你不给人一点希望，人怎么对你唯命是从。”江浸夜轻抚她的肩，安慰道，“别人喜欢或是讨厌你，不是你能控制的。我只能保证她就是脱光了站我跟前……”他顿了顿，低头去咬陶禧的耳朵，“我都起不来。”

有电流滑过皮肤，转瞬淹没在怦怦的心跳声中。陶禧听得心惊胆战，想她今晚可能见识到了他的另一面。两人前后脚进屋，江浸夜走去给浴缸放水，出来见陶禧站在客厅中央发呆，就帮她把背包挂上衣帽架。当他接过背包，陶禧哆嗦了一下。

她在想，江浸夜去见唐老板的事或许没那么简单，便问：“你说那天去我们公司是唐老板请你看画，其实……不只有看画吧？”

江浸夜把眼一眯，对她一点就通的悟性流露出些许赞赏的神色，说：“你记不记得他那天早上八点就去收拾办公室了？”

陶禧点头。

“知道为什么他没叫手下人收拾吗？”

“为什么？”

“我说他办公室风水有问题，要想破解，必须自己把里头那些摆设挪位。”

“你说他就听？”

“知道点皮毛，以前给他支过着，没想到挺管用，他就信我。再说，我成天和这些古字画打交道，比较有神秘感吧。”

陶禧剜了他一眼。

江浸夜又说：“这些东西大多数时候只是心理暗示。他画展上没给我面子，那我有机会了必须不能让他好受啊。”

“所以你把他耍得团团转，中午还订了一堆外卖？”

“而且我一口没吃就走了。”

“哇，你这个小气鬼！”

“天生有仇必报。”趁陶禧没留意，江浸夜将她打横抱起，乐不可支地说，“今晚某个女人搅我场子，我同样不能让她好过。还敢当我的面使美人计？真的没想过后果吗？嗯？”

被抱进浴室的时候，陶禧想他真是个狡猾的人，说了半天还是没透露和唐老板见面的真正意图。

第六章　悬崖边的爱情

吉芯做出DEMO（芯片演示板）的这一周几乎天天开会，唐老板每次都提早到场，亲自主持，为大家加油打气：

“国外的大公司千方百计要在核心技术上封锁中国，作为一个中国人我很痛心。

“前两年中国进口芯片花了两千亿美元，进口额超过原油，但出口金额才几百亿。国家很重视国内市场的供需失衡，肯定会做大做强集成电路产业。

“等年底公司在香港上市，芯片量产，一块卖到三美元，毛利不会低于百分之八十。我们一年卖一百万块，卖个两三年，等股票翻番，你们不愁买不起屿安的房子！到时候人人都住大别墅！哈哈哈哈！”

会议室内鸦雀无声。

唐老板掩唇轻咳，面色微微尴尬地让项目组长做近期汇报，捧起保温杯坐下。

这款芯片从指令集架构，完全自主研发，假若最终成功推向市场，不啻于开创业内历史的新篇章，引得世界瞩目。一众工程师心里明镜一样，明白项目的难度绝非靠两针鸡血就能攻克。芯片的设计制造，从上往下每个步骤皆可撑起多门专业课程，需要有志于此的工程师长年深耕。

陶禧的座位离唐老板只隔两人，她清楚地看到他视线游移、举棋不定地一番挣扎后，在桌下用手机查看邮件。

只顾留意唐老板的动向，她也错过了项目组长的讲话内容，等回过神，只听组长在总结："没人申请做汇报人，那么就我来了。"

闻言，陶禧眼睛瞬间睁大，惊愕地想原来汇报人还能自己申请？

会议开到下午一点半，路上早没了高峰期的热闹。大家平日常去的那家餐厅顷刻被吉芯的员工占满，倦意满脸的大师傅踱回灶台，执起锅铲。

陶禧百无聊赖，感慨芯片开发就是个深坑，出头日遥遥无期。身旁的容澜正埋头发微信，嘴里嘟囔着别的事。两人就这么隔着一张桌子鸡同鸭讲、各说各话，直到陶禧问一句项目组长是不是不太好说话，容澜说："天天腹泻，脸色能好看吗？"

陶禧一愣，惊叹："你连徐组长腹泻都知道？"

"徐组长？"容澜也蒙了，举起手机晃了晃，"我在说室友，自从分手就好像换了个人，成天作践自己。不是我没有同情心，只不过一味沉湎于痛苦根本不愿抬头的，我有点看不起。人啊，爱惜身体最重要了。"

玻璃杯里的柠檬水酸涩得难以下咽，容澜抿一口就不得不放下杯子。见陶禧喝下小半杯，神色镇定如常，容澜细致地打量她片刻，靠过去说："刚才最后那句也说你啊。不是号称天天十点半睡觉的老年人作息吗，怎么黑眼圈这么大？脸色比过去憔悴好多。"

"就……有点累。"

连掀眼皮的力气也无。陶禧叹一声，恹恹地靠上椅背，不再装出精神抖擞的样子，泄了气，肩膀垮下。等到服务生上菜，她才勉强支起胳膊，接过容澜盛来的白饭。

容澜有些见怪不怪："你那么积极干吗？创业公司都恨不得把一个人当十个人用，你越能干，大家就越觉得你多干点才对，什么边角料的活都找上你。"

"那我要是偷懒，不是更容易被开除吗？"

"没让你偷懒，工作和读书一样，都该有个目标，所谓好钢用在刀刃上。吉芯这些工程师个个不傻，要么高学历，要么高资历，为什么来？不就是想着万一成功了，自己是公司元老，手里的股票能卖大钱吗？就算失败也不亏啊，能在业内泰山级人物手下做事，拿到的推荐信都比别人好看。”

叠好餐巾纸，容澜递给陶禧，眉间透着深思后的笃定，笑道：“再说了，能不能成功就看这几年，你们辛苦点，让我们这非研发部门的沾沾光嘛。”

用筷尖拨弄饭粒，陶禧琢磨着容澜的话。过去的人生由丁馥丽掌舵，万事无忧，如今陶禧尝试自己领航，难免陷入困顿。

每天集中工作的时间算来竟然还没帮别人的忙多，进度严重滞后，要明确底线和主次，不能一味退让。

这么想着，她脸上有了拨云见日的豁然。

“不过，我怎么总觉得老唐心思不在吉芯这儿呢。”容澜单手托腮，若有所思。

陶禧不解：“那能在哪儿？”

“你不知道？”容澜反倒奇怪，把碗一搁，翻出手机匿名群里发来的新闻，《一代大师贺敏芝，遗作拍出两亿天价》。

贺敏芝？不是江浸夜的奶奶吗？

陶禧粗略扫过，新闻说的是崇喜落幕不久的拍卖会上，贺敏芝的一幅山水画拍出了两亿元，引得众人瞩目，结尾附上的买家照片正是唐老板。

持续到下午的会议占用不少休息时间，陶禧和容澜刚吃好，手机就振动着收到行政经理蓉姐的群发邮件，说下午延后半小时上班。

前一秒还在遗憾没空泡咖啡馆的容澜喜出望外，连声说：“太好了！上周新出的奶盖我到现在还没尝过，简直不是我！”谁知下一秒，又一封邮件的提示音响起，这回是蓉姐单独发来的，让容澜速回公司，有事找。

道旁树木延至路的尽头，如盖绿荫下，阳光经树叶筛过，细碎的光斑洒了两人一身。

容澜低头盯着手机屏幕，眼里慢慢浮起悲恸。和暖的微风吹过，悲恸随眼波晃动，她可怜巴巴地看向陶禧。这暗示一目了然，陶禧拍了拍容澜挽来的手，宽慰道：“你有事就先回去，咖啡我帮你带。”

已过了上班时间，这家新开的咖啡馆人气依旧不减，里面的卡座几乎都满了。迎面走来的穿制服的侍者给陶禧让路，她道谢的声音极细，为差点撞到陶禧拘谨地略一低头，小指撩起耳边的长发。走到吧台前，陶禧辨认菜单上形状怪异的花体字，眼角余光扫到临街一侧的彩绘玻璃窗降下深色的帘幔。

诡异的是，有张坐了人的卡座前后空荡荡的。

陶禧点了咖啡后好奇地扭头，看到公司前台雅雯坐在陈放的大腿上。店内灯光昏昧，四周低分贝的嘈杂声混入舒缓的钢琴曲，淹没了他们的声音。雅雯抱住陈放的脑袋，动作比上一次明显放开了许多，与他上身紧贴着，相视而笑。

陶禧把头飞快地转回来，往前几步挤进等咖啡的人群，心脏扑腾地跳。

她也不是害怕被他们发现，只是无意中窥见熟人私下和别人亲昵不免尴尬、紧张，还有一些难堪。尤其陈放和舅舅丁珀早在读书时就认识了，算是看着陶禧长大的。不像江浸夜一肚子坏心思专爱逗弄她，陈放和陶禧说话会放下身段，不当她是个小孩子，温和有耐心。

丁珀以前总说陈放擅长扮猪吃老虎，只是看着老实，和江浸夜根本是一丘之貉。陶禧还替他据理力争，说舅舅看人戴有色眼镜。后来陈放离婚闹得沸沸扬扬，人人传他为女大学生和发妻闹翻，陶禧也不肯相信："全是谣言，有本事拿证据出来。"

然而陈放的前妻始终未露面，走得悄无声息。陈放至今没有再婚，只交往二十岁左右的小女朋友，倒有些应了当年那桩"女大学生"的花边新闻。

可是雅雯……

陶禧记得，雅雯来吉芯的第一天，听说科技园附近有家玩具反斗城，便开心地发信息给家里还在读中学的弟弟，许诺期末考好了带他去玩。雅雯的手机背面和侧边都贴满了水钻，拼出凯蒂猫的图案，她晃着手机冲陶禧笑时露足八颗白牙。陶禧还曾撞见她上班时间坐在前台偷偷背英语单词，双手合十地哀求陶禧别告诉蓉姐。

陶禧只觉雅雯和陈放不是一路人，这念头甫一跳出，又被她以"别人两相情愿，我不该有偏见"为由扑灭。

纠结的心绪焦灼难耐，陶禧没听到咖啡师在喊："陶女士的大杯美式和大杯冰奶盖美式好了。"

肩膀被人轻推一把，陶禧惊惶地抬头，猝不及防地对上林知吾的视线。

像是被她眼里的不安吓了一跳，林知吾微不可察地皱眉，说："小桃，你的咖啡做好了。"

"师兄，你听说了吗？"

"听说什么？"

"我父母和你父母达成一致，要给我们定日子！"

"这事他们和我……"

"这肯定不行啊，根本就是乱来！我怎么能和你在一起？"脱口而出后才发觉不妥，陶禧神情一滞，羞愧地低头，盯着脚下的地面，"抱歉，我不是……不是那个意思。"

"这事他们和我提过，我没有同意。"把刚才被截断的话讲完，林知吾垂目瞥向一旁懊恼的身影，"小桃快人快语，很率直嘛。"

陶禧越发不好意思，对林知吾抱歉地笑了下，紧紧地提着装有咖啡的纸袋，手指被勒出清晰的印记。林知吾请客，送了她两块慕斯蛋糕当下午茶。两人随后聊起吉芯的核高基项目申报，陶禧把今天开会时唐老板说的话原原本本地转述，语气有些怀疑。

林知吾不动声色地从她手中拿走纸袋，问："小桃，你为什么选择来吉芯？"

"因为这是我的专业啊！"

"那你为什么选择这个专业？"

"那是……"

那是个乌龙。

陶禧原本填报的志愿是计算机专业，刚好那时丁馥丽听说闺密的女儿获得美国藤校的电子工程专业全额奖学金，入读研究生，顿时欣羡不已。于是她怂恿女儿填报同样的专业，说是将来大有前途。但丁馥丽不记得专业的全名，只模糊地想起什么"电子""电路"，便一拍大腿，让陶禧选了集成电路专业。

这实在不是个上得了台面的理由。

陶禧回想十多年的学生时代，唯一考虑的只有好好读书，以求过上安稳无虞的生活，哪儿有那么多为什么。

陶禧语焉不详地回答，林知吾倒是拼出了前因后果，不禁牵起嘴角："比起很多人，你还有选择的余地，已经很幸福了。"

陶禧不解。

"大多数的人被生活推着走，际遇不在自己的掌控中。你既然有能力选择，不如把眼光放远一点，当作一个挑战。"林知吾不紧不慢地说，"去申请当汇报人，能看到的不止是自己分内的活，对整个项目都会有大局观。"

已是秋天，午后阳光退去盛夏灼人的气焰。林知吾悠然地提着纸袋，和陶禧并肩走着。

"唐老板说的那些对国家和社会的好处我并不完全认同，那不是靠个人能做到的，需要政策利好，和成百上千家企业的努力，共同建立起产业生态。"

"师兄……"

"提升自己的同时多看看别人在做什么，从不同的维度考虑问题，就算将来你不做这一行，走的方向也不会出错。"

"好。"

有了林知吾的鼓舞，陶禧满心振奋，脚步不禁欢快起来。空无一人的电梯里她默默地草拟申请汇报人的腹稿，轿厢平稳地上升，好似直抵云端。路过公司前台，看一眼空在那儿的旋转椅，陶禧暗道不好，心想雅雯怎么还没回来，然后听到从一侧会客室传出说话声。

四下寂静，陶禧分辨出是蓉姐和容澜的声音，想着就近把咖啡给她，便靠了过去。

"雅雯到底怎么搞的，最近三天两头迟到，连我帮她报的英语班都退了！"向来沉稳干练的蓉姐罕见地发飙，"容澜，你和她差不多年纪，平时一起吃饭有没有了解过？"

"就她刚来的那个月和我吃过几次饭，现在一到中午根本找不到人影，我也觉得奇怪呢。"

"公司不养闲人，我要找她谈谈，问她是不是还要继续这样！"

陶禧听得心头一惊。

江浸夜一夜未归，陶禧连打几个电话都是关机，索性早早睡下。转天被闹钟叫醒时，陶禧揉着惺忪的睡眼摸手机，点开屏幕，上面空空如也。

她愣怔片刻，拨给江浸夜，依旧是关机的提示音。

窗外天色冥冥，只在极远处掀开一道微弱的光亮，掠过深色的流云。做了杯手冲咖啡，陶禧嚼着麦片饼干，睡意全无地坐到书桌前调出电脑里的技术文档。

“吉芯公司是一家专注于做IC设计的企业，研发的系统级芯片（SOC）均采用自有的和谐统调处理器技术，将中央处理器（CPU）和图像处理器（GPU）统一在一个核芯内。

“基于IP核的SOC设计暂时还无法摆脱超深亚微米IC设计难题的困扰，包括连线延迟、设计迭代、信号完整性及功耗问题。”

台灯的光亮罩住电脑附近一小块区域，陶禧盘坐在椅子上，手动添加附注，高亮文本。昏暗的房内充满咖啡的气味，鼠标点击声清脆。她微弓的背脊隐在区域边缘，神情专注地盯紧屏幕，思考项目汇报的切入点。

她太过投入，连江浸夜几时进来的都不知道。

余光瞄到有什么动了一下，陶禧猛地转头，见他在衣橱前翻找，略带抱怨地说：“你都不打招呼！”

江浸夜三两下备齐衣物，径直解开上衣纽扣和长裤皮带，没应她，只懒洋洋地说：“起这么早？”

“你还好意思说？”他这副浑不在意的腔调激起陶禧心底的怒火，她放下腿，没好气地跺了几下脚，“打你电话总是关机！不回来也不事先说一声！以为我不会担心吗？”

江浸夜不发一语，很快脱下衣服，只剩内裤。

他的肌肉被幽暗的光线勾勒出流畅的线条，整个人透着粗砺成熟的男人味。江浸夜抓起衣物往外走，垂眸不看陶禧，仅仅在经过她时脚下一顿。

他沉冷的声音带一点玩味的笑意：“待会儿好好补偿你。”

等陶禧想清楚“补偿”的具体含意，身姿英挺的男人已消失在门后，陶禧脸颊漫上后知后觉的羞恼，大喊：“那你等着吧，我上班去了！”

一鼓作气关掉电脑，收拾双肩包，陶禧换上浅口T恤和背带牛仔裤。赤足挽高裤脚，她站在穿衣镜前盘头，宛如一枝刚剪下的长茎玫瑰。走前拉开落地帘，她微怔，天明明昨天还碧空如洗，今日却摆出哭哭啼啼的样子。天与地间如洇开旧色水墨，小区里浅灰的路面全都深了一层。

下雨了。

难怪他要洗澡。

陶禧犹豫着，低头给江浸夜发信息：“给你煮锅姜糖水吧？”

她记得江浸夜的手机防水，他在泡澡时喜欢看电影。可陶禧等了又等，手机的屏幕始终未亮。她赶着上班，等不下去了，屈指敲一下浴室门，说：“江小夜，你不回复我的下场就是没有糖水喝。我去上班了，趁外面雨还没……”

话音未落，门突然打开，水汽迎面袭来，蒙住陶禧的眼。她闻到久违的乌木沉香气味，因为环境潮热，显得异常浓烈。

她还在愣神，手腕被人一把拽住：“不想走就进来，少啰唆。”

“我没不想……哎，我走我走，我现在就走……你松、松……”

“衣服也穿得这么烦琐，啧。”

“手。”

浴室门利落地合拢。

她再睁开眼，入目是窗外的阴天，不成形状的浮云像蘸饱水的脏棉絮，沮丧地飘过。雨下得无精打采，时下时停，陶禧看了半天，雨丝极细，辨不出面貌，便将视线转向窗格外那个大笼子。

意识渐渐回归，不明来处的疲惫感沉甸甸地围拢她，陶禧揉着酸痛的脖颈，视线扫过画案前执笔的江浸夜。他端坐在檀木大案前，黑色衬衫的领口随意地大敞，两边衣袖胡乱地上挽，露出精瘦的小臂。

他手心虚空，修长的手指握住笔杆，在细致描绘什么。与陶禧的目光对上后，他把眼一眯：“快画好了，你别乱动。”

乱动？

陶禧这才发现自己全身不着寸缕，尖叫着拉过床畔的薄毯，把自己粽子一样裹得严实，愤怒地抗议：“你都没问我愿不愿！”

“不愿吗？”

“我……”没不愿，就是碍于后背的瘢痕，没办法自然大方地展示身体，再说这多不好意思。可她拉不下脸解释，噘着嘴与他沉默地僵持。

江浸夜笑了，继续画着：“你身上我还有哪儿没见过，不给看照样画得出。”

“你、你怎么有这种爱好？”

江浸夜又笑道：“这是艺术，艺术是美好的，能传递画者愉悦的情绪，让看画的人跟着高兴。”

自认跟他耍贫嘴不是对手，陶禧丧气地蹬腿：“你爱怎么样就怎么样。”

“生气了？”

“没有。”陶禧随口搪塞，把脸转向一边，不想理他，心里是越想越气，毕竟他晾了她一整晚。毯子卷成桶状，她翻身艰难，一番拳打脚踢的动静更像生气了。陶禧对着床柱盯了半晌，惊觉怎么听不到他的动静，还在困惑，毯子被突然扯开。

陶禧大惊失色，和他力搏的念头刚冒出就察觉高估了自己。

“有处地方不记得了，来找我们桃桃确认一下。”语气怎么听怎么不怀好意。江浸夜手指驾轻就熟地游走，知道怎样最快让她投降。果然，片刻后就听到陶禧仓皇的声音，她似在求饶。

他嘴角上扬，笑道：“以后别这么委婉，淋雨煮什么糖水，哪儿比得过人体取暖？

“生什么气呢，我不过在公司待了一晚，处理些事情。手机没电了。答应你，下不为例。”

这话言简意赅，陶禧得空喘口气，追问：“很忙吗？”

“再忙也得把你伺候好了。”他嗓音低哑，俯身压得她动弹不得，膝盖撑在陶禧的身体两侧，口中喃喃，“因为你不一样……陶禧，你不一样……”

江浸夜昨晚过得远非他说的那样轻松。开车回家的途中，被助理的电话叫回公司，对方说陈烟岚大晚上在公司转移文件。他脸色当场就冷了下来。那时崇喜早过了下班时间，大门都锁着，江浸夜和助理在安全通道碰了面，后者汇报：“调了监控录像，陈小姐六点下班，但八点多又悄悄返回，进了办公室就没再出来。没人碰见她，我也是登录系统管理后才发现她在服务器上。”

江浸夜拍拍助理的肩："辛苦了。"

他大步流星地走向办公室。

陈烟岚能力强，对他死心塌地，有她做左膀右臂，他确实省了不少心。但江浸夜清楚她心思所在，自己带给她的希望总有被戳破的那天，因此他早有提防，如今一有异样就立即赶来。

拧转门把，江浸夜突兀地闯进。

正操作鼠标的陈烟岚面孔一僵，脸上泛起紧张的神色，她问："你怎么来了？"

"陈主管八点多还赶回来加班，于情于理，我都得过来慰问。"

"你监视我？"

"彼此彼此。"

视线交错的一瞬，两人都心下了然。

再继续卖关子，就是拿对方当傻子了，于是陈烟岚失笑，起身坐上办公桌，斜睨着他："你这些年干得不错，我找了半天，没翻到什么值得大做文章的。"

江浸夜露出戏谑的笑容："我谢谢您？"

"我在你手下做事，讨好你是我的职责。"

"陈主管一人侍奉二主不露马脚，是个厉害角色。"

"什么意思？"

"非要我说得太直白吗？"笑容仍在，江浸夜眼中却显出阴戾之色，对和她打太极感到厌倦，"你到崇喜上班是渠鸥的安排，二老现在铆着劲让我回家，你这颗小棋子就变得有用了。"

陈烟岚错愕地怔住，自以为隐藏得很好，没想到他全知道，便不再遮掩了，劝道："你不要把你爸爸当作仇人，他找不到更好的法子了，只是想让你回去，仅此而已。"

江震寰的心思再好揣摩不过——江震寰拉不下面子讲和，就想方设法挫他的锐气，让他学会知难而退。老爷子让陈烟岚使些小手段，比如放大江浸夜某次的失误，或者揪住他以前的过失做文章，屿安待不下去，他自然会乖乖回家。残酷是残酷了点，但江震寰没空上演温情脉脉，倘若这样能换来一个洗心革面的逆子，也算收益最大化。

江浸夜听着，剥开一片口香糖的包装，扔进嘴里："你倒是挺坦白。"

陈烟岚双脚一蹬，跳下桌子走到他面前，急切地说："因为我能帮你斡旋！你爸爸妈妈很喜欢我，不然也不会让我过来。我能帮你扭转局面，只要你愿意。"

"我愿意？你开什么条件？"

"我……"她哑然失声，殷殷地注视他。

陈烟岚曾经无数次这样注视他，从最初的遮遮掩掩到后来的坦坦荡荡，一件本让人心虚的事情就这么渐渐地顺理成章起来。这些年她一点点蜕变，却不觉得痛苦，因为她甘愿。她不是出身豪门的田馨莲，有天生的底气和傲骨，说翻脸就翻脸。她庆幸自己从未告白，没有给他任何推拒的机会。只要他一声令下，她甚至可以变成一棵树，但求天长地久地与他并肩。

她自认对他毫无保留。

可眼下他声音似寒风般凛冽，他居然问她开什么条件。

陈烟岚眼角已有泪蓄起，眸光盈盈闪动。江浸夜却不为所动，拧着眉毛，踱到门边不耐烦地说："不要浪费我的时间！别忘了当年我怎么帮你渡过难关的，你倒好，借我搭上我爸妈，伙同他们对付我。"

"我只是不想你后悔。"

"别以为我不知道你打什么算盘。"江浸夜无心再与她周旋，打开门，冷笑一声，"我最后悔的就是帮过你，让你有本事反咬我一口。"

这些年江浸夜明知陈烟岚对他存的心思，因为她不说，他便也配合着装糊涂。硬要算一下这笔账，她对崇喜的付出怕是早够还清当年的人情，可他偏偏绝口不提，好像陈烟岚所做的一切都是理所当然。

以往陶禧说他狡猾，江浸夜还挺不以为然，如今想来他这人确实不畏神佛，心肺全无。当然，他没把这事告诉陶禧，没必要，和她在一起能暂时抛却烦恼，他享受这样安宁的片刻。

陶禧是他的麻沸散和阿芙蓉，不需掺入别的调剂，他只是安静地抱着她，就觉得十分解压。

此时江浸夜沿着陶禧的脊椎一路吻下，薄唇很快触及她身后那块烧伤。

陶禧下意识地反抗，连呼："不不不，不要……"

状若羽翼的伤痕呈现暗红色，像枯死的树皮布满褶皱的干纹。他温柔地亲吻，陶禧却如被丛生的荆棘穿心。眼中噙泪，高高地抬起头，细腰被江浸夜拥着反向弯出弧度。而跪下的男人的吻似豪雨急坠，覆满她的身体。他是那样忘我，脸上满是愉悦，很快动情。好像此刻是地球最后一晚，哪儿管明天会不会有太阳。

陶禧为申请项目汇报人拿出过去备考的劲头，细心准备，不但每晚加班，午休还四处向人请教。她对比了目前市场上的主流芯片，整理吉芯所设计的芯片的优劣，将文档反馈给研发部的软、硬件组。开例会时大家对她的文档赞不绝口，纷纷向组长进言："让小陶做汇报人，万无一失，你就把心放肚子里吧。"

每次听到这话，组长仅是随手翻翻陶禧打印好的文档，垂眼笑得勉强，始终不表态。

他口风这样严，陶禧不免郁闷，还当自己十拿九稳了。毕竟半个月前她只守着自己的一亩三分地，对其他人的进展一无所知，而眼下哪怕脱稿，也能二话不说上台狂侃半小时，各种详细的数据信手拈来。

她思来想去，觉得不会有人比她更合适。

"徐组长到底在卖什么关子？容澜，要不找你们蓉姐探探风声？我实在没办法了。"

"蓉姐做行政和财务，哪儿能知道这个。"

"公司大佬不常在一起吃饭吗？相互总有交流吧？蓉姐就没有一点消息？"

"徐组长太正经了，和谁说话都板着脸，但他做事有条理，技术水平又高，很受大佬赏识。所以蓉姐那天才纳闷，他为什么想跳槽啊。"

"哪天？"

想跳槽？

吉芯的芯片还没量产上市，身为研发项目的主导人，他居然想跳槽？

陶禧愣了，眼中掀起惊愕的狂澜。容澜也愣了，脸上露出失言的尴尬，随后把眼错开。两人一时无声，雕像般静站在茶水间。黑框的简约风挂钟在头顶的墙面踏步，咔嚓声一点点拧绞人的神经。

陶禧十几分钟前被项目组长搪塞，沮丧地过来翻根雪糕吃，不想再闻坏消息。

左右都是坏消息，务必求个死得其所。融化的奶白色雪糕缓缓淌下，沾上手指，陶禧把手伸到水龙头下冲了冲，追问：“组长为什么想跳槽？”

“嘘——”

容澜面露急色，跑到门边探出脑袋环视一番，这才匆匆揪住陶禧的袖子，眼睛一瞪：“你小声点，这可是公司！”

陶禧吓得缩了缩脖子，心疼雪糕融化，赶紧咬了几口，一心等着容澜爆料，吃得没滋没味。后来两人神神秘秘地挤在吧台角落，脸对脸，相互吹气似的耳语。

容澜双目炯炯地说道：“海泉通信的HR是蓉姐的老同学，向她透露过，看到他们公司的技术岗领导和徐组长吃饭，说是有说有笑，相谈甚欢。”

“唉。”陶禧听得心惊肉跳，不自禁地哀叹。

“蓉姐还听说徐组长是通过猎头搭上海泉的，看来早有预谋。”

陶禧连连摇头，有些不可置信地喃喃自语：“怎么会这样……”

海泉通信是业内鼎鼎有名的大公司，致力于为无线通信终端制造商提供全方位的技术解决方案，在中国和美国均设有研发中心。徐组长这样的老资历，海泉想必会敞开大门欢迎。可眼下是吉芯的关键阶段，他怎么能在这时萌生退意？如果他明知会中途离开，又何必接手吉芯的芯片项目？

陶禧想起当初来吉芯面试时，有林知吾做推荐人，她顺利进入最终面试，和那时的徐组长畅聊两小时。徐组长看似不好接近，但陶禧读书时读过他发表的论文，聊起来十分投契，临走时徐组长还夸奖她“看着年纪小，但挺敢说话”。

陶禧在吉芯做事半年，受他颇多关照，了解他的为人，宁愿相信这其中另有隐情。

隐情？

若说徐组长这样兢兢业业，一心只想做款好芯片的高级工程师打算跳槽，必然是公司决策层面出了问题。陶禧随即想起江浸夜来吉芯见唐老板的事，想起唐老板开会时的心不在焉，想起那幅卖出两亿天价的山水画，隐约感到江浸夜或许知道些什么。

周六一早，本来说好晚上才回来的江浸夜把时间提前至中午，告诉陶禧要先带她去和朋友吃个饭，随后两人在电话里亲昵地说着如“想不想我啊”“你猜”“猜不猜你都得想我”之类的情话。落地窗前的光影被割出两块菱形的亮块，两人间的气氛因为这通电话变得温情脉脉。陶禧两条削葱根般白的细腿架在沙发扶手上，睡裙下摆擦着膝盖边缘。

听到电话那头低沉的男声，她歪靠着长颈鹿抱枕，嘴角不自觉地翘起。

江浸夜出差的这一周，向来不怕孤独的陶禧守着偌大的房子竟然感到了烦闷。眼看专家组检查的时间一天天逼近，陶禧手里的事情堆积如山，汇报人的申请却还没有半点进展。这样火烧眉毛的时刻她反倒像株失水的植物，越发打不起精神。一听他说要提前回来，陶禧欢快的情绪立马从声音语气中泄露，掩都掩不住。

“带我去见哪个朋友呀？”

“陈放。”

“噢。”

“怎么，不乐意？”

“都没见过你其他朋友。”

“不过是些酒肉朋友……那赶明儿找个时间，让我们桃桃好好亮相。”他低笑诱哄，慵懒的声音像醉人的红酒。

陶禧也跟着笑，一骨碌从沙发上爬坐起来：“你少贫，我换衣服去了，等下找你。”

一小时后电梯直抵负一层停车场。

敞开的空间里几十辆汽车一同沉睡，稀薄的白色灯光勾勒出它们起伏的轮廓。一个人也没有，阒寂的空间中电梯门合拢的声音异常响亮，吓了陶禧一跳。她试探地往前两步，到处张望，暗忖江浸夜怎么还没来。

横在面前的黑色轿车前灯突然闪了闪。

叫我？

确定此地再没别人，陶禧狐疑地走过去。车身反着光，透着隐约的霸气，车牌号不是江浸夜常开的那辆。茶色窗玻璃阻隔了视线，她只能看到司机正襟危坐，脸藏在摊开的报纸后面。

刚拿出手机，陶禧就听到不知何时打开的后座车门里传来一声口哨。

一手扶着车门，她弯腰去看匿在暗处看不见脸的男人，不禁好笑道：“你没事装什么神弄什……”

陶禧感到头顶被人用手掌温柔地护住，领口却被粗暴地扯住。身体失衡栽倒，截断了她的声音。宽敞的后排车座明明冷气充沛，却因为唇的紧贴和喘息的加重、肢体缠斗、惊慌失措的抗拒和分毫不让的压迫而温度骤然抬升。

陶禧推不开，暗诧他在车上就敢这么乱来。

指尖碰到透明的隔音挡板，陶禧下意识地扭头，看见内后视镜被蒙上。随即，下巴被江浸夜扳回。

“想你快想疯了。”

他整个人都是炙热的，欲望躁动。

陶禧担心司机回头，用手肘架开他：“才、才一周没见……”

“一天都不行。”脸埋在她的颈窝里深嗅，江浸夜嗓音低哑至含混不清，他有些意乱情迷，“一分钟都不行。”

窗外有车开来，大灯晃过车窗，惊得陶禧浑身一哆嗦，急得直嚷：“先放开放开……哎，你晚上要怎么样都行！”

“太便宜。”

“你说怎么办？”

“叫‘叔叔不要’。”

“你怎么老是……”

“那我改别的？”

江浸夜坏笑着去咬她的耳朵，几个词脱口而出，羞得陶禧立时红了脸，连呼：“第一个、第一个！”

“得嘞！”江浸夜心情好极了，系上了衬衫纽扣。

车子缓缓启动，驶出停车场。天光骤亮，陶禧这才看清他骄矜的面色下一闪而过的笑意。其实刚才他根本没想怎么样，和司机说好了接到人十分钟后开走，谁知她这样沉不住气。

江浸夜得意地用手指轻刮陶禧的鼻子：“太嫩。”

“那阴险狡诈的小夜叔叔能不能告诉我，你上回为什么来我们公司找唐老板？”陶禧揉揉鼻子，没好气地抱起双臂，“为什么说他不是好东西？”

江浸夜神情一凛：“你问这个干什么？”

陶禧便将这段时间徐组长的反常、唐老板高价拍画的事，以及她对此的困惑和盘托出。

江浸夜抬手搓了搓下巴，思忖片刻后翘起嘴角：“出于为你好，我建议你辞了吉芯的工作，也方便我上哪儿都带着你。”

“我说正经的！”

“你们老板就是个骗子。”

“你凭什么说他是骗子？”

“晚上表现好，我再告诉你。”江浸夜笑吟吟地去捏陶禧的脸，“恨不得把你天天拴裤腰带上。”

他过够手瘾就仰头假寐，怎么也不肯再说唐老板，一脸无赖相。陶禧气得拿拳头砸他，反被搂住了，动弹不得。她才不信会有表现好了再告诉她这一说，真不明白吉芯究竟藏着什么玄机，值得他这样守口如瓶。

下车后，陶禧对陈放订的饭店瞠目结舌。入门是让人目眩的半透明金色穹顶，玫瑰色与淡银色交织，中餐厅的天花板上吊着古铜色的镂花灯，处处洋溢着简单粗暴的奢靡。

但更令她惊讶的是雅雯也来了。

雅雯剪了清爽的短发，一身天青色荷叶领衬衫和牛仔裤看似普通，却在首饰、胸针、腰带和坤包这样的细节处下足功夫。半个月前和蓉姐一番恳谈后，雅雯离开了吉芯，不知去了哪里。眼下她一手拿包，一手挽着陈放的胳膊，举手投足间贵气尽显，不再是曾经唯唯诺诺地问英语班学费能不能报销的小姑娘了。

雅雯眼角含笑，极为矜持地小幅度挥手，就算打过招呼了。

陶禧不在意，但还没开口，先被陈放语气夸张地喊住：“这不是桃桃吗？”

“陈……”陶禧觑一眼笑意盈盈的雅雯，心道总不能平白让她长辈分，便改口，“陈放。”

陈放一怔，惊呼：“小丫头敢直呼我的大名，厉害了！”

“怎么，不行吗？”江浸夜下巴微抬，似笑非笑地看去。

陈放眉心微动，大笑道：“行行行！不就是个称呼嘛！桃桃可是贵客，来来，往里走。”

这地方陈放似乎来过很多次，轻车熟路地坐下，脱下大衣递给恭敬上前的侍应生。对方也认得他，询问：“陈先生，还是……”

“嗯。”

等侍应生离去，陈放悠然地卷起衣袖，说：“这里的厨师长有个拿手活是汤泡饭，不轻易对外显露，餐厅的菜单上也没有。我知道江大爷想这口了，特意约他出来。谁知道……他想的不是这口。”

他说着视线在陶禧和江浸夜之间来回移动。

陶禧斜睨江浸夜：“我还以为是什么好吃的，汤泡饭……我也会啊。”

江浸夜笑道：“古诗有云‘莫嫌淡泊少滋味，淡泊之中滋味长’。”

陈放正想插话，雅雯忽然站起来，欠身说着“不好意思，去趟洗手间”就匆匆离席。陶禧扫见她无名指上的钻戒，努努嘴问：“你跟雅雯结婚啦？”

陈放和江浸夜相视一笑，并不作答。

谁知陶禧不依不饶地追问，江浸夜轻咳两声：“陈放不会和她结婚，那戒指没别的意思。”

“可、可是……”

“桃桃，这男人和女人在一起不都是为了结婚，还可能为了别的。而结婚也不一定出于爱情。”江浸夜解释着，陈放在一旁附和地点头。

陶禧哑口无言，一肚子郁闷无处发泄，随即黯然地起身：“我也去洗个手。”

思绪翻涌，她无可避免地想到自己、想到未来。

洗手间里空荡荡的，偶尔从角落传出的呕吐的声音，很快被巨大的冲水声掩盖。陶禧起初没放在心上，后来想起雅雯一直没出去，见那道门虚掩着，她便蹑手蹑脚走过去，问：“雅雯，是你吗？”

里面的人没应声。

陶禧壮着胆子推门，入眼便是雅雯惨白的脸，没有一丝血色，神情混合了惊恐与憔悴，跟之前的矜持判若两人。

陶禧目露惊诧，迟疑地问："你……你没事吧？"

雅雯闻声扭头，失去焦点的眼睛看过来，勉强弯起嘴角："我一条贱命，能有什么事？"

"不，我不是这个意思。"陶禧怔了怔，暗忖刚才在饭桌上对她的好奇是不是太明显了。

雅雯这时恢复了一丝镇定，从包里扯了张纸巾揩嘴，撑着马桶的水箱摇摇晃晃地站起来，轻笑道："那就别乱管闲事，我知道你们都看不起我。"

雅雯话里的"你们"指的当然是曾对她寄予"成为左膀右臂"希望的蓉姐，以及与她一度关系密切的陶禧和容澜。

可她们谁都没有看不起她，雅雯离开公司那天蓉姐甚至还说"真不能小瞧她，兴许将来呼风唤雨，过得比我们都好"。

不知雅雯为何会错意，笑脸端起一整晚，眼中尽是拒人千里之外的疏离。

陶禧每每看向她，她都立刻掉开眼，不愿视线交接，也绝口不提旧日情谊，像彼此从未见过一般。

桌上只剩男士的交谈声，雅雯恢复自若的神色，乖顺地搂住陈放的一条胳膊，半张脸贴住他的上臂。陈放不时转头与她咬耳朵，借机亲昵一番。

陶禧在对桌略感局促，垂下眼，默默望向纹路复杂的台布，一时竟食不知味。

原本说好餐后去陈放为雅雯购置的"金屋"参观，可江浸夜临时变卦，铁了心要回家，陈放大骂他"浑蛋，不给面子"，还连挥几拳。

拳头擂在胸口发出闷响，江浸夜没躲没闪，笑着接下。

因为喝了酒，江浸夜叫来司机，带着陶禧坐到后排。陶禧见他一钻进车就仰靠着椅背闭上眼，忐忑地倾过身子问："疼吗？"

"你说呢？"

"我……"

"心都碎了。"

江浸夜似笑非笑地睁开眼，看到陶禧半是不满半是错愕地愣怔着。

她浓密的睫毛颤动，小鼻子小嘴，像覆着晨露的栀子，香气馥郁，让人非常想采摘。

司机如老僧入定，车身平稳无半点颠簸。

“你既然心情不好，就别跟他们瞎闹了。”江浸夜低眸，一边自顾自地说，一边取下手表，“说说，刚才怎么不开心？”

“没、没不开心，就……”陶禧回过神，下意识地想要否认，刚起个话头又咽下，换上郑重其事的口吻，犹犹豫豫地说，“就是雅雯，她这……这算被陈放……嗯，被他……”

“圈养的小情人，你想问这个吗？”江浸夜笑出声，长臂越过她的背后，撑着她的肩头。

看着是个揽人入怀的动作，没等陶禧躲开，他却先把脸埋入她的颈窝。微热的气息烘暖一小块皮肤，他低沉的声音传来：“男未婚女未嫁，他们想玩什么都可以。桃桃，你对别人的私事这么上心，我呢？你把我放在哪儿？”

陶禧瞪着前方的司机，大脑空白一瞬，慌乱地说：“心、心、心、心……心里！在心……”

她心想他真是乱来。

可一句话还没说完，映入眼帘的是他渐深的眸色。陶禧想躲已然来不及了，话茬被先一步截断。

她后脑勺被按住，被迫吻上江浸夜的唇。

吻到难解难分时他偏头换了方向。陶禧被不容抗拒的力气控制，瞄到前方的内后视镜，只能看到司机的眉毛，心惊肉跳，不知他是否偷偷窥来。

要命的是男人不依不饶，手从她的领口钻入，肆无忌惮地吃她豆腐。

陶禧抑制不住地大喘，江浸夜便恶劣地松开她的嘴，任她羞耻地叫出声。

他实在是坏透了。

热气喷向她的耳朵，他轻笑，磁性的声音擦过她耳膜：“‘心里’怎么够，我要你眼里也只有我。”

他渐渐吻得失去章法，丢掉温柔，只要她顺从。

他的声音迷离梦幻，像下在她头顶的蛊。

“桃桃，你不可以看别人。

“你只能看着我。看着我，你是我一个人的。

“你只有我。”

和雅雯重逢这件事陶禧没有告诉容澜，不想把它变成拿来下酒佐餐的谈资，被大家看好戏一样津津有味地咀嚼。也因为不知从何说起，她便想自己该太息雅雯纯真不再，像被催熟的果实垂坠枝头，活得越发精彩吗？

陶禧怅然，自己哪儿有感慨的立场。

她何尝不贪恋江浸夜胸膛的温度，沉溺于与他每一次的缱绻缠绵？一面害怕一面难以自抑地加速沉沦。

而江浸夜比过去更忙碌了，似乎正在密谋着什么，非要赶在过年前解决。但他从来不会把工作的事情带回家里，陶禧常常在深夜被折磨着——抵着千斤重的眼帘感受他疲惫的身躯压来的重量。

等清晨醒来，枕边空空如也，她甚至怀疑是否真的做了一场梦。

他们一连多日不见，彼此间的联系只剩薄衾下的欢愉。

饶是如此，陶禧满足也甘愿，哪管将来会发生什么，合了眼过一天算一天。

她依旧每天向丁馥丽汇报行程和工作，打消母亲的疑虑，同时忙着准备中期检查的汇报。自从选上汇报人，陶禧反倒多得林知吾的陪伴，两人每天中午一起吃饭。公司里徐组长果然跳槽了，众人表面不置一词，私下无不三五成群地议论着，说他关键时刻跑路真是不讲义气，说他这几年无功无过实在担不起领导的职责，更多的则猜测选在这时离开，怕是他先窥探到什么小道消息了。

唐老板一副“我自岿然不动”“稳操胜券”的模样，于是流言如风过耳，聚拢几天，很快便消散了。

唯独每次和林知吾讨论汇报内容，触及他欲言又止的眼神，陶禧隐隐感到哪里不对。

到了中期检查的前一天，午餐时陶禧和林知吾按下汇报的事，转而聊起天气。视线落向玻璃窗外行人熙攘的马路，林知吾轻松的语气罩不住眉间的凝重。

陶禧按捺不住好奇，问："师兄，你最近总是愁眉苦脸的，有什么事吗？"

林知吾目光移向她，那抹凝重加深了些："我现在说怕影响你明天做报告。"

陶禧摇头："你有话不说，让我时不时地去想，难道不会影响更大吗？"

林知吾想笑，然而嘴角翘起些微弧度就随即被扯平。

他笑不出。

"小桃，如果吉芯通过明天的检查能得到什么？"

"唐老板说了，我们要是通过检查，这个课题能拿到八千多万的专项资金。"

"八千多万不是小数目。"

"是啊！听老唐说，拿下检查后要立刻投入量产，他还要再招些人。"

"量产？几个月前你们还只有core（处理器的核心），没有调试接口的IP模块。芯片的研发设计，时间或长或短，但吉芯这样成立仅仅几年的公司这么快就完成一款高端通用芯片从源代码到流片的全过程，太惊人了。而且这么危急的关口，一直担任主要负责人的工程师辞职，老板居然毫无挽留的意思。"

"师兄是说……"陶禧搁下碗筷，脸色跟着凝重，"这里面有什么猫腻？"

"猫腻不敢说，至少很可疑。不过决策层面的事情轮不到我们操心，小桃别沮丧，先做好手里的事。"林知吾的声音低而缓，有种笃定的力量，能稳住人的情绪，末了他宽慰她，"情况再坏，也有师兄罩着你。"

空气中喧闹的人声像海水，持续不断地小规模推涌。

屿安冬日的暖阳穿透餐厅的落地窗洒下，陶禧迎向光照的侧脸微微发烫，心底没来由的不安依旧如坚冰一般。

她手心渗出了冷汗。

这不安或许关于林知吾所说的吉芯的异常，或许关于江浸夜对她无度的索求。陶禧一肚子的烦恼不知从何说起。

有那么一瞬，陶禧把林知吾错看成江浸夜，心想要真是他就好了——她早就不记得上一次他们坐下来好好说话是什么时候了。

陶禧定了定神，冲林知吾仰起脸，缓缓绽出浅笑，说道："谢谢师兄。"转头看向窗外，她感叹，"今天天气真好！师兄，等下我们慢一点走，晒晒太阳。"

吉芯顺利通过了核高基项目的中期检查。

当天晚上的庆功宴，唐老板西装革履，高举酒杯激动地宣布："大家打起精神来！这只是漫漫征途中的第一步！我们自主研发的芯片已经获得两百万笔国际订单，以后那些国外的公司想用在手机主板上，每嵌入一片都要向我们缴纳专利费！想想就骄傲！另外，后续芯片的开发已经提上日程，我们不要故步自封，要再接再厉！"

为了项目早日验收，款项入账，唐老板没几天陆续招了二十多人扩充公司的研发队伍。

这批人接手徐组长离职后留下的工作，分有单独的实验室。他们紧闭百叶窗，进了屋就上锁，平时和其他同事从无往来，极其神秘。

联系林知吾的话，陶禧确实嗅出一丝不对劲。

"小桃觉得哪里不对？"

"这么快就有订单了，还两百万笔，总觉得老唐好像安排好了一切。"

"你听容澜说过那些订单的发放方、芯片的出货单和发票之类的凭据吗？"

"没有。她一个小会计，也见不到吧？"

林知吾看一眼陶禧，点点头。

他今晚同样加班，尽管没有开车，却执意送陶禧回家。

冬夜的科技园行人寥寥，晚风有了寒意。陶禧双手放在外套口袋里，和林知吾并肩，看向地面随路灯照射的角度拉长变短的影子。

公交和地铁均已停运，两个人走出科技园，在路边等出租车。

林知吾摸了摸鼻尖，说："最近和你走这么近，一次都没看到江浸夜，他很忙吧？否则……"

话未说完，他笑了下。

否则他那样的醋坛子，一早把我大卸八块。

陶禧低头盯着地上的影子，嗯一声，在心里说我也很久没看到他了。

最后一次见他是两周前，他留下一条“要出差，乖乖待在家里”的口信就彻底没了音信。

抬起头，她见林知吾收到短信翻开手机。

目光无意中掠过屏幕上的名字，她认出是个“岚”字。

陈烟岚。

陶禧想起她脚踝上灯塔图案的文身。文身林知吾也有一个，不是灯塔，而是一方蔚蓝色的水域。

大海和灯塔，她果然是师兄的心上人。陶禧抿嘴一笑，并不打算拆穿此事。

两人坐上车，陶禧还没来得及报地址，容澜的电话急吼吼地打来：“你还在公司吗？多久下班？有空来趟中心医院吗？”

陶禧脑子一蒙：“医院？你怎么了？”

“是雅雯，她小产了。”

陶禧远远看到蓉姐走出住院部，路灯下她的脸铁青着，便没敢上去打招呼。

她进了大厅，容澜在电梯前朝她挥手。

“唉，真是可惜，都五个月了。

“雅雯不让通知家人。

“哦，小孩爸爸给医院付过钱了。”

电梯上升的时候容澜在一旁滔滔不绝，陶禧沉默地盯着门上那排变化的红色数字，忽然听得眼皮一跳：“小孩爸爸？是谁？”

“我不认识，不过听她叫‘陈放’。”

陶禧噤声。之前见她在洗手间呕吐，想必那时就有了。

单人病房里一应俱全，窗台上一束蓬勃娇艳的红玫瑰提亮了整间房的色调。

陶禧进去的时候雅雯闭着眼睛，似乎睡着了。她唇色泛白，一缕发丝粘在憔悴的面容上，盖上被子后整个人显得更瘦弱。陶禧放下手里的水果，想了想还是改天再来。

她还没转身，就听到床上传来声音："你是来看我笑话的吗？"

陶禧诧异。她不知道为什么雅雯总有这种想法。

"笑话？我从没那样想过。"陶禧索性走上前，直视雅雯那双凹陷的眼睛，一字一顿地说，"雅雯，你对我是不是有什么误会？"

雅雯失笑道："误会？"

陶禧说："你上次还说我看不起你，我真的从来没有……"

雅雯打断她："因为我挺看不起我自己的，而我们是同一种人。"

同一种人？

陶禧惊愕地瞪着她，一个字都说不出。

"不是吗？别说你不喜欢钱。"雅雯仿佛坦然接受了这一切，换上轻嘲的口吻，眉目淡然，"陈放的女朋友又不止我一个，本来想着有了孩子，地位能稳固一些，可惜小朋友和我没缘分。"

原来她误会我和江小夜在一起是为了他的钱。

陶禧想明白这件事，却不急着澄清，只问："你想用小孩要挟他结婚吗？"

雅雯一愣，随即大笑道："陶禧，你是真糊涂还是装糊涂？陈放不会娶我，但孩子是他的，他肯定不能亏待我。"

陶禧若有所思地点头，说："原来你只图个母凭子贵。"

"不然呢？"盯着陶禧看了半晌，见她不吭声，雅雯意味深长地笑，"你总不会以为他爱我吧？"

"我……"陶禧张张嘴，垂下眼帘，拧起秀气的眉毛。

"别蠢了，他们那种人哪儿有爱，不过图你年轻漂亮，吃完了就吐。所以呀，我们才要抓紧时间争取最大利益。"

"我们？"

雅雯看陶禧写满困惑的脸，不住地摇头："算了，你跟我不是一路人。走不来这条路，还是及时抽身吧。外面不少女人盯着那位江先生，你凭什么认为自己独一无二？这么天真，早晚被人玩……"

"你说够了吧？"容澜生硬地打断雅雯，眼中蓄满愠怒，"竟然还有力气教训别人？不知道现在谁更可怜。说不定明天就被男人甩了！"

"你！"

见把她噎得说不出话，容澜得意地笑着，谁知转过头陶禧已经走了。

出租车在距离公寓楼一条街外的路口停下，陶禧独自走在回家的路上，路灯下的身影有些落寞。

雅雯刚才那番话宛如风暴过境，把陶禧的脑子搅得乱哄哄的。她步子缓慢——反正回去了屋里也没人。她努力把脑袋清干净，可惜那些话不想放过她，一遍遍在耳边回荡着：

“他们那种人哪儿有爱。不过图你年轻漂亮，吃完了就吐。你凭什么认为自己独一无二？”

是啊，凭什么？

长久以来陶禧追逐在他身后，仰望他、依赖他、任他掌控，藏起诸如忐忑委屈这般真实的感受配合他，只为换取共处时片刻的美好。

她宁愿蒙住眼睛，假装无事发生。

她宁愿不做自己了。

直至雅雯冰冷的话语如当头棒喝，陶禧不得不承认她难过得无以复加。

原来她并没有想象中豁达，仅仅外表看似矜持淡漠，却在内心强烈渴望着他的温柔和疼惜、他的注目、他的用心，还有他全部的感情世界。

天太冷了，寒风小刀子似的刮得人脸生疼，陶禧拢紧风衣领口，一路小跑着冲进公寓，半张脸几乎冻僵。

打开门时陶禧还在揉脸，毫无防备地撞见坐在沙发上的江浸夜。

屋里气温适宜，他穿着舒适的亚麻衬衫，宽松的休闲裤罩住长腿，暖黄的灯光下懒洋洋的坐姿透着股纨绔劲。江浸夜戴着耳机正在回复邮件，陶禧缓了缓躁动的心跳，脚步轻快地走到他面前，说：“我以为你至少要消失半年。”

江浸夜摘下耳机，歪靠在沙发上笑得前仰后合。

空气沉静，他们对视几秒，江浸夜如墨的黑眸里掀起了波澜。

他坐直身体，哑声问：“想我了吗？”

陶禧莞尔一笑，并不回答，走到衣帽架旁脱风衣的时候才说：“小夜叔叔平时总是用手机处理工作吗？”

“是，怎么方便怎么来。”江浸夜盯着她，说得言简意赅，并不在意这问题的思维有多么跳跃，说着他拍了拍自己的腿，“过来。”

陶禧风衣里面穿的是一条淡紫色连衣裙，贴身的剪裁完美地勾勒出身体的曲线，露出锁骨下雪白的肌肤。尤其她脚下一步一顿，荡漾着千般风情。“既然这么方便，什么事情都用手机处理好了，我才不要好多天都看不到你。”

江浸夜嘴角噙笑，拉住她一只手，另外的五指贴住她的腿，缓慢上移，望过去的眼中盛满欲望：“这么想我？”

“小夜叔叔。”自刚才见到江浸夜，陶禧就计上心来，此刻连随意的笑声都透着十足娇媚。她轻哼着跨坐到他腿上，双手撑住他宽平的肩，凑到他耳畔，放低嗓音：“你猜猜，我哪里最想你？”

江浸夜满意地笑，没有注意陶禧悄然拾起他的手机，只顾慢慢提起她的裙子，喉结滑动着，朝她比口型：“吃了我。”

根据江浸夜最近收到的那封邮件，元旦当天他将前往屿安S酒店，会见崇喜拍卖公司的两位董事。

天很快就黑了，到处灯火辉煌，大雪下了一天，给整座城市覆上一层白。

陶禧去时遇上地铁站发生意外，临时封站，只能提前一站下车。她戴着口罩，低头对着手机上的地图认路。

她脱了手套，手指滑过屏幕，没两下就感受到严寒的入侵。

节假日街头行人密集，像深海中结队的鱼群。陶禧贪图方便，握着手机过马路，再抬起来时，手指有些僵硬。她匆匆跑进便利店买了两个热包子，放在羽绒衣口袋内，每当手指快失去知觉，就伸进口袋焐一焐，直至找到那家S酒店。

一进门她就抱起双肩包，坐在大堂的紫色绒面沙发上。

从没想过自己会有盯梢的这一天，陶禧只觉得与其胡思乱想，不如亲眼看看。

淡黄色的剔透灯光自高处洒落，脚步声交织着踏过耳畔，暖气驱散寒冷。她脱掉羽绒衣，把包子放在一旁，然后拿出iPad浏览IEEE Spectrum（IEEE综览）和MIT Technology Review（马萨诸塞理工科技评论）。

临近九点，酒店大堂的宁静被一阵急促的高跟鞋声打破，人影未至，俗气浓郁的香水味呛得陶禧打了个喷嚏。

视野里忽地闪过一抹白，是一条细长的胳膊挽着狐皮大衣。有人坐在陶禧斜前方，她忍不住撩起眼皮，偷偷看过去。

高领无袖的蜡染蓝印旗袍裹出凹凸曼妙的曲线，年轻女人化着淡妆，眼尾带了点妩媚的风情，黑亮浓密的长发瀑布般散了一身。边上另一个人穿了条黑裙，红唇恍如染了血，脸上扑着厚厚的一层妆，气势反倒弱了下去。

陶禧收回视线，肚子后知后觉地唱起空城计，她摸到那两个冰冷的包子，思考是图个方便充饥，还是去餐厅。

江浸夜横竖不会来了。

“冯姐姐，那两个老头子年纪可比我爸还大，要是不能多捞一点，我这心里还真挺不平衡。”

“找机会往酒里兑点药，谁知道有没有和你睡觉。那位小江总才是目标啊！”

“他们不是两兄弟吗？”

“只要能搭上一个，今后就不用再发愁了。”

“那……也可能搭不上啊。”

“搭不上就靠自己呗！我们今晚也不全是奔着搭人啊！我把话撂这儿，张导的下一部戏，我非拿到女二不可。你别小看那两个老头子，有一个跟资方是拜把子兄弟。我劝你啊，再好好考虑考虑，这种顺杆爬的机会不多。”

“黑裙子”连声称是。“蓝旗袍”点燃一根女士香烟，架着腿，悠然地抽了起来。

陶禧没来由地紧张，不想再等了，可不知为什么，迟迟下不了离开的决心。踌躇片刻，她刚拿着包子站起身。“蓝旗袍”的手机响了。一串清脆甜腻的笑声后，她披上大衣，挽着“黑裙子”的手，步履婀娜地走出酒店。

陶禧紧绷着一张脸，视线追着她们的身影，随后看到外面驶过的车。前后开来的卡宴晃过两道雪亮的光，刺得她闭了闭眼，再睁开，入目是探身下车的江浸夜。他穿一件版型宽松的海军蓝大衣，粗糙的毛毡面料映在酒店门外的灯下，混进一股野性的深冬气息。

陶禧脑子嗡的一声，飞快地跑出去。

江浸夜和两位董事相谈甚欢，“蓝旗袍”和“黑裙子”站在一边安静地等着，眼珠子滴溜溜地往他身上瞟。

他衣襟上金色的双排扣透着隐隐的威严感，那张好看到极致的脸神色克制。

等想到这样会不会太冒失，陶禧已经来不及刹车，径直冲到几个人跟前了。

她死死地盯着江浸夜，攥紧了手里的包子。

江浸夜神色一凛，脸部柔和的线条瞬间收紧。

满头银发的崇喜高层困惑地走上前，问：“这位小姐是？”

“不认识。”江浸夜同样盯着她，嘴里调笑着，“你们有人认识吗？她可能迷路了吧。”

陶禧大睁的双眼里流露出一抹不可置信。

不认识？

他就算有要事在身，也不至于装作不认识她吧？

“蓝旗袍”记得这个小姑娘刚才就坐在她附近，她怜悯地看一眼被捏成一团的包子，笑吟吟地挽上江浸夜的手臂：“小江总，我们先进去吧，外面太冷了。”

将深邃的目光从陶禧脸上移开，他平静地说：“是挺冷的，走吧。”

一行人走过她身畔时带起一阵风，是陶禧从未体会过的刺骨寒冷的风，她如同坠入深深的冰窖。

夜里陶禧躺下后辗转难眠。

脑子里循环着她将那两个冷却变形的包子投入垃圾箱的画面——因为不敢再往前想，她决定今天晚上就从扔包子开始好了。

扔了包子后，她木然地坐地铁返回，在心里一遍遍地说：“不好意思，打扰了。”

她绝非轻率得见风就是雨，哪怕遭到雅雯那些话的打击，她依旧选择相信自己在他心里的分量。直到经历了之前那一幕，她开始动摇了。

看来他父母错怪他了，他明明就是事业型的野心家，必要时能从容地挽住其他女人，与共枕之人形同陌路。

要是走到山穷水尽那天，他对她，说不要也就不要了。

自己是可以被舍弃的。

哪怕了解过他浑蛋的一面，事先做了足够的心理建设，陶禧依旧双手揪着被子蒙住眼睛，小声哭了起来。

陶禧搬出了与江浸夜同居的公寓，而他既没有多问，也并未制止，转天就远走北里出差。

正好她现在一点都不想看到他，反倒松了一口气。但一时没想好搬回家的理由，陶禧不得不提着行李挤到容澜的地盘去。

"一点都不麻烦，还怕你嫌我这庙又小又破呢。"

容澜提前收拾了一个下午，还特意换了张高低双人床。她住的是套两居室，房东锁了一间房堆放杂物，两个人合住，空间的确局促一些。

"别这么说，你肯收留我，我感激还来不及。"陶禧把硕大的行李箱拖进房间后，蹲下身整理衣物。

"你来我这儿，那个谁知道吗？"

"不知道。"

"你们……"

"容澜，你先别问了，我现在心里不好受。这个月的房租我们平摊。我不会打扰你很久，到时候再向你解释，好吗？"

听她这么说，容澜不便再问，转过头继续铺床，想起陶禧神情凝重的脸，猜她多半和江浸夜出了问题，于是顺口讲了两个冷笑话，哄得她脸色稍霁。

气氛一时变得轻松。

容澜还在想下一个笑话，突然记起什么，忧虑地叹气："还说让你埋头做事业，可惜吉芯也那样……"

"吉芯？"陶禧停下手里的活，惊讶地问，"吉芯怎么了？"

"上周我不小心撞见蓉姐和唐老板在办公室吵架，说什么财务报表和财务审计报告这么做很危险。不过具体的没听到几句，我拿了东西就离开了。总之吉芯肯定没有看起来那么风平浪静。"

陶禧顿时皱起脸，沮丧地说："不是吧……"

她本来还想着回去后用工作来麻痹自己的情绪。

容澜赶紧挥手："我就这么随便一说，可能是我太敏感了。反正现在什么事都没有，你该怎么样就怎么样。"

饶是如此，当陶禧再进公司时也多少察觉出些许不对劲。

吉芯接连申报了八个项目，任务分摊到所有人头上，几乎每个人都在忙着撰写项目技术材料。行政部负责将整理好的稿册递送申报，又联合市场部开始向各个渠道一掷千金地公关。到处一派繁忙景象，唯独实验室的门许久没再打开。

陶禧有时停下来，揉揉酸痛的脖颈，想不起上一次走正规流程开例会讨论是什么时候。

行政经理蓉姐辞职的那天，公司里貌合神离的气氛达到顶峰，中午吃饭时大家三三两两地抱起小团，找地方单独议论。

正值午间高峰期，容澜拉着陶禧走进一家主营西式简餐的餐厅。

人头攒动，容澜好半天才找到一张桌子，还没坐稳就激动地嚷道："变天了！这下百分百是要变天了！蓉姐可是吉芯的元老，连她都走了，我看唐老板还怎么稳定人心！"

陶禧捧着柠檬水，咬唇不吭声。

上头意见不合，公司必然出了大问题。

"小桃？"林知吾两手插在牛仔裤的裤袋里，走近了和陶禧打招呼，"真巧，你这里……"

核高基项目的中期检查结束，林知吾就没怎么和陶禧碰面了。

此时餐厅里差不多满位，容澜抬眼扫去，见来人是林知吾，便开口邀请："坐坐坐，这个点哪儿还有位子。"

陶禧点头，附和着："师兄坐吧。"

"我刚才听孟工和老周说，你们行政经理也辞职了？"入座后，林知吾问。

容澜瞬间被林知吾的话吸引，愣了愣，说："师兄消息真灵通。"

林知吾有些无奈地摇头，轻叹："小桃当初来吉芯上班，我很为她高兴，没想到公司会成今天这样。"

容澜好奇："师兄对我们公司还挺了解？"

林知吾笑了笑，说道：“孟工和老周是我的本科同学，多少知道些。唐老板太急功近利了，或许他初衷是好的，可一旦尝到务虚的便利与巨大回报，谁还会想辛苦地务实？”

陶禧听出他话里有话，害怕听到更为惊骇的消息，面露怯色：“师兄是说……”

林知吾收起笑容，压低了声音说：“有个事已经曝出来了，目前还没声张，你们老唐估计在到处搬救兵。我随便说说，你们随便听听。”

两个女生一同换上严肃的脸色，凑近了瞪大眼睛。

林知吾说：“几个月前的新闻发布会上，唐老板展示的芯片引脚有一百五十四脚，而公司真正能做出来的没办法使用和量产的芯片有二百一十二脚。两款芯片不一样，是赤裸裸的造假。”

“妈呀！”容澜惊叫出声，随即捂住嘴。

陶禧脸上布满惊恐，手里的杯子差点没拿稳。

谁都没想到唐老板如此胆大包天，连工信部的人都敢骗。

他这么做无非图国家下拨的巨额科研经费，再攒个好名声，方便他继续开公司捞钱。

林知吾看着两个女生僵硬的脸，伸手挥了挥，宽慰似的笑道：“整个流程一早就有问题，我这也才刚刚知道。没有办法，目前的事态不是你们能控制的，倒不如早做打算。”

容澜听得两眼发直，喃喃道：“这是要我们开始准备简历了吗？”

林知吾没说话，转而看向陶禧，问：“小桃，你怎么想？”

“我……我不知道……”陶禧受到冲击，一时间没法消化，大脑陷入死机状态。

“如果你有兴趣，可以来我现在这家公司，我帮你做内推。”

“去你公司？”

“对，也做半导体，但不是吉芯这样传统的类型。我们做AI（人工智能），算是近年比较热门的新增长点。这不是小事，小桃好好考虑。”

“小桃，这可不是小事呢！

“还给你做内推哦！

“对我连个正眼都没有，一心惦记着帮你找下家，感动中国！”

餐后两人走在冬日的晴空下，容澜挽着陶禧，用抑扬顿挫的语气逗她。见陶禧脸一阵红一阵白，容澜哈哈大笑。

天空转为淡蓝色，云散成鱼鳞状，浅金色的阳光蜂蜜似的四下流淌。

气温在三到五摄氏度间徘徊，比前段时间的雨季还低一些。

不复先前如临大敌的恐慌，走在人行道上的两人已经能相互开玩笑找乐了，如林知吾所说，事态由不得她们控制，索性不庸人自扰了。

可容澜难免神伤、哀叹：“你就好了，还有人帮忙做内推，真羡慕。”

“你工作时间也不短，又这么努力，不会差的。”陶禧连声安慰，豪爽地说，“大不了我帮你兜底，没饭吃了尽管找我。”

“就等你这句话！说定了！”容澜挑挑眉，挽着陶禧的那条手臂更紧了些，随即说起别的，“刚才吃饭的时候我一直在观察你和你师兄，你们简直天造地设。不过遗憾的是你这样死心眼，怎么都转不过弯。”

陶禧看向脚下的地砖，不说话。

以往自己要是这么说，她保准像被踩到尾巴似的跳起来反驳，生怕对江浸夜的忠心不够天地可鉴。今天居然没有反应，稀奇啊！容澜饶有兴致地盯着她。

“男人和女人在一起不都是为了结婚，还可能为了别的。而结婚也不一定出于爱情。”片刻后陶禧开口，目露消沉，“这是他亲口说的，虽然不是对着我说，但多少也算心里话吧。”

容澜听出这是在说江浸夜，慎重地没搭腔。

陶禧自顾自地说：“其实他没说错啊，找室友都要选个投契的，对他的生活习惯和人品性格打分，更别说还要在同一个屋檐下共处几十年的人，只有爱情怎么够。”

容澜愕然，她什么时候改变了想法？

陶禧继续说：“家和才能万事兴，把需要参考的条件列出来，‘爱情’不知道往后排多少位了。”

“陶……”

“我妈妈以前常说做人要务实，千万别等撞得头破血流了才后悔。”陶禧停下来，平静地看向好友，“我不后悔，但我也有转身离开的权利吧？”

春节前一周，吉芯的唐老板涉嫌诈骗与行贿，被移送司法机关处理，据说找到他时，他正要跑路。

大家这才知道原来他不仅调包——将吉芯自行开发却无法使用的芯片换成从美国买来的，还暗中把政府划拨下来的补贴据为己有。而这一串罪行的披露竟是源于唐老板和他从美国带的那些人分赃不均，起了内讧，对方一怒之下将他举报。还有传言说唐老板本身就不干净，受人威胁一声都不敢吭。

公司里没人求证这些传言的真伪，毕竟老板被抓，行政经理辞职，硬件组和软件组的老大同时默契地告假。

陶禧坐在工位上，在一片鼎沸的人声中茫然无措。

她以为是耳鬓厮磨的恋人，口口声声说着爱，却将所有秘密止于唇齿。这下她连一向自信、能够拿来安身立命的工作也说没就没了。

她不知道是哪里出了问题。

容澜从里间的办公室出来，面对众人的怒火一字一顿地说："遣散费和工资近日结清，一定及时打到各位的卡上，通知大家来办手续，不会拖到年后。"

她竭力维持面子上的平静，声调仍旧没稳住，有些起伏。

不过是跟自己一样拿工资干活的，同事们对她没有多为难，哪怕对于她的话，谁的心里也没底。

暂时接替蓉姐的职务、临危受命赶去救急的容澜不能按时下班。

陶禧同她说好，自己去便利店买便当，等她回家一起吃，谁知下楼了才发现，外头大风已起，暴雨近在眼前。陶禧没辙，顶风狂奔。

"小桃，上车吧，我送你回去！"一辆银灰色轿车紧跟着陶禧，车窗降下，林知吾探头朝她大喊。

她的眼睛这才有了焦点，她咽了咽口水，开门坐进去。

"你们公司的事情我听说了。"

陶禧没说话，一动不动地盯着前方的车龙。

林知吾叹了口气，说："不过我现在要先去接个人，你可以等我几分钟吗？"

陶禧缓缓地点头。

当林知吾下车的时候天黑透了，两道闪电划过天际，像夜空的伤口。

他大步穿过马路，随即消失在不远处的路口。陶禧下意识地转头，辨出四周熟悉的景色，猛然想起附近就是江浸夜的公寓。

她还在纳闷，林知吾牵着陈烟岚由远及近地走来，后者低着头，长发遮去小半边脸。

陈烟岚穿着黑色紧身一字领短衫，腰间绑一件男式长袖衬衣，大腿时隐时现。脚上是一双男式牛津鞋，明显大了几号的鞋码，使她不得不趿拉着走。

至于林知吾，则裸着上身，光脚踩地。

陶禧呆若木鸡，惊愕地瞪视着他为陈烟岚打开后排车门。寒风突袭，搅乱了车内温暖的空气。林知吾走到副驾的窗边，一脸抱歉地笑了下："你要的是两份茄汁牛肉便当，对吧？再等我两分钟，我给她也带一份。"

不等陶禧发问，林知吾跑入一旁的便利店。

"她"指的必然是后面的陈烟岚。

一想到这儿，陶禧如坐针毡，却又动弹不得地煎熬着，暗道早知师兄来接她，说什么也不会搭这趟顺风车。

"真是幸福的人啊，下班有车接送，连晚餐都有人帮着买。"陈烟岚显然不愿放过她，低笑几声。

陶禧知道这是在揶揄林知吾对她的照顾，没什么好声气地说："我对师兄非常感激，还请陈小姐说话别这么阴阳怪气。"

"感激？我还以为陶妹妹毫不顾及别人的感受和处境，一心只为自己着想呢，原来是我错怪了。"

"你什么意思？"陶禧听出她另有所指，太阳穴突突地跳了起来，无畏无惧地扭头迎向她的目光。

陈烟岚嘴角勾起不屑的弧度，轻佻地笑道："你们两个都同居这么久了，别告诉我你对他的事情一无所知。"

你们两个——你和江浸夜。

陶禧盯着她，一时哑口无言。

陈烟岚十指涂抹着黛色蔻丹，她突然伸出一指指向陶禧，说："不是吧？真的不知道？他前段时间被赶出崇喜了，和父母关系一直不好，眼下连画也不能修……”说着，她脸上露出夸张的震惊表情，问，“你真的一点都不知道？”

陶禧的大脑如同被强行塞进一捆有刺的铁丝网，被陈烟岚的每一个字扎出尖锐的疼痛感。心底冒出一排细小的血珠，但陶禧依旧强撑着平静，做最后的挣扎：“我不信。”

我不信他不告诉我。

然而，对陶禧任何一个细微的表情都不放过的陈烟岚露出了然的微笑：“我一直记得你，你好像喜欢他很久了。他确实不喜欢我，我对他也只有一些利用的价值，但他好歹什么都愿意跟我说。而你……听说你们同居过？是真的在谈恋爱吗？”

竟然连他这么恶劣的状况都不清楚。

他向你寻求的只是身体上的满足吗？

不会是“炮友”吧？

陶禧不停地抠手指，嘴唇哆嗦着，从她的话里听出丰富的内容。

陈烟岚乘胜追击：“哎，我还真想……”

“够了，你闭嘴！”不知何时返回的林知吾站在车窗外，扬声打断她的话，“也不看看现在到底谁的模样更可怜！你已经失败到要靠打击别人才能获得满足吗？”

陈烟岚脸色发白，很快抱起手臂，哼了声扭过头去。

走到单元楼下，陶禧一摸口袋才想起没带门禁卡，只好原地等待有人经过。

云海翻涌，清冽的植物气味混入呼吸，大雨将至的潮湿黏上皮肤。她感受着胸腔持续的钝痛，想起几分钟前自己是如何被人抽掉肋骨一样虚弱地下车。

陈烟岚说的是真的吗？

那个骗子！

他把她当什么了？泄欲的花瓶？

或许他的笑是真的，深情是真的，所有动听的甜言蜜语全都是真的——在他看来她大概和其他女人一样，要的只有这些。

连陶禧自己也没有察觉，两行清泪就这么滑落脸颊。

耳畔滚过雷声，下大雨了。

握在手里的手机响起来，陶禧恍惚地接起，听到丁馥丽熟悉的声音，一个没忍住，挤出哭腔：“妈妈，我错了……是我的错……”

我以为不过问对方就是懂事，就是体谅。

他只当我是金丝雀，可这不是我要的。

我不等了。

丁馥丽当然听不出陶禧这番意思，只不过听到女儿的哭声，慌张得全身的神经都绷紧了，不住地发问：“桃桃？你怎么了？发生什么事了？你还好吗？你现在在哪儿？”

陶禧握着手机蹲下，环抱膝盖热泪盈眶。她彻底哭花了妆，涕泪惨不忍睹地淌了一脸。

一旦开始纠正错误，必然得捋出最初的线头，比如她撒的第一个谎。

陶禧勉强止住呜咽，清了清嗓子，说：“妈妈，我们公司倒闭了。”

第七章　至亲至疏

除夕这天下午陶惟宁正在厨房忙碌，忽然接到江浸夜的拜年电话。他们照例聊些古画修复方面的工作，丁馥丽憋着气，紧挨丈夫偏过耳朵跟着听。

十几分钟后，陶惟宁松开手机，说："小夜给你拜年。"

丁馥丽一愣，翻翻眼皮没好气地接过来，收敛了不满，客气地应付："喂？小夜？过年好，也祝你们全家过年好。"

跟他从过去到现在都不对盘，丁馥丽打算敷衍两句就挂，谁知江浸夜突然说："桃桃在家吗？我也给她拜个早年吧。"

"不必了。"丁馥丽眉头一紧，没有丝毫迟疑地道，"谢谢小夜，你的好意我们收到了，等会儿吃饭我会转达。我也替桃桃向你父母拜个早年。"

"那好，有劳师娘。"江浸夜干笑一声，悻悻地挂了电话。

丁馥丽冲手机恶狠狠地瞪去，心想这小子把我女儿坑得这么惨，脸皮究竟是有多厚才能若无其事地继续纠缠。

陶惟宁刚想说些什么，被夫人抢先交代："老陶，什么都别说，你千万别替那小子求情，这事没商量！"她把手机往陶惟宁怀里一推，嘟囔着"听到他的声音我就来气"，满脸愠色地转身上楼。

丁馥丽忘不了一周前接到的陶禧的那通电话，电话里陶禧泪如雨下，当妈的心肠快要拧断了。后来她听陶禧说和江浸夜同居了一阵，气得差点当场昏厥。

她思来想去陶禧为何做出如此出格的举动，铁定是被江浸夜带坏了。

于是听到陶禧说想搬回家，老母亲掬一捧欣慰的眼泪，对那些糟心事一律既往不咎。

到底是年轻人，吃亏犯错不见得是坏事，加上难得女儿诚恳认错，甚至对春节和林家一起吃饭都不抗拒了，丁馥丽高兴还来不及。

楼上的房间里，陶禧穿着家居服盘腿坐在电脑前工作，十指噼啪飞快地敲打键盘，盯着显示器。

丁馥丽叩门没人应，轻轻推开，探进脑袋问："桃桃，还在忙呢？"

"这个卷积神经网络蛮好玩。"她把脸凑近屏幕，手指滑过屏幕上的两行代码，喃喃自语。

丁馥丽听不懂，但知道这和林知吾有关，笑逐颜开地走过去，说："这就是你师兄帮你介绍的新工作？"

陶禧头也不回地嗯了一声。

林知吾前几天让她看一篇她即将的新东家曾经的论文，说是曾经被ICLR（真正的职业竞争力指数）评选为最佳——那家公司正是他目前供职的地方。

"还是师兄对你上心！"丁馥丽感慨着摸了摸女儿的头发，"对了，大年初三和他们家吃饭，你觉得……"

"你和爸爸决定好了。"陶禧捧着书，低头翻找。

丁馥丽以为听错了，手上的动作停下，片刻后激动地说："哎！好好好！"

一连下了三天的雨，人们就算缩手缩脚地蜷在屋中，骨头缝也透着湿冷的寒意，像嵌满了冰碴子。

初三一大早总算放了晴，深色的木地板泡在温暖的阳光里，看着让人很想就地打个滚。丁馥丽一大早哼着歌打开门窗，通风散气。

陶禧穿着高领羊绒衫，长发压在衣领里，一边揉眼一边下楼："妈妈，早。"

"早啊，桃桃。"

丁馥丽从厨房端出热好的三明治、鸡蛋和牛奶，又找来一把梳子。

陶禧捧着三明治小口咀嚼，她就站在女儿身后帮忙梳头。

托着一把柔凉细软的黑发，丁馥丽惊叹："桃桃，你的头发长得蛮快，这都要齐腰了，过完正月去剪了吧。"

陶禧嘴里塞着食物，含混不清地说："干吗要剪？就留着呗。"

"新年新气象嘛，而且妈妈看你……"

她换了个人似的，好像下决心要闯出一片新天地跟过去告别。丁馥丽深知女儿不过看着温顺，这么一说，怕是又要激起她的逆反，便生生截住了话音。

但陶禧听出来了，不在意地大嚼两口三明治，说："为什么人想改变就非去剪头发不可，这是哪里来的规矩。搞这么隆重，全都是形式上的。我才不要为了别人剪自己的头发。"

"这话我爱听，我们桃桃剪不剪都是美人。"丁馥丽眉梢带着喜色，想到什么试探地说，"妈妈觉得你跟知吾蛮配的。"

陶禧没说话，拿起杯子专注地喝尽剩下的一点牛奶，好像听到了，又好像没听到。

在丁馥丽看来，陶禧默许了这种说法，于是傍晚丁馥丽见到林家父母时心里也有了底气。当着两个小辈的面，丁馥丽把"般配"这话重复了一遍。林母笑得嘴都合不拢，拽着陶禧的手，一直走到饭店门口都不愿松开。

丁馥丽暗暗打量他们，一个安静温婉，一个儒雅持重，怎么看都是一双璧人，不禁后悔过去由着陶禧的性子，生生耽误这么久。席间一桌人热络地聊天，丁馥丽听陶惟宁提到他最近在帮某位导演给一部关于文物修复的纪录片选角，还联系了远在英国的师姐，便灵机一动，建议林知吾和陶禧两人出趟远门，散散心。

她话说得直白："孩子们需要更多相处的机会。"

不过眨眼的工夫，丁馥丽就都想好了。这两人能搭上摄制组的顺风车，来回路费全免，而且这么多双眼睛盯着，料想林知吾也不会乱来，还可以趁机多多表现——这计划简直不要太周全。

和丁馥丽不同，林家父母喜欢陶禧，却没有半点自作主张的意思，说了句"这事还是知吾自己决定"，就把球传给了儿子。

妈妈恨不得明天就办喜酒的心思昭然若揭，陶禧没反对，垂下眼睫，静静等着林知吾表态。

准确说她好奇林知吾的反应，毕竟他对陈烟岚的感情她一清二楚。

林知吾却未多做考虑，手指轻推镜框，笑了笑，道："是去伦敦吗？我的英国签证还没到期，就当度假了。"

陶禧惊愕地看向他："师……师兄……"

迎上陶禧的视线，林知吾仿佛想要告诉她她没听错，温声重复："我对长辈们的安排没有任何异议。"

那、那陈烟岚呢？

你的文身呢？

陶禧问不出口，傻眼地看着他嘴角的笑意，听到他说："小桃，你也是吧？"

出发去英国的头天晚上，陶禧像个第一次春游的小学生般失眠了。

脑海中一遍遍确认要带的行李和证件，她回忆这些天上网准备的功课，逐一查缺补漏。

翻了几次身，她索性掀开被子，轻手轻脚地下床，打开行李检查。手指划过大件小件的衣物、护肤品和几样提升气色的化妆品，连杂物也重新清点，确认后合上盖，她拿起手机出门下楼。

白色睡裙的荷叶边裙摆晃过楼梯拐角，陶禧走进书房，打开枯枝状的落地灯，橙色的光线雾一样撑起暗夜中的一角。坐在靠窗的一把黑色真皮沙发椅上，她拿手机查看未来几日伦敦的天气预报。

糟糕！她越刷手机就越不想睡觉！不是激动，也并非兴奋，心脏被一些莫可名状的情绪挤压着，忧心忡忡。

那天林家和丁馥丽对远行计划一拍即合，当场热热闹闹地商量起来，只有陶禧问陶惟宁同行的导演拍了部什么纪录片。

陶惟宁说："当然是古画修复。"

陶禧问："那爸爸去吗？"

陶惟宁摇头："爸爸不去，不过我给他们推荐了一些人，让导演自己定夺吧。"

陶禧没再继续追问。

她不想听到那个名字。

当了几天把脑袋埋进沙堆的鸵鸟，眼下她终于承认那种有事将要发生的预感让人实在难受。

无奈地关了灯，她唰地拉开落地帘，前额贴着玻璃向外看，想象自己变成一颗流星，惴惴不安地落入大气层，失掉重心不断下落。

中午十一点的航班。

一大清早，两家欢天喜地地把儿女送抵机场，隆重得好似新婚。

然而步入候机大厅的一刻，陶禧听到心里轰然作响。

那个站在前方一群人中，眼睛里藏着尖锐，身形挺拔，冷静淡漠的年轻男人不是江浸夜是谁？

陶禧僵住了，身体像被攫走了能量。

许久不见，江浸夜比过去似乎更加成熟淡然，举手投足间散发着一股迷人的气息。

丁馥丽也僵住了，不可置信地用手肘撞了一下陶惟宁，竭力保持脸上的镇定，悄声问："他、他怎么会在？"

陶惟宁沉吟片刻，若有所思地说："看来小夜答应了，是个好机会。"

母女俩还在无措地愣神，江浸夜已看过来，朝他们挥手。

人群中一个留浓密络腮胡、发际线告急的中年男人快步走过来和陶惟宁握手，他有一双和善的小眼睛，面相敦厚。

陶惟宁向其他人介绍："这位是孟庆依导演，那几位都是他们摄制组的成员。"

孟庆依两年前就在筹备一部纪录片，讲述十位传统工艺匠人的故事。片中的候选人年龄均为三十岁左右，因为年轻一点的匠人比较接地气，能给人一种活力感。兼任制片人的孟庆依还带领团队走访全国，编写了十多万字的调查报告，目前预备拍摄古画修复。

他上个月找到陶惟宁，道明来意，那时首先询问的就是江浸夜。

因为北派的古画修复以故宫为代表，申请拍摄的审批周期长，而且故宫文物修复室中有不同的工艺组，每一组的水平都堪称国内顶尖，更适合作为一个整体单独进行拍摄，所以他决定从南派入手。当他打听南派的古画修复代表人物时，几乎所有人都不遗余力地推荐江浸夜——江浸夜曾经在大英博物馆待过三年，熟悉那里的修复部门，正好进行一次有趣的比较。

只不过上个月江浸夜身陷一堆琐碎的事务中，腾不出时间，陶惟宁才又推荐了其他人。

丁馥丽把陶惟宁拉到一边，气急败坏地问："这些事情你怎么不早跟我说呀？"

陶惟宁两手一摊："我哪儿知道你对这些感兴趣？"

丁馥丽不依不饶："骆馆长手下也有一些优秀的修复师，那些人呢？"

"匠人突出的是个人，博物馆则是一个集体，就像故宫，更适合单独拍摄。"

"南派就没人了吗？只剩他？"

"小夜的技艺有口皆碑，况且我现在只有这么一个学生，他露了脸，我跟着沾光，多好的事情！"

"你……"丁馥丽听得瞠目结舌，忍不住嘀咕，"凭什么是他……"

他们争执的动静变大，零星的话语落入孟庆依耳中，他便走过来宽她的心，解释道："其实博物馆和民间商业的书画修复是不一样的，博物馆目的是保护文物，力求修旧如旧。而民间商业修复大多是为了提高书画的价格，需要'如新'，这对文物保护很不利。陶老师做商业修复，可始终严守这条原则。我非常钦佩他的观点，破损之物也有它的尊严，修复者理应守护。作为陶老师的学生，江先生是众人举荐，实力有目共睹，这个人选非他莫属。"

再挑剔就是胡搅蛮缠了，当着这么多人的面，丁馥丽撇撇嘴，咽下这口气。她转过身去找陶禧，见女儿在和摄影师聊天，便喊了声"桃桃"。

陶禧跑来，向孟庆依问道："孟导，我爸爸会出镜吗？"

孟庆依笑道："老师当然可以出镜，但不作为叙事主体。"

"我跟师兄临时加入会不会麻烦你们？"陶禧顿了顿，看一眼林知吾，后者点点头，她才接着说，"放心，我们的开销不会算在你们的经费里。"

孟庆依拊掌大笑，说道："那我还有什么意见？"

陶禧眼睛里露出狡黠："我刚才问了，那位摄影师负责花絮拍摄，可以让他帮我和师兄剪一个吗？"

“当然。”孟庆依随即叫来摄影师，对陶禧眯起眼睛，“你记住了，只要他扛起摄影机，那就是拍摄中。小陶姑娘，好好想想该怎么表现。”

“我想好了，不过需要师兄配合。”陶禧说着后退几步，向林知吾招呼着，又朝摄影师扬起笑脸，“麻烦你了，就按我们刚才说的来。”

摄影师打开镜头盖，比了个OK的手势。

陶、林两家的长辈宛如亲历儿女婚礼现场，四手紧握，面带欣慰的笑容。其他人纷纷转头，探究地看过来，唯独江浸夜冷着脸。

他眼中蓄着薄冰，比起当初在服装店借故找悦蓉碴时的大发雷霆，如今他更沉得住气了。

江浸夜注视着林知吾站在陶禧身边，微微弯下腰，以便和她的脑袋保持同一水平线。孟庆依歪头盯了几秒，向他们挥手，示意林知吾揽住陶禧的肩膀，显得更亲密些，然后让他们依次对着镜头做个开场白。

“哈喽！我是陶禧，这是我第一次去英国，第二次出远门，非常感谢师兄的陪伴。目前距离登机还有三个小时，我打算到处转转，快不记得机场的长相了，哈哈！”陶禧自顾自地笑开。

江浸夜垂在身侧的手缓缓握起了拳头。

陶禧第一次出远门是和他一起，当时小姑娘在机场揣了一肚子好奇心，哪里都要看，十头牛也拉不住。没想到短短几个月，物是人非。

他是欠陶禧一个解释，可她失去了等他回答的耐心。

“他刚来的时候根本静不下心，恨不得一小时做完一天的事情，我家那位说他像个跳蚤一样。”

“喂！老陶你、你瞎说什么，我什么时候说过跳……哎哟，那是爱称。”

江浸夜回过身，摄影机镜头已转向了陶家二老。丁馥丽被陶惟宁当场拆穿，面对江浸夜瞬间没了底气，破天荒地说起了他的好话：“小夜这孩子悟性蛮好的，我记得他对着一幅画静下心来的时长，从一小时减少到五分钟只用了一周，比老陶带过的其他人都强。那些人啊，有的两三年了还做不到。我那时还跟老陶说，这个小孩很适合这一行，坐得住。”

陶惟宁连声附和：“嗯，确实是她说的。那时小夜总冷着脸，一副生人勿近的样子，像个罗刹……哦，这也是我家这位的评价。每天都要挨到六点多才走，我知道他想和我们一起吃饭呢！”

“陶惟宁！”丁馥丽郁闷得直跳脚，还要顾忌镜头控制表情，朝丈夫连瞪几眼。

陶惟宁老顽童一样乐不可支，亲昵地挽住她，安慰道：“好啦，你取的这些外号想象力挺丰富的。”

“我……”丁馥丽几乎噎住，有些慌张地问孟庆依，“导演，这段可以剪掉吗？”

“不要紧，我们经历的每时每刻都能用来取材，不过等剪辑成最终版本，会根据整体效果来取舍。放心好了，丁女士这么高贵美丽，我们的片子必然不会损坏您的形象。”孟庆依被夫妻俩逗乐，笑着说明情况，随后想到什么，拖长了尾音，“不过嘛，这次的主角是江浸夜先生，要是您期待多上镜头，或许会失望。”

“噢，我不期待。”丁馥丽暗暗松了口气，下意识地看向在一旁低头沉思的江浸夜。

顺着二老的话头，他记起第一天去工作室的颓丧心情，第一次开口喊老师的不情不愿，细致得恍如昨日重现。

他慢慢记起奶奶病重住院后那院子空落落的，荒芜得似坟冢。除了陶家人，江浸夜在屿安就没有别的熟识之人。那时陶家的饭桌上充盈着小家庭的热闹气氛，他想要多汲取一些愉悦的养分。

他害怕会被内心的阴暗压倒，现在才发现曾经一心一意矫情的自己，如果真的全扔掉有多可惜。

还好原来大家都记得。

有一瞬间，江浸夜想，自己欠陶家的可能一辈子也还不起。

飞机起飞后，陶禧始终扒着舷窗，向外俯瞰。

直至飞机进入平流层，窗外景致变换，铺开一眼望不到头的云海，陶禧这才关上遮阳板，惬意地靠上椅背。

身边冷不丁传来林知吾的声音：“小桃刚才拉着我看镜头是故意的吗？”

陶禧闭上了眼睛，轻提一边唇角：“师兄顺从两家父母的心意也是别有目的吧？”

林知吾笑了笑，说：“小桃果然聪慧过人。”

陶禧这才转过脸看着他：“师兄过奖了。我唯一不明白的是，师兄为什么明明喜欢陈烟岚还愿意陪我演戏？”

林知吾盯着她看了许久，随后缓缓地仰靠着椅背，望向上方的行李架，双眼呆滞：“如果她需要我这么做呢？”

“什么意思？”

“我会尽我所能帮助她，实现她的理想。如果这么做能让她获得想要的东西，或是想要的人……”

“可、可你怎么办？”

“我不重要。”

“骗人！”陶禧转过半边身子，激动地提高音量，“看到喜欢的人跟别人在一起，师兄不会伤心吗？我仅仅是想一想都难过得快要窒息了！我不相信师兄毫无感觉，要真是那样，你肯定也不是真正喜欢她。”

“不是什么时候‘喜欢’都排第一位！我的感受并不重要！”向来沉稳的林知吾头一次发了火，瞪向陶禧的表情前所未有地凶恶。

陶禧呆若木鸡，震惊到失声。

缓缓平静下来后，她靠回去，低头小声说：“我知道你们以前就认识了，你们……一定发生过什么吧？”

林知吾咽了咽口水，有些难以启齿，最终只应了一声“嗯”。

陶禧没有进一步打探的欲望，反正捅破了这层窗户纸，等到林知吾想说的时候他自然会告诉她。

“但是师兄想过吗？如果我们把戏演到底，你为了她还会搭进我的人生。”

“我对你不是没有好感。”林知吾呼吸急促，仿佛迫切地想要证明自己的诚恳，抓住她的小臂摇晃，“只不过在很多年前我就这么决定了。陶禧，如果我们结婚，我会像真正有责任心的丈夫那样对待你，让你感觉不到丝毫的敷衍。”

“哪怕你并不爱我？”陶禧眼中闪过一抹哀戚，“哪怕你付出这么多她也未必得到想要的结果？”

林知吾张张嘴，一个字也说不出来。

他注视着她，松开手，那双眼睛燃烧的火慢慢熄灭。

“不管你欠她什么，都绝对、绝对不值得你这么做。”陶禧摇头，“师兄，你别这么傻。”

飞机抵达希思罗机场是下午四点半，陶惟宁的师姐林远珊亲自接机。

她身着一袭松绿色长风衣，短发泛着健康的黑色光泽，面容清癯，颧骨微突，却不怎么显老，整个人素净得好像一丛经雨洗过的竹子。

她张开双臂和江浸夜礼节性地拥抱，随后与孟庆依及团队一一打过招呼。

视线随后落在陶禧和林知吾的身上，林远珊问：“这两位是……”

孟庆依言简意赅地介绍：“他们是临时加入团队的年轻人，这位叫林知吾，这位……”

“她叫陶禧，是我的助手。”江浸夜打断导演的介绍，上前一步，平静地续过话茬。

孟庆依愣住，其他人也愣住，齐刷刷地投来困惑的目光。

随行这段时间，哪儿听说他有什么助手？

陶禧脸上疑窦丛生，看向江浸夜。这是她此次出行头一回认真地注视他：他穿着挺括的大衣，没系扣；下巴垫在毛衣的高领上；肩膀宽阔，像某个风华绝代的影视明星，牢牢吸引别人的视线。

隔着几个人，江浸夜同样也看着她，不徐不疾地补充：“陶禧是陶老师的女儿，过去我在工作室学习的时候她常常帮我打下手，对我的工作非常熟悉。人聪明，尤其我随便一句话她能记好多年，这种活字典型的助手在市场上怕是请不到。”

陶禧僵了僵，心里不安。

她曾经对他奉若神明，将他的举手投足用放大镜捕捉记录。过去江浸夜在陶家的工作室干活时，陶禧总喜欢小尾巴一样跟在他身后问东问西，天长日久装了一肚子书画常识。

原来他都知道。

她不知道他怎么看她，想必充满了受人追捧的骄傲吧？

不，这人一向骄傲，追捧他的何止她一个，恐怕早就司空见惯。

陶禧有些想笑。这次重遇江浸夜实属意料之外，可既来之，则安之，她不愿流露出半点慌张，让他发现她还在乎。

这么想着，她移开视线，轻描淡写地说："我以前确实给江先生打过下手，不足挂齿，如果还有能帮忙的地方我会尽力。"

巧妙地避开江浸夜话里的重点，把话题转到别的方向，陶禧无视他冷下来的表情，走到林远珊身边。

林远珊笑得温和："桃桃，你爸爸还好吧？"

陶禧过去只在旧相册里见过陶惟宁的这位师姐，并没有留下多少特别的印象，仅仅是集体照里众多面庞中的一张。

陶禧却听爸爸无数次提起，林远珊第一次去大英博物馆是在二十世纪八十年代末参加业界的一场学术交流会。

她看到，博物馆里虽然收藏了海量的中国古画，但一直由日本修复师主持工作，致使许多画的装裱形式照搬日本，失去了中国传统的特色。更令她痛心的是，一些国内出土的文物经西方技术人员修复后反而加速了损毁。

于是她辗转找到博物馆馆长，提出让她展示中国的古书画修复技术。

当时大英博物馆的文保科学研究部正对一幅被火烧坏的古画头疼不已。林远珊镇定自若地用排笔蘸取开水，向古画正面泼洒，完全洇透纸张后，又吸水拭干，反复几次，直到胶水与画面分离。

在场观看的所有工作人员都目瞪口呆，他们从来没有见过这样的修复方法。

每每讲到这里，陶惟宁都要停住，对陶禧卖起关子。

眼下见到真人，陶禧难免记起往事，紧张缓和了不少，笑着说："他挺好的，这些年也很想念阿姨你……还是应该叫师姑呀？"

"哈哈！别叫师姑，就叫阿姨。"林远珊热络地牵起陶禧的手，询问她的近况。

林知吾走在陶禧身侧，不时附和几声。江浸夜则跟在后面，略微低着头，看不清模样。

一行人缓步走出机场。

坐在车上，孟庆依不失时机地向林远珊确认这几天的拍摄日程。出于预算的原因，时间比较赶。

林远珊和陶禧坐在中排，相互挽着胳膊。

“你们这次出来不是为了玩，去不了什么地方了，不遗憾吗？”林远珊略有惋惜地说。

窗外的天空堆满积云，是灰蒙蒙的蓝色，有了落日的征兆。

陶禧不错眼地追着晃过窗外的塔桥，轻叹道：“在所难免吧。江先生钦点我为他的助手，我能帮上他的忙，爸爸也会很开心。”

前排的江浸夜正仰头喝水，闻声呛了几口。

她这话说得巧妙，道出陶禧默许“助手”这回事，实为父亲托付，既没有拂了江浸夜的面子，也明示了不是她本人的意愿。

“能加入孟导演的拍摄是我们的荣幸，比普通旅行更有意义。”坐在后排的林知吾坐直身体，接着说，“对了林阿姨，我听陶禧说，您曾经用开水洗画征服英国人，真是奇妙的创举。”

追忆过去，林远珊大笑道：“确实吓了他们一跳。我趁机告诉那些人，我们修复一幅书画作品少说也有二三十道手工工序，洗画只是其中一项。还顺便展示了全色和接笔的技能，因为西方的观点是不赞成接笔。不接笔看似方便，但根本原因是他们做不到。中国修复古画的手艺有一千多年的历史，所以我就按师傅们传承下来的方法做，英国人很惊奇，也很佩服。”

摄影师架着专业摄影机坐在SUV最后一排，一刻不停地记录车内的谈话。

陶禧和林远珊你一言我一语，其中间或插入几声林知吾的提问，江浸夜始终抱着手臂，把脸转向窗外不发一语。

快下车时还是林知吾问：“听说江先生过去在大英博物馆工作，收获无数称赞？”

“他啊……”林远珊想起什么，眯起眼睛，随后扬声说，“小夜，你大概不记得Alan了吧，他心心念念要找你再比试比试，还堵着一口气呢。”

“随便。”江浸夜话中的语气毫无起伏，他倒是明明白白地在说“不屑”。

直至林远珊进入大英博物馆的东方书画修复室，馆内一千多幅中国古画才有了修复展出的机会。二十多年来，她以一人之力修复了三百多幅画作，让中国的古画修复技术在海外站稳了脚。

十年前，林远珊成立了自己的团队，收了几名学生。

Alan是其中一人，一个年龄、身高与江浸夜相仿，在卢浮宫做了三年油画修复，自称受到东方文化感召，决定投身于中国古画修复的奇妙的美国小伙子。

五年前江浸夜见到他时，那双湛蓝的眼睛还充满了轻蔑。

可自从江浸夜返回中国，Alan就开始苦练中文，现在和林远珊交流基本用普通话。

林远珊径自笑了："随便？不久前我们在库房找到一幅唐代的绢画，过去被博物馆截为两段，按照日本的装裱方法，把画幅固定在了木格纸板上。年底要举办丝绸之路的中国展，必须尽快修复，不过遇到了一个难题。听说你也算业内高手了，有什么建议吗？"

江浸夜面色平静："看看再说。"

未多做耽搁，转天上午摄制组前往大英博物馆的东方书画修复室。陶禧见到了Alan。他有一头柔软的褐色鬈发，眼睛很漂亮，是纯净的蓝色，让她想起林知吾关于大海的文身。

原来美是相通的。

他穿着卡其色法兰绒衬衫，歪头注视着江浸夜向其他人问好，环抱手臂，一脸的高傲骄矜。他注意到陶禧的视线后，沉寂的双眼骤然亮起，默默靠过来，问她："你和他们是一起的吗？"

陶禧点头："是的。"

"你有什么不懂的尽管问我，这里除了林女士，数我最资深。"

他的中文确实流畅，柔缓的音色让人想起春天的溪水。就是他一眼就把陶禧当作江浸夜的助手，或是随行的学徒，让她多少有些郁闷。

将错就错，陶禧不以为意地笑道："好。"

他们微小的动静被江浸夜飞快地捕捉到，他眉毛微拧，稍微提高了音量："我听林老师说起你们目前正在修复的绢画，还请Wilson先生介绍一下遇到的难题。"

Wilson是Alan的姓氏，他双手一摊："No，没有难题。我们已经放弃重新装裱，因为那样大概率会造成画的不可逆损坏。至于糨糊，一件小事。”

江浸夜点头，面无表情地对摄影机说：“明白了，他们的难题是糨糊。”

修复古画的过程中几乎每一道工序都会用到糨糊，它的质量直接关乎修裱的结果。打糨也是每一个学习修复中国古画的人做学徒时必经的步骤。

Alan没辙，只好承认：“夜，我们的糨糊总是调不出最适合这张画的。实在太神秘了，夜，全凭目测、手感和经验，怎么都不对。”

他口中的“夜”是“Yeah”的发音，听着有种错位的喜感，工作室里原本严肃的气氛因此松动了不少。

而江浸夜绷着脸，向林远珊要他们的修复方案。

瞥一眼身后的摄影机，陶禧下意识地往外走，被江浸夜低声叫住：“陶助理，可以帮我的忙吗？”

此后的几个小时陶禧寸步不离地跟着江浸夜，帮他开电脑、递手套，甚至给他系围兜。

两人配合得相当默契，不知情的人看了，还真当陶禧为江浸夜做过多年助手。江浸夜一伸手，陶禧就递上棕刷；江浸夜食指轻敲台面，陶禧就送来裁好的宣纸。

由于这幅画绢质朽烂，撕破断裂严重，为了减轻绢丝进一步受损，在揭褙纸前，江浸夜用稀糨水油纸贴于画心正面，加以固定。

一切于无声中进行，四周静得落针可闻。

在水油纸上连覆两层宣纸做保护层，江浸夜这才翻动绢画，将画的正面向下平置，预备揭去画心的褙纸。

在传统国画中，直接作画的那层称作画心。装裱时，先上一层紧贴画心的托纸，称为命纸，起保护画心的作用。

命纸后再上一两层托纸，叫作褙纸。

修复时先揭褙纸，再揭命纸。这是关键工序，其烦琐程度哪怕行家也不敢掉以轻心，稍微操作不当，就将断送画的性命。

因此江浸夜停在这儿，手撑着修复台，慢慢直起身，露出满意的笑容：“最困难的总算解决了。”

陶禧撇撇嘴，没说什么。

Alan观察江浸夜在操作台前忙碌，不久百无聊赖地想要离开。见陶禧同样抱臂站立，Alan小声怂恿："禧，我带你去逛博物馆？"

逛博物馆？

陶禧抬头看见他脸上表情真挚，正要答应，江浸夜突然朝他们扔来一句："糨糊的配方我做好了，你明天之前打出来。"

"What's that?（那是什么？）"Alan像个考试作弊被当场抓包的小学生，惊讶得差点跳起来，很快回过神后又陷入沮丧，唉声叹气，"夜，你公报私仇。"

"还用上成语了？"江浸夜眉梢一挑，"那顺便缝制一下卷轴的扎带吧。"

"No,No,No！我必须要为自己……"

"马蹄刀也磨一下。"

"Please！（拜托！）"

"哎，好像还有两幅画需要打蜡砑光。"

Alan彻底没了脾气，向江浸夜连连作揖讨饶，拇指与食指并拢划过嘴唇，做了个拉上拉链的手势，示意投降，不再抗议。

江浸夜眯着眼睛，向摄影机点头。

一群人欢快地笑开，几只手颇为同情地拍拍Alan的背，鼓励安慰他。

陶禧受气氛的感染也笑了一阵，心里那点平白无故被他使唤的不平消散了许多，不禁多看了他几眼。

江浸夜的脸焕发出一种奇异的神采。以前他在陶家修画的时候，陶禧常常偷偷趴在窗台上观察，对他的状态十分熟悉，这种神采说明他的大脑正在梳理过往的修复经验。

那副沉浸与专注的面孔，仿佛真如陶惟宁所说，"身涉时光的长河，与古人对话"。每一次的修复，画的寿命得以延续几百年，他们手中的纸或绢便不再是死物。屋中不见神佛，修画的人却有了自己的皈依。

及至午餐时分，江浸夜的修复工作彻底告一段落。

拍摄时间紧凑，摄制组随后对江浸夜做一小时的专访，陶禧终于得以脱身。

林知吾先她一步去展厅参观，陶禧跟着人群乖乖排队，还租了一个讲解器，塞进耳朵边走边看。

博物馆正门是仿照古希腊的帕特农神庙建的，八根罗马柱气势磅礴。才刚下过雨，空气中凉风习习。覆有巨大玻璃穹顶的中庭在灯光作用下，如沐响晴薄日。

进入东方馆，陶禧四下张望。没等找到林知吾，冷不防肩头被人轻拍，她转过脸，看到高鼻深目的Alan。

连寒暄都省去，不同于先前的矜持，Alan面露焦急，开门见山地问："我听说夜不能在你们国家修复了，是真的吗？"

江浸夜是什么样的人？

他为了达到目的不惜利用别人的感情，是个理性且自私的人。

他像停歇在黑色海边的鸟，漂亮高傲，哪怕降落也不肯屈一屈修长的脖颈。很少有事情让他上心，永远一副稳操胜券的模样。

过去和他亲密的时候，陶禧听他说将来想专心从事修复工作。

无法想象"不能修复"对他会是怎样的打击。

Alan见她一脸茫然，意识到自己的唐突，酝酿一番才再次开口："原来你不知道，不好意思。"

Alan想必很是惊诧，作为助手，她对这样严重的事故一无所知？

陶禧不是迟钝的人，在心里从头到尾审视过。那些对于他欺瞒的控诉何尝不是说明她的被动——永远停留在原地，闭上眼睛等待安排。

"你可以告诉我吗？"

Alan以为听错，怔了一瞬，问："你说什么？"

陶禧换上哀求的口吻，迫不及待地说："麻烦你告诉我，他发生了什么事？"

原来江浸夜从英国返回屿安不久就接到了一个工作，受一位华裔收藏家委托修复一幅清代的画作《百佛图》。那位收藏家高风亮节，还说等修复工作完成后，将画作捐赠给屿安市博物馆。

《百佛图》是自民国年间，被中外古董商勾结贩卖出境流落海外的国宝，二十世纪九十年代就拍出了天价，轰动一时，由于缺乏妥善保管，受损较为严重，如今送来修复，也是秘密行事。如果这幅名画能回归祖国，并存于博物馆向公众开放展出，是件大功德。

屿安博物馆上下为此倍感振奋，全力配合江浸夜的工作。因为收藏家与崇喜颇多往来，和江浸夜也算熟人，起初便没有签订捐赠协议。对方人在国外，说好先修复，等回国了再办手续。博物馆十分高兴，还商量届时举行一个小型捐赠仪式，广而告之。

然而当画作快要修复完毕，那位身居美国的收藏家突然反悔，毫无转圜余地，非要收回画作进行拍卖。

江浸夜与博物馆始料未及，可因为捐赠仅有口头约定，对方态度坚决，谁也没有办法。

没多久，从美国传来了消息，华裔收藏家已在纽约遭到起诉，被指控涉嫌走私，将世界各地的珍贵文物借由各大拍卖公司卖出，赚进大笔不义之财，连崇喜也牵涉其中。他通过律师表示愿意向纽约检方认罪。

《百佛图》是真的修不成了。

“夜很想修，他的朋友们叫他不要修，说不要背上不好的名声。”Alan露出痛心的眼神，随即闪动崇敬的光芒，“你知道他做了什么吗？”

陶禧摇头。

Alan兴奋地说：“夜把画买下来了！他买了那个画！他自己出的钱！”

陶禧愕然地抬头，不敢相信自己的耳朵，她听到自己飘忽的声音：“那……那需要多少钱？”

“我不知道数字。”Alan掰起手指头，数道，“我听说他卖了股票，取了存款，派律师和大都会博物馆谈判。他没钱了。”

陶禧胸口一阵阵地发堵，不自觉地说：“也是个傻瓜。”

Alan却不同意，目光灼灼地看来，摆动双手说：“不不不，夜很伟大，他是英雄！”

陶禧脸上闪过一丝诧异，转而陷入更深的沉默中。

Alan好奇地盯着她，半晌才听她闷闷地说：“Alan，你能不能和我说一些关于夜的事，他过去在这里是什么样的？”

“他的脸比伦敦的天还阴。”Alan回忆许久，冒出这么一句。

那时候他跟着林远珊学修画也有几年，对于大老远从中国过来的江浸夜，Alan十分好奇，并未将其视作对手。

每天闲暇，Alan带江浸夜去看博物馆里各种现代辅助修复的仪器与设备，不时抱怨工作的枯燥——哪怕最简单的裁纸，也得苦练好几个月才能裁出一条边缘平整的线。

他偶尔泄气地说有点后悔，得来江浸夜冷冷的一句“那就走啊”。Alan觉得这个人怎么一点都不温柔，满身都是刺。被扎过几次后，他敬而远之。

可江浸夜在博物馆出色的表现，连一起工作的日本人都赞不绝口。他实在无法假装看不见，便渐渐被激起了不服气的想法。

同样是学习传统的修复手艺，不存在天赋的说法吧？

可惜Alan很快遭受挫败。

那时林远珊组织修复一幅董源的山水绢画，Alan半开玩笑地说：“据说这幅不是真迹，是你们后世的画家伪造的，我们就不用太辛苦了吧。”

江浸夜停下手中的活，抬头看了他一眼。

说到这儿，Alan心有余悸地对陶禧说：“他的眼神我永远忘不了，永远。”

江浸夜的眼神似淬毒的刃口，要剜取他的心脏。

江浸夜当即向上面申请，将这幅画送去用软X光摄影进行拍摄，发现了“后苑副使，臣董元画”的署款。董源是南唐画家，他的“源”字在元代以前的史籍中都写作“元”。

这一发现印证了这幅画在元代以前就流传的经历，并非伪造。

Alan出了错，从“与江浸夜联手修复”降级为“协同江浸夜修复”，讪讪地收起玩闹心。

这幅山水绢画曾被日本修复师装裱过，托心纸和覆背纸全为日本材料，不仅通体残裂，还出现了泡状鼓胀，导致画面局部变形。

江浸夜早出晚归，整日埋首修复，对此投入了十二分精力。而Alan即使变成“协同”，也没有放弃自己的主张，才刚开始洗画，两个人就剑拔弩张地争执起来。

Alan说：“应用沸水多次浸洗。”

江浸夜驳回：“这画用沸水就矫枉过正了，温水即可。”

Alan说：“我们用流动清洗的方法吧。”

江浸夜再驳：“流动清洗会扩大原画的损毁，绢丝容易跑位。”

Alan急了：“Yeah（夜）！”

江浸夜点头："这可是你说的，不许反悔。"

令Alan汗颜的是，这幅山水画在江浸夜近乎偏执的主导下，三个月后被完美地修复。

收工那天江浸夜对他说："这儿有全世界的宝贝，每一件都值得珍视。别的我不管，我们的拿不回去，就全力以赴地对待，让它们在这儿发光。它们曾经闪耀于世界历史中，现在是，今后也是。要是为一些道听途说的传言怠慢了，那就非常愚蠢。"

他神色语气都很平静，却让Alan听出沸腾的情绪。

"不过这也让我知道他是个有温度的人。"回忆到这儿，Alan自嘲地笑笑，"我之前还打算建议他看看心理医生，因为他的样子太可怕了。"

陶禧听得入神，追问："有多可怕？不会真的有问题吧？"

"没有问题，我有一次看到他在画画。嗯，还能画画，应该没有问题。"然而Alan提起这个，神情顿时古怪起来，笑容诡异，"嘿嘿嘿……"

陶禧瞪着他，头顶升起一连串的问号。

这个从五年前到今天，因始终没能压过江浸夜一筹而耿耿于怀的美国人决定退而求其次，先泯灭对他崇拜有加的中国少女的幻想，故作神秘地说："他在偷画女人的裸体。"

在Alan的认知中，中国女性大多保守，尤其像陶禧这样外表看起来乖巧可爱的。而江浸夜不是画家，偷画女人裸体这种事想必会打击她的热情。

可陶禧仅仅愣了一瞬，不自然地应了声："哦。"

瞧见Alan倍感挫败的脸，陶禧在心里偷笑。谈话的气氛总算轻松了一些。可陶禧心里依旧沉重，每一条经由别人诉说的线索都是拼图的一块，她想看清楚江浸夜真实的模样。

连同那些毫不光鲜，甚至无人问津的角落，她都不想错过。

Alan同样聊得兴起，邀请陶禧喝下午茶。他们还没走出几步，林知吾找了过来，三个人走向二楼的Great Court（大庭院）餐厅。

没想到Alan和林知吾意外投契，得知林知吾就读的学校所在地正是自己的家乡，Alan一下来了兴趣，拉住林知吾滔滔不绝地讲话。陶禧也不觉得烦闷，阴郁的情绪反倒排遣了不少。

餐厅氛围宁静，抬头便是玻璃屋顶，四周绿植环绕。餐桌上摆放着同系列的精致餐具，镶一圈翠色花纹，甜点就快见底了。

两小时转瞬即逝，Alan被电话叫走。

临走前他收拾背包，顺势卷起衣袖，肘弯处白净的皮肤文有一个圆形图案，向外延伸出几根细长的触须。

“欸，你也有文身！”话甫一出口，三人俱是一愣，察觉失态的陶禧冲Alan吐了吐舌头，抱歉地笑道，“不好意思，我朋友也文了一个，挺巧的。你那个是什么？”

Alan不以为意地耸耸肩，手臂伸过来：“这是‘月球一号’，人类发射成功的第一颗星际探测器。不过它本来是一个月球撞击器，任务是撞向月球，却最终在距离月球六千多公里的上空掠过月球，成为第一颗脱离地心引力飞向宇宙深处的航天器。所以苏联的科学家给它取了另一个名字：梦。”

哇！

陶禧眼睛放光，感叹着：“好酷！”

只因某个无从知晓的差错，机器违逆指令，挣脱既定轨道，滑向遥远而未知的黑暗，今后会遇见什么，谁也没法预测，如同一场大梦。

Alan为自己的文身自豪，想起陶禧的话，脑袋凑向她，问：“你朋友文的是什么？”

陶禧微怔，想她不过一时口快，这人竟还穷追不舍。于是她目光躲闪，不肯直说——当然不能暴露自己看过林知吾的文身这件事。

谁知林知吾站起来，大大方方地撩起衬衫下摆，露出腰际的一截：“确实挺巧的，我也有一个。”

Alan视线触到那图案的一刹，惊叫：“长岛海湾！”

林知吾笑着放下衣服，和他击掌。唯独陶禧一头雾水，不明白Alan是如何判断出具体位置的，只见他握住林知吾的手连说几声“太酷了”。要不是为了赶时间不得不提前离开，Alan恐怕还要拉着林知吾再侃半天。

目送Alan的背影消失在远处，陶禧还在神游，一旁的林知吾轻笑道：“不知道小桃那位朋友文的图案是什么？”

陶禧恍惚地对上他带笑的双眼，一个念头像沸腾的火山岩浆般喷薄而出，她用微微发颤的声音说：“我认识的那位朋友……在脚踝文了一座灯塔。”

林知吾的表情凝固，仿佛植物进入冬天时，迅速干枯。

而陶禧在心里拿定了主意，顺着话题往下说：“相比起来，Alan的图案更复杂，陈小姐的文身简单，但应该也有什么特别的意义，我猜师兄知道。”

她的眼神澄澈坦然，毫无畏惧地迎向林知吾审视的目光。

“Alan那个‘月球一号’，我其实听说过。”林知吾卸下脸上的戒备，两手揣入外衣的口袋，神情轻松地用下巴指了指前方，“现在有空吗？我们去海德公园走走？”

孤勇无畏的“月球一号”毫无准备地栽进属于它的命运，谁知道它后来去了哪儿？

谁还会知道？

傍晚，海德公园随处可见全家出动的游客、牵手散步的情侣。九曲湖上缓缓游过天鹅与野鸭，鸽群飞过头顶，翅膀拂去了所有烦躁的声音。

陶禧和林知吾坐在湖畔吹风，脚边的地面上，两个黑色的影子随夕阳下沉而拖长。突然影子少了一个，是林知吾在漫长的沉默后站起身。他准备说自己的故事。

“我九岁在钢琴老师家里认识了陈烟岚，她那时七岁，学了两年多。说起来我们算是青梅竹马。”

七岁的陈烟岚不爱说话、不爱笑，也学不会用撒娇讨老师喜欢，但她练习投入，拿过一些小奖，是勤奋刻苦的学生。可惜两人一起上课才刚过半年，陈烟岚的琴艺就被林知吾迎头赶上，这让她一度自我怀疑到接近崩溃。

那时陈烟岚将成为钢琴家作为人生第一目标而奋斗，林知吾却在上课第一天说，他只是为了放松玩玩罢了。

年纪虽小，向来坚忍的陈烟岚没有马上打退堂鼓，而是选择加倍努力。

林知吾对陈烟岚表现出的敌意困惑不已，但他的重心在读书和竞赛上，钢琴水平没能亮眼地飞跃。于是两人井水不犯河水地在同一屋檐下学了四年。

谁知四年后的一次钢琴选拔赛上，陈烟岚败给玩票的林知吾，后者赢得入围资格，却因为复赛和一场数学竞赛的安排冲突而放弃。没想到自那之后，陈烟岚再也没有弹过钢琴。老师说，家里不看好她走职业钢琴家这条路，认为她没有天赋，便勒令她放弃。

林知吾这才知道，陈烟岚其实是被抱养的，哪怕身处家境优渥的家庭，也没有一天不是小心谨慎的。

和家里的其他孩子相比，她没什么机会，也没有任性的资格，想做什么都要靠实力争取。

所以当陈烟岚靠自己考上全市最好的中学和林知吾重逢时，他主动向她问好，却挨了她一记白眼。

听到这儿，陶禧笑起来，感慨道："好难想象她翻白眼。她给我的感觉是美丽高傲的，会无视你，却绝对不会表露出鄙夷，整个人很有教养的样子。"

林知吾低眸一笑，说道："是啊，我后来想这可能算是她的花招。"

"花招？"

"这样一来我就不得不注视她，目光久久地停留在她身上，想搞清楚她为什么讨厌我。"

"那你搞清楚了吗？"

"没有，和她熟悉之后还是不明白。好在那时我们的关系有所缓和，她对我没那么大的敌意了。可惜……"林知吾敛笑，声音再度低沉，"可惜我又做错了一件事。"

陈烟岚高中毕业后开始谈恋爱，林知吾在外地读书，每年见她的机会寥寥。

但他们保持着网络上的高频联系，几乎每天都会聊天。陈烟岚向他倾吐各种琐碎的情绪，无所顾忌地提出让他帮忙查找美国能读艺术管理的学校。

林知吾对她总是有求必应，还不时规劝她好好读书，不要沉溺于换男朋友。念叨久了，陈烟岚有次开玩笑说："行啊，那你回来我换你好了。"

林知吾还没反应过来，问她换什么。

"换你做我男朋友啊。"

那时他正在美国读研究生，而陈烟岚即将大学毕业。他甚至来不及确认这句话，立即订了回国的机票，约陈烟岚出来吃饭。

当他正襟危坐地在酒店的一层餐厅等她，看到落地玻璃外面陈烟岚挽着一个上了年纪的男人走过，林知吾犹如被五雷轰顶。

她伸出的手指水葱一样细长，指甲染上殷红的蔻丹，腰肢细如秋苇，裹上桃红色长裙，整个人罂粟似的绝艳。

林知吾悄悄地跟到电梯，目送他们走进去，那一刻他感到前所未有的挫败感。他的人生从来没有哪个时候如眼下这般无力，过去收获无数的光环通通消失，连体温也在急剧下降。

她那么美，像骀荡的春风，哪个男人看了都心旌摇曳。

于是林知吾离开餐厅，找了个酒吧买醉。很快有人走来和他碰杯，林知吾内心烦乱，很快与对方开怀畅饮。那人是个年轻男人，豪爽地说当晚的酒他包了，然后摸出照片，问林知吾有没有见过。

照片上的人正是陈烟岚挽着的那位，林知吾脑袋喧嚣地炸开，他把自己知道的悉数告知对方。

后来他才知道照片里的男人是陈烟岚的养父，正秘密赶赴一场敏感的饭局。

彼时陈父对外宣称仍身在外地，而林知吾意外透露了他的行程，引发了屿安某商圈的地震——陈家本就由于商业上的误判而面临岌岌可危的局面，这次好事者不愿放过陈父，大做了一番文章。

这场风波最终是陈烟岚托堂哥陈放找了江浸夜才得以平息。

陈父被判了刑，整个陈家元气大伤。

舆论平息后，家里开始暗中清算，追究到泄露陈父行踪的人时，陈烟岚替林知吾扛了下来，付出了惨痛的代价——自此不能染指家里的生意，搬出去另谋出路，自力更生。

她被陈家驱逐。

“我问她为什么这么做，她说不想波及不相干的人。之后她生了一场大病，我给她租了房子，每天帮她煎药。”天色越发昏暗，林知吾仰起头，眼睛没入阴影中，“那个时候我就决定尽一切努力成全她。”

“她这么说你就相信了？”陶禧质疑。

“你说得没错，我不相信。我早就知道她始终不受陈家的信任，游走在边缘地带，索性从我这里揽个人情，一走了之。”林知吾语气寡淡，可陶禧看着他，似乎听到一座山隆隆地倒塌的声音，每一句都惊心动魄，“这么精于算计的一个人，你以为我真的一无所知吗？”

晚风扬起陶禧滑落肩头的长发，她望向林知吾的眼里染上一抹哀愁，在心里默默地说：你是心甘情愿被她利用。

天边涌起凌乱的云，几只飞累的鸽子停在脚边，叽叽咕咕地走动。

晚来风急，游人几乎散尽，陶禧说着“回去了”，起身时忍不住打了个寒战。林知吾摘下围巾，刚绕上她的脖子，就听到身后一道喝令声：“住手！”

来人有一双对男生而言过分精致的眼睛，陶禧将其归类到漂亮，可他的气质总有些沉郁，带一点锐利。他牢牢盯住陶禧和林知吾，上下扫视着。

陶禧接过林知吾的围巾，往颈上缠绕，一边迎向江浸夜的视线，一边平静地说：“江先生的采访结束了？居然有空来逛公园。”

江浸夜一听头三个字，眼皮跳了跳，竭力压住怒火，声音沉冷：“是不比你们有闲情逸致，大冷天还逛了这么久。”

陶禧说：“有的聊当然要多待一会儿，对于没话好说的人，一秒钟也嫌浪费。”

江浸夜噎住：“你……”

林知吾听出两人话里话外的交锋，无意当电灯泡，便笑着说：“他好像找你有事，你们慢慢……”

“是吗？江先生找我有事吗？”陶禧神色冷淡。

江浸夜敛容，深眸泛着透亮的琥珀色，徐徐地说：“孟导晚上请大家吃饭，在数人数。”

“这种事情打个电话就行了，没必要劳您大驾亲自跑一趟。”

“担心你们佳人有约，迟到了。”

“那也是我们的事，和你没关系。”

江浸夜注视着她，英俊的脸上混合着震惊、愤怒，还有一丝不易觉察的挫败感。那个一向视他若神祇的陶禧消失了，眼前眉目坚定、言语犀利的女人让他倍感陌生。

他妥协，放柔声音："我知道你怪我之前不告而别。"

陶禧不和他绕圈子："真是稀罕，我还以为你不知道。"

"我有不得不这么做的理由。"江浸夜拿她没辙，眉间忍着焦虑，加重了语气，"陶禧，你别闹了。"

我闹了吗？

你看着我说不认识我的时候我表现得还不够懂事吗？

沉重的心情让陶禧连摇头都懒得。明明是他不清楚，她所有的迎合全都出自爱，她希望他以同样的分量不敷衍地、真诚地回馈。

她等了那么久，不想等了。

凛冽的寒风扫过陶禧微红的鼻尖，分不清是受寒还是难过，她把头一偏，说了声"先走了"就从江浸夜身畔飞快地跑开。

摄制组包了一辆巴士，陶禧胡思乱想了一路，下车后才发现所谓"孟导请客"指的是孟庆依和林远珊共同组织的一场家庭聚会。

出席的人都带了礼物。

陶禧坐立难安，找了理由脱身，乘出租车回酒店。从行李箱中翻出一个手织挎包，匆匆往包里一塞，火速返回。

林远珊收到后爱不释手，早听闻这是一门非物质文化遗产保护项目中的传统手工技艺。细细摩挲着织面，林远珊对陶禧连声道谢，拉着她走进里屋，非要让她挑一件什么作为还礼。陶禧连连摆手，一个劲地推托："阿姨别这么客气，是爸爸去海南带回来的，我不过借花献佛。"

"没错，还是出自当地一位黎族织锦能手，用上了黎族传统的纺染织绣技艺。"姗姗来迟的江浸夜不知何时站到两人身后，望向那个挎包，若有所思地说。

林远珊笑道："那你的呢？"

看到江浸夜拿出和她一样的礼物时，陶禧双眼瞪圆。

江浸夜话是对着林远珊说的，眼睛却看向陶禧："让老师失望了，我带的也是这个。"

林远珊哈哈大笑，依次拍了拍两人的肩膀，宽慰道："这不正说明了好事成双吗？谢谢你们，我真的很高兴。"

下楼时陶禧仍愣怔着，不明白为什么他们带的礼物一样。

“那次去海南是我陪着陶老师，我本来想送你的，没想到让他抢了先。”江浸夜盯着她，慢慢垂下眼，挡住外面的光，将她完整地纳入自己胸前，下颌轻轻蹭过她的头顶，声音压得很低，“如果是我送的，你还会借花献佛吗？”

陶禧失笑道：“为什么不呢？你就这么自信我只看得到你吗？”

“桃桃，上次我说不认识你是迫不得已的。”江浸夜脸上闪过一丝慌乱，按住陶禧的肩膀，“我没想到会碰见你！你怎么不在家里乖乖等我回去呢？”

“小夜叔叔，”陶禧抬头，望向他幽潭似的双眼，声音冰凉，“你再不放开，我要喊非礼了。”

餐厅一角，Alan戴着红框眼镜，穿着绿色的卫衣和咖啡色灯芯绒裤，安静地站着，像一棵圣诞树。

陶禧走过去问他怎么了，他瘪嘴，哀声说：“我其实不希望夜离开，他才是林女士之外最棒的。”那双蓝色的眼睛带有无机质的美感，此刻却盈满真切的悲伤，他鼻尖泛红，似乎随时会流泪。

陶禧有些哭笑不得，赶紧安慰：“没关系，有空你来找我们玩啊。”

Alan点头，略带委屈地轻声说：“禧，我一定会来，你和夜要好好地在一起。”

好好地在一起？

这、这是省略句吧？他省掉了“配合工作”之类的。

陶禧脑子一蒙，正要反驳，旁边听到他们交谈的一位摄制组化妆师插嘴：“不对吧，小陶不是林先生的女朋友吗？”

Alan一头雾水地转向她，片刻后又看向陶禧，摊开双手似乎不明白她在说什么。

化妆师见陶禧没否认，便快人快语地为Alan解疑释惑：“陶妹妹是和她同行的那位林知吾先生的女朋友，与江先生只是工作关系。你这叫乱点鸳鸯谱，把他们的关系全弄错了！”

“什么弄错了？”林知吾笑着走过来。

化妆师为他复述，林知吾朝陶禧一笑，同样没有否认，化妆师立马露出“我没说错吧”的得意神情。

林知吾问陶禧：“小桃，你想喝酒还是吃点什么？”

陶禧按住肚子苦着脸说：“当然吃东西了，我好饿哦。”

“对了，你们愿意和我一起做墨西哥鸡肉卷吗？”Alan重振精神，热情地邀请他们去厨房，“我保证比Benito's Hat（一家墨西哥餐厅）更好吃。”

江浸夜接过其他人递来的手工饼干，倚着餐厅的装饰墙默默注视着厨房。

林远珊招呼了一圈，见江浸夜始终盯着厨房，忍不住走过来询问：“这么在意，怎么不过去和他们一起？”

“我很在意吗？”江浸夜露出少有的困惑。

这倒是把林远珊逗笑了：“小夜，要不要我给你找面镜子？”

他当然不担心陶禧被那个略微神经质的美国人用墨西哥鸡肉卷骗走了，只是另一个更麻烦些。拿起一块动物形状的手工饼干，江浸夜送到嘴边又停下，声音听起来空落落的：“原来不需要我在场，她也可以这么开心。”

“先放sour cream（酸奶油）……OK，加一点salsa（辣酱）……然后是Cheddar cheese（车达奶酪）……再来fajita（辣椒鸡肉条）。这些fajita是我下午炒好的。林女士什么都有，非常完美。”

陶禧跟着Alan的操作有样学样，林知吾帮他们拍照，谁知Alan等不及，卷好了自己先咬下一口。

他整张脸骤然收紧，皱成一团，须臾松开，露出极其享受的表情。他高呼：“实在太棒了！我的最爱！禧，快吃！”

酸辣口感的酱汁在口中绽开，刺激着舌尖的味蕾，连同滋味浓郁的鸡肉，带来强烈的满足感，确实很好吃。

原本要为大家做鸡肉卷的陶禧和Alan在厨房把持不住地大口吃了起来。

美味疏解了Alan的愁绪，他眉梢带着雀跃，对陶禧说：“夜这次变了很多，他会笑了，很温柔的感觉。我的建议是可以试着靠近他。”

“靠近他？”

“我是不是对你说过，夜刚来的时候他的脸比伦敦的天还阴？”Alan神神秘秘地放低了声音，“他这次非常不一样，你不要害怕。”

害怕?

陶禧莫名其妙地看向他，不懂为什么说她害怕。

Alan看她一脸不相信，忍不住摆出认真的表情，一本正经地说：“我看过你们工作的样子……抱歉，我不想冒犯，但我看到你的时候，我想起一个词：Kilig。”

Kilig，出自菲律宾的塔加拉族语，意思是对某人喜欢到好像胃里飞舞着成千上万只蝴蝶，一旦张开嘴，它们会全部飞出来。

胡、胡说什么呀？谁对他……

听了他的解释，脸颊一下变得滚烫，陶禧气急败坏地想这小子瞎猜什么。然而没等她澄清，Alan又说：“有些表情自己看不到，不代表别人看不到。禧，我帮你记下来了。”

真是可恶，他居然还自鸣得意地笑。

陶禧深感绝望，放弃与外国人进一步交流。

正餐开始前林远珊说：“感谢小夜用淀粉糨糊与化学糨糊混合，感谢他的创意性尝试，解决了我们的难题。终于能继续依照‘最小干预’原则恢复这幅画原本的样子。祝他，也祝我们一切顺利！”

伴着轻松欢快的音乐，所有人举杯。

Alan靠墨西哥鸡肉卷垫了肚子，志得意满地找江浸夜拼酒，两轮过后，整个人轻飘飘的，突然叫嚷：“糨糊的功劳要算我一份！全都是我、我亲生的！”

“哈哈哈哈！”餐厅爆发出一阵大笑。

枝形吊灯上立有焰苗形状的灯泡，明亮的灯光洒下，所不能及的暗处则被笑声和音乐填满。餐桌上纹样繁复的台布与蜡烛为这场聚会增添了仪式感。

林知吾独自站在窗边，外面的天色迅疾地暗下，陶禧偶尔瞥去一眼，他欲言又止地转过脸。心中不合时宜地生出忧虑，她一面感受着此刻近乎失真的幸福，一面忐忑于藏在林知吾眼睛里的话。

此后的一周仿佛这一天的延续，白天紧张工作，夜晚众人欢聚。

江浸夜没再找过陶禧，专注于采访和拍摄，有时缺席晚上的聚餐，和林远珊另择去处，单独吃饭。陶禧目送他们走出人群消失在夜色中，心绪平和，恍惚有种他们走到故事尾声的怅然。

陶禧在返程的飞机上做了一个梦。

梦里她在拼一幅人物头像，遗憾的是耳朵的部分缺失了。她辗转许多地方，遍寻不到，想自己动手画，可眼睛无法解析这种颜料。后来有人找到了给她，她却不记得那人的面貌。

醒来时林知吾在旁边看书，她问："师兄知道这片子什么时候做好吗？"

林知吾放入书签，合上书本："我听说需要半年，还有后期制作。怎么，小桃急着看？"

"就……就有一点好奇。"

"想看江浸夜吗？"

"才、才没有！"陶禧慌张地否认，却难掩面红的事实。

她窘迫的模样逗笑了林知吾，笑过之后他看了眼舷窗外如盖的云层，缓缓开口："那天晚上你离开后他和我说了些事。他让我不要告诉你，但我还是觉得你可能想知道。"

半年来江浸夜除了对付《百佛图》这桩麻烦，最大的困境便是陈烟岚的倒戈。

自己给不了她想要的，决裂的那一天迟早要到来，但江浸夜没料到的是，危机永远都唯恐不能打垮一个人似的，成群结队地奔来。

多米诺骨牌倒下的第一块便是办公室里陈烟岚在转移文件时被他抓个正着。

后来她亲自登门，然而并未和江浸夜谈拢，两人此后彻底反目。

陈烟岚找江浸夜的那一次，算来正好是吉芯倒闭那天。那一晚江浸夜难得提早回家，本打算亲自下厨向陶禧赔不是，谁知陈烟岚突然登门拜访。江浸夜拧起俊眉，一言不发地看她自顾自地闯进来。

陈烟岚穿着黑色紧身短衫和水洗白牛仔裤，手里拎着一瓶蓝方威士忌，歪头冲江浸夜那张冷硬的面孔说："不欢迎我？"

没等他回答，她自顾自走进去，一眼看到餐桌上的菜肴。

“看来是我打扰了。”陈烟岚眼角的眼线柔媚地上扬，举手投足俱是风情，她放下酒，大大方方地抽出椅子，“那耽误你两分钟，说完我就走。”

她带来的确实不是好消息。

江浸夜的由《百佛图》导致的危机，让崇喜内部对他早看不过眼的老家伙们集结起来，向他联合发难。他们决定以定增股票的方式收购一家汽车拍卖行，美其名曰强强联手，在未来的汽车拍卖领域开展更加深入的合作。

增发股票意味着会稀释江浸夜这样原崇喜股东的股权。

可他们想到的联合摊薄这招才让他不齿：“这帮老东西整这么麻烦，我自己卖了股票不就遂他们意了吗？”

陈烟岚下巴微抬：“你肯吗？”

“我已经卖了啊！”视线触到她僵硬的脸，江浸夜大笑，眼中张狂尽显，“是不是没想到？”

他那时已卖了股票，派律师与大都会博物馆谈妥，重金买下那幅《百佛图》。可这样一来，他又跌向另一个深渊——个人资产所剩无几。

他几乎到了举步维艰的境地。

以陈烟岚的聪慧，当然明白他此时的困境，于是打开那瓶蓝方威士忌，分别斟满两个杯子。但她并没有递给他，而是独自晃着酒杯，轻抿一口，幽幽叹气：“你就算变成穷光蛋，我也喜欢你。”

她居然挑这样的时机告白，不可谓不情深义重。

江浸夜歪头看她，失笑道：“你方方面面都挺精明，怎么偏偏非得跟这种事较劲？”

“你以为我想吗？我从十八岁喜欢你到现在，一看见你就开心、就不知所措，就心潮澎湃！这种感受不是我能控制的！”事到如今他还装傻，难不成要她把心掏出来？陈烟岚语气激动地大喊，泪水冲出眼眶：“我知道你什么意思，不就是让我要脸吗？我早就没有了，我一直在等你看我，可你看不到。能不能告诉我，为什么你就是看不到？”

她单手掩面，哭声隐忍，肩膀筛糠般抖动。

江浸夜默默垂下头，片刻后也拉开椅子坐下，伸手拿起另一杯酒。

馥郁的香气充溢鼻腔，他一口气灌下小半杯，抹去嘴角的酒液。

"因为我不想看。"他的声音残忍而坚定，"我以为只是你年纪小，等你见过更多的人就会离开。我干吗要让你抱这种幻想？"

"可事实就是我很适合你，我也一直朝这个方向努力！我们在一起能帮助彼此实现利益最大化。"

"陈烟岚，你搞错了，这和利益没关系。我不喜欢你，连假装都不行。"

她精致的妆容花了，仍执拗地抬头看他，眼里盛满绝望。

她宁愿他暴怒痛斥，也好过听到如此平淡的声音。一字一字拆开来，全都在说她的确从未入他的眼。好痛快！

宽大的柚木方桌上垫有粉白格纹餐布，一对典雅的银质烛台底座为圆形，装饰着缎带月桂叶花边。明亮的烛焰温暖静谧。

陈烟岚回顾过往，不曾记得他对谁如此用心。

江浸夜坐在距离她不过一米外的位置，看向完全变冷的菜肴，眉间不易察觉地皱起。

哪怕到了这时他想的也不是她。

陈烟岚破釜沉舟地撑住椅子，迅疾地吻向他的唇，却被他更快地用手肘挡开。

可惜他不小心掀起餐盘，一阵稀里哗啦的动静后，一整盘红烧鲈鱼盖在陈烟岚的牛仔裤上。

"我已经有很多事了，你就不能不找麻烦吗？"江浸夜的耐心尽失，他就势站起身，匆匆上楼。

陈烟岚空腹喝了半杯威士忌，情绪波动强烈，此时跌跌撞撞地赤脚走进洗手间，门也顾不上关，一手撑着墙，一手哆哆嗦嗦地脱裤子。

江浸夜翻出陶禧的一条有松紧带的百褶半裙，下楼后背过身递给她，在门外等她。

身后忽然传来她的冷笑声："今天这种状况我也预料到了。确实没道理在被你忽视这么多年后，我深情地哭诉几句，你就改了主意接受我。"

"那走之前我再告诉你几件事。"陈烟岚把牛仔裤一甩，紧身一字领短衫下只剩一条白色底裤，她径直走出洗手间，长发披散地站在江浸夜面前，"那帮老东西能这么猖狂，全仰赖你爸爸江震寰大人的首肯。"

江浸夜眸色骤冷。

“但他不知道你现在的困境，因为我没有说。这些年我和你妈妈走得很近，她视我如己出，你的很多事情由我负责上达天听。说什么、不说什么、不小心说错什么，全在于我。不好意思，你和你父母之间不少的误会可能和我有关。我以为你被孤立会来找我，真遗憾。不过谁叫你自己不肯沟通，他们现在大概以为不过是给你一点小教训。”

江浸夜蒙了一瞬，以为自己听错了。屿安和北里相隔千里，他又确实赌着一口气，一直以来默认被父母轻视的事实。

他知道陈烟岚是他们布下的棋子，谁知棋子竟有操纵局势的意图。

她纤纤五指抚过他的喉，声音利刃一般贯穿他的心脏：“我是你弹掉的烟头，烫你最后一下，要你忘不了我。”

喉间随即泛起刺痛，江浸夜挥开她的手，眼中愤怒的狂暴呼之欲出，恨不能将她从头到脚寸寸剖开，再一把火烧个精光。

但他强抑住，生硬地扳过陈烟岚的肩膀，将她扫垃圾一样推出门去，再嘭地关上门。

听罢林知吾的叙述，陶禧震惊极了。那天陈烟岚被江浸夜轰出门，让林知吾去接她，所以才有陶禧在车里看到他们牵手的那一幕。

“他不希望你承受那样的压力，就没有告诉你，觉得自己可以解决。”林知吾看了眼陶禧发蒙的表情，笑着说，“我挺羡慕他的，遇到的困难是不小，可背后就是有你这座避风港能带给他很多安慰。”

“师兄……”

“他自尊心比较强吧。这种人不容易示弱，从理性上，我还挺想帮你们和好的。”

“师兄！”陶禧撇撇嘴，腹诽一向靠谱的师兄怎么就被收买了。

“他让我动摇。”林知吾莞尔一笑，“我开始审视自己，那样做真的对吗？于己无益，对她……也不见得有帮助。说到底我不过在填补内心的空洞，为了满足她而满足她。而且陈烟岚也受到了教训，聪明反被聪明误，她应该学到点什么。”

陶禧好奇：“受到教训？她怎么了？”

今年过年的时候。

江浸夜回家本想向二老摊牌，没想到陈烟岚咬紧不放。

除夕那晚，当江浸夜踩着饭点下楼时，抬眼撞见陈烟岚正在帮忙端菜。

这顿年夜饭出自如意楼掌勺的大师傅，过去做了几十年的谭家菜，今天肯来，买的全是父亲江震寰的面子。

家中暖气足，江震寰一身舒适的短衫，坐在餐桌边看iPad。十几分钟前他就坐在那儿，不时抬眸，似乎等着江浸夜下楼。而等他真看到江浸夜下楼了，鼻子又哼了一声，没给什么好脸色。

江浸夜不以为意地翘起嘴角，语气快活地和他打招呼："爸，看什么这么起劲？"

"你大哥给我的，随便看看，怎么了？"

"没事，我随便问问。"江浸夜玩味地眯起了眼。

江震寰又点了几个页面，正要关掉，视线扫过一行标题，眼皮跳了跳。

"平凡年代，予你不凡的《匠人匠心》"。

那是一部纪录片的跟踪拍摄报道，下方选用的照片正是江浸夜和大英博物馆的修复师们协同工作的场景。

因为是群像，还是远景，画面并不清晰。但江震寰直觉那就是江浸夜，眼睛贴上去，果然认出了儿子。

他沉着脸将新闻反复看了几遍，陷入沉思。

江浸夜眼尖，瞄到那张照片，喊出声："哟，这不是我吗？摆弄这些挣不了钱的破玩意儿，碍着您眼了吧？"

江震寰凝肃的脸上露出一丝不自然，一句怒斥如鲠在喉："你——"

"你们聊什么这么开心？"陈烟岚又端上一道烧黄鱼，浅笑嫣然。

她今天化着淡妆，绾起长发，整个人素净了不少，有种雨落桃花的婉约美。

而江浸夜对她已然耐心尽失，语气冷硬地说："我们父子俩说话有你什么事？还真不把自个儿当外人了？"

陈烟岚僵了僵，一时不知做何反应。

渠鸥赶紧过来救场："这大过年的，你就少说两句。人家烟岚啊，这些年帮了你，也帮了我不少忙，吃顿饭怎么了？”

江浸夜冷笑，决定就趁现在跟他们清账。

“没错，这女人的大恩大德我这辈子都忘不了。”他说着从衣兜里掏出一支录音笔，按下播放键。

“这些年我和你妈妈走得很近，她视我如己出，你的很多事情由我负责……”

经由机器录制再播放的声音多少有些失真，却毫不妨碍在场除了江浸夜外的其他人迅速辨认。

他们纷纷变了脸色。

陈烟岚惊恐地伸手去抢，被不知什么时候站在她身后的大哥江鹤繁按住胳膊，动弹不得。

渠鸥双手捂住嘴，一脸随时可能昏厥的神态。

江震寰则握紧了拳头，撑起皮肤的发白的骨节与暴起的青筋，叫人触目惊心。

家里的餐厅与客厅连通，偌大的空间静得落针可闻，窗外偶尔一两下短促的炮仗声敲打着人脆弱的神经。

“我知道您不是老糊涂，只是抽不出空，宁可听信别人，也不愿多看我一眼。我曾经为此沮丧，逃避了很久，直到有人教会我‘如果你不愿过来，那就换我过去’。所以我现在让您好好看清楚，我是不是别人嘴里说的那么不堪。”

江浸夜声音不稳，微微发颤，竭力保持平静，可平静之下，铿锵有力的每一个字都是他这些年的控诉。

江震寰那张脸绷了许久的威严此刻终于垮了，露出苍老的神态。

他哑着嗓子问：“教你那句话的人是谁？”

江浸夜直视父亲的双眼，并没有回答他的问题。

两人个头相当，江震寰因为老态初显而使江浸夜在气势上胜过他一筹。江浸夜微抬下巴，俊逸的眉毛舒展，上扬的嘴角带一点讥诮：“你们真以为她只是想嫁给我吗？太小看她了。”说着他从怀中抽出一沓文件，啪地甩在餐桌上，“这些都是她勾结崇喜股东的证据。或许您眼中崇喜的业务不算什么，但谁知道这个女人的野心有多大？她一张热脸巴巴地贴了这么多年，就为拿下一个根本不可能喜欢她的人？也就您二老对她这么放心了。”

陈烟岚极力绷住的镇定表情在目光触到文件封面的那一秒溃不成军，要不是身后的江鹤繁撑住她，她恐怕早就腿软瘫倒在地。

她万万没想到，江浸夜从第一天进崇喜就有随身携带录音笔的习惯，更没想到一个失势的少东家，不但未如预想的那样失意沉沦，反而精密地谋划对她的报复。

“我不过给自己留条后路。”陈烟岚面色颓败，低头哽咽着说，“总不能让我人财两空。”

“够了。”江震寰撑着黑檀木椅背站起来，颤声说，“今天除夕，先吃饭。”

陈烟岚缓了一口气，两腿打战地也要跟着坐下，余光瞄到江震寰伸来的食指，错愕地对上那双混着厌恶与愤怒的鹰眸。

“你吃完了赶紧走。”

眼看一顿团圆饭就要以闹剧收场，渠鸥抬起手背，揩拭眼角的泪水，委屈地看向江浸夜：“就不能吃完再说吗？你既然心里憋着火，怎么不早点告诉我们？我还以为你要闹一辈子别扭……”

江浸夜没说话，吐出这口攒了多年的怨气，心中却丝毫不觉得畅快。确如渠鸥所说，要不是他们心不齐，外人也不会有机可乘。

被江震寰下了逐客令，心高气傲如陈烟岚，必然待不下去了。

她离开后，厨师上齐菜也回家了。

江家四口围坐在餐桌前，于一片举箸取食的动作中各怀心事。

按往年桌上的惯例，人人依次敬酒，说两句吉利话，每回都从年纪最小的江浸夜开始。但他此刻兴致缺缺，瞧见江鹤繁递来的眼色，提着一瓶白酒离席。

渠鸥着急地喊：“你上哪儿去？”

“上外头吹吹风。”

“不像话！”江震寰放下筷子，眉间蓄起愠色，片刻后又消散，对妻子说，“你十分钟后出去看看，我记得外面还在下雪。”

他说着叫江鹤繁把iPad递给他，想要再看看那篇新闻。

门外的院子里，江浸夜穿一件单薄的蓝灰色条纹衫，一半扎在皮带里，敞开的领口歪着。他仰头灌下几口酒，看向漫天飘落的雪花，忽然笑了。

这么多年他不过是在和自己怄气，没出息。

但今天仍然值得庆祝，为给自己正名，为与家人和解，为揭下陈烟岚的面具。

江浸夜喉咙深处蹿上一阵火燎般的辛辣，随即大笑着高举酒瓶，深一脚浅一脚地踩在积了厚厚一层的雪中。

后来他一个不小心跌倒在地，索性四仰八叉地躺下。

洁白的雪粒铺天盖地地从深蓝色天幕降下，被体温融化的雪水浸湿衣领，带着冰凉的刺激入侵脖颈，让他感到前所未有的安宁，于是缓缓闭上眼。

第八章　追妻火葬场

回国三天后，陶禧就从陶惟宁那儿听闻江浸夜终于和屿安博物馆正式商定捐赠《百佛图》的事。晚上一家人正在埋头吃饭，她低头和新公司的老板在手机里约定面试时间，陶惟宁顺口问了句："他们要举办捐赠仪式，你有空去吗？"

"老陶你疯啦？他要办仪式，我们桃桃凑什么热闹？"翻过新年去展望新气象，不想再和江浸夜扯上关系的丁馥丽重重地搁了碗。

陶惟宁却不为所动，盯着陶禧，似乎想从她的脸上找到答案。

陶禧只顾敲击着键盘，飞快地打字，喃喃道："要看他们具体定在哪天，有空就去，没空就不去。"

她神色平静，让人窥不出丝毫端倪。

丁馥丽细致描摹过的眉梢一挑，她扬声笑着说："老陶，行了，你还在打什么算盘？连桃桃都比你有谱。"

"我只是希望他们年轻人不要心存芥蒂，有误会及早解开。"

"那是误会吗？你忘了他怎么对桃桃的吗？"

"小夜是有不对的地方，但是他们你情我愿的，不需要外人指手画脚吧？"

"陶惟宁！我说你怎么……"

“爸爸妈妈，我吃好了。”眼见硝烟四起，陶禧把碗里的饭菜囫囵一咽，迅速起身回房。心情不可避免地陷入灰暗，上楼时接到林知吾的电话，听他询问面试时间，陶禧忍不住烦躁地抗议：“我又不是小孩，哪儿还需要人陪。”

话虽如此，转天林知吾还是陪陶禧去了咖啡店。

新公司老板名叫孙蕴巍，是林知吾在美国念研究生时的学长，对他关照颇多。

正是工作日的下午，咖啡店里人烟稀少。

孙蕴巍穿一件卡其色休闲外套，坐在临街的落地窗前，沐浴在初春的暖阳中。见到陶禧，他起身向她挥手打招呼，和煦的笑容瞬间冲淡了她的紧张。

陶禧和他握手打招呼：“我听师兄说你们做人工智能的芯片。”

孙蕴巍双手交握在身前，笑着点头：“不仅是芯片，也提供行业内整体的接口和SDK（软件开发工具包）。我们想要打造最好用的深度学习平台解决方案，还有最高效的整体系统。目前着手开发的是无人机和服务器这两个行业的核心产品。”

陶禧对这家名为笛铺科技的公司很感兴趣，连咖啡也顾不上喝，与他你来我往地聊了整整一下午。

旁边的林知吾竟然一点也插不上话。

临走时陶禧问什么时候可以去上班，孙蕴巍说下周，因为明天公司要搬去科技园南区，暂时耽误几天。

这天恰逢元宵节，孙蕴巍就把陶禧拉到公司的微信群里。

晚上孙蕴巍在群里连发八个红包，众人哄抢，陶禧却没露面，一直潜水，看着他们热闹。

谁知孙蕴巍单独给她发了一个，并邀请她周日上午去新公司看看。

陶禧道过谢，欣然应允。

周日这天陶禧按孙蕴巍给的地址乘坐地铁前往。

还站在缓缓上行的扶梯上，陶禧一抬头，瞧见孙蕴巍向她招手。他穿一件深褐色羊绒大衣，大衣描出肩膀宽厚的轮廓，颇显沉稳有型。

陶禧笑道："老板过年好。"

孙蕴巍失笑："不用这么严肃。"

陶禧倒有些无措："那师兄的师兄……该叫什么……"

"你就叫我孙蕴巍，或者我的英文名Simon。"

"Simon？孙蕴巍？"陶禧清秀的双眉打结，她为这种事情纠结烦恼的样子逗得孙蕴巍转头忍住笑。

公司在大厦十二层。

周末时大厦正门紧闭，孙蕴巍带陶禧从侧门进去。

坐电梯的时候陶禧问："明天就正式上班了吗？"

孙蕴巍笑而不语，和她卖关子。

走进办公区，陶禧被眼前忙碌的景象惊呆了。所有人坐在电脑前专心工作，偶尔有人起身离位，看见她，还向她微笑。

"实际上我们从今天开始上班。"孙蕴巍说着抬手指向不远处的空位，"你的位子在那儿，要是愿意，现在就可以去找行政办理入职。"

"那再好不过了。"陶禧语气欢快地说。

她终于度过了漫长的冬天，现在整装待发。吉芯的倒闭、与江浸夜疏远这两件事情的影子虽仍在心底挥之不去，但同时她清楚地知道人一旦停滞不前，就会被黑暗的泥淖吸入，再难逃出生天。

适应新工作的同时，陶禧和丁馥丽提出考驾照的打算，这样她开车上班，便也不嫌住得远了。丁馥丽见她一扫往日脸上惨淡的愁云，自然事事依着她："行，妈妈支持你！"

后来陶禧又说起在新公司的见闻、和同事们相处的趣事，丁馥丽跟着喜不自禁。唯独陶惟宁面色凝重，沉吟不语。

直到胳膊肘被妻子撞了一下，他才说："捐赠仪式敲定了，小夜没有找过你吗？"

丁馥丽的笑容骤然凝固，她忐忑地看向正用筷子挑拣瘦肉的陶禧。陶禧没露出什么异样的表情，简略地回答一声"没"。陶禧心里坦然，反正该来的都会来，躲也躲不过。

果然，周五晚上十点多，陶禧下了班独自走出大厦，就在楼下碰见了他。

原来吉芯在科技园北区，而新公司在南区。

南区树多，树木掩映在高耸的写字楼群间，放眼望去一片层叠的影子。沿路植满茂盛的香樟树，遮住了路灯的光线。陶禧走在树影下，前后不见一个人，静寂得能清楚地听到自己的脚步声。

她曾听容澜说过不少都市怪谈，忍不住攥紧包加快脚步，要再快一点，尽早赶上地铁。

早晨下过雨，路边还积有小片尚未蒸发完的水洼，变成一团昏暗中比昏暗更深的色块。然而没走两步，陶禧听到自己急促的脚步中还混进了别人的，揣测或许是其他公司同样加班到现在的人，便没有在意。

谁知她转过一个路口，那不徐不疾的踏步声紧紧黏在她身后，悠然又笃定。

陶禧咽了咽口水，稍微偏过头，用余光去看，只瞄到一个模糊的身形。她看不清，但强烈的熟悉感不会错，她猛然停下脚步。

身后的人也跟着停下。

到底是初春，夜晚的凉风刺得皮肤微微发疼。陶禧捏紧双拳，犹豫着要不要转身，肩膀竟颤抖起来——果然真正见面的时候，没办法如想象中那样洒脱。

她迟疑间，高大的影子罩住她，遮住了拂面的寒风。

“为什么不接我电话？”江浸夜低缓的嗓音是不容置疑的语气。

他还敢来追究？

陶禧抬头，哪怕从英国回来的飞机上林知吾已向她道明江浸夜确实事出有因；哪怕她恐怕没法真正摆脱对江浸夜的迷恋，只好拼命用工作麻痹自己，但她确实厌倦了由他单方面主导的关系，便忍着怒火，问：“我为什么非要接你电话？”

“我……”

“再说了，是谁先不接电话的？是谁说早点回来可一走就是几个月，招呼也不打一个的？是谁当众言之凿凿说不认识我的？是谁答应了不对我有任何隐瞒，到头来全世界都知道的事就我一人蒙在鼓里，像个傻瓜似的？”

好，既然开口说话了，索性算算总账。

陶禧越说越激动，呼呼喘着粗气。

江浸夜语气软了下来，轻声说："桃桃，这些我可以解释。"

"对于这些我早就帮你找遍了理由。"陶禧摇着头后退，本能地抗拒着不想离他太近，"如果你只想得到身体的慰藉，这个世界那么多女人，为什么非要是我……"

江浸夜微微变了脸色，幸而光线昏昧，看不出来。

他伸手去抓她白皙的手腕，冷冽干净的雪松气味便覆上陶禧的鼻尖。这是他身上的气味，一度让她深深沉溺，眼下却像迎面而来的一记重锤，让她痛得甩手，激烈地挣扎。

而她的沉溺又是江浸夜对这段关系自信的全部来源。

怀疑这是有人别有用心的谗言，他便冷下声音问："这都是谁告诉你的？"

陶禧面色泛白，声音颤抖："陈烟岚她什么都知道，可她这些年还能帮你。到了我这儿，唯一的用处就是和你上床吗？"

"陶禧？"一个浑厚的男声从两人身后传来。

陶禧慌慌张张地转过身，迅速整理表情，和孙蕴巍打招呼："Simon，你也这个时候下班？"

"嗯，刚和他们开完会。"孙蕴巍挎着单肩包，视线扫向正在打量他的男人。

他比自己稍高，穿一身黑色的复古军装夹克，羊皮衣领反射着微弱的光，衬出他宽平的肩；窄腰下搭配着同色系的磨毛休闲长裤，剪裁利落干练，尤显腿长；五官轮廓深刻，但细节看不真切。

这是个玉树临风的男人，正向自己投来毫无善意的眼神。

孙蕴巍问陶禧："这位是你朋友？"

见他提问不带人称，江浸夜抢过话茬，当作他在问自己："不是'朋友'，她是我'女朋友'。"

"不是的，我不是他女朋友。"陶禧在这短暂的间隙恢复了一贯的冷静，稳住气息反驳。

江浸夜诧异："陶禧……"

陶禧迅速打断他："你从来没有说过喜欢我，从来没有说要和我在一起，我们就是不明不白的。"

"那我现在说……"

"江浸夜，我已经不稀罕了。"

江浸夜没有想到陶禧这次叫他的名字竟是带着诀别的意味。他胸口堵着一团乱麻，大脑轰隆隆地像被车轮碾过，眼睁睁看着陶禧走远了。

"不好意思。"与陶禧沉默地同行一段路，孙蕴巍忽然开口，为自己意外闯入他们之间感到抱歉。

"没事。"陶禧仿佛一株被风雨打蔫的植物，气势已然不再，不想孙蕴巍误会，费力解释着，"他……嗯，刚才那个人，他和我……"

在国外生活许久，孙蕴巍向来恪守不探究他人私生活的原则，便笑着安慰："我们每个人都有自己的故事，不需要向外人报备。"

"谢谢。"

他扫一眼身边强装镇定的陶禧——她还咬着嘴唇，似在回忆那个让她难以定义的男人，便另起话题："对了，这个周末公司组织聚餐，有空吗？"

"哦？有。"

"好，行政那边很快会发邮件。"

陶禧后来想想，江浸夜那天来找她大概是为邀请她参加《百佛图》的捐赠仪式。

但他没有说出口，至于为什么，陶禧不愿细究，只希望自己被忙碌填满，别再胡思乱想。

五月，屿安相邻的A市将举办国际人工智能大会，孙蕴巍届时带队出席。陶禧收到要她代表公司在会上做工作报告的邮件。这天陶禧边吃着饼干边看邮件，猝不及防被噎了一下，取下耳机跑到孙蕴巍的工位前，连连摆手："不行、不行、不行……我，嗯……"

脸颊被饼干撑得鼓鼓的，因为着急半天咽不下去，陶禧便更急了，皮肤一点点涨红。

孙蕴巍平时工作和大家在一起——办公区划分了一块较大的区域做他的工位。他放下手里的咖啡杯，唇角带着温柔的笑意："慢一点，不要急。"

他说着递上一小瓶矿泉水。

陶禧拧开瓶盖灌下几口，好不容易顺了气，声音才变得清楚："我才刚来，工作刚刚上手，很多事情还不了解。"

孙蕴巍抱起手臂，闲适地靠上椅背，脸上有了困惑："不了解就去了解，很难吗？要是真的一无所知，那你选择来这儿工作会不会很草率？

"我听林知吾说，你为这份工作做了不少准备，算法也仔细研究过，不懂的还找他讨论。我不信你一点都不了解。"

"我……"陶禧一时语塞。

"谦虚在人际交往中是种美德，但对于工作是无用的。不要给自己做不到的暗示。"孙蕴巍温声劝导，"第一天的高峰论坛还是我做正式发言，第二天的联盟会议才由你来。那是业内小规模的讨论会，没什么新闻媒体，不小心出错也可以。"

"不会的。"陶禧被他说动，定了定神，"我不会出错。"

"那好。"孙蕴巍笑着从桌上的一堆文件夹中抽出一册，放低了声音，"这是近年我们主要做的事情，比网上能查到的更详细，不要外传。"

"谢谢老板，哦不，Simon！"陶禧不好意思地笑。

本以为就是一场普通的技术交流会，然而临近下班，她听到旁边的同事说，公司最近陆续与多家投资方接触，似乎在谈A轮融资，公司在这次的国际人工智能大会上表现如何或许会影响资方的判断。

于是回家的路上，陶禧反复构想做这种报告该如何不落窠臼。

她想得太认真，以至于没留意街灯全坏了。脚下的路走过成百上千遍，熟悉得足够仅凭直觉走。淡白的月光洒落她的肩头，在地上投下一小团随步伐晃动的影子。

家中陶惟宁和丁馥丽坐在沙发上看电视，陶禧进屋后喊着"爸爸、妈妈"就准备上楼。谁知二老注意力全被电视机吸引，并未理会她。这倒挑起陶禧的好奇心，她折回来看什么节目这么引人入胜。

目光触及画面上江浸夜的脸，她一瞬间心跳大乱。自从上次跟他撂了狠话，陶禧把全部精力集中在工作上，这才意识到不知不觉过去三个月了。

她还是会想起他。

连他说话时挑眉的表情、不羁的笑颜、看向她时自我却又溢满无限柔情的眼神，都无比清晰，太清晰了，好像他此时就在身边。

陶禧手里还拽着挎包的带，如被人点了穴一般，怔怔地盯着电视机。

荧幕上播放的是那部名为《匠人匠心》的纪录片，还正好演到江浸夜的部分——难怪父母看得如此入迷。画面一晃，插入一小段对陶惟宁的采访，讲述他与江浸夜的师徒故事。

丁馥丽拍起巴掌："哎呀，等了一个晚上，就为这么一点镜头，太不容易了。"

陶惟宁握住妻子的手，笑眯眯地问："我还算上镜吧？"

"我们家老陶老了也是帅老头子。不过发型要是换一个就好了。"

老两口这才察觉到呆立一旁的女儿，丁馥丽招呼："桃桃，什么时候回来的？想看就过来一起坐。"

陶禧心想，我都站二十分钟了。她随即坐到母亲身边，捞过一个抱枕。

丁馥丽一个苹果没削完陶惟宁的采访就结束了，确实短暂。

先前绷紧的神经一下子松弛，丁馥丽和丈夫愉快地聊起采访那天的细节。唯独陶禧揪着抱枕的木耳边，全神贯注地观看后续大英博物馆的片段。

江浸夜眉头微蹙，在宽敞的工作台上一言不发地调试糨糊用料的比例。当他决定将淀粉糨糊和化学糨糊混合时，周围爆发出阵阵议论声——过去没人这么做过。有人围上来紧张地确认，"这样可以吗""别乱来啊"，他手里的动作没有丝毫迟疑。手背上的青筋随他力度的调整深深浅浅地浮现。修长的手指匀净，并无突出的骨节，时而伸展，时而紧握，熟练又自信的各种手势都叫人迷恋，确切地说是叫陶禧迷恋。

想到那样一双好看的手曾经如何在自己身上流连，陶禧就不争气地心跳加速，面颊温度跟着升高。

她赶快用冰凉的手掌捂住。

丁馥丽递来半个苹果，说："桃桃，你知道吗，江浸夜他爸要来了。"

啊？

陶禧茫然地看着她，似乎没听懂。

陶惟宁补充道："捐赠仪式定在下周，江先生也要来。"

陶禧咬一口苹果，没说话。

—

陶惟宁和蔼地笑道："我很佩服小夜，居然找博物馆买画。博物馆的收藏一向不好买，但对方获悉他在修复，对画做了专门的评估，认可了他的工作，就同意了。也得归功于这两年国家在找回流失文物上做的努力。"

不，这件事最震撼陶禧的是江震寰要来屿安。

"最开心的还是骆馆长，好不容易挤出一点时间，他说说什么也要办一场捐赠仪式。"陶惟宁笑得合不拢嘴，接过丁馥丽递来的半个苹果，边嚼边说，"说起来，江先生上一次来屿安还是小夜奶奶去世的时候。"

"那……那位江先生会来我们家吗？"

丁馥丽努努嘴："不知道。他还从没来过呢，反正也不指望他瞧得上我们家。"

手中的苹果被咬出了缺口，边缘呈现氧化后的浅褐色，据说是果胶物质受酶作用，分解为果胶酸和甲醇。

氧化若持续，果肉将逐渐松软和变色，直至变味。

感情的消散大抵也要经历一番类似的腐朽过程。不知道江震寰的到来是加速反应的催化剂，还是为阻碍而罩上的保鲜袋。

江震寰要在周四到达的消息丁馥丽周二才收到。

陶惟宁告诉她的时候她正在院子角落侍弄那丛泡了水的金边瑞香。连日阴雨，瑞香忌水涝。而早春是它的花期，只消几株，香味便乘风四散，弥漫整座院子。

"什么？江震寰要来我们家住？"

手中的小铲子应声落地，丁馥丽听得两眼发直。

过去江浸夜跟着陶惟宁学古画修复，这位传说中的江大爷来屿安数次，与陶家不过约在外面的酒店或饭店吃过一两顿便饭，客气中透着疏离。

丁馥丽回身望一眼自家的小院，点点新绿下的一幢小楼，虽说一草一木无不精心打理，可不见分毫奢华的风格，怕是入不了江震寰的眼。

她有些发怵，问："他以往不是都住小夜奶奶那儿吗？"

陶惟宁叹一口气，说："小夜奶奶去世了，住那儿难免睹物思人。"

"那……还有不少五星酒店呢。"

"说是想来看看儿子生活过的地方。"

“现在才想起来？头几年失忆啦？”

“别这么说。”陶惟宁捡起铲子，揽过妻子的肩膀，温声说，“别人家的事情不是你一两句就有定论的。总之他是客人，我们尽到地主之谊就行了。”

两口子心中都有数，江震寰左右不过走走过场。

丁馥丽便利用周二下午和周三一整天时间，请来两个保洁员把院子里外打扫一通。而对陶禧，丁馥丽直到周三晚上才说江震寰要来家里小住两天。

陶禧的反应很平淡，她盯着电脑问：“两天？”

“周四、周五、周六……三天。”

“妈妈，说话要严谨。”

丁馥丽沉默。

“吓唬你的。”陶禧这才转过头，冲她做了个鬼脸，“来就来吧，但我这几天忙疯了，可能没时间陪江伯伯。”

“那倒没事。对了，周六博物馆的捐赠仪式你要去吗？”

双手敲击键盘的动作突然止住，她犹豫着说：“要是不忙，我就陪爸爸去吧。”

“哦。”丁馥丽端详一阵，没从女儿脸上窥见半点异样，点着头，“我猜他过来只是图个新鲜，白天应该都不在。哎，那妈妈先下楼了。”

及至转天晚上陶禧下班回家，老远便听到阵阵热闹的笑声，困惑地想除了江震寰，还来了其他客人吗？毕竟在她想象中，江震寰那样的人物应该是不苟言笑的，也不屑于和他们打交道。然而隔着玻璃瞧见沙发上三位相谈甚欢的长辈，陶禧目瞪口呆。

家中有地暖。款式简单的浅色亚麻沙发上，江震寰的黑色连帽派克大衣放在身侧，他穿一件单薄的灰色羊绒衫，笑呵呵地捧起茶盏，拿碗盖撇去茶渣，和陶惟宁一同品评。

虽正逢花甲之年，但江震寰浓眉下的一双亮目依稀可让人窥见其年轻时俊朗的风采。他敛笑时不怒自威，鬓边霜雪尤添严肃，一旦笑了，便不过是位寻常老人的模样。

这是陶禧第一次看见他，瞧他偶尔不苟言笑的神情，倒与江浸夜如出一辙。

“你在看什么？”

一个低沉的男声拂过陶禧耳侧，轻轻挠了她一下。

她扭头，对上江浸夜看来的眼睛，狭长的黑眸里映出她的错愕。陶禧撑大的杏眼眨了眨，转瞬恢复平静，她没理会他，径直走入屋内。

“江伯伯您好，我是陶禧。”她嗓音甜似砂糖。

江震寰魁梧的身形仿佛还是壮年的，他声如洪钟，笑着说：“你就是陶老师的女儿？你好你好。”快速打量一番，他偏头对陶惟宁说，“很漂亮啊，难怪我们上次给他安排相亲，他都不肯。”

陶惟宁疑惑地问：“小夜……还用得着相亲？”

“他都三十的人啦！以前那么浑，也从没带过正式女朋友来家里，要不是转了性，就是心里有人了。”

“哦……”陶惟宁应着，和丁馥丽同时看向陶禧，两张脸上满是复杂的神色。

陶禧倒是落落大方地坐在江震寰对面的单人沙发上，一脸认真地说：“江伯伯，您误会了。小夜叔叔是叔叔，他是我舅舅的好朋友，他对我要是有意思那不就乱套了？”

一番话把江浸夜堵得结结实实。

他板着脸倚墙站立，双手插在裤袋里。

陶禧随后起身，同长辈们打招呼：“爸爸、妈妈、江伯伯，你们慢慢聊，我先上楼了。”

她的身影才刚消失在楼梯拐角，江浸夜立马说着“我想起她白天托我买的东西还没给她”便跟了上去。

赶在陶禧关门前，江浸夜飞快地伸手抵住门。

“桃桃、桃桃，你等会儿……”

僵持间，他的力气占了上风。陶禧没辙，撑着门框看他，不冷不热地问：“你有事吗？”

“后天……你来吗？”

江浸夜指屿安博物馆的捐赠仪式。

“不知道，看情况，要去也是和我爸爸一起。”陶禧答完便又要关门。

“哎哟！疼、疼、疼、疼！”江浸夜索性伸进去一条手臂，正好被门板挤压，皱着脸不停叫唤，“桃桃！你怎么能这么狠心？”

陶禧松开手，狐疑地盯着他。她明明没怎么用力，看他龇牙咧嘴好像胳膊被压断了似的，居然还使上苦肉计了。

“你看我都这样了，就不能不生气了吗？”江浸夜一边揉胳膊，一边委屈巴巴地低声问，目光透着股贱兮兮的可怜劲。

“你误会了，我没有生气，只是觉得跟你没什么可说的。”陶禧音调平缓，神态自若，“你送我的翡翠我已经托我妈还给你爸爸了。放心，我说是你不小心落下的，不会让他误会我们。”

江浸夜讪讪地放下两只手，痛的地方不在那儿，在心里。

走廊上方嵌入的顶灯发出的光线昏黄，映出他眉间的颓色。他微微低着头，那双平日总睥睨一切的黑眸此时只剩凄然。

他是真的没办法了。

“我知道我的脾气不太好，前段时间没有考虑你的感受。但是陶禧……”他闭了闭眼，声音沙哑地说，“你知道我喜欢你。”

陶禧呼吸一窒，大脑的电闸像被人突然掐断，呆呆的，只能听他继续道：

“就非得说出来吗？

“我也从来没有喜欢过别人，难免会紧张，需要不停跟自己确认。

“我们……”

回过神来，陶禧第一反应是嘭地关上门，残忍地打断了江浸夜的深情倾诉。

然而他不知道的是，屋里的陶禧靠着门双手按在心脏的位置。

她瞪着眼前阒然的黑暗，眼眶有些发胀，胸腔那块方寸之地，澎湃鼓噪。心跳得太快，有点疼，就要冲出喉咙。

怎么办？

她有点动摇了。

原来戒掉对一个人的感情这么难。

捐赠仪式在博物馆一楼贵宾室隆重地举行，除了那幅《百佛图》，江浸夜还捐出奶奶贺敏芝的多幅名作。那些画倘若流入拍卖市场，无一不抢手，所以吸引了大批藏家和媒体的到来。

陶禧与陶惟宁一同入场，在贵宾室外与孙蕴巍不期而遇。

陶禧惊诧："Simon！"

孙蕴巍抬头，同样很惊讶："陶禧？你也来了？"

免不了又是一番对江浸夜和陶惟宁师徒关系的解释，陶禧不想这么麻烦，便简略地说："我爸爸和骆馆长是熟人。你怎么来了？"

"有人邀请我。"

"谁呀？"陶禧止不住好奇地问。

"等下你就知道了。"孙蕴巍神神秘秘地笑着，发现陶禧今天和他都穿了一身咖啡色双排扣的长款风衣，"好巧。"

陶禧风衣敞开，露出内搭的黑色缎面连衣裙，系一根细长的腰带，领口铺一些褶皱，柔亮的黑色长发披散在后背，妩媚中散发着知性美。

听他这样说，她也笑着说："哈哈，是啊！"

"蕴巍、陶老师。"

陶禧循声转头，看见一身西装革履的江浸夜朝他们走来。

直到眼前，他才低眸道："陶禧。"

"江老板，谢谢你的邀请。"孙蕴巍露出笑容，与江浸夜握手，并看向陶禧，"现在你知道了吧？"

不等陶禧开口，江浸夜先招呼起来："除了捐赠仪式，二楼的特展展厅还有这批藏品的展出。陶老师和蕴巍要是有兴趣，可以趁仪式还没开始上楼看看。"

陶惟宁笑呵呵地对孙蕴巍说："年轻人，走不走？"

这句话把孙蕴巍逗乐了，他做了个引路的动作："走呀，您请。"

陶禧没跟着去，等那两人走远了，她才问："你怎么不叫我也去看看？"

江浸夜笑了，低头看她："你想去就去啊。"

"你特意叫Simon过来又打什么主意？他和你可不一样，肚子里没那么多坏水。"

"这家伙在我眼里就是第二个林知吾。我还纳了闷，你身边这种男人怎么层出不穷？不过先声明，我可没打什么主意，纯粹是特别好心、特别热情地请他过来。毕竟……"他附在陶禧耳畔，"我们已经是一条船上的了。"

不想和他靠这么近，陶禧后退一步，警觉地问："为什么他叫你江老板？"

明明那晚在公司楼下的林荫道无意闯入陶禧和江浸夜的对峙时，孙蕴巍对他是没有丝毫打听的兴趣。

在她迈动步伐的一瞬间，江浸夜伸手捞过她的一缕长发，手指卷着发尾放在鼻端嗅了嗅，半合着眼帘，问："你想知道吗？"

他的嗓音在四周的白噪声中尤为突出，充盈的磁性愉悦耳朵，他偏偏还将音量降至最暧昧的那一层，嗅着她的头发欺近身前。

两人背靠博物馆一楼大厅的立柱，越来越多的参观者从身后走过，步入贵宾室，谁也没有注意到某根柱子后骤然紧张的气氛。

可陶禧这回没能如江浸夜预想的那样玉面飞起片片绯云，羞怯地避开目光。

她反而瞥他一眼，透着志在必得的狡黠。江浸夜还没反应过来，就被她揽住了脖子，陶禧踮脚凑到他的耳畔，同样放轻了声音："昨天晚上你说的那些话，知道我是怎么想的吗？"

江浸夜当然想知道，但他没出声，甚至没转头，似在挣扎要不要说。

喉结上下滑动的细微动静被陶禧注意到，她笑着用另一只手贴上他的胸膛。

陶禧仰头，甜嗓如蜜，如盛夏那碗最可口的刨冰，也是悬于江浸夜头顶的达摩克利斯之剑，让他感到前所未有地心动。

她一字一顿从容地说："可我怎么会告诉你。"

哪怕是捐赠仪式，大多也千篇一律，流程不过致辞、拍照、拍照、致辞。一众老人家慢吞吞地从"孔子说过'志于道，据于德，依于仁，游于艺'""江浸夜先生可谓'鸢飞戾天者，望峰息心'"一直讲到"江先生崇高的爱国主义情怀"。

陶禧听得瞌睡连连，之后终于到江浸夜本人上台。作为捐赠的藏家与画作的修复师，他自然得到了最多的关注。

头顶一束灯光打下，加深他面庞的线条和分明的棱角，陶禧不禁走了神。她身后交头接耳的声音起伏，都在议论买下自己修复的画再捐出去，实在不能理解。

“创作《百佛图》的画家是屿安人，自幼习画，喜作鸟兽虫鱼，尤其擅长画孔雀。后来他进宫成为御用画师，还为皇太后重用，在大家看来可以说是飞黄腾达。但皇太后命他专工佛像，不得画其他。”

出乎所有人的意料，江浸夜居然讲起故事。

“这位画家胆子小，不敢违逆老佛爷的意思，于是真的画了一辈子佛像，以致人人赞叹他画的佛像，忘了他原本擅长的。而这幅《百佛图》便是他离世前的最后一件作品。至死，他也没能再画孔雀。”

先前的议论不知何时停止，偌大的贵宾室静得只剩呼吸声。

江浸夜顿了顿，环视台下，徐徐地说：“修复这件画作我花费了将近半年时间。几乎它的每一处我都细致观察过。这些佛像每一座都精美细腻，或宝相庄严，或慈悲含笑，给人强烈的感染力，见到即心生大欢喜。画家一生没有留下任何抒怀的文字，在后人对他的生平叙述中，我们可以看到与大部分人关于他郁郁不得志的想象截然不同的一面。原来，他迅速接受了这样的命运，并绽放出另一种人生华彩。

“屿安对于我如同佛像对于他的意义，这便是我赠画的全部理由。谢谢。”

人们沉浸在他讲述的故事中，久未回神。一阵短暂的沉寂，掌声零落地响起，转瞬爆发。

陶惟宁笑着对身边的陶禧说：“你看，我早就说过其实他是个好孩子。”

江浸夜离开后，发言台换了其他人，陶禧眼神空洞地看着，回味他刚才所说。

那是她从未领略的他的另一面，如同流经动脉的血，湍急，却往往不为人知。

仪式之后照例有场酒会，远道而来的江震寰成为话题人物，吸引无数闪光灯的注意。

陶惟宁提前离场，和丁馥丽去看电影。

陶禧也想走，却被孙蕴巍叫住：“陶禧，楼上的画展我刚才没有看完，你能陪我再去一次吗？”

陶禧欣然应允。

两个人凑在玻璃罩前，专心地盯着里面的画，一同沉默。

直到孙蕴巍突然开口：“陶禧，你看得懂吗？”

“不懂啊。”

“我也看不懂。不过我刚才和你爸爸一起看的时候，他告诉我看不懂不需要勉强，”孙蕴巍看向陶禧，目光带着温柔的笑意，“画家想要传达的感情即使不懂的人也可以感受到。”

立在他们面前的是江浸夜奶奶贺敏芝所作的一幅山野小景。

画作整体基调以墨笔为主，远山苍郁，近处一条幽径通往浓荫深处的人家，淡赭与花青两种颜色点染其间，备显清幽之趣，视觉上让人体会到一种隽雅的格调。

孙蕴巍和陶禧同时扭头，彼此相视一笑，以眼神无声地交流着。

你感受到了吗？

感受到了。

离开展厅，孙蕴巍和陶禧相约一起回家。

路上他止不住地对江浸夜满口夸赞：“真看不出江老板竟然是一名古画修复师。”

“这个职业确实不是一眼能看出来的。”陶禧打趣。

“你们很早就认识了？”

陶禧惊讶，随后坏笑着问：“你上次不是才说‘我们每个人都有自己的故事，不需要向外人报备’吗？”

孙蕴巍莞尔，一脸坦然地说：“我只是对你的事比较有兴趣。”

“嗯，很早就认识，不过我们没什么。”陶禧为难地说。

孙蕴巍看出她不想说，便没有追问。

遗憾的是外面下起泼天大雨。在檐下等了许久，雨势终于转小。孙蕴巍说自己家离这儿不远，他可以先回去，再开车来送陶禧回家。

“太麻烦了，我等等就好。反正现在雨都小了，再等等，兴许等会儿就停了。”

见陶禧忙不迭地推拒，孙蕴巍有些失意地说：“如果雨停了，那我还有什么理由送你回家？”

欸？

不等陶禧发问，他转身跳入雨中，很快融进模糊的景色中。

陶禧有些不知所措，拼命回想平时是不是说了什么、做了什么让他会错意。

她没有。

有了他这番表态，陶禧断然不能再坐他的车，于是也跟着冲进雨中。先去对街的便利店买了把伞，她站在路边，挥手拦出租车。

可惜雨天正是出租车忙碌的高峰期，开过几辆均满员。不知道孙蕴巍口中的“家离这儿不远”到底是多远，陶禧脸上浮出忧虑。

博物馆中，江浸夜从拥挤的人群中解脱出来，才发现陶禧竟然不在了，而孙蕴巍也一同消失了。

这让他感受到了堪比听闻《百佛图》是走私文物时的气郁……不，此刻的气郁指数远超其数倍。那两人竟然趁他没留神一起离开了？

他们去约会了吗？总不可能这个时候还去公司加班吧？

无限放大的想象让江浸夜前所未有地烦躁，跟骆馆长和江震寰打过招呼，他匆匆离开。

一楼大厅的角落设置了一个失物招领处，江浸夜路过时视线扫到，里面似乎是陶禧的手机。他随即拨打电话证实手机主人的身份，最后向博物馆留下自己的联系方式，拿走了那部手机。

可江浸夜的脸更黑了，他气急败坏地跑向停车场。他本来还想给她打电话，这下可好，陶禧连手机都丢了。她的心还在吗？

驶出博物馆，他一片茫然，不知道该往哪儿走。

此时正是华灯初上，雨势已歇，无数撑开的雨伞合上。抹去混乱的色彩，街边恢复正常的秩序。

江浸夜漫无目的地开过路口，一眼看见前方的陶禧。初春的夜风微凉，她收起伞，扣好了风衣抱紧胳膊，缩着脖子等在路边。

刚巧身旁的副驾驶座上陶禧的手机屏幕亮起，是来自名为“Simon”的呼叫。

江浸夜忍不住加速，停靠在路边后，下车朝她大喊：“桃桃，过来！”

陶禧循声转头，一见是他，头又转回去。

这时一辆银色轿车停在陶禧面前，车窗缓缓降下。她弯腰，欣喜地看向车内，伸手搭上窗框。

江浸夜大脑瞬间蹿上淬火的温度，冲溃了理智。他坐回车内，失控地朝那辆银色轿车撞去。

嘭！

一个急刹车停下。

陶禧吓了一跳，她正好抬起双手，大惊失色地看向气势汹汹走过来的肇事者。

江浸夜面孔铁青，怒斥：“告诉孙蕴巍，少打你的主意！”

然而陶禧眨眨眼，似乎没听懂。

“我不可能让他乘虚而入，你们最好……”江浸夜说着转过身，阴寒的目光投向那辆银色轿车，一下愣住。

车内满满当当坐着陶禧过去在吉芯的同事，他们今晚约着去唱歌，正在问陶禧要不要一起去。此时几个人吓得面无血色，呆呆地看着他。

“不用找保险公司，你们想要多少赔偿直接找我，顺便去医院做个全身检查，通通算在我账上。”江浸夜绷着脸，递去一张名片，“但是陶禧，今晚我订了。”

语毕，他拽过陶禧的手腕，不由分说地走回自己那辆车。

“要么上我这辆，要么继续等孙蕴巍，你自己选吧。”江浸夜冷漠地撂下这句，先一步回到驾驶座。

陶禧犹豫了几秒，随即也拉开车门。

一场风波转瞬消散，围观的三两路人遗憾地撤离，路边很快停靠了其他车辆，唯独几米外的一辆蓝色轿车没有离开。车里孙蕴巍双手握住方向盘，注视着那辆黑色的SUV消失在茫茫夜幕中。

最恼人的是横生枝节。

江浸夜早就察觉孙蕴巍看陶禧时眼中满溢的脉脉柔情，远超上级对下级的关心，邀请他参加活动，多为顺便盯梢，结果反倒暗中给他们加薪添柴。

他不能忍。

一旁的陶禧还在和孙蕴巍通电话，轻柔地说："不好意思，我手机落在博物馆了，回去正好碰见江老板，就顺便坐他的车了。"

她歪过身子，用手拢住嘴。声音传到江浸夜耳中，只剩些只言片语。

江浸夜留大半精力看路，分一点心偶尔偏头扫她一两眼。终于等到陶禧挂了电话，他冷笑道："'正好碰见江老板'？现在你去哪儿还得跟他打招呼？"

陶禧没看他，径直抽了张纸巾擦鼻子，平静地说："能无聊幼稚到突破我想象的，也就是你了。专心开车，别来找我讲话。"

那句歌词怎么唱的?

被偏爱的都有恃无恐。

见她似乎刚才在路边吹风受了凉，江浸夜不动声色地调高暖气的温度。

陶禧这才转头看向他，这张脸沉默的时候像T台上的冷面模特，一旦开口，天知道有多气人。于是用手拨了拨头发，她坐回去，解开风衣最上面的两粒扣子："谢谢。"

剑拔弩张的、盘踞车内的低气压，终于舒缓了些许。

雨水卷土重来，一阵阵地扫上风挡玻璃。陶禧心里乱糟糟的，坐不安稳，两只手插进衣袋，又拿出，交叠在身前，再松开，怎么都觉得不对。

先前暴怒的江浸夜此时陷入彻底的沉默。

"就停前面，我自己有伞，不用劳烦小夜叔叔进去了。"陶禧伸手搭上车门。

"谢谢""劳烦"——她越是礼数周到，便越伤人。看不见的高墙横亘于两人之间。

江浸夜的怒火消散，被她的话刺痛，他也没有反唇相讥。停车后陶禧撑伞下车，他跟着下去，一边锁车一边头一低挤入她的伞下。

"你……"狭小的空间越发逼仄，陶禧抬头瞪他，"你车上不是有伞吗？"

“我车上可以没有伞。”

和他玩诡辩全无胜算。伞也被他夺走，陶禧索性随他去，埋头疾步往前走。

几点新绿探出院墙，枝头刚成形的粉色花苞被雨打蔫，啪嗒掉落。湿凉的空气中弥漫着植物和泥土的气味。

雨伞大半倾向陶禧，江浸夜一侧肩膀被水浸出深色的水渍，却全然不觉。眼看快送到门厅，唯恐下一秒迎面遇上江震寰，他颓然出声：“你到底要我怎么做？”他轻而低的音调混合了些许鼻音，仿佛失了主心骨一样惶惶。他不确定似的又说：“你想听的我不是都说了吗？”

眼下的情形对于江浸夜来说足以匹敌生平最难解的题。他这辈子对女人游刃有余惯了，没想到第一次主动出击竟如此坎坷。

家里黑着灯，江震寰不在。

陶禧和江浸夜进屋后发现冰箱上贴了一张便笺条，是江震寰的字迹：“桃桃，我和你爸爸妈妈一起看电影去了。”

两人同时被句尾那个略显调皮的笑脸表情震撼，安静了片刻，直到陶禧吸着鼻子又去抽纸巾。

“我给你煮点姜汤。”江浸夜说着打开橱柜，低头去找小奶锅。

“不用了，你没事就先走吧。”陶禧没好气地说。

江浸夜不理睬，弯腰翻出奶锅，不想竟忘了头顶的吊柜门还开着。他起身过快，头顶猛地磕到柜门，发出清晰的撞击声。打算劝他早点回去的陶禧正好走进来，目睹了全过程，心脏跟着那声撞击声颤了颤，大叫一声“江小夜”，飞快地跑过去。

江浸夜放下奶锅，一只手抱着头，另一只手摸索着关上柜门，随后也抱住头。

他两只手把脸捂得严严实实，一声不吭地僵立原地，害陶禧围着他转了几圈，愣是没弄清楚状况。

她没辙，轻轻晃动他的手臂，问：“到底怎么了？不会流血了吧？快让我看看！”

他还是没动静。

陶禧急了，嚷道：“你倒是说话啊！”

不会撞傻了吧?

很久之后，陶禧每每回想当时的情景，都在悔恨自己的大意。

原来这个世界上，即使看不到，仅凭声音就能准确判断猎物位置的除了蝙蝠和抹香鲸，还有江浸夜。

他松开的双手按住陶禧的后脑勺，与此同时他低头捕捉她的唇。如同一场忍耐已久的爆发，舌尖强硬地探入她的口中，搅乱了她的呼吸。陶禧连连后退，撞上厨房的料理台。江浸夜十指与她浓密的发丝纠缠，整个人挡在她身前，将她完全封锁，让她没有丝毫挣扎的余地。

陶禧的反抗在他的深吻中显得徒劳。

她渴望这份久违的亲昵，渐渐地双眼迷离，漫上薄薄的水雾，就连拽扯他衣领的动作都带着不可抑制地战栗。白皙的面颊泛起层层红晕，她仿佛要溺毙在他的吻中。

“我不该因为苦闷对你发泄欲望。”江浸夜松开陶禧，声音低低地传来，“不该因为不想让你担心就什么都不说。”温热的气流拂过耳畔，他轻吻陶禧的额头：“我都反省过了，陶禧，能不能不要再惩罚我了？”

转天江震寰返回北里。

一大早来了几个穿黑色西装的高个男人，正襟危坐地等在沙发上。丁馥丽给他们递水果和茶，他们毫无反应。江震寰正好走过来，摆手说：“不用管他们，他们只是负责帮我搬行李，和我一起回去。”

丁馥丽咋舌，这排场，不知道的还以为要搬家。

陶惟宁钻出厨房，问江震寰：“小江，今天早上吃我爱人煮的鸡汤小馄饨，你有什么忌口的吗？”

江震寰快步走过去：“没有没有。真是太好了，我听小夜说起过你们家的鸡汤小馄饨特别好吃。陶大哥正在煮吗？需不需要我帮你打打下手？”

小江……

陶大哥……

江震寰不过比陶惟宁小一岁而已。

陶禧把丁馥丽拉到一旁，小声问：“他们什么时候这么要好了？”

丁馥丽同样百思不得其解：“我怎么知道，我们看了一场电影就成这样了。这位江大爷还说以后有机会要跟我学打麻将呢！”

陶惟宁劝阻不得，江震寰硬是将几碗馄饨端出来。

沙发上的黑衣人齐刷刷地行注目礼，看起来很是紧张，唯恐汤碗半途掉下烫到他。

四个人围桌坐下，陶家三口等江震寰咬下第一口才纷纷举箸。

“真是鲜美啊！”江震寰感叹。

丁馥丽谦虚地说：“不过就是家常手艺，哈哈！”

江震寰一口气吃下半碗才得空抬头：“我这次过来，打扰你们了。”

“这怎么能说是打扰，我们很欢迎啊！”陶惟宁笑呵呵地放下筷子，“小夜跟着我这么多年，你想什么时候过来看看都是可以的。”

“唉，这些年你们家我确实一次都没来过，惭愧啊！”江震寰也停下手里的动作，眼里透过遗憾，“明明是他父亲，却缺席他成长中最重要的时光。很多事情都是事后才发现没法弥补了。我唯一庆幸的是好在还有你们。”

“你们是父子，谁也不能代替，什么时候都不晚。”陶惟宁拍拍他的胳膊，示意他别太感伤。

丁馥丽想起背地里给江浸夜起的绰号，眼神闪躲着，莫名有点心虚。

江震寰说：“他上次回家说了一句挺新鲜的话，什么‘如果你不愿过来，那就换我过去’。一想到我误会他这么久，忽略他这么久，我就坐立难安。和他比，我还不算轴，所以我就过来了。”

陶禧心里怦怦直跳，那句话不是她说的吗？

几个人一时无声，气氛凝固了。

“一家人总这么僵着不是办法，你们慢慢缓和，挺好的。来来，继续吃啊，别凉了。”陶惟宁连声招呼。

江震寰刚拿起筷子，又慢悠悠地问：“桃桃现在有男朋友吗？”

男朋友？

陶禧对他突兀的提问有些意外，摇头说没有。

“唉，我也不知道小夜的想法，他从不和我谈这种事。不过他要是喜欢你就好了。”

丁馥丽被一口汤呛得咳了半天才缓过气。

江震寰面露忧虑，问：“我这么说是不是太冒昧了？反正他不在，我就随便说说。主要是我看你们俩很要好。”

要好？

陶禧回忆起她和江浸夜在江震寰面前一同出现时冷淡如路人的情景，不明白哪里让他误会了。

江震寰轻提嘴角，神神秘秘地笑道：“我是过来人，我看得出来。”

可丁馥丽只要一想起前段时间陶禧背着她偷偷搬去和江浸夜同居，以及他离开屿安后女儿消沉的模样，依旧气不打一处来。

“江先生，这种事情我们当家长的不方便做主，关键还是要看他们俩的意思。”丁馥丽正气凛然地反驳，完全忘了之前是如何自作主张地定下林知吾当女婿这件事，她转向陶禧，“桃桃现在工作挺忙的，暂时没空恋爱，但身边追求者很多，她自己会有考虑。”

“唉！”江震寰叹着气，似乎连小馄饨都吃不下了。

“这儿很热闹啊，我在外面都听见你们聊天了。聊什么这么开心？”僵持间，江浸夜走进屋中，和几位长辈愉快地打招呼。

陶禧看向他的时候正好迎上他看来的目光，匆忙转开。想起昨天他的道歉，还有刚才江震寰那番话，她的脸颊烧起来。

“哦，我们在说你喜欢吃桃桃妈妈煮的小馄饨。”江震寰纹风不动，对自己说媒遇挫避而不提，语气轻松地说起食物。

丁馥丽迅速反应：“小夜你吃过了吗？我去给你煮一碗。”

江震寰也抢着表态：“要不我去煮？”

“我吃过了，来的路上吃了三明治。”江浸夜似乎还不习惯和父亲太亲近，只对着丁馥丽回答。

他们吃过早餐，那几个黑衣人行动起来，整理出几个箱子。

大家正站在客厅依依不舍地说告别的话，门禁声响，墙上的视频对讲系统出现陈放的脸。

陈放喘着粗气，手提几个包装华贵的礼盒，还没进门，笑声先飘来：“叔叔阿姨，你们都在啊！真是太好了，难得一口气见全了，我们要不合个影吧？”

陶惟宁犹豫地说：“可是小夜的妈妈……”

“哎哟，您还担心什么？”陈放一边说着，一边寻找适合照相的位置，“我江叔叔这次来可是有历史意义的，必须照一个！等日后渠阿姨也来了，咱们继续照呗！一点不耽误！”

江震寰对陈放没什么好印象，却抵抗不了他那张抹了蜜似的嘴，几个人在客厅照了张相。

趁长辈们围拢看相机上的合影照，陈放把礼盒提到那堆行李旁。

江浸夜走过去，不咸不淡地问：“好久没见了，最近怎么样？”

“别提了。”陈放收起笑容，苦着脸摇头。

江浸夜笑道：“我妈还不肯搭理你？”

“你妈妈迟早能哄好，现在的问题是我堂妹她……”

“陈烟岚？”江浸夜冷笑，“不是说坏人才活得更自在吗？”

“她精神不太稳定，我前些天给她联系了心理医生。”想起往事，陈放目光忧愁地看他，“但听说你大哥要以商业犯罪起诉她？”

江浸夜无所谓地耸肩：“那是我大哥的事。”

“唉。”陈放一个劲地叹气。

陈放说这番话的时候旁边的陶禧心跟着揪了一下，不为陈烟岚，而为林知吾。当陶禧的生活渐渐趋于稳定，林知吾反倒辞职了，她猜多半又和陈烟岚有关。但这样的念头仅仅一闪而过，毕竟丁馥丽还整天叨念着要是女儿喜欢林知吾就好了。

陶禧低头，正和容澜在手机上聊天，听到身后传来江震寰的声音：“桃桃，江伯伯送你件礼物。”

江震寰不说话的时候平静的眸色中透着威严和犀利，仿佛他轻易就能洞察周遭，和他对视叫人不自觉地感到惶恐。要是那双鹰隼般的眼睛能柔和一些，那他魁梧的身形和冷峻的面孔就非常加分了。至少陶禧每每看见他，都忍不住去想等江浸夜老了，也该是这样的帅老头吧。

回过神来，陶禧已被江震寰拉到一边。她有些疑惑，什么礼物这么神秘？

江震寰从随身的手提箱里取出一个黑色绒面小盒，打开盒子，那块陶禧还回去的翡翠赫然出现于眼前。

“江伯伯……”

“你上次不是说它是小夜不小心落下的吗？”江震寰笑眯眯地递给她，“这次就不是不小心了，你记得收好。”

“我……”

“这种翡翠很罕见，小夜……也太不小心了，还是交给你保管我才放心。”

陶禧顿时不自在起来。恐怕她上次把翡翠还给他的时候，就被他一眼识破她不过在和江浸夜闹别扭罢了。

“其实可以让渠阿姨保管呀！”

江震寰哈哈大笑道：“你看，小夜不小心落在你这儿，明显还是你收着更妥当。”

她再推辞也不过是徒劳，还要叫人诟病故作姿态。站在江震寰面前，陶禧的一切小心机似乎都无所遁形。

但他倒是不介意，亲切地说：“等你忙过这段时间就和爸爸妈妈一块儿来我家做客啊？”

“嗯，好……好。谢谢江伯伯，我一定小心保管。祝江伯伯一路顺利。”陶禧自认不是对手，不敢和他多过招，接过盒子乖顺地鞠躬，赶紧走回丁馥丽身边。

她继续在微信上哀号：“哎哟，容澜救命啊！我真是丢脸死了，就不该自作聪明地还翡翠，这不是坐实了和江小夜关系不一般吗？”

容澜飞快地回复：“你们俩什么时候关系一般了？”

她不气馁，飞快地敲下一行字：“我们现在就很一般。”

容澜不甘示弱：“赌你坚持不到一个月。”

气人！

陶禧还想和她争辩，林知吾的信息蹦出来：“陶禧，中午有空吗？一起吃个饭？”

和林知吾约在商场负一层的面馆见，陶禧赶到的时候他还在打电话，头发有些乱糟糟的，实在不像他一贯有条不紊的作风。

挂了电话，他转身看到陶禧，略显局促地招呼：“来了？坐。”

他的脸瘦了一圈，眼下挂着两片乌青，胡楂未打理。察觉到陶禧诧异的神情，他摸了摸下巴，自嘲地道："是不是很惨？"

"师兄……"

"我一直忙着她的事情，没顾得上和你联系，不好意思。"

陶禧当然听得出"她"是指陈烟岚。

"她……她现在怎么样了？"

"我们先点餐吧。"

一碗牛肉面和一碗炖鸡面同时上桌，可林知吾和陶禧谁也没有进食的心情。

陈烟岚感情和事业同时受挫，自尊心崩溃，精神受到极大刺激，林知吾联系了国外的医院，打算带她去慢慢疗伤。

"伤也可以在国内治啊！"听说师兄要走，陶禧有些不舍，毕竟他一直以来帮了她那么多忙，"叔叔阿姨会舍得你吗？"

林知吾疲惫地打个哈欠，像是几天没有合眼似的歪靠着墙面，颓废地说："他们不会再过问我的事了。我就是想给她换个环境。"

"那她对你的态度呢？师兄，总不能永远是你单方面付出吧？"

"现在不是考虑这个的时候，先要让她好起来。"林知吾垂眸，落寞地笑了笑，"我一度希望自己可以真的爱上你，甚至答应父母和你订婚，后来想想，全是自欺欺人。小桃，对不起，那样对你不公平。"

"没事，都过去了。"陶禧若有所思地回答，将一碗炖鸡面吃到见底，连汤也喝完，居然没尝出味道。

林知吾换上轻松的语气："小桃好好加油，我听Simon说你在公司干得不错，下周还要去A市那个国际人工智能大会做报告。"

陶禧记起孙蕴巍的"谦虚无用论"，笑着说："是还不错。那个报告我会准备得很充分，不给你丢脸。"

林知吾终于露出轻松的神情，也笑道："那就好。他很欣赏你啊。"

陶禧脸上的笑容一下僵住，她想起孙蕴巍莫名其妙的两句话——

"我只是对你的事比较有兴趣。"

"如果雨停了，那我还有什么理由送你回家？"

话语暧昧至极，惹人遐思。

陶禧顿时觉得棘手，实在不想和自己的老板传出花边新闻，可对方又没有明说，总不好贸然去拒绝——那样太自作多情了。

她实在困扰。

夜里陶禧不出所料地失眠了。转天坐到工位上，陶禧揉揉太阳穴，稳了稳心神，突然有些懊恼怎么没趁着江震寰住家里的那几天旁敲侧击问一些江浸夜的事情。在与他疏远的这一阵，她对他的近况毫不了解。

公司每周的例会定于周一上午九点半，九点后同事们相互打着招呼陆续走入会议室。

陶禧不停地抬头去看进来的人，又觉得自己神经过敏，索性去茶水间煮咖啡，结果迎头碰到孙蕴巍。

“早，陶禧。”

“Simon，早。”

孙蕴巍看一眼她手里的杯子，问：“咖啡？那我连你那份一起煮吧。”

他说着专心摆弄咖啡机。

他神情无异样，对陶禧也没有流露出过多的关心，似乎让她辗转难眠的那两句话不过是一场错觉。背过身去，孙蕴巍淡淡地说：“今天的例会，公司的新董事也会参加。”

“新董事？”

“你不知道吗？我周六晚上发了邮件。”

整个周末陶禧的时间都被占满，她没有看过邮箱。

“就是通知了一下融资成功的事。我们的新董事……”孙蕴巍转过头，瞧见陶禧身后的人，露出灿烂的笑容，音调也跟着上扬，“江先生，早上好。”

陶禧闭了闭眼，不用回头也知道谁来了。

江浸夜面色愉悦，轻快地和他们打招呼：“早上好，Simon……陶禧。”

陶禧怎么会想到江浸夜布下这样的棋局，还与大哥江鹤繁联手。

江浸夜的劝说没费多少工夫，他只消一通电话：“大哥，我想说服你投资一家同时做芯片与深度学习解决方案的公司。”

“深度学习？你是说人工智能那方面的吗？”

“对。”

电话那头的江鹤繁顿了顿：“那我叫人做个详细的商业计划书评估一下。”

“哎，等你计划书做好人家也找好投资方了，这种香饽饽人人都在抢，哪儿会慢吞吞等你……”

自从谷歌的人工智能程序AlphaGo战胜世界围棋冠军，人工智能的概念一夜间炒热，越来越多的创业者与投资人进入这一领域，开始布局。

手握数家投资公司的江鹤繁当然知道江浸夜说得对，只不过听出弟弟的急切，同他绕起了圈子，笑着说：“我还以为你只对画画、修画感兴趣。之前让你跟我做投资，你不是拒绝了吗？怎么这会儿变卦了？”

“我最近看中一家公司，很有潜力，琢磨着够我挣一笔。计划和评估我都做好了，你要相信我。”

江鹤繁不紧不慢地嗯一声，故作惊讶地问：“挣一笔？你不是还有块翡翠吗？卖了就够你挣一笔。”

江浸夜支支吾吾了半天江鹤繁才听出敢情他把翡翠也送给陶禧了，如今人家不理他，他在想方设法地挽回。

江鹤繁大笑道：“你也算精明小半辈子了，怎么这一把输得这么惨？”

他输了吗？

对于习惯大起大落的江浸夜，输了不过是一时的蛰伏，他从未惧怕。

可陶禧他输不起，对她的感情不是能用房子和翡翠来换算的。而且他做错了事，和输赢无关。

沉默间，江鹤繁仿如了然一切地笑道：“行吧，我明天让人去你那儿谈。”

他有大哥相助，投资如鱼得水。

陶禧转身迎向他自信的神情，心想不管怎么说，孙蕴巍是公司的CEO兼创始人，哪怕融资成功，也不可能出让太多股份，公司的掌控权断然不会外移。

她抬起纤长的天鹅颈，唇角上提，绽出一个公式化无可挑剔的笑容：“早上好啊，江先生。”

江浸夜脸上的愉悦退去几分，目光微沉。

陶禧的视线轻描淡写地掠过他，然后她从孙蕴巍手里接过咖啡，说了声“谢谢”。

“你们先聊，十分钟后记得开会。”孙蕴巍看一眼墙上的挂钟，端着咖啡杯走出茶水间。

陶禧快步追去，喊住他：“Simon，关于我们公司自己开发的指令集和编译器，有这方面的文档借我看看吗？”

孙蕴巍停下，想了想：“开完会我发给你。”

“那我还想问问关于编译器的工具链……”

陶禧就这么从江浸夜眼底溜走。他能看清她青色针织开衫衣领的针脚，嗅到颈间若有似无的桃香。明明伸手就能抓住她，可江浸夜抱起胳膊，看她的身影在氤氲的咖啡浓香中越来越远。

转过墙角，确定江浸夜看不到了，陶禧问孙蕴巍：“Simon，他不会天天都来吧？”

孙蕴巍搓了搓下巴，颇为认真地思考一番，说：“他不需要天天来，但他随时可以来。”

不是吧？

陶禧在心中哀叹，不抱希望地问：“他是不是在我们公司还有办公室？”

“确实整理了一间出来。”

陶禧眼中闪过一丝颓丧，随即定住神：“我听说有多个投资方在和你接洽，怎么会选中他？他其实就是个门外汉！”

“哈哈！你在背后这么拆他的台，他知道吗？”孙蕴巍忍俊不禁，“对，他对我们这一行确实不懂，但他找来的团队很专业，有强大的市场渠道，还开出了我们无法拒绝的条件。我不会因为对他个人的看法让公司错过好的商业机会。”

陶禧不解：“你对他还有个人看法？”

“嗯……”孙蕴巍一时语塞。

他本来想说，那天看到陶禧坐江浸夜的车，也向林知吾询问到他们两家的渊源，决心换上欣赏和默默注视的心情，和她保持简单的同事关系。

可眼下实在不是适宜提及此事的时机，幸而有其他同事过来提醒准备开会了，他打着哈哈快步撤离。

江浸夜低调地坐在小会议室的最后一排，还挑了角落的位置。但从他进门的那一刻，起码一半的人齐刷刷地转头，投去好奇打量的目光。

要是眼睛会说话，仅仅前排几个才刚研究生毕业还在实习期的女生的尖叫声就足够掀翻屋顶了。

想起在网络上爆红的那部纪录片，想起播放到古画修复的段落时那惊人的满屏的弹幕，即便是对追星一类狂热事物并不感兴趣的电子工程师也留下了深刻的印象。

江浸夜没注意到他们，坐下后架起腿，闲适地把挽起的衣袖放下，系上袖扣。

他看似随意抓起的头发富有层次感，耳边利落的发型冷酷中又显得清爽干净，下颌一点点胡楂配上立体的五官，十分有男人魅力。

江浸夜出门前精心打理了一番，难怪会对陶禧的视而不见感到郁闷。

周围的议论渐渐从“真的好像模特”“为什么他会出现在这里”过渡到“可以聘请他做女程序员鼓励师”。

明明程序员男的更多吧。

后来孙蕴巍走进来，议论声戛然而止。

他同大家打趣：“如果要聘请他做鼓励师，那我大概付不起他的工资。”

众人面面相觑，他们不懂老板在卖什么关子。

“好了，既然你们都看到他了，那就简单介绍一下，那位江浸夜先生就是我之前在邮件里提到的我们笛铺科技A轮投资方的投资人。今天欢迎他参加我们的例会，了解公司的日常运营。”

热烈的掌声中，几乎所有人都扭头去看江浸夜，除了陶禧。

她紧紧盯着手中的册页，没有丝毫因为公司的A轮融资谈妥而松一口气——还是要力保人工智能大会的报告不出差错。她一边想，一边勾画，手指绕着头发。

例会按照一贯的流程汇报各组进展和后续目标。

陶禧始终低着头，面对孙蕴巍一篇发表在CVPR（国际计算机视觉与模式识别会议）这样顶级学术会议期刊上，关于将神经网络的压缩算法运用在图像处理上的论文，圈出疑问。

散会后，孙蕴巍走到窗边打电话，陶禧在一旁等他。

“Simon，你这篇论文我有些地方不太懂，你帮我说一下。”

孙蕴巍诧异：“这些东西工作报告不需要。”

“但我必须全要弄懂，因为这是你的理论基础，如果不深挖到这一层，人家当场随便提问一下就把我难倒了怎么办？”

孙蕴巍微笑道：“好。”

他随即用浅显的语言点通了陶禧。

会议室此时只剩他们两个人，顶灯已经关了，LED显示屏还亮着。陶禧弯腰，伏在桌上写注释的时候，偌大的空间彻底静了下来。

“陶禧。”孙蕴巍掂量着眼下大概就是那个适宜的时机，于是说道，“上个周六……不好意思。”

为什么突然道歉？

陶禧不明所以地抬头看他。

见她一头雾水的样子，孙蕴巍忽然觉得与其点破，还不如让他这份刚萌芽的心意发乎情，止乎礼。

“算了，没事。”他摇头，就此打住，另起话题，“不过你知道吗，江先生愿意为我们笛铺科技开出优厚到他几乎没什么赚钱余地的条件，有个前提。”

“前提？”

“就是将来他在公司的股份会全部……”

一阵敲门声打断了两人的交谈。

没等他们出声，江浸夜从后门走入。他温和地笑着，看向站在前面的孙蕴巍和陶禧：“哦，Simon，我在外面没找到你，想来和你说一声，我中午吃了饭就走。”

他又是亲自参加例会，又是亲口打招呼汇报行程，孙蕴巍也算是工作多年，还没见过如此事必躬亲的投资人。

当然知道江浸夜是为了陶禧，孙蕴巍笑着走向他：“麻烦你了，待会儿吃了饭我亲自送你。”

“客气了……哎，那个，我冒昧问一声，你们俩刚才在这儿……”

过于唐突的话尾被他生生截断，但任谁都能听出他在问——你们俩刚才在这儿做什么？

他拖长的尾音在空气中带出暧昧的余韵，被显示屏光线包裹住的两人神情一下绷紧。

孙蕴巍已经退出，不想被他误会，便解释：“陶禧刚才……”

“我们刚才在这儿做什么不需要向江先生汇报吧？”陶禧背起手，迈着悠然的步子走向江浸夜，清亮的声音一下一下绞紧他的神经，“你是投资人，只管我们给你赚钱就好了……”

直到这一句，陶禧的音量还足够让包括她在内的前后三个人都听到。

然而下一句，她踮起脚，扬起的小脸停在距离江浸夜下颌几厘米的地方，用只有他才能听到的音量说：“何必把手伸得这么长。”

真嚣张啊，也就是仗着这儿有人才笃定我不敢动你了。

江浸夜眯了眯眼，喉结滚动了一下。

察觉到两人间剑拔弩张的气氛，孙蕴巍想缓和一下，便说：“那待会儿去吃午饭的时候江先生叫上我。”

陶禧抗议：“我们平时吃的都是粗茶淡饭，二十块就能随便打发，江先生这样的贵人能将就吗？”

“你不知道吗？”孙蕴巍惊讶，“以后工作日，每天中午和傍晚的两个小时科技园这边的聚贤餐厅只为我们笛铺科技供应。”

也就是说江浸夜承包了全公司的两餐。

为什么不是三餐？

不会因为……她早餐在家吃吧？

先前与他对峙的底气一瞬间烟消云散，陶禧心生怯意，转头时江浸夜已经离开了。

“完了容澜，吃人的嘴短，搞不好我真的撑不过一个月。”

“那我可以换个赌约吗？”

“嗯？”

“我赌你坚持不到一星期……不，你还是认命尽早投降吧。”

中午下楼乘电梯的时候，陶禧沮丧地和容澜发信息。对江浸夜老狐狸的手段长吁短叹一番后，容澜临阵加注。

这激起了陶禧内心些许的叛逆，她正不甘心地组织回击的语言，容澜又发来一条：“要是那些普通的连锁加盟快餐店也就算了。可这是聚贤餐厅！你以为他只是收买你吗？他这也是在收买全公司的人！真的，你死定了。”

不论是诸如“屿安十佳人气餐厅”“屿安必吃餐厅”这类媒体榜单，还是美食点评网站上的积分与口碑，聚贤餐厅都是当仁不让的存在。

离吃饭半小时，明明还没到饭点，同事们就蠢蠢欲动了起来。最可恶的是，等到陶禧调试完最后一行代码办公区已经没人了。

聚贤餐厅虽然名字不起眼，但绝非普通的大众餐厅，位置偏僻，开在科技园背面林荫掩映的一栋洋房里，门前绿植环绕。

从公司走过去约莫二十分钟，路程不算短。

穿过门前的院落，都市的喧嚣如被按下静音键。三层高的洋房墙面是优雅的浅黄色，巨大的窗玻璃围有白色窗框和黑色窗格，弥漫着旧日的西洋风情。踏上木楼梯，老式留声机中有咿咿呀呀的音乐声袅袅飘出。江浸夜包下了整个三层，连同天台花园。拾级而上，大厅一点点在视野里呈现。

众人的欢笑声阵阵爆发，又是江浸夜在讲冷笑话：“金木水火土，谁的腿最长？”片刻的安静后他得意地说，“当然是火，因为……火腿肠！”

“巧克力和西红柿打架，巧克力赢了。为什么？”依旧是他道出，“因为巧克力棒啊！”

两张长条餐桌围满了公司的同事，桌上放置了素雅的花束，铺展着同色台布。淡金色的阳光穿过一面巨大的落地窗照亮了整座大厅。陶禧困惑地看着每个人都笑得前仰后合，怀疑自己的笑点是不是和别人不一样。

她拉开绒面椅子正要入座，一个瘦高的侍者小步跑过来，恭敬地弯腰低声说：“江先生邀请您去包房用餐。”

他音量不大，但身边几个人都听到了，纷纷转过头来，带着一脸八卦的笑意：“我早就说，人家这么大排场，哪儿是冲着我们来的，我们是跟着沾光呀！”

“小陶，你赶紧答应人家，兴许江先生一高兴，就会给公司增设游戏室和健身房，那就太方便了。”

“你说得也太露骨了，人家美好的姻缘我们要衷心祝福，怎么会是为了游戏室和健身房呢？当然，要是有就更好了。”

陶禧不知如何应对，感受到无形的压力。

她蜷起的手指紧了紧，随即告诉那个侍者：“麻烦你转告他，我想和大家在外面边吃边聊，比较有气氛。”

对方点头，走向挺身端坐的江浸夜。

其实无须侍者传达，他从陶禧的举动中也判断出了结果。

她特意挑了长桌另一端的位子，与他分隔遥远。从她现身的那一刻，那张灿若桃花的脸就不曾转向他哪怕一秒。于是讲笑话的心情尽失，江浸夜仰头饮下一杯酒。

旁边的孙蕴巍安慰：“要不我陪你去包房吃？”

“不用了。”江浸夜叠起餐巾拭去唇角的酒液，“我也不是经常来，难得和这么多人一块儿坐，就在这儿吃吧。”

清蒸鲥鱼、雪花牛肋肉、蟹粉烩豆腐和几样应季素菜很快上桌。菜肴不多，但因为是长桌，便上了几套。

人人笑逐颜开，唯独江浸夜面色黯淡。

有人问孙蕴巍，公司自从换了新的写字楼，扩大了市场部和财务部，接下来是不是会有大动作。

他说：“首先是无人机和服务器这两款核心产品，我们已经有把握大规模量产销售。然后在终端市场布局安防监控领域，云端市场则针对语音识别与图像处理。大家好好加油！有了江先生的资金支持，今年一定会有更好的发展。我们敬他一杯！”

几十个人高举手中颜色各异的果汁，江浸夜也举起酒杯，却笑得勉强。

敬酒之后，餐桌旁的人讨论起这些产品的开发周期、迭代速度及其生产成本，江浸夜再次感到了自己的格格不入。尤其当看见陶禧和其他人相谈甚欢，比往日与他在一起时更活泼健谈，江浸夜有了两个世界的距离感。

于是潦草地吃了几口，他借故起身离去，从陶禧身后快步走过时带起一阵风，撩起她额前的发丝。

陶禧正在和同事聊天，脸上的笑还没停，却忽然不知道该说什么，声音戛然而止，胸口传来闷闷的窒息感。刚才的活泼健谈全是她故意做给江浸夜看的，不过想暗示他，她有自己的世界，不会再以他为中心。同时也是推开了他，拒绝他的靠近与融入。

陶禧有点懊悔。

孙蕴巍带公司团队出发，乘坐高铁去往屿安相邻的A市，参加为期两天的国际人工智能大会。

路上陶禧东瞧西看，直到上车也没见着江浸夜，空落落地想那只跟屁虫怎么没跟来。

蹊跷的不止这一点。自从前天江浸夜中途离去，她就再也没见到他的身影，没有信息，也没有电话。

陶禧忧心忡忡地时不时按亮手机屏幕，生怕手机坏了他联系不到，却没有半点音信。

他不会真的生气了吧？小气鬼，这一消失就是两天！

看着窗外飞快倒退的景色，陶禧心里乱糟糟的。工作报告她已经做了充分准备，完全不怵，眼下唯一棘手的倒变成那个一声不吭就玩消失的人。

手机铃声忽然响起，陶禧吓了一跳，迅速从衣袋里掏出手机。

是陶惟宁打来的。

她眼神黯了黯，接通："爸爸。"

"桃桃，本来我和你妈妈想一起去看你，不过小骆来了，就没办法抽身了。"

陶禧微怔，在脑子里搜索了一圈，困惑地问："小骆？"

"骆馆长的小侄子呀！比你小两岁，才刚大二，对古画修复很有兴趣，非要来拜我做老师。"

"可爸爸你不是不收徒弟了吗？"

由于身体原因，江浸夜之后陶惟宁就没再收过学生。

陶惟宁笑着说："不要紧，我带一段时间，他要是真的下决心做这件事，可以交给小夜。"

陶禧听到江浸夜的名字，瞬间握紧了手机，问："爸爸，我都两天没看到小夜叔叔了，他在忙什么？"

"两天而已……很长吗？"幸好陶惟宁只是随口感叹，没有察觉出陶禧的急迫，继续说，"屿大今年要开设文物鉴定与修复专业，想请他去教书，多半在跑这个事吧。而且上次的纪录片播出后，来找他的藏家很多，不知道他有没有接新的活。"

"哦，好的，爸爸再见。"陶禧失望地挂了电话。

见她收起手机，一旁的孙蕴巍才取下耳机，不紧不慢地说："我知道江先生的本职是古画修复，这门手艺已经有上千年的历史，但其实和我们也有千丝万缕的联系。"

陶禧一听，恹恹的神色顿时收敛："什么联系？"

"文物修复近年也运用上了许多新科技，比如说三维建模。那些动画和渲染的功能可以模拟修复的情景，减少不必要的试错。"

"我知道！"陶禧欣喜地弯起眼角，"可以利用我们公司开发的芯片和一整套深度学习硬件解决方案来做这件事，将这种建模软件应用在专业场景中，不仅仅是文物修复，还有电影的特效渲染。"

孙蕴巍伸出大拇指："记得加在工作报告里。"

"好！"陶禧上扬的声调透露着和之前截然不同的振奋。

原来并没有每个人只属于一个世界的说法，一定会有座相连的桥。

她立马打开笔记本电脑，一边记录一边问："对了，我们参加这个会也算大事吧，江先生作为投资人真的一点都不过问吗？"

明明上次连开个例会他都要亲自参加。

孙蕴巍听出她的言外之意——江先生真的不过来吗？

他抿唇笑了笑，说："据我所知，他不过来。"

"哦。"

第一天上午是大会开幕，各方领导和委员会致辞，从下午到第二天上午是高峰论坛。陶禧的工作报告安排在第二天下午。

相对于前一天各路媒体和专家组踊跃的提问，仅作为行业内的交流，她确实轻松许多。

依旧不免遭到挑刺般的质疑，有人问："GPU就能满足3D渲染的需要，你们公司开发的产品不会显得鸡肋吗？"

陶禧掷地有声地说：“其实一开始CPU就能满足运行程序的需要。可是当大家在玩游戏时发现GPU的算力更强，便又加入了GPU。而深度学习计算中大规模的频繁复用已经显示出无穷的潜能，它需要专门的产品来替代，我们正是专注于此。”

甚至还有人提起孙蕴巍那篇关于神经网络压缩算法的论文，其刨根问底的追问已经算是刁难。可陶禧全都应对自如。

发言结束时她两只手都沁出了一层汗。

四下掌声如雷，这么多投向她的赞许的目光中却独独少了那个人的，这让她心生遗憾。

晚上孙蕴巍在酒店举办庆功宴，同事们都说，陶禧之所以会被刁难，绝对是因为模样显小，才让别人不信任。

立刻就有反驳的声音：“那些人就是嫉妒，一个个吹毛求疵，一点不大度。”

随即有人附和：“没错，这次作为发言单位的都是国内外大公司，我们这种才成立没几年的小公司上台，他们想考验考验也很正常。”

这话立马得到一片赞同：“没错没错……”

“不好意思，各位。”于一片喧哗声中始终平静如水的陶禧倏地起身，“我有事要先走了，大家慢慢吃。”

没有多做解释，留下一群错愕的人，陶禧提起包迅速离开。

她很想他，既然想，就应该马上去找他。

陶禧从来不喜欢玩欲擒故纵的把戏，所以拿出手机订了最近一班高铁，退出页面后，手指停留在通讯录上。

她正要拨电话，屏幕忽暗，亮起名为“江小夜”的来电。

一弯冷月挂在天边，月光皎洁。

陶禧走出酒店，迎面碰上一辆正在下客的出租车，赶紧坐上去。

指尖是凉的，手机壳也是凉的，口中呼出的一团白气在灯下须臾消散，陶禧报了目的地后，注意到屏幕上方转为红色的电量方框，把手机重新贴住耳朵。

车内的安宁放大了电话那边醇厚的男声，一下一下撞击她的心，如同月亮对大海的牵引。

“他们刚发了段你做报告的视频给我，瞧着还不错，都会跟人抬杠了。”

一贯欠揍的语气，让人毫不怀疑这人嘴里是真的吐不出象牙了。但陶禧听着毫无恼意，反而咧嘴笑了起来：“才不是抬杠，那叫讲道理。”

“反正我是听不懂，就看他好像服气了？”

“服气了。”

“陶禧……”

“嗯？”

“嗯，那什么……”江浸夜迟疑着，一句话捋了半天才终于下定决心似的流畅地说出，“我已经明白你的感受了。”

陶禧没说话。

他低沉的声音在耳边震颤，仿佛有电流不断击中她。

“之前我的事没有告诉你，与其说不想让你担心，倒不如说我根本不相信你。”江浸夜顿了顿，做了个深呼吸后继续说，“我的潜意识在想，你懂什么？别跟着瞎掺和。”

哪怕有了心理准备，听他这样说，还是不免感到刺痛，陶禧屏息。

“后来我参加你们公司的例会，跟你们一块儿吃饭，看着一群人兴高采烈的样子，我只能装得也很开心才不会太尴尬。我听不懂你们在说什么，而我尝试融入的样子倒显得我在瞎掺和。

“可是懂不懂又怎么样，我只要相信你的选择，力所能及地帮助你们就好了。这让我忽然想起你那个时候也是这样吧，只不过我们支持的方式不同，你的支持就是不过问，我却隐瞒了，对不起啊。”

酒店距离火车站不远，下车结账时就着车内昏黄的光线，司机注意到小姑娘的眼睛肿了，还用手捂着嘴。司机正想好心询问，却见她头也不回地匆匆跑向安检处。

“傻瓜。”陶禧缓和了些，声音依旧含混不清。江浸夜没听清楚，便问：“什么？”

“我说你不仅是个幼稚鬼，还是个傻瓜！”陶禧冲微微发烫的手机大喊一声。

这一声引得周围好几个人同时看来。

她顾不上了，急吼吼地跑上通往二楼的扶梯，一刻也不愿多等地想要赶紧回去见他。

陶禧颇具气势地说："江小夜，你哪儿都不要去，等我回去！"

"回去？不是，你们不是还有庆功宴吗？"

"我哪儿有心思吃饭，我现在就在东站，马上要……"

手机电量不足，自动关机。

她走进候车室，看了眼墙上的挂钟，还有半小时上车，然后是一个多钟头的车程，也就是说差不多两个小时后她就能见到他。蓄积多日的阴郁一扫而空，陶禧坐在排椅上喝水。

她欢快极了，心里像有只饱食的小猫眯着眼睛打盹，慵懒闲适。

检票进站的时候，陶禧跟着队列缓缓前行，太阳穴却莫名地突突跳了起来。

要发生什么事了吗？

她一边安慰自己，一边疾步走入车厢，坐在靠窗的位子上。

等到车门关闭，列车启动，陶禧随意地看向外面，目光骤然收紧。

这才明白所谓的人的直觉真是诡异得可怕。车窗玻璃外被列车员拦下的江浸夜喘着粗气，阴沉沉地注视着逐渐提速的列车从眼前驶过。

那张英俊的脸随距离的改变放大又缩小，直至远去为一个模糊的点。

陶禧站起身，抻长脖子徒劳地往后看。

平复了激烈的心跳，她没好气地试了几次重启手机，均以失败告终。

果然是傻瓜。

陶禧靠着座椅，闭上眼。

第九章　致最爱的你

这天晚上陶禧最终没能见到江浸夜。

回到家用丁馥丽的手机拨给他，陶禧这才知道原来江浸夜中午就去A市了。而且他在现场全程观看了陶禧的报告，根本没有什么视频一事。后来他联系不到陶禧，又没赶上高铁，便被孙蕴巍叫回去一起聚餐，和陶禧通话的时候，一群人正在酒店房间玩狼人杀。

“明天我接你下班。”江浸夜放轻了声音，似乎还用手拢住嘴，“先不说了，这里气氛很紧张。”

丁馥丽目不转睛地看连续剧，对女儿脸上的郁闷毫无察觉。

换上家居服的陶惟宁下楼，远远地就问道：“桃桃，你还记得小骆吗？”

“小骆？”陶禧微怔，在脑海中搜寻这个名字，“哦，就是前天爸爸说的骆馆长的侄子？”

“真的不记得了？他初中的时候你还帮他补习数学。哎，他那时很崇拜你，一口一个‘桃桃姐’地喊。”

陶禧没有一丁点印象，吐槽道：“初中数学那么简单居然要补习？那高中怎么办？”

陶惟宁坐在妻子身边，从果篮里挑一个苹果，又拿起水果刀削皮，随口聊着："他今天来家里提到你，还找我要了你们公司的地址。"

"哦。"

"这孩子学修复很认真，不像随便玩玩。"

"嗯。"

陶禧心不在焉地应着，渐渐听不清父亲的声音，满脑子都在想明天江浸夜要来接她下班。

如上一家公司吉芯，上下班时间笛铺同样为朝九晚六，但因为不打卡，员工们会为了完成当天的工作计划而自发加班。

五点半，陶禧做完了事，一边查看文档，一边不停地扫视电脑屏幕上的时间。当备注名为"江小夜"的信息发来，陶禧抓起桌上早已收拾好的双肩包，大步向外走去。

等电梯的时候，她才得空回复："我现在就下楼。"

此时正是下班的高峰期。抽出新芽的道旁树下，熙攘的人群在每一栋大厦的出口会聚，像澎湃的海浪。

而陶禧的视线掠过无数张面孔，精准地捕捉到路边挺立的那人。

笔直的长腿，双手插在裤兜里，黑色军装夹克衬出他的倜傥不羁。

他同样也看过来，朝她挥了挥手。

"江小夜！"陶禧扬声喊道，振臂跑向他，一个急停后挽上他的手臂。

惯性带动两个人趔趄着后退一步，江浸夜上臂被她缠紧，扫了眼周围的人群，忍笑放低了音量，说："这儿大庭广众的，人多！"

陶禧眼一横："就是要大庭广众的，让他们都看看！"

说着，她换成双手抱住，顺势倚在他的肩上。

真踏实！真舒服啊！

此后的一路，他们陆续收到路人投来的嫌弃目光，可惜无法撼动沉浸在甜蜜中的两人。他们以一分钟十米的速度前进。

江浸夜终于觉出不妥："咱们会不会太慢了？要不稍微走快点？"

陶禧黏在他的肩上不动，嘟囔着："反正现在往哪儿走都是堵，慢就慢呗。"

然而他们转过下一个路口，一个干净清亮的男声叫住他们："陶禧！"

从路的另一侧跑过来的男生瘦瘦高高，三七分的烫鬈发挑染了栗色，穿着白色T恤和牛仔裤，面容清爽帅气，透着年轻男孩的活力。

不等他们做出反应，男生眉毛一挑，自顾自地说："我运气真不错，陶老师还说我不一定能碰到你。你知道吗，我是特意过来等你的。"

此语一出，江浸夜面露警惕的神情。可惜对方自始至终只看着陶禧，连一个眼神都吝于给他。

陶禧茫然片刻，手指摇晃着终于有了声音："骆……小骆？"

"对呀对呀！是我！你想起来了？"

骆远激动地去抓她的手，却在碰到的前一秒，被江浸夜冷着面孔挡开："骆小骆……什么名字这么难听。"

"不好意思，我叫骆远。"蜻蜓点水地瞟过他，骆远的视线移向陶禧，他重展笑颜，"真是好久不见，陶老师担心我认不出你，还给我看了两张照片，但我一眼就认出你了！"

"哦……"陶禧想起昨晚陶惟宁的话，不确定地问，"我听爸爸说你以前叫我'桃桃姐'？"

骆远笑时露出嘴角的一颗虎牙："那是以前，我们就差两岁而已，叫姐姐也太生分了。"

江浸夜抱起胳膊，眼白一翻，自言自语："两岁也是姐姐啊，没大没小。"

这段小插曲让陶禧有些猝不及防，后知后觉地回过神，把骆远叫到一边，单独聊起来："不好意思，先别理他。听我爸爸说你打算学古画修复？"

"对！以前你帮我补习数学，我来你们家就看过好几次陶老师修画。我一点也不觉得枯燥，真的很喜欢那种平静，和内心直视的感觉，特别棒！"

"这马屁拍得马都不好意思了。"不知什么时候靠过来的江浸夜忍不住嘀咕。

骆远有些忍无可忍地抗议："叔叔你年纪也不小了，不知道这样随便偷听别人讲话很不礼貌吗？"

眼看江浸夜就要发作，陶禧赶紧打着哈哈，把骆远拉开："哎，那个什么，我和这位叔叔晚上一起吃饭，就先走了。反正你现在学习修画，还有见面的机会，我们下次再聊呀！"

“那好吧。”骆远有些失望地点头，不停地觑向江浸夜，悄声说，“陶禧，他不会是你男朋友吧？”

陶禧眼角弯成俏丽的月牙，嘿嘿笑了两声。

“男人的真面目只有男人才看得出来。”骆远摇头，越发低落，“太可惜了。那我先回去了。”

直到他的背影融进夕照下的人潮，陶禧才松了一口气。

耳边响起江浸夜愠怒的声音：“他再不滚，我保证把他揍到看清这个世界！”

昏黄的光线并不灼人，给万物勾勒出橘色的边，覆上高耸的建筑，显得行人的面庞影影绰绰。

转眼已是五月，春风和煦。倒是旁边那人的语气凛冽中透着股酸味。

陶禧故意不理他，眸中带一点促狭的笑意，双手拉扯背包肩带，兀自往前。

江浸夜大步追上去，不满地嚷道：“哎，你等会儿我。”

陶禧瞄他一眼，笑着说：“江小夜，我们今晚不如吃面吧。”

“好端端的，为什么吃面？”

“因为这样就能省下醋钱啦！”

见她拿自己打趣，江浸夜佯装发怒，说：“现在这些小青年实在太嚣张！赶明儿再让我碰到，非得治治他！”

“啊？”想起当初在伦敦他是如何整治Alan的，陶禧一张桃花面由晴转阴。

江浸夜捉住她的手，缠过自己的臂弯，牵着她边走边嘀咕：“当然了，我这么菩萨心肠，他只要不打我老婆的主意，我为什么要和他过不去？”

“谁是你老婆！”陶禧的桃花面霎时间变为朱砂色，她小声抗议，“不许乱说！”

“谁拽着我不松手谁就是！”江浸夜得意地抬高音量，不顾陶禧的抗议，还紧抓她的手不放。

“你怎么这么讨厌！”

“夸得不错，再来两句？”

后来他们拉扯着走出科技园，谁也不知道该去哪儿吃饭，便沿路一直走。

他们经过路边一家老式面店，陶禧提议要不就吃面。

江浸夜说："晚上也得吃点好的啊，一般不都是早上吃面吗？我订个怀石料理？"

"不不不，我就想吃点简单的，随便来碗爆鳝面、焖肉面，没那么多讲究。"陶禧说着就把他往面店里拽，"吃完散散步，你再送我回去就好了。"

"这么好养活？"

"是啊，你太赚了！"

店内人声鼎沸，红色漆面方桌倒映出络绎不绝的人影。

骆远得知丁馥丽周日包小馄饨，一大早就来陶家帮忙。

他上门时两手拎满了东西，诸如虫草花、白茶、金丝燕盏和一些海味干货，那架势像是来提亲的，叫丁馥丽有些尴尬。

"师娘，陶禧还没起床吧？"骆远进门后一边热络地打招呼，一边放下东西，把外套挂上衣帽架，挽起衣袖准备干活。

"人家早起了。"丁馥丽系好围裙，把他往沙发赶，"去去，坐沙发上去，别碍着我。你吃过了吗？"

穿一件灰色套头衫的骆远露出明朗的笑容："当然吃过了，不然哪儿有力气干活？"

"干活？"丁馥丽瞥他一眼，把电视遥控器递给他，"不给我添乱就不错了，自己去看电视吧。"

"别别，师娘！一大早来你们家看电视，说出去还不让我爸妈笑死。陶老师在吗？我去打扫工作室！"

"陶禧和她爸爸买菜去了，快回来了。"

"哦，还是来晚了……"骆远颇为懊恼地用拳头敲几下头，诚恳地说，"师娘，就让我一起包吧！我手艺师从我妈，给你露两下！"

丁馥丽拗不过他，没辙地拍他的手臂："你这小孩不要这么倔，真是的……厨房是我的地盘，进去了要听我的。"

骆远顿时笑弯了眼，连声应着好，屁颠屁颠地跟进去给丁馥丽打下手。

他们忙碌一阵后，听到外面人声喧哗。丁馥丽说着“回来了”，把擦手毛巾拿给骆远，可骆远直接在裤子上揩了揩，忙不迭地摘下围裙向外走。

“陶老师、陶禧，你们回……”

客厅里，江浸夜把推车提进来，埋头分拣。陶惟宁和陶禧站在一旁，接过他拿出的新鲜瓜果蔬菜和禽肉。三个人说说笑笑的情景一下堵住骆远的嘴，他愣愣地站在厨房门口，心里不是滋味。

倒是陶禧先看到他，朝他挥手：“小骆，我妈呢？”

“我在我在！”丁馥丽闻声而出，帮着一起整理。

气氛好得仿佛再没有别人插足的余地，骆远脸上流露出一抹丧气。

“小骆，今天来这么早？精神很好嘛！”陶惟宁直起腰，笑呵呵地和他打招呼。

骆远早没了刚进屋时的兴奋模样，试图用微笑掩盖眼中的尴尬：“早点来看看有什么我能做的。我这学期住校，也就周末才能过来。”

“住校？”陶惟宁似乎想起了什么，“你是在屿大读书吗？”

“嗯，在屿大学工业设计。”

“那你下学期可以申请小夜的课啊！”

“小夜的课？”骆远歪了歪头，吃力地跟着重复一遍。

“你们学校今年要开一个‘文物鉴定与修复’的新专业，小夜会过去上课。我听过他的试讲，讲得不错。”陶惟宁边说着边帮妻子从厨房端出小馄饨。

骆远亦步亦趋地跟在后面，顺便搭把手。

骆远还在思考那个讲得不错的小夜是谁，一出门就看见坐在实木餐桌前的江浸夜。江浸夜拿勺子舀一个小馄饨，轻轻吹了吹，喂到紧挨着他的陶禧嘴里。

有什么东西在骆远的胸腔里破碎，哗啦啦的响声经久不息。

陶禧绑了个高马尾，为了方便江浸夜喂食，斜身坐着面朝他，以手撑额。两人如同丧失了语言能力，一个说着：“啊——”另一个应着：“啊——”

入目便是这幅画面，丁馥丽觉得没眼看，皱眉咳了两声，陶禧这才坐直。

桌上三人各守一方，沉默地埋头吃着。唯独占去一角的小情侣眉眼传情，不时传来几声笑。

骆远面色不善地瞟去几眼，敢怒不敢言。他早晨已经在家里吃过，但此刻怕是只有化郁闷为食欲才能疏解满腔的怨怼。

陶惟宁低声叫他："小骆，你不会不知道小夜吧？"

骆远脖子一梗，强装不在意地说："知道，他不就是因为那个纪录片走红的吗？还什么'修复男神'，要我说，陶老师你才是男神，哪儿轮到他。"

一席话吸引了江浸夜的注意，那双似笑非笑的眼睛转过来，他哼了一声："小朋友对我意见不小嘛。"

"过奖了，我不过志存高远，看不上某些专门靠皮囊圈粉的人！"

"靠皮囊圈粉？"丁馥丽调子一下提起来，"他要是没点真才实学，屿大会要他？"

丁馥丽实际想说的是——陶惟宁会收他？陶禧会要他？

一旦接受了他，怎么看都顺眼，听到有人说江浸夜的不是，丁馥丽就觉得对方在说陶禧的不是。

没等骆远解释，她眼睛一瞪："再说了，皮囊怎么了？父母漂亮生出来的孩子才能跟着漂亮，这叫基因优势！"

骆远一时呆住得、惊愕得忘了反应，口中喃喃："师、师娘……"

江浸夜屈指轻叩桌面："哎，你师娘在这儿。"

他说着下巴转向陶禧。陶禧则嘟着嘴，拿胳膊肘撞他一下。

这般亲昵的小动作落在眼中，骆远已近无感。接连遭受暴击，他张了张嘴，一个字都说不出来。

不过一眨眼的工夫，陶禧就从令他倾慕的"桃桃姐"变成了"师娘"。骆远开始后悔，为什么不事先搞清楚状况，贸然上门找虐真是叫人无地自容。

这样想着，他刚才和江浸夜顶撞的气势如风中烛焰，一闪即灭。

"陶、陶老师……我都已经勾了半年多的线，您也教了我磨刀、刷纸……怎么突然就……就不要我了？"骆远哽咽着，看向陶惟宁的神情满是被遗弃的悲苦。

一碗小馄饨下肚，陶惟宁扯了张纸巾擦嘴，慢条斯理地说：“我的腰不行了，当不了老师。我和骆馆长，也就是你叔叔说好，博物馆聘我再上两年班，散发余热。你要是真的有心学习修画，就跟着小夜，我保证他会是个好老师。”

江浸夜抱起手臂，好整以暇地看他。

骆远垮下肩膀，嗫嚅道：“我……我确实很想学……”随后他抓过桌上的两个茶杯，倒满了放一杯在江浸夜面前，自己双手捧杯，郑重其事地说，“江老师，我先喝一杯，为之前的不懂事赔罪。”骆远仰头喝尽，又倒一杯，严肃地说，“老师有什么吩咐尽管说，拜师仪式我绝对随叫随到。然后，对师娘……对师娘……对师娘永远心怀敬意！”他眉间闪过痛楚，宛如挥刀斩断情丝。

他这一番举动逗笑了陶惟宁和江浸夜。

江浸夜喝完一杯茶，不紧不慢地说：“咱们没有拜师仪式，就从基础课开始。过程有点长，打糨、磨刀和刷纸不能停，熟练了再做立轴、手卷和册页的复制品，一套流程走个半年一年的你才算入门。”

骆远定了定神，语气坚定地说：“江老师放心，这些陶老师都说过，我不是那种轻易被困难打倒的人。”

“嗯，确实品格顽强，要不是陶禧变成师娘了，怕是要跟我抢到底呢。”江浸夜拿他打趣。

迎着陶惟宁和丁馥丽不可置信的目光，骆远涨红了大半张脸。幸好馄饨碗里还剩些汤，他忙不迭地端起碗遮住脸，咕嘟咕嘟地灌下肚子。

餐桌上响起一片愉快的笑声。

波士顿的一月还很冷，雪未化尽。

坐地铁到公园街下，一出来便是波士顿公园，Freedom Trail（自由之路）的起点。

“桃桃，你看，地上这条红砖铺成的指引线，会经过城市十六处重要的历史古迹，长约四公里，讲述着美国独立战争的艰辛历程。”

陶禧低眸，脚下的灰色路面上有一条笔直的红砖线向前无尽地延伸。她握紧江浸夜的手，问：“我们这次有时间走走这条路吗？”

江浸夜拽着她的手，揣进衣袋："你明天要手术，今天不宜有大运动量，咱们随便在公园逛逛吧。"

而后两人慢吞吞地走到溜冰场，坐在旁边的木长椅上。

湛蓝的天空高远纯净，被纵横交错的枝丫切割破碎，像小块的蓝宝石。

周围高大的树木仍是贫瘠的褐色，草地不见一丁点绿，干冷的风拂过，没有丝毫开春的迹象。

四下无人。

江浸夜和陶禧伸展四肢，舒服地靠上椅背，像两只蜷在墙角晒太阳的猫一样惬意，懒洋洋的，晒好一面掉个头，再晒另一面。

一个月前，江浸夜帮陶禧预约了哈佛大学麻省总医院，进行手术后皮肤缺损的治疗。早在一九八一年，这里的研究人员就研制出来源于干细胞的最早的人造皮肤。至今，用于后期修复再生的具有汗腺、毛囊等皮肤附属器官的人造皮肤，已走出实验室。

得知江浸夜自作主张预约治疗这件事的那天，陶禧和他刚送走渠鸥，坐在从机场返回陶家小院的车上。她闻言一怔，转头看向窗外热闹的街巷，什么也没说。

附着在后背的疤痕，比起其他人位于暴露处的要好很多，但同样对她造成了性格上的摧毁与重塑——强迫症与完美主义消失，自卑悄然滋长。

陶禧笃定自己会与它们共处一生，如今获悉能通过人造皮肤修复，不禁百感交集。

"我以为会给你一个惊喜。"江浸夜见她反应冷淡，捏了捏她的手指，"你要是不愿意，我就取消了。"

"不。"陶禧看向他，眼中混合了许多复杂的情绪，随即低头笑了起来，"只是有点担心……也没什么，我接受。"

"不用勉强。"江浸夜调侃，"你就是变成丑八怪，我也不会不要你。"

"要变你自己变好了，别带上我。"

"打个比方啦。"

那天拌嘴时说的话言犹在耳，回过神来，两人泡在波士顿温暖的阳光下，睡意渐浓。

陶禧歪靠在他的肩上，软绵绵地问：“江小夜，为什么突然想到要为我修复皮肤？是因为……因为你介意吗？”

“记不记得你去年参加的毕业舞会？”散步的老人颤巍巍地从他们身前走过，江浸夜呼出一团热气，温声说，“那个想欺负你的人跑出去以后，我看到你在发抖。其实在意的不是我，是你自己。”

陶禧僵了僵，起身坐直，静静地听他说。

“完全无视别人的眼光很困难，我们都希望变得更好。就像戴牙套、脊椎矫正或者面部微整形，不过是一种选择。夏天不一定非穿露背的衣服，大可以完好地遮盖，当作什么都没有。但你知道，它就在那儿。

“桃桃，预约这个治疗并非我对你不满，或者期待你变得更美。我希望你不要受它的影响。不管你承不承认，你的内心远没有强大到能坦然接受这样的阴影。表面上接受，只是你不想让别人看出来。”

阳光洒在陶禧的头顶，折射出细碎的金色。

为这项治疗她剪了及肩短发，脖子上松松地缠绕着一圈蓝白色格纹围巾。她仰头做了个深呼吸，短发擦过围巾，泛着健康的黑亮光泽。

“你把人看这么透也挺讨厌的，反正说不过你。”陶禧闷闷地出声。

“总说我讨厌，让我数数有多少次了，看看能不能换句好听的。”江浸夜长臂一揽，她又重新倚在他的怀中。

柔若无骨的手指缠住他的，慵懒的音调带一点撒娇的意味，陶禧说：“我妈妈说得不够多吗？我还是第一次发现她居然偷偷为你攒了那么多好听的话。人家都说丈母娘看女婿越看越喜欢，看来是真的。”

上个月渠鸥从北里来到屿安。和陶禧预想的兴师动众不一样，渠鸥轻装上阵，随身只带了两件行李。

见面礼是红包和一套首饰，不算正式的彩礼。红包只有一张银行卡，陶禧没有问，让丁馥丽帮忙收起来。

渠鸥对陶禧很是喜欢，刚见面就一顿夸，直说这样好的小姑娘让江浸夜那豺狼叼走了，是他们家占了便宜。

她生猛的比喻逗得陶禧直笑，江浸夜的脸色就没那么好看了。

到了吃饭的时候，渠鸥把陶禧夸得天上有地下无，倒叫一脸镇定的丁馥丽有些不好意思：“小夜也挺好的，他这么多年我们都看在眼里。脾气在一点点收敛，性格嘛，自然是比小时候稳重多了，很可靠。人帅，又不花心，不在外面乱来，他们俩就这样平平淡淡的我很知足。”

渠鸥连连点头，脸上挂着神秘的笑容。

之前江震寰结束屿安行回到家里，跟妻子说起丁馥丽对江浸夜似乎颇有微词。渠鸥当即表示这不是问题，他们相处的时间不短，感情肯定很深厚，只不过有些事情习以为常就被忽略了，只有一件件翻出来，才能重新感受到对方的好。

果然，在渠鸥循循善诱下，丁馥丽回忆起江浸夜这些年在陶家的生活，讲到后来竟潸然泪下。

陶禧目瞪口呆，悄悄向江浸夜伸出大拇指。

江浸夜意外又无奈，一顿饭活生生吃成了悲情访谈节目的录制现场。

还别说，效果确实不错。当天晚上，陶禧听到丁馥丽私下跟陶惟宁提起江浸夜，不再是“姓江的那小子”了，一律换成“小夜”。

哪个当妈的不帮儿子，渠鸥就这样帮丁馥丽消除了心里最后那点芥蒂，彻底接受了他。甚至陶禧和江浸夜这次飞来波士顿，走前丁馥丽特意塞了条男士围巾，却忘了女儿的——这在以前绝不可能发生。

“你冷不冷？”陶禧抬头看向江浸夜敞开的衣领。

江浸夜低眸凝视她，片刻后才说：“嗯，还行。我们去吃点好的。”

“你就喜欢说吃点好的。”

“多新鲜呢，人不就该吃饱穿暖？饱暖了才能做些爱做的事。”

手术后陶禧休息五天才出院，后背还有点痒，总是想挠。每次她下意识地手绕过去，都被江浸夜拍掉。

陶禧冲他吐了吐舌头，挽住他的胳膊。

还没有结婚，她和他就生出老夫老妻的默契，不徐不疾，悠然前行。

“等回去拍婚纱照，我要穿那种露背的鱼尾裙！”乘坐电梯下楼，陶禧绞着手指头愉快地畅想，“款式简单一点，太隆重的我不喜欢。哎，到时找个好一点的婚礼策划师，这种事情要早点准备。”

江浸夜默不作声地听她规划，偶尔扫去一眼。

垂坠的头发，发尾微微内扣；额前的刘海长了些，盖住眉毛；纤长的睫毛上翘，像两把小扇子随她眨眼的动静扇动；还有她挺翘的鼻尖……

“怎么了？”陶禧注意到他的视线，茫然地看向他。

江浸夜神情古怪地挑眉，移走视线。

他总觉得她头发剪短了，模样更显小。以前不觉得，但骆远那句“叔叔你年纪也不小了”对他的伤害仍未痊愈。

对着轿厢锃亮的四壁，江浸夜摸了摸脸，又抬起下巴端详一阵。

真的老了吗？

“桃桃，有一个很严肃的问题，我想和你确认一下。”走出旋转门，江浸夜拉住陶禧，“你不会……是个大叔控吧？”

“啊？”

“就是，你喜欢大叔那一类的男人，所以才……”

顺便喜欢我。

“本来还想夸你很成熟很大人，没几天又原形毕露了。”陶禧看出他眼里的心虚，笑着去捏他的脸，“要真说大叔，好歹也得和我爸爸同龄吧？走啦，我最喜欢的江小夜。”

傻姑娘，那是大伯。江浸夜眯着眼睛笑。

返程的飞机上，陶禧不停地摇晃江浸夜的胳膊：“江小夜，你说师兄和陈烟岚有可能吗？我担心他会再被伤害，希望他走出阴影了，陈烟岚也能好好对他……”

江浸夜已经躺下了，无奈地伸出手，拍了拍她的额头：“别想这么多。”

旁边一下没了声音，江浸夜猜她恐怕正在腹诽自己“冷漠冷漠真冷漠”，便小声说：“我说‘有可能’你会信吗？我们相信的总是自己潜意识的判断。”

“我想听听你的潜意识。”

“我的潜意识告诉我……”江浸夜慢悠悠地说，“答应桃桃的环美旅行要提上日程。”

“欸？”

“还要一起再去森林温泉度假村看蝴蝶。”

“哇！”

陶禧的惊呼透着止不住的雀跃之情，翻涌着无法抑制的兴奋劲儿，江浸夜就此打住："好了，快睡吧。"

"晚安，江小夜。"

"晚安，陶禧……我喜欢你。"

"嘿嘿，我想再听一次。"

"我喜欢陶禧。"

"还要再听一次。"

"全世界最喜欢陶禧。"

"最后一次。"

"我爱陶禧。"

番外一 旅行篇

江浸夜年中带陶禧去美国复诊时，如约启动环美旅行。

两人旅行的起点为旧金山的一场国际半导体展会，这原本是陶禧要参加的，因为复诊而遗憾错过。

直至长途大巴开到优胜美地国家公园，陶禧还不时提起展会的事，带着一点激动，嘴里停不下来：

“居然是Simon亲自带队！他还说他不来呢！江小夜，你看到我们公司准备量产的芯片了吗？没想到市场反响这么热烈，这回真的要大卖了，你就跟着我吃香喝辣吧！当然，最意外的还是碰到林舒薇，她现在好漂……”

前座突然传来一声“好吵”，于是句子卡在最后一个“亮”字上，生生被咽了回去。陶禧心口不上不下地堵着，身体微微前倾，眼睛一眨不眨地聆听那人的动静。

她认得前排的那对男女，他们同样参加了半导体展会，还是某家企业的参展方。因为站在一群人中样貌实在出众，陶禧多看了几眼他们胸前的吊牌，记得女生叫谢妍姗，男生叫柯……什么来着，总之是有缘人。

一旁的江浸夜好整以暇地抱起手臂，合上眼，嘴角带着似笑非笑的弧度，看起来全没放在心上，又像在等对方接下来的话。

那男生五官完美，精致而充满了男人味，就是一脸未卸下的疲惫在他冷漠的眼中添了些不耐烦。他没有扩大事态的打算，说完就拉下鸭舌帽的帽檐把脸一遮，准备睡觉。

倒是身边的谢妍姗流露出不安的情绪，瞥见陶禧凑过来的脑袋，肘弯轻撞向同伴："柯昱，公共场合，你别这么刻薄。"

隔着帽子，柯昱闷声闷气地说："我还当她不知道这是公共场合。"

知道是公共场合，还这样大声喧哗？不觉得很没礼貌吗？

这话传到后排陶禧的耳中，让她羞恼至极。

然而谢妍姗转过头，竖起手指冲她比出"嘘"的口型，无声地一笑，随后俯身亲昵地凑到柯昱的耳畔，樱唇微动。

也不知她说了什么，柯昱一把扯下帽子，不可置信地瞪着她。

没从谢妍姗眼里窥出丝毫让步的意思，柯昱妥协地垂下眼帘，半边脸庞偏向后座，说："不好意思，昨天熬通宵了，想在车上补觉。"

陶禧愕然地注视前方，困惑谢妍姗到底说了什么让柯昱轻易地转变态度。

等陶禧后知后觉地回应"不要紧"，柯昱已经随着车身轻微的晃动陷入梦乡。

窗外绵延着望不到尽头的沙漠，仙人掌的影子在缓慢移动着。日光倾城，车窗玻璃呈现出柔和的香槟金色。车厢尾部一群毕业旅行的大学生相互倚靠着，耳朵里塞着耳机。

车子开到优胜美地国家公园，导游也休憩过，精神抖擞，下了车用英语、普通话和广东话向旅客轮流讲解。

柯昱和谢妍姗不属于这个旅行团，朝着与队伍相反的方向走去。

眼看他们踏上前往瀑布的步道，转瞬就要淹没于两侧齐腰的高草中，陶禧匆匆叫住谢妍姗，不顾柯昱投来的锐利目光，小声问："你刚才说什么，他才会态度一百八十度大转弯？"

谢妍姗朝远处的柯昱飞去一个俏皮的眼风，掩唇一笑道："我有他的把柄。"

把柄？

陶禧茫然地看着她，逆着耀目的光线，谢妍姗的皮肤泛着一层白皙，随意一笑便显得光彩照人。

这话让陶禧想到昨天在展会上与林舒薇重逢，从她那儿听到的林知吾的消息。

他把陈烟岚介绍给父母，掀起意料之中的狂澜。尤其他的母亲，当场捶胸顿足直呼“你怎么会变成这个样子”。陈烟岚倒是一反常态地乖顺，像被挫折磨平了性子，将一切指责照单全收，不声不响地坐在一旁。她坐在那儿恍如一根雨浇不透、雷劈不穿，任尔东西南北风的硬骨头。林妈妈气力耗尽，和丈夫大眼瞪小眼，横竖对她没辙。

林舒薇向陶禧复述时，想到母亲生平头一次跟人翻脸却铩羽而归，笑个没完，当时就说了句高深莫测的话：“没想到呀，陈烟岚被我哥降服了！”

陶禧现在想来，大约就是林知吾掐住了她的七寸。

“桃桃，你在这儿发什么呆？”

“啊？”

等陶禧回过神，柯昱和谢妍姗消失在森林腹地，视野骤暗，是江浸夜高大的影子笼罩住她。

陶禧摇头：“没事，我送送他们。”

“非亲非故的，看不出你还挺好客。”江浸夜轻笑。

蓊郁的密林覆满了视线所能触及的平面，嶙峋的石壁高耸在头顶，远方的山崖间一匹白练垂落九天。导游教大家认树，不时穿插几句笑话，气氛轻松愉悦。

傍晚大家下榻在预订的酒店，陶禧使唤江浸夜回屋放行李，自己则小动物撒欢一般在外面的空地上追逐一只散步的孔雀。令她目瞪口呆的是，孔雀拍动翅膀，飞向高处的树枝。

原来孔雀真的能飞？

她最初听江浸夜这样说，还以为他在骗人。很快手机铃声响起，江浸夜叫她去二楼餐厅吃自助餐。

电话没有挂断，陶禧循着他口述的路线寻找，穿过中庭嘈杂的人群，辗转两条过道，当手机开始发烫的时候终于听到他说：“好了，现在抬头。”

他站在二楼的透明落地玻璃后，上身深灰色的海岛棉衬衫挺括硬朗，长腿笔直——其实陶禧看得并不清楚，但她想象得出来。

她握紧手机，柔声说："我现在看起来是不是像正在偷窥的奇怪女人？"

江浸夜抿唇一笑，声音故作淡定："明明是沉迷于我，转不开眼睛的女人。"

陶禧被逗得笑出声："真伤脑筋。"

江浸夜正色说："问一个严肃的问题，从你那儿看我怎么样？"

陶禧抻长脖子，又踮起脚，片刻后回答："有点好看。"

"必须好看，我保持这个站姿很久了。"江浸夜终于笑了一下，"上来，近点更好看，再近点好看到你无法呼吸。"

光线昏暗，陈旧的木地板踩几步会响起轻微的嘎吱声。

二楼狭长的走廊上，江浸夜倚靠而站，陶禧站在他分开的两腿间，两人以极近的距离凝视彼此，同时呼吸困难。

触到他专注的眼神，陶禧骨头都酥了。

"我刚才看见一只孔雀飞到树上，终于相信你的话了。"陶禧抿唇一笑。

江浸夜眉一皱："原来你一直不信？"

"你那么喜欢骗人。"

"我喜欢骗人，那你为什么会原谅我？"

"因为江小夜很受欢迎，我要是再考虑，恐怕你这个坑就让别的萝卜占啦！"

"怎么会，只要我一个眼神，别的萝卜不敢抢你的坑。"

"那我要是永远不理你呢？"

"就让别的萝卜一辈子干瞪眼……"江浸夜说着，顿了顿，眼中漾起温柔的波光，"还是不要了，你不理我，我整个人就废了。"

陶禧面颊上浮起红晕，低头笑得一脸娇羞。

被他抱入怀里时，她在想刚才本来要说的不是这个。她想问江浸夜他的把柄是什么，是那几张一时动情而创作的画？是他曾经使过的那个不能见光的手段？

但陶禧想通了答案，最终没有问出口。

对你无处不在的依恋和喜爱，是我热血中最柔软的那一块。

番外二　舅舅篇

丁珀在酒店水疗中心更衣室逐一换上橙黑条纹相间的长袖衬衫、黑色休闲长裤和白色运动鞋，连同内裤和袜子，从头到脚都是崭新的。

他剃了个寸头，面容端肃，眉眼间带一点煞气，笔挺地站在穿衣镜前，解开领口最上头的两颗扣子。

“出来就好了，以后一家人大吉大利、平平安安！你啊，性子收敛点。”一旁的陈放递去一块黑色腕表，不停地唠叨，“从里面穿出来的衣服我会给你处理了。晚上你们一家人吃个团圆饭，我就不跟着掺和了。”

丁珀正在整理衣领的手顿住，随即拍上陈放的肩，鼻翼翕动，感激之情收进欲言又止的动作里，化为最质朴的一声：“谢谢。”

“哎，我们兄弟一场，说谢谢太见外了。你今后好好生活，一切重新开始，我就欣慰了。”

体重保持在一百四十斤的陈放成功减去脸上的横肉，看上去年轻不少，人也精神了。他冲镜子吹着口哨，摸了摸梳得溜光水滑的偏分头。

上午十点，他去接丁珀出狱。

陶惟宁的脚扭伤了，丁馥丽感冒尚未痊愈，陶禧和江浸夜要照顾两个孩子，陈放自告奋勇地揽过接人的差事。

敞开肚皮吃了顿好的，他又带丁珀去酒店水疗中心洗澡按摩，让他整个人容光焕发。

回去的路上，陈放开着车，不时朝丁珀瞥去几眼，笑道："放心，你这样子不错，记得多笑笑。"

丁珀很紧张。两手握着拳头，上身僵硬地绷直，他一瞬不瞬地盯住窗外迅疾掠过的街景。

八年的牢狱生涯让他和这个城市有了距离，全然陌生的景致冲击着他的神经，他捏紧的拳头微微发抖。

丁珀咽了咽口水，声音透着一丝近乡情怯的沙哑："我姐姐、姐夫……都还好吗？"

这个问题他已经问过三遍了。

陈放趁红灯停下，转头端详他。

两个人都快四十岁了，陈放注重皮肤保养又减肥成功，仍像三十出头的，而丁珀眼角和眉心有了丛生的细纹，显出一脸衰败的老态。陈放能想象他在监狱里每天并不轻松。

遥想当年彼此还是意气风发的少年郎，陈放内心翻滚着阵阵酸涩，头又转回去，喉头哽咽，不厌其烦地重复："好，都好。你姐夫退休了，人闲不住，玩起了摄影，前段时间采风伤了脚，好在不严重，就是得多休息。至于你姐姐，忙着带孩子呢！"

丁珀一听，声音冷如腊月的冰凌："我姐带孩子？那姓江的在干什么？"

"哦，他也带的，不过他平时要上班。本来请了保姆，但你姐不放心啊，非要亲自过问，谁都劝不动。"

丁珀没再说话，脸上蓄起愠色。

前方就是陶家小院，陈放心惊胆战地嘱咐："你、你可别乱来啊！"

"放心。"

进家门前，陈放从后备厢拿出事先备好的炭盆，放在门口，点燃里面的无烟炭。等待炭火燃起的时候，他又取来一把小扫帚，口中念念有词地用扫帚轻刷丁珀全身，围着他转了一圈。然后陈放让他从炭火上跨过。

“成了！你先进去，我把这儿收拾收……”他话还没说完，丁珀已经大步流星地走远。

不知为什么，陈放看着他离去的背影心里直发毛。

他总感觉会出什么事。

客厅沙发上陶禧背靠抱枕，悠然地跷着脚看书，手里拿着一个苹果不时啃一口。

快满三岁的江念春小朋友一星期前就听说舅公要来了，她灵敏地嗅出家里从上到下处处洋溢着期待又不安的情绪，使出浑身解数让妈妈松了口——换上那条本该过生日才穿的糖果色百褶裙。

这位从未谋面的舅公是她的大恩人，听说他一直待在遥远的小黑屋里，直至今天才回家。江念春按捺不住激动，骑在爸爸江浸夜的脖子上，俯身压着爸爸的脑袋大喊：“驾！白龙马，前面就是黄风岭，我们进去找舅公！”

白龙马？

上周不还是艾莎和安娜吗？

江浸夜困惑地看向陶禧，后者耸耸肩，假装对陶惟宁每晚给江念春讲《西游记》作为睡前故事毫不知情。

于是江浸夜抓住女儿的两只手，从客厅一头跑到另一头。他时而踮脚，时而弯腰，一大一小神情严肃，倒真摆出逢山劈山、遇水填河的气势。

江念春扎了一头漂亮的蜈蚣辫，位于全家海拔最高处，耀武扬威地仰着头。

两条藕节似的小细腿踢了一会儿，很快就不再满足于开阔的视野，江念春奶声奶气地叫道：“吁！白龙马，我们要过河了！”

江浸夜非常配合地缓缓蹲下，随即手撑着地趴在地上。

旁边正给外孙江念雨换尿不湿的丁馥丽看不过去了，嘀咕一句：“小夜，差不多得了，这孩子非让你惯坏了不可。”

不等江浸夜出声，江念春铜铃眼一瞪，小手朝她指去：“巨蟒怪，哪里逃！”

江念雨还不会说话，乌溜溜的眼珠子一转，嘿嘿直笑。

敲门声随后响起。

十几分钟前，陶惟宁拄着拐杖去院子看花。丁馥丽换好尿不湿，一边抱着江念雨去开门，一边说着："肯定是外公回来啦！我早说了，花有什么好看的，还不如看念雨。我们去给外公开……"

最后那个"门"字被赫然出现的面庞打断。

丁馥丽上一次见丁珀还是两个月前，知道他今天就回来，但谁料想比陈放所说的时间提早两小时。

激动的情绪慢慢覆上眼睛，姐弟俩相顾无言，等回过神，陶禧和江浸夜走了过来。

江念春还骑在爸爸的脖子上，怯怯地看着眼前陌生的男人，不复先前的威风。

陶禧不似过去那般纤弱，生过两个孩子后，在一家人细心的调理下，光滑白净的脸上气色好了许多，衬得五官明丽，有了小女人的娇俏风情。

她率先反应过来，犹犹豫豫地喊道："舅舅。"

丁珀使劲点头，半晌才应了一声："哎！"

他的目光扫过姐姐、孩子和侄女，最后落在江浸夜的脸上，眸色冷下来。

江浸夜也看着他，为到底该以曾经的"死党"还是现在"陶禧丈夫"的身份打招呼而纠结，与他无声地对峙。

"桃桃，"丁珀忽然开口，"抱着孩子。"

"哦……好。"陶禧不明所以地从江浸夜手上接过江念春。

下一秒，丁珀一记狠拳捶向江浸夜的脸。

闷响过后，江浸夜应声倒地。他捂住鼻子，殷红的鲜血自指间流出。

"爸爸！"江念春尖叫，在陶禧怀中激烈地挣扎。

"丁珀！"

"舅舅！"

丁馥丽和陶禧也慌了神，见丁珀扑过去按住江浸夜，也顾不上孩子了，急忙放下，先拉住他。

"坏人！坏人！不许欺负我爸爸！"江念春小脸通红，粉拳雨点般砸向丁珀的后背。

而躺在地板上的江念雨手脚乱蹬，哇哇大哭。

门外陈放正扶着陶惟宁进屋，目睹了这一切，仓皇上前。

一时间整个客厅乱成一团。

再过不久江念春就要上幼儿园了。

此时她有了人生中第一个烦恼：舅公为什么是欺负爸爸的坏人？

她读得懂外婆和妈妈对他的眼神，那种家人之间才有的包容和亲切——把他赶走大约不可能了，于是心里一下有了主意。

江念春抱起茶几上的小糖罐，让陶禧帮忙打开，从里头抓一把松子，双手捧到丁珀面前。她用稚嫩的嗓音一本正经地说："舅公，给你。"

丁珀意外地伸手去接，又听江念春补充道："你拿了我的松子，就不许再打我爸爸。"

摊开的手掌僵了僵，丁珀没接话。

江浸夜瘫坐在沙发上，鼻血止住，嘴角有瘀青，眼周红了一块，看着惨不忍睹。

陶禧心疼地拿冰袋去敷，愤愤地叨念："舅舅，咱们有话不能好好说吗？干吗一回来就动手？"

丁珀瞪着眼睛，闷闷地哼道："我就是为了让他挨这两下才坚持到今天！禽兽！"

"禽兽？"丁馥丽尾音一提，眼梢吊起来，"那念春和念雨不就成了小畜生？你是这个意思吗？"

"我……"丁珀吃了瘪，突然没了底气，没想到向来和他同声共气的姐姐一夕之间转了风向。

先前还没出来的时候听说江浸夜和陶禧结婚了，陶禧还是未婚先孕，丁珀就气不打一处来，后槽牙磨得咯吱作响。他思忖江浸夜这王八蛋算盘打得太精了，先斩后奏啊！

如今瓜熟蒂落，当初江浸夜"绝不碰陶禧一根头发"的誓言已然化作烟灰，随风远逝。

难道从此真的和他变成一家人了？一想起这个，丁珀脸上就有了受辱的表情。

“舅公，这是我最好的朋友跳跳虎，我和他说好了，让他陪陪你，你别打我爸爸好吗？”江念春把布偶塞到丁珀怀里，楚楚可怜地看着他，眼里溢满哀求。

“哎！”木已成舟，丁珀痛苦地闭上眼睛，把小老虎抱在怀里，点点头，“不打不打……再也不打了。”